BLANKA LIPIŃSKA
365 Tage mehr

BLANKA LIPIŃSKA

365 Tage mehr

ROMAN

Deutsch von Marlena Breuer
und Saskia Herklotz

blanvalet

Die Originalausgabe erschien 2019 unter dem Titel
»Kolejne 365 dni« bei Agora, Warschau.

Sollte diese Publikation Links auf Webseiten Dritter enthalten,
so übernehmen wir für deren Inhalte keine Haftung,
da wir uns diese nicht zu eigen machen, sondern lediglich auf
deren Stand zum Zeitpunkt der Erstveröffentlichung verweisen.

Penguin Random House Verlagsgruppe FSC® N001967

1. Auflage 2021
Copyright der Originalausgabe © 2019 Blanka Lipińska
Published by Arrangement with BLANKA LIPIŃSKA
Dieses Werk wurde vermittelt durch die
Literarische Agentur Thomas Schlück GmbH, 30161 Hannover.
Copyright der deutschsprachigen Ausgabe © 2021
by Blanvalet in der Penguin Random House Verlagsgruppe GmbH,
Neumarkter Straße 28, 81673 München
Redaktion: Susann Rehlein
Umschlaggestaltung: www.buerosued.de
nach einer Originalvorlage von Agora
Umschlagmotiv: Dragosh Co/Shutterstock.com; SHIRYU
WR · Herstellung: sam
Satz: Uhl + Massopust, Aalen
Druck und Bindung: GGP Media GmbH, Pößneck
Printed in Germany
ISBN 978-3-7341-1093-1

www.blanvalet.de

KAPITEL I

Der heiße Wind wehte mir ins Gesicht und spielte in meinem Haar, als ich im Cabrio die Strandpromenade entlangfuhr. Aus den Boxen dröhnte *Break Free* von Ariana Grande – auf der ganzen Welt gab es keinen Song, der in diesem Moment besser gepasst hätte. *If you want it, take it,* sang Ariana, und ich nickte und drehte die Lautstärke noch höher.

Heute war mein Geburtstag, heute wurde ich wieder ein Jahr älter und hätte eigentlich in tiefste Depressionen versinken müssen, aber die Wahrheit war: Noch nie in meinem Leben hatte ich mich so lebendig gefühlt. Gerade als ich an einer roten Ampel hielt, begann der Refrain. Die Bässe explodierten um mich herum.

This is … the part … when I say I don't want ya … I'm stronger than I've been before sang ich laut und schwenkte die Arme durch die Luft. Der junge Mann im Auto neben meinem grinste anzüglich und trommelte im Rhythmus des Songs auf sein Lenkrad. Vermutlich hatte nicht nur die Musik seine Aufmerksamkeit erregt, sondern auch mein Outfit – denn sonderlich viel trug ich an diesem Tag nicht. Der schwarze Bikini passte ideal zu meinem violetten Plymouth Prowler, und dieses wunderschöne, außergewöhnliche Auto hatte ich zum Geburtstag bekommen. Vor genau einem Monat hatte es angefangen – seitdem bekam ich jeden Tag ein Geschenk. Ich wurde dreißig, also bekam ich dreißig Geschenke – so machte meine große Liebe das nämlich. Bei dem Gedanken daran verdrehte ich die Augen, dann schaltete die Ampel auf Grün, und ich gab Gas. Ich parkte, schnappte mir meine Tasche und ging an den Strand. Es war ein heißer Sommertag, und ich war entschlossen, so viel Sonne zu tanken wie möglich. Ich trank einen Schluck Eistee und grub meine Füße in den warmen Sand.

»Alles Gute, du alte Schachtel!«, rief der Mann meines Lebens hinter mir, und als ich mich umdrehte, schoss mir eine Fontäne Moët Rosé ins Gesicht.

»Hilfe!«, kreischte ich lachend und versuchte, aus der Schusslinie zu gelangen – leider erfolglos. Präzise wie mit einem Feuerwehrschlauch wurde ich von allen Seiten komplett durchnässt. Als die Flasche leer war, warf sich mein Lieblingsmann auf mich, und wir fielen zusammen in den Sand.

»Alles, alles Gute!«, flüsterte er. »Ich liebe dich.«

Nach diesen Worten schob sich seine Zunge zwischen meine Lippen und begann dort einen gemächlichen Tanz. Dann drängte er sich mit kreisenden Hüften zwischen meine weit gespreizten Beine. Ich stöhnte und verschränkte die Hände in seinem Nacken. Seine Hände ergriffen meine, schoben sie über meinen Kopf und pressten sie in den weichen Sand. Er hob den Kopf und schaute mir tief in die Augen.

»Ich hab was für dich.« Mit diesen Worten stand er auf und zog mich hinter sich her.

»Was denn nun schon wieder …«, murmelte ich.

Sein Gesicht war plötzlich ernst. »Ich wollte … ich möchte … ich würde …«, stotterte er, und ich schaute ihn belustigt an. Da holte er tief Luft, sank auf ein Knie und streckte mir ein kleines Schächtelchen entgegen. »Heirate mich!«, sagte Marcelo mit einem breiten Lächeln, das seine weißen Zähne zeigte. »Ich würde ja gern was Schlaues oder was Romantisches sagen, aber eigentlich will ich ganz einfach nur das Richtige sagen, damit du meinen Antrag annimmst.«

Ich holte Luft, doch er hob die Hand.

»Warte kurz, Laura. Ein Antrag ist noch keine Hochzeit, und eine Hochzeit heißt nicht unbedingt *für immer und ewig.*« Er stupste mir mit dem Schächtelchen an den Bauch. »Denk dran, ich werde dich zu nichts zwingen, ich werde dir nichts befehlen. Du sagst nur dann Ja, wenn du es willst.«

Er schwieg einen Moment und wartete, doch als er keine Antwort bekam, schüttelte er den Kopf und fuhr fort: »Aber wenn du Nein sagst, dann hetze ich Amelia auf dich, und sie wird dich zu Tode plaudern.«

Ich schaute ihn an, ergriffen, erschrocken und glücklich zugleich.

Wenn mir an Silvester jemand vorhergesagt hätte, dass ich heute, wenige Monate später, freiwillig hier sein würde, ich hätte ihm einen Vogel gezeigt. Und hätte mir vor einem Jahr, als Massimo mich auf Sizilien entführt hatte, jemand vorhergesagt, dass ein Jahr später am Strand von Teneriffa ein ganzkörpertätowierter Surfweltmeister vor mir knien würde, ich hätte ihn einen Psycho genannt und meine Hand dafür ins Feuer gelegt, dass dieser Fall niemals eintrat. Da hätte ich mir aber gehörig die Finger verbrannt! Bei dem Gedanken an das, was vor acht Monaten passiert war, gefror mir noch immer das Blut in den Adern, doch Gott und meinem Therapeuten sei Dank schlief ich inzwischen wieder viel besser. Mit solcher Gesellschaft im Bett war alles andere auch ausgeschlossen.

KAPITEL 2

Als ich das erste Mal wieder die Augen öffnete, nachdem ich im Schloss von Fernando Matos bewusstlos zusammengebrochen war, standen Dutzende Geräte und mehrere Bildschirme mit Kurven und Zahlen drauf neben meinem Bett. Es piepste und summte unablässig. Mein Körper war von einem Gewirr aus Schläuchen und Kabeln umgeben. Ich versuchte zu schlucken, aber selbst in der Kehle hatte ich einen Schlauch. Ich hatte Angst, mich zu übergeben. Nebel verschleierte meinen Blick, und ich fühlte Panik in mir aufsteigen. In diesem Moment begann eine der Maschinen durchdringend zu piepsen. Die Tür ging auf, und Massimo stürzte atemlos ins Zimmer, setzte sich neben mein Bett und griff meine Hand.»Liebling«, seine Augen wurden feucht.»Gott sei Dank!«

Massimos Gesicht war müde und eingefallen, und er war viel dünner, als ich ihn in Erinnerung hatte. Er holte tief Luft und streichelte meine Wange. Sein Anblick machte den Schlauch in meiner Kehle sofort vergessen. Tränen liefen mir aus den Augen, und er wischte mir jede einzelne von der Wange. Plötzlich stand eine Krankenschwester im Zimmer und schaltete die unerträglich piepsende Maschine aus, hinter ihr traten mehrere Ärzte ein.

»Herr Torricelli, bitte verlassen Sie für eine Weile das Zimmer. Wir kümmern uns um Ihre Frau«, sagte einer. Als Massimo nicht reagierte, wiederholte er seine Anweisung lauter.

Massimo erhob sich und überragte den Mann nun deutlich. Er setzte die allerfinsterste Miene auf, die man sich nur vorstellen konnte, und presste mit zusammengebissenen Zähnen auf Englisch hervor: »Meine Frau hat gerade zum ersten Mal seit zwei Wochen die Augen geöffnet, und wenn Sie denken, dass ich in diesem Moment das Zimmer verlasse, dann irren Sie sich gewaltig.« Der Arzt winkte bloß ab.

Nachdem mir die Krankenschwestern den Schlauch, der dick war wie ein Staubsaugerrohr, aus der Kehle gezogen hatten, war sogar ich der Meinung, es wäre besser gewesen, Massimo hätte das Zimmer verlassen, damit er mich nicht in diesem Zustand sah. Aber das war nun nicht mehr zu ändern. Schon kurze Zeit später zogen Ärztekarawanen unterschiedlichster Fachrichtungen durch mein Zimmer, und ich ließ unzählige endlose Untersuchungen über mich ergehen.

Nicht eine Sekunde lang wich Massimo von meiner Seite, und die ganze Zeit hielt er meine Hand. Mehrere Male wäre es mir lieber gewesen, er wäre nicht im Zimmer gewesen, doch selbst ich war nicht in der Lage, ihn wegzuschicken oder ihn auch nur dazu zu bewegen, einen Zentimeter zur Seite zu rücken und den Medizinern ein wenig Platz zu machen. Irgendwann ließen die Ärzte uns allein, und ich wollte Massimo fragen, was geschehen war. Doch in dem Bemühen, etwas zu sagen, schnappte ich nur nach Luft und röchelte unverständlich vor mich hin.

»Sag nichts!«, seufzte Massimo und presste meine Hand an seine Lippen. »Bevor du anfängst zu fragen ...« Er seufzte und zwinkerte nervös, versuchte, die Tränen zurückzuhalten. »Du hast mich gerettet, Laura«, stöhnte er, und mir wurde heiß. »Es war alles ganz genau so wie in meinen Visionen: Du hast mich gerettet, Liebling. Aber ...« Massimo versuchte weiterzusprechen, mehrmals setzte er an, doch er brachte kein Wort heraus. Da erst wurde mir klar, was er meinen könnte. Mit zitternden Händen schob ich die Bettdecke zur Seite. Massimo versuchte, meine Hände festzuhalten, schließlich gab er nach und ließ meine Handgelenke los.

»Luca ...«, flüsterte ich tonlos, als ich die Verbände an meinem Körper sah. »Wo ist unser Sohn?«

Meine Stimme war kaum hörbar, und jedes Wort tat mir weh. Ich wollte schreien, aufspringen und diese eine Frage herausschreien, wollte Massimo zwingen, mir endlich die Wahrheit zu sagen. Er erhob sich, griff nach der Bettdecke und zog sie langsam wieder über meinen geschundenen Körper. Seine Augen waren wie tot, und je länger ich ihn anschaute, desto unaufhaltsamer machten sich Erschrecken und Verzweiflung in mir breit.

»Er ist gestorben«, sagte Massimo, atmete tief ein und drehte sich zum Fenster um. »Der Einschuss war zu nah ... Er war zu klein ... Er hatte keine Chance ...« Massimos Stimme brach.

Es gab keine Worte für das, was ich fühlte. Mir war, als hätte mir jemand bei lebendigem Leib das Herz herausgerissen. Die Weinkrämpfe, die im Sekundentakt meinen Körper schüttelten, brachten mich in Atemnot. Ich schloss die Augen und versuchte, die bittere Galle hinunterzuschlucken, die mir die Kehle hochstieg. Mein Kind, mein Glück, Zeugnis der Liebe zwischen mir und meinem geliebten Mann – es war fort.

Unbeweglich wie eine Statue stand Massimo am Fenster. Dann rieb er sich die Augen und drehte sich zu mir um. »Aber du bist Gott sei Dank am Leben.« Er versuchte zu lächeln. »Schlaf jetzt, die Ärzte sagen, du brauchst viel Ruhe.« Er trat zu mir, strich mir über den Kopf und wischte mir die nassen Wangen trocken. »Wir werden sehr viele Kinder haben, versprochen.«

Als ich das hörte, schüttelte mich ein noch stärkerer Weinkrampf. Resigniert stand Massimo neben dem Bett. Dann verließ er, ohne mich noch einmal anzuschauen, das Zimmer. Kurz darauf kam er mit einem Arzt zurück.

»Frau Torricelli, ich gebe Ihnen ein Beruhigungsmittel.« Sprechen konnte ich nicht, schüttelte aber den Kopf. »Doch, doch, Sie müssen es langsam angehen. Für heute ist es genug.« Er warf Massimo einen missbilligenden Blick zu, dann leerte er eine Spritze in einen der Infusionsbehälter neben meinem Bett, und ich fühlte, wie mein Körper bleischwer wurde und versank.

»Ich werde hier sein.« Massimo setzte sich wieder auf den Stuhl neben dem Bett und hielt meine Hand. »Ich werde hier sein, wenn du aufwachst.«

Er war da, als ich aufwachte, am nächsten Tag und auch an jedem weiteren Tag – jedes Mal, wenn ich einschlief, und jedes Mal, wenn ich die Augen öffnete. Er wich mir nicht von der Seite. Er las mir vor, er brachte mir Filme, er kämmte mir die Haare, er wusch mich. Zu meinem Schrecken fand ich heraus, dass er mich auch gewaschen hatte, als ich bewusstlos gewesen war, er hatte den Krankenschwestern nicht gestattet, mir nahezukommen. Ich fragte mich, wie er es hatte ertragen können, dass die Ärzte, die mich operiert hatten, Männer gewesen waren. Offenbar hatte der Schuss meinen unteren Rücken getroffen. Eine Niere war nicht zu retten gewesen, aber Gott sei Dank hat der Mensch ja zwei davon, und auch mit einer alleine lässt es sich lange leben – vorausgesetzt, die Niere ist gesund. Während der Operation hatte mein Herz ausgesetzt, aber das verwunderte mich kaum – eher schon die Tatsache, dass die Ärzte es hatten reparieren können. Schließlich war ich lange Jahre herzkrank gewesen. Sie hatten eine Verengung beseitigt, hier etwas eingenäht und dort etwas weggeschnitten – und angeblich funktionierte das nun. Etwa eine Stunde lang erzählte mir der Arzt, der die Operation vorgenommen hatte, bis ins kleinste Detail, was er gemacht hatte, zeigte mir auf einem Tablet Tabellen, Grafiken und Kurven. Aber so gut war mein Englisch dann doch nicht, dass ich ihm in allen Einzelheiten hätte folgen können – und in meiner Verfassung war mir sowieso alles egal. Immerhin würde ich in Kürze das Krankenhaus verlassen können. Und tatsächlich fühlte ich mich von Tag zu Tag besser, mein Körper wurde erstaunlich schnell gesund. Nur meine Seele war wie tot. In unserem Wortschatz war das Wort »Baby« nicht mehr enthalten, und den Namen »Luca« hatte es nie gegeben. Schon die beiläufige Erwähnung eines Kindes, und sei es im Fernsehen oder im Internet, reichte aus, um mich in Tränen ausbrechen zu lassen.

Massimo öffnete sich mir in dieser Zeit mehr als jemals zuvor. Aber um keinen Preis wollte er auf Silvester zu sprechen kommen. Das machte mich zunehmend wütend, und zwei Tage vor meiner geplanten Entlassung aus dem Krankenhaus hielt ich es nicht mehr aus.

Massimo hatte gerade ein Tablett mit Essen vor mir abgestellt und krempelte sich die Ärmel hoch. »Ich esse nicht einen Bissen«, fauchte ich und verschränkte die Arme auf der Bettdecke. »Irgendwann müssen wir darüber sprechen. Und du kannst dich nicht bis in alle Ewigkeit mit meinem Gesundheitszustand herausreden – ich fühle mich wunderbar!«

Ich verdrehte die Augen. »Verdammt noch mal, Massimo, ich habe ein Recht zu wissen, was im Schloss von Fernando Matos passiert ist!«

Unwirsch ließ Massimo den Löffel, den er in der Hand hielt, auf den Teller sinken, holte tief Luft und stand dann hastig auf.

»Himmelherrgott, Laura, warum bist du nur so stur?« Er barg das Gesicht in den Händen und seufzte. »Also gut. An was kannst du dich erinnern?«

Ich durchwühlte die dunkelsten Ecken meines Gedächtnisses, bis mir plötzlich Marcelo vor Augen stand. Ich erstarrte, schluckte laut und atmete dann langsam aus.

»Ich weiß noch, wie Flavio, dieser Hurensohn, mich verprügelt hat.« Massimo biss die Zähne zusammen, während ich sprach, seine Kiefermuskeln traten hervor. »Dann warst du plötzlich da.« Ich schloss die Augen, in der Hoffnung, vor meinem inneren Auge die Geschehnisse zu sehen. »Es gab ein großes Durcheinander, dann sind alle gegangen und haben uns allein gelassen.« Ich machte eine Pause, unsicher, ob ich meinen Erinnerungen trauen konnte. »Ich bin zu dir gegangen ... und ich weiß noch, dass mein Kopf fürchterlich wehtat ... das ist alles.« Entschuldigend zuckte ich mit den Schultern und schaute Massimo an. Offenbar bereitete ihm die Erinnerung an diese Ereignisse Schuldgefühle, mit denen er überhaupt nicht umgehen konnte. Wutschnaubend lief er im Zimmer auf und ab und ballte immer wieder die Hände zu Fäusten.

»Flavio, dieser ... Er hat Fernando getötet, und dann hat er auf Marcelo geschossen.« Bei diesen Worten blieb mir die Luft weg. »Aber er hat ihn nicht getroffen«, fuhr Massimo fort, und ich stöhnte erleichtert auf. Als ich Massimos überraschten Blick bemerkte, rieb ich mir die Rippen auf der linken Seite, in Höhe des Herzens, und gab meinem Mann ein Zeichen fortzufahren.

»Dann hat der Glatzkopf seinen Schwager erschossen – oder zumindest hat er gedacht, dass er ihn erschossen hat, denn Flavio ist hinter dem Schreibtisch in einer riesigen Blutlache zusammengesackt. Du drohtest ohnmächtig zu werden.« Er brach ab, die Finger in seinen geballten Fäusten waren blutleer und weiß.

»Ich wollte dich stützen, da hat er noch einmal geschossen, diesmal auf dich.«

Ich riss die Augen auf, mein Atem stockte, und ich brachte kein Wort heraus. Offenbar sah ich furchtbar aus, denn Massimo eilte zu mir, strich mir über den Kopf und prüfte die Werte auf einem der Monitore. Ich war schockiert. Wie hatte Marcelo auf mich schießen können? Das war mir absolut unverständlich.

»Das regt dich zu sehr auf«, murmelte Massimo, als eine der Maschinen zu piepsen begann. Im nächsten Moment kamen eine Krankenschwester und mehrere Ärzte ins Zimmer geeilt und drängten sich um mein Bett, aber eine weitere Spritze in einen der zahlreichen Zugänge an meinem Arm löste die Aufregung alsbald in Wohlgefallen auf. Diesmal wurde ich ruhiger, schlief aber nicht ein. Mein Kopf war wie Watte. Zwar bekam ich weiterhin alles mit, was um mich herum geschah, aber nur aus der Ferne. *Ich bin eine Seerose auf der silbernen Wasseroberfläche* – dieser Vergleich ging mir durch den Kopf, während ich im Bett lag und zuschaute, wie Massimo dem Arzt wild gestikulierend erklärte, was vorgefallen war. *Ach, du kleiner Halbgott in Weiß, wenn du wüsstest, wer mein Mann ist, du würdest drei Meter Sicherheitsabstand halten*, dachte ich und lächelte selig. Die Männer diskutierten weiter, bis Massimo irgendwann nachgab, nickte und schuldbewusst den Kopf senkte. Kurz darauf waren wir wieder allein.

»Und dann?«, fragte ich ein wenig lallend.

Massimo schwieg einen Moment und musterte mich aufmerksam, und als ich ihm ein leicht narkotisiertes Lächeln schenkte, schüttelte er den Kopf. »Flavio war doch nicht tot und hat noch einmal auf dich geschossen.«

Flavio, wiederholte ich in Gedanken, und eine unkontrollierbare Erleichterung tanzte auf meinem Gesicht. Offenbar schob Massimo das auf die Wirkung der Medikamente, denn er fuhr unbeeindruckt fort.

»Marcelo hat ihn kaltgemacht, er hat ihm das gesamte Magazin in den Körper gejagt und ihn regelrecht massakriert.« Massimo schnaubte verächtlich und schüttelte den Kopf. »Ich hab mich dann um dich gekümmert. Domenico hat Hilfe geholt, denn der Raum, in dem wir uns befanden, war schallisoliert, und niemand hatte etwas von der Schießerei mitbekommen. Marcelo hat einen Verbandskasten gefunden, dann ist endlich der Rettungswagen gekommen. Du hast sehr viel Blut verloren.« Er erhob sich erneut.

»Und jetzt? Was wird jetzt?«, fragte ich und blinzelte müde.

»Jetzt fahren wir nach Hause.« Zum ersten Mal an diesem Tag erschien ein Lächeln auf Massimos Gesicht.

»Ich meine die Spanier … eure Geschäfte«, murmelte ich und ließ mich in mein Kissen sinken.

Massimo schaute mich argwöhnisch an, und ich suchte in Gedanken bereits nach einer guten Rechtfertigung für meine Frage. Als Massimo beharrlich schwieg, schaute ich ihm direkt in die Augen.

»Bin ich sicher, oder wird mich wieder jemand entführen?«, fragte ich und tat, als wäre ich ängstlich.

»Sagen wir es mal so: Ich habe mich mit Marcelo geeinigt. Das Haus seines Vaters ist bis unters Dach vollgestopft mit Elektronik, genau wie unseres. Es gibt Überwachungskameras und Abhörsysteme.« Er schloss die Augen und senkte den Kopf. »Ich habe mir die Aufnahmen angesehen und habe gehört, was Flavio gesagt hat. Er hat die Familie Matos gegen deren Willen in die Sache reingezogen, das weiß ich jetzt,

Fernando Matos hatte keine Ahnung von Flavios wahren Absichten. Marcelo hat einen furchtbaren Fehler gemacht, als er dich entführte.« Wut blitzte in Massimos Augen auf. »Aber ich weiß auch, dass er sich um dich gekümmert und dir das Leben gerettet hat.« Unvermittelt begann er zu zittern und zu keuchen. »Ich kann den Gedanken nicht ertragen, dass ...«, er brach ab. »Es wird niemals Frieden zwischen uns geben!«, rief Massimo aus, stand auf und schleuderte seinen Stuhl an die Wand. »Dieser Mann ist schuld daran, dass mein Sohn tot ist und das Leben meiner Frau am seidenen Faden hing.« Sein Atem ging schnell und flach. »Ich habe die Aufnahmen gesehen, wie dieser Hurensohn dich misshandelt hat, und ich schwöre dir, wenn ich könnte, würde ich ihn jeden Tag, den ich lebe, aufs Neue umbringen!« Mitten im Zimmer fiel Massimo auf die Knie. »Ich kann den Gedanken nicht ertragen, dass ich dich nicht beschützt habe, dass ich zugelassen habe, dass dieser glatzköpfige Hurensohn dich entführt und an den Ort gebracht hat, wo dieser verfickte Psychopath dich in die Finger gekriegt hat!«

»Aber er hatte keine Ahnung«, flüsterte ich unter Tränen. »Marcelo wusste nicht, warum er mich entführen sollte.«

»Verteidigst du ihn etwa?« Massimo riss sich vom Boden hoch und kam die drei Schritte bis zu meinem Bett. »Nach all dem, was du seinetwegen durchgemacht hast, verteidigst du ihn noch?« Schwer atmend stand er über mir, und mit den geweiteten Pupillen wirkten seine Augen komplett schwarz. Ich schaute ihn an und stellte zu meiner Überraschung fest, dass ich überhaupt nichts fühlte: weder Wut noch Ärger. Die Beruhigungsmittel, die ich bekommen hatte, hatten sämtliche

Gefühle aus meinem Körper geschwemmt, deshalb erstaunten mich die Tränen, die mir über die Wangen rannen.

»Ich will ganz einfach nicht, dass du Feinde hast, das wirkt sich nämlich auch auf mich aus«, sagte ich leise und bereute meine Worte sofort. Dieser Satz war ein indirekter Vorwurf. Ohne es zu wollen, hatte ich Massimo die Verantwortung für meinen Zustand gegeben.

Massimo seufzte. Er grub die Zähne so fest in seine Unterlippe, dass schon das Zusehen wehtat. Dann erhob er sich und ging langsam zur Tür. »Ich kümmere mich um deine Entlassungsunterlagen«, flüsterte er und verließ mit gesenktem Kopf das Zimmer.

Ich wollte ihn zurückrufen, ihn bitten zu bleiben, wollte mich entschuldigen und erklären, dass ich ihm keine Vorwürfe hatte machen wollen – aber die Worte blieben mir in der Kehle stecken. Als die Tür leise ins Schloss fiel, blieb ich auf dem Rücken liegen und starrte die Decke an, bis ich irgendwann einschlief.

Meine Blase weckte mich. Erst seit Kurzem wusste ich dieses Gefühl wieder zu schätzen, ebenso wie die Tatsache, dass ich inzwischen allein auf die Toilette gehen konnte. Ich genoss jeden Ausflug ins Bad. Nur wenige Tage zuvor war mir endlich der Blasenkatheter entfernt worden, außerdem hatte der Arzt gesagt, dass ich anfangen sollte zu laufen. Seit einigen Tagen machte ich also in ständiger Begleitung meines Infusionsständers kurze Spaziergänge auf dem Stationsflur.

Für meinen Toilettengang brauchte ich eine ganze Weile, pinkeln mit Infusionsständer bedurfte einiger Geschicklichkeit. Zumal ich heute auf mich allein gestellt war, denn zu meiner Überraschung hatte ich feststellen müssen, dass Massimo nicht wie sonst immer an meinem Bett saß, als ich erwachte. Noch am ersten Tag meines Krankenhausaufenthalts hatte er ein zweites Bett in meinem Zimmer aufstellen lassen und schlief seitdem neben mir. Geld vollbrachte bekanntlich Wunder. Wenn Massimo antike Möbel und einen Zimmerspringbrunnen gewollt hätte, die Ärzte wären auch diesem Wunsch nachgekommen. Doch Massimos Bett war unberührt, was nur bedeuten konnte, dass er vergangene Nacht Wichtigeres zu tun hatte, als auf mich aufzupassen.

Nachdem ich den ganzen Tag verschlafen hatte, war ich kein bisschen müde und beschloss, mir ein kleines Abenteuer zu gönnen. Ich trat auf den Korridor hinaus, hielt mich mit einer Hand am Laufgriff an der Wand fest und beobachtete belustigt, wie zwei mächtige Securitytypen bei meinem Anblick von ihren Stühlen aufsprangen. Ich gab ihnen ein Zeichen, sitzen zu bleiben, und ging, meinen Infusionsständer hinter mir herziehend, langsam den Gang entlang. Natürlich folgten mir die beiden. Als ich mir vor Augen führte, was für ein Bild wir abgaben, musste ich wider Willen lachen. Da schlich ich, in meinem hellen Bademantel und mit rosa Emu-Stiefeln an den Füßen, mit zerzaustem Haar und auf den Metallständer gestützt, an der Wand entlang, verfolgt von zwei Gorillas in schwarzen Anzügen und mit gegelten Frisuren. Da ich nicht unbedingt in Lichtgeschwindigkeit unterwegs war, kam unser kleiner Umzug nur im Schneckentempo vorwärts.

Mein Körper war solche Anstrengungen noch nicht wieder gewohnt, zwischendurch musste ich eine Pause machen und mich kurz hinsetzen. Meine Bewacher blieben in einigen Metern Entfernung ebenfalls stehen und scannten die Umgebung. Als sie nichts Bedrohliches finden konnten, fingen sie an, sich zu unterhalten. Selbst jetzt, um kurz vor Mitternacht, war auf den Krankenhausfluren noch ziemlich Betrieb. Eine Schwester kam zu mir und fragte, ob alles okay sei, ich sagte, dass ich mich nur ein wenig ausruhte, und sie eilte weiter.

Schließlich stand ich auf und wollte schon in mein Zimmer zurückkehren, da entdeckte ich plötzlich am anderen Ende des Flurs vor einer großen Glasscheibe eine bekannte Gestalt.

»Unmöglich«, flüsterte ich und zerrte meinen Infusionsständer in ihre Richtung. »Amelia?«

Sie drehte sich zu mir um, und ein Lächeln flog über ihr Gesicht.

»Was machst du denn hier?«, fragte ich verwundert.

»Ich warte«, antwortete Amelia und wies mit dem Kopf auf etwas hinter der Scheibe. Ich folgte ihrem Blick und sah einen Saal mit Inkubatoren, in denen, von Schläuchen und Kabeln umgeben, winzige Babys lagen. Sie sahen aus wie Puppen, manche waren kaum größer als eine Packung Zucker. Bei diesem Anblick war mir ganz elend zumute. Luca war noch so klein gewesen. Tränen traten mir in die Augen, und ich hatte einen Kloß in der Kehle. Fest presste ich die Lider zusammen, und als ich sie wieder öffnete, schaute ich Amelia aufmerksamer an. Sie trug einen Bademantel, sie war also ebenfalls Patientin.

»Pablo ist zu früh gekommen«, erklärte sie und wischte sich mit dem Ärmel die Nase ab. Tränenspuren glitzerten auf ihren Wangen. »Als ich erfahren habe, was passiert ist, dass mein Vater und …« Sie brach ab, und ich wusste, was sie mir zu sagen versuchte. Ich streckte die Hand aus und zog sie in meine Arme. In diesem Moment wusste ich selbst nicht, ob ich eher ihr Trost spenden wollte oder vielmehr selbst welchen suchte. Meine beiden Bewacher traten ein paar Schritte zurück, um uns nicht zu stören. Amelia ließ ihren Kopf gegen meine Schulter sinken und schluchzte. Ich konnte nicht mit Sicherheit sagen, ob sie wusste, dass der Vater ihres Kindes versucht hatte, mich umzubringen, aber vermutlich hatte ihr Bruder ihr eine geschönte Version mitgeteilt.

»Es tut mir leid, was mit deinem Mann passiert ist.« Diese Worte kamen mir nur schwer über die Lippen. Schließlich tat es mir um Flavio überhaupt nicht leid, im Gegenteil, ich war froh, dass Marcelo ihn erschossen hatte.

»In Wahrheit war er gar nicht mein Ehemann«, flüsterte Amelia. »Ich habe ihn nur immer so genannt. Ich hätte ihn gerne geheiratet.« Sie schniefte und richtete sich auf. »Aber wie geht es dir?« Sie schaute an mir herunter und auf meinen Bauch, ihr Blick war warm und voller Fürsorge.

»Laura!« Der alarmierte Aufschrei in meinem Rücken verhieß nichts Gutes. Ich schaute hinter mich und sah Massimo wutentbrannt in langen Sätzen den Korridor herunter auf mich zueilen.

»Ich muss los, ich finde dich«, flüsterte ich, drehte mich um und ging meinem Mann entgegen.

»Was machst du hier, was soll das?«, fragte Massimo verärgert und setzte mich umstandslos in einen an der Wand stehenden Rollstuhl. An die beiden Gorillas gerichtet, presste er durch die zusammengebissenen Zähne mehrere Sätze auf Italienisch hervor; offenbar wusch er ihnen ordentlich den Kopf. Dann schob er mich behutsam zu meinem Zimmer zurück.

Dort angekommen, hob er mich aus dem Rollstuhl, legte mich ins Bett und zog mir die Decke bis zum Kinn. Massimo wäre nicht Massimo gewesen, wenn er mir nicht den ganzen Weg Vorhaltungen über meinen Leichtsinn und mein unverantwortliches Verhalten gemacht hätte.

»Wer war die Frau?«, fragte er und hängte sein Jackett über die Stuhllehne.

»Die Mutter von einem der Frühgeborenen«, wisperte ich und wandte den Kopf ab. »Die Ärzte wissen noch nicht, ob es durchkommt.« Ich wusste genau, dieses Thema würde Massimo nicht weiter verfolgen.

»Ich verstehe nicht, was du überhaupt auf dieser Station zu suchen hattest«, sagte er vorwurfsvoll. Eine bedrohliche Stille trat ein, in der nur Massimos tiefe Atemzüge zu hören waren.

»Du musst dich ausruhen«, sagte er dann. »Morgen fahren wir nach Hause.«

In dieser Nacht schlief ich schlecht. Ich träumte von Babys, Brutkästen und schwangeren Frauen und wachte ständig auf; aber ich hoffte, diesen quälenden Gedanken zu Hause auf Sizilien endlich entkommen zu können. Am nächsten Morgen wartete ich ungeduldig darauf, dass Massimo mich endlich für einen Moment allein ließ. Er hatte einen Termin mit dem medizinischen Konsilium, das angesichts meiner bevorstehenden Entlassung einberufen worden war. Meine behandelnden Ärzte waren ganz und gar nicht einverstanden damit, dass ich das Krankenhaus verließ; ihrer Meinung nach war ich weiterhin behandlungsbedürftig. Da sie meiner Entlassung nur unter der Bedingung zugestimmt hatten, dass ihre umfangreichen und ausführlichen Therapieanweisungen genauestens eingehalten würden, hatte Massimo mehrere Ärzte aus Sizilien einfliegen lassen.

Ich war bei diesem wichtigen Termin nicht dabei und wollte die Gelegenheit nutzen, um Amelia zu besuchen. Ich zog einen Jogginganzug an, schlüpfte in meine Schuhe, streckte vorsichtig den Kopf durch die Tür und schaute mich um. Meine beiden Bodyguards waren nirgendwo zu sehen. Im ersten Moment war ich geradezu erschrocken – ich war überzeugt, irgendjemand hätte sie ausgeschaltet und würde im nächsten Augenblick zurückkommen, um sich mit mir zu befassen. Aber dann fiel mir wieder ein, dass mir keine Gefahr mehr drohte, und ich ging langsam den Korridor entlang.

»Ich suche meine Schwester«, sagte ich zu der Frau hinter dem Empfangstresen der Neugeborenenstation. Die ältere Krankenschwester blaffte ein paar Worte auf Spanisch und verdrehte die Augen, dann stand sie auf und ging los, um eine Kollegin zu holen, die Englisch sprach. Wenige Minuten später kam sie in Begleitung einer lächelnden jungen Frau zurück.

»Wie kann ich helfen?«

»Ich suche meine Schwester, Amelia Matos. Sie liegt bei Ihnen auf der Station, sie hatte eine Frühgeburt.«

Die Frau tippte einige Daten in den Computer und schaute auf dem Monitor nach, dann nannte sie mir die Zimmernummer und wies mir die Richtung.

Vor der Tür hatte ich die Hand schon erhoben und wollte

eben anklopfen, als ich plötzlich erstarrte. *Was zum Teufel mache ich hier?*, fragte ich mich. *Ich gehe zur Schwester des Auftragsmörders, der mich entführt hat, und will sie fragen, wie es ihr nach dem Tod ihres Mannes geht, wobei ihr Mann mich wohlgemerkt fast zu Tode geprügelt hat.* Die ganze Situation war so surreal, dass ich selbst kaum glauben konnte, was ich da tat.

»Laura?«, hörte ich plötzlich eine Stimme hinter meinem Rücken und drehte mich um. Neben mir stand Amelia, eine Wasserflasche in der Hand. »Ich wollte sehen, wie es dir geht«, brachte ich mühsam hervor.

Amelia öffnete die Tür und zog mich hinter sich her ins Zimmer. Ihr Zimmer war noch größer als meines und bestand aus einem Wohnbereich und einem abgetrennten Schlafzimmer. Überall standen Liliensträuße, ihr schwerer Duft erfüllte den Raum.

»Mein Bruder kommt jeden Tag und bringt mir einen frischen Strauß«, seufzte Amelia und setzte sich aufs Sofa. Ich erstarrte. Panisch schaute ich mich um und zog mich langsam in Richtung Tür zurück.

»Keine Sorge, heute kommt er nicht, er musste wegfahren«, sie schaute mich an, als könnte sie meine Gedanken lesen. »Er hat mir alles erzählt.«

»Was genau?«, fragte ich und ließ mich in einen Sessel sinken.

Amelia senkte den Kopf und rang die Hände. Sie war nur noch ein Schatten ihrer selbst. Von der atemberaubend schönen, offenherzigen Frau, die ich kennengelernt hatte, war nichts geblieben.

»Ich weiß, dass ihr kein Paar wart, dass mein Vater deine

Entführung befohlen hat und dass Marcelo den Auftrag hatte, sich um dich zu kümmern.« Sie rückte näher an mich heran. »Laura, ich bin nicht dumm. Ich weiß, in was für eine Familie ich hineingeboren bin und womit Fernando Matos sein Geld verdient hat.« Sie seufzte. »Aber dass Flavio hinter all dem stand…« Sie brach ab, als ihr Blick auf meinen Bauch fiel. »Wie geht es deinem…« Sie schwieg, als sie sah, dass ich mechanisch den Kopf schüttelte und mir die Tränen übers Gesicht liefen. Sie schloss die Augen, und Sekunden später kullerten auch über ihre Wangen dicke Tropfen. »Es tut mir so leid«, flüsterte sie. »Wegen meiner Familie hast du dein Kind verloren.«

»Es ist nicht deine Schuld, Amelia. Du musst dich für nichts entschuldigen«, sagte ich so fest wie möglich; meine Stimme zitterte nur ganz leicht. »Dafür haben wir den Männern zu danken, mit denen das Schicksal uns zusammengeführt hat. Du kannst deinem Mann dafür danken, dass Pablo um sein Leben kämpft, und ich meinem dafür, dass ich überhaupt jemals einen Fuß auf diese Insel gesetzt habe.« Es war das erste Mal, dass ich diesen Gedanken laut aussprach, und beim Klang meiner Worte fühlte ich einen Stich im Herzen. Nie zuvor hatte ich meine Vorwürfe an Massimo so eindeutig formuliert. Dabei war ich Amelia gegenüber nicht vollkommen ehrlich, schließlich war Flavio der Hauptschuldige… aber ich wollte sie schonen.

»Wie geht es deinem Sohn?«, fragte ich und unterdrückte ein Schluchzen. Ich wünschte dem Kleinen und seiner Mutter von Herzen alles Gute, aber trotzdem kamen mir diese Worte nur schwer über die Lippen.

»Besser, glaube ich.« Sie lächelte schwach. »Wie du siehst, kümmert sich mein Bruder um alles.« Mit der Hand wies sie in den Raum. »Entweder hat er die Ärzte bestochen oder fürchterlich terrorisiert, jedenfalls behandeln mich alle wie eine Königin. Pablo bekommt die bestmögliche Betreuung, er macht Fortschritte.« Wir sprachen noch ein paar Minuten, dann fiel mir siedend heiß ein, dass ich in echte Schwierigkeiten kommen würde, wenn Massimo mich bei seiner Rückkehr nicht im Zimmer antraf.

»Amelia, ich muss los. Heute kehre ich nach Sizilien zurück.«

Leise stöhnend erhob ich mich und stützte mich auf der Rückenlehne des Sessels ab.

»Laura, warte. Da ist noch eine Sache…« Fragend schaute ich Amelia an. »Marcelo… Ich wollte mit dir über meinen Bruder reden.« Amelia senkte verlegen den Blick, dann begann sie stockend zu sprechen. »Ich möchte nicht, dass du meinen Bruder hasst, vor allem, weil er dich, glaube ich…«

»Ich mache deinem Bruder keinen Vorwurf«, unterbrach ich sie, denn ich hatte Angst vor dem, was sie sagen wollte. »Ehrlich, grüß ihn von mir. Ich muss jetzt los«, warf ich noch über die Schulter, küsste Amelia auf beide Wangen und umarmte sie sanft, dann eilte ich, so schnell ich konnte, aus dem Zimmer.

Auf dem Korridor lehnte ich mich mit dem Rücken gegen die Wand und atmete tief durch. Mir war ein wenig übel, und ich verspürte ein leichtes Brennen hinter dem Brustbein, aber eigenartigerweise hörte ich mein eigenes Herz nicht. Das unerträgliche Dröhnen, das sonst bei jeder Panik-Attacke meinen Kopf zum Bersten gebrachte hatte, war einfach weg. Kurz überlegte ich, ins Zimmer zurückzugehen und Amelia zu bitten, ihren Satz zu Ende zu bringen, aber dann besann ich mich eines Besseren und trat den Rückweg an.

KAPITEL 3

»Aufstehen!«, schrie Olga, als sie in mein Schlafzimmer kam.
»Raus aus den Federn. Wie lange willst du mich denn noch
warten lassen, du Miststück?«

Sie wollte mich umarmen, aber auf halbem Wege fiel ihr
ein, dass an allen Ecken und Enden meines Körpers frische
Nähte und Narben waren, und sie ließ von ihrem Vorhaben
ab. Schließlich kniete sie neben dem Bett, Tränen stiegen ihr
in die Augen.

»Ich hatte solche Angst um dich, Laura!«, brach es aus ihr
heraus, und sie tat mir furchtbar leid. »Als du entführt worden bist, da wollte ich ... Ich wusste nicht ...«, stotterte sie
und verschluckte sich vor lauter Aufregung.

Ich strich ihr über die Haare, aber mit an meinem Hals
vergrabenem Kopf heulte sie immer noch wie ein kleines
Kind.

»Und dabei sollte ich dich jetzt aufmuntern und nicht du
mich.« Sie wischte sich die Nase ab und schaute mich an.
»Du bist dünn geworden«, stellte sie erschrocken fest. »Geht
es dir gut?«

»Wenn man die Wundschmerzen nach der Operation beiseitelässt und von der Tatsache absieht, dass ich fast einen Monat fort war und mein Kind verloren habe, geht es mir hervorragend«, seufzte ich. Der sarkastische Unterton in meiner Stimme konnte Olga nicht entgangen sein, denn sie schwieg und ließ den Kopf hängen.

»Massimo hat deinen Eltern nichts gesagt.« Sie verzog das Gesicht. »Deine Mutter wird bald wahnsinnig. Als sich deine Eltern am Tag ihrer Abreise von dir verabschieden wollten, hat er mich angewiesen, ihnen irgendeinen Schwachsinn zu erzählen, damit sie sich keine Sorgen machen. Also habe ich gesagt, Massimo hätte einen Überraschungstrip für dich vorbereitet und das Ganze wie eine Entführung aussehen lassen. Grotesk, oder? Er hätte dich in die Dominikanische Republik entführt, sozusagen als Weihnachtsgeschenk. Das ist weit weg, und das Mobilfunknetz da ist richtig scheiße. Und diese Lüge habe ich deiner Mutter die ganzen drei Wochen lang aufgetischt, wieder und wieder, jedes Mal, wenn sie angerufen hat. So richtig wollte sie mir nicht glauben, deshalb habe ich ihr auf Facebook geschrieben – also von deinem Konto.« Olga zuckte die Schultern. »Allerdings ist Klara Biel nicht auf den Kopf gefallen.« Olga legte sich neben mir auf die Bettdecke und schlug die Hände vors Gesicht. »Weißt du, was ich durchgemacht habe? Jede Lüge zog eine weitere nach sich, und mit jeder neuen Wendung wurde die ganze Geschichte immer unglaubwürdiger.«

»Was ist der letzte Stand?«, fragte ich so ruhig wie möglich.

»Dass ihr geschäftlich auf Teneriffa seid und dass dir dein Telefon in die Toilette gefallen ist.«

Ich drehte den Kopf und schaute Olga an. *Also muss ich*

meine Mutter schon wieder anlügen, dachte ich. »Gib mir dein Telefon. Massimo hat mir meins nicht zurückgegeben.«

»Ich hatte dein Telefon.« Olga zog mein iPhone aus der Schublade des Nachtschränkchens neben dem Bett. »Ich habe es nach deiner Entführung im Hotel gefunden.« Sie stand auf und ging zur Tür. »Okay, Laura, dann lass ich dich besser allein.«

Ich nickte, griff nach dem Telefon und suchte den Eintrag »Mama« in meinem Adressbuch. Dann schaute ich starr auf das Display und wusste nicht, ob ich endlich ehrlich mit ihr sein oder sie weiter anlügen sollte. Und wenn ich ihr nicht die Wahrheit sagte, was sollte ich ihr dann erzählen? Nach wenigen Sekunden wurde mir bewusst, wie grausam die Wahrheit für meine Mutter sein musste – ausgerechnet jetzt, wo endlich alles in geordneten Bahnen lief und sie meinem Ehemann geradezu aus der Hand fraß. Ich atmete tief ein, wählte und hielt mir das Telefon ans Ohr.

»Laura!« Der spitze Schrei meiner Mutter sprengte mir geradezu die Schädeldecke. »Warum um Himmels willen hast du dich so lange nicht gemeldet? Weißt du, was ich durchgemacht habe? Dein Vater ist ganz krank vor Sorge …«

»Mir geht es gut.« Ich starrte die Decke an und spürte, wie mir die Tränen in die Augen traten. »Heute bin ich zurückgekommen. Mein Telefon war kaputt, es ist ins Wasser gefallen.«

»Was soll das, Laura? Das ergibt doch alles keinen Sinn. Was ist los, Kindchen?«

Ich wusste, meine Mutter durchschaute mich, und ich musste zumindest einen Teil der Wahrheit sagen.

»Als wir auf den Kanaren waren, hatte ich einen Unfall…«
Ich seufzte, Stille breitete sich zwischen uns aus. »Das Auto,
in dem ich saß, ist mit einem anderen zusammengestoßen,
und…« Ich hatte einen Kloß in der Kehle und schluckte
krampfhaft, Tränen liefen mir über die Schläfen ins Haar.
»Und…«, setzte ich erneut an, aber dann konnte ich mein
Schluchzen nicht mehr unterdrücken. »Ich habe das Baby
verloren, Mama.« Ich konnte hören, dass auch meine Mutter weinte.

»Mein Liebling«, flüsterte sie, und ich wusste, das war alles,
was sie mir in diesem Moment sagen konnte.

»Mama, ich…«

Keine von uns beiden brachte ein weiteres Wort heraus,
und wir schwiegen und weinten zusammen. Und obwohl uns
mehrere Tausend Kilometer voneinander trennten, waren
wir uns in diesem Moment ganz nah.

»Ich komme zu dir«, sagte meine Mutter nach einer ganzen
Weile, »und kümmere mich um dich.«

»Das ist lieb gemeint, Mama, aber das bringt nichts, damit muss ich… damit müssen wir alleine zurechtkommen.
Massimo braucht mich in diesem Moment so sehr wie nie
zuvor. Und ich ihn. Ich komme zu euch, wenn es mir besser geht.«

Es dauerte eine Weile, bis ich meine Mutter überzeugt
hatte, dass ich inzwischen erwachsen war und einen Ehemann hatte, mit dem gemeinsam ich diese schwierige Phase
durchmachen und den Verlust verarbeiten musste. Aber
schließlich gab meine Mutter nach.

Das Gespräch mit ihr hatte eine reinigende und heilende

Wirkung, trotzdem – oder gerade deshalb – war ich danach so erschöpft, dass ich wieder einschlief. Irgendwann wurde ich wach, weil vom Erdgeschoss Lärm heraufdrang. Ich sah den rötlichen Schein des Kaminfeuers, stand auf und ging zur Treppe. Als ich die Stufen hinunterging, erblickte ich Massimo, der Holzscheite ins Feuer warf.

Ich hielt mich am Geländer fest und ging langsam, Stufe für Stufe, zu ihm hinunter. Er trug eine Anzughose und ein schwarzes, aufgeknöpftes Hemd. Als ich auf der letzten Stufe stand, hob er den Blick und schaute mich an.

»Warum bist du aufgestanden?«, blaffte er, ließ sich aufs Sofa fallen und starrte stumpf in die Flammen. »Du darfst dich nicht anstrengen, geh wieder ins Bett.«

»Ohne dich hat das keinen Sinn«, entgegnete ich und setzte mich neben ihn.

»Ich kann nicht mit dir schlafen.« Er griff nach der fast leeren Whiskeyflasche und schenkte sich ein Glas ein. »Ich könnte dir wehtun, ohne es zu wollen, und du hast durch mich schon genug gelitten.«

Ich seufzte schwer, hob seinen Arm und wollte mich unter seine Achsel schmiegen, aber er zog sich zurück.

»Was ist auf Teneriffa passiert?« In seiner Stimme schwang ein anklagender Unterton mit und noch etwas, das ich nie zuvor gehört hatte.

»Bist du betrunken?« Ich wandte ihm das Gesicht zu. Seine Miene war unbewegt, aber in seinen Augen glomm Wut.

»Du hast mir nicht geantwortet.« Seine Stimme war lauter geworden. Tausend Gedanken schossen mir durch den Kopf, vor allem einer: Ob er es wusste? Ich fragte mich, ob

Massimo wusste, was im Strandhaus geschehen war, und ob er irgendwie herausgefunden hatte, dass ich eine Schwäche für Marcelo hatte.

»Du hast mir auch nicht geantwortet.« Ein wenig zu schnell stand ich auf, Schmerz schoss mir in die Seite, und ich musste mich am Sofa festhalten. »Aber das brauchst du auch nicht mehr. Du bist hackedicht, und so werde ich nicht mit dir reden.«

»Und ob du mit mir reden wirst!«, schrie Massimo hinter mir und sprang vom Sofa hoch. »Du bist meine Frau, verdammt noch mal, und wenn ich dich was frage, hast du mir gefälligst zu antworten.«

Er feuerte sein Glas auf den Boden, und die Splitter spritzten in alle Richtungen. Barfuß stand ich da und krümmte mich vor Schmerzen, während er sich drohend vor mir aufbaute. Er presste die Kiefer so fest zusammen, dass die Muskeln hervortraten, und ballte die Hände zu Fäusten. Dieser Anblick entsetzte mich. Massimo wartete einen Moment, aber als ich beharrlich schwieg, drehte er sich um und verließ das Zimmer.

Ich hatte Angst, mich an einem der Glassplitter zu verletzen, also setzte ich mich wieder aufs Sofa und legte meine Füße auf ein weiches Kissen. Vor meinem inneren Auge sah ich, wie Marcelo in der Küche seines Apartments auf Teneriffa die Scherben des Tellers zusammengesammelt hatte, damit ich mich nicht verletzte. Dann hatte er mich hochgehoben und zur Seite getragen, um die Splitter aufzufegen.

»Bitte nicht!«, wisperte ich, erschrocken von dem wohligen Schauer, der mich bei diesen Erinnerungen durchrieselte. Ich rollte mich auf dem Sofa zusammen, wickelte mich in eine weiche Decke und schaute ins Feuer, bis ich einschlief.

Die nächsten Tage, oder vielmehr die nächsten Wochen, sahen kaum anders aus. Ich lag im Bett, weinte, dachte nach, erinnerte mich, dann weinte ich wieder. Massimo arbeitete, aber eigentlich wusste ich gar nicht genau, was er machte, denn ich bekam ihn nur äußerst selten zu Gesicht – meistens dann, wenn die Ärzte ins Haus kamen, um mich zu untersuchen oder zu behandeln. Die Nächte verbrachte ich allein, ich wusste nicht einmal, wo Massimo schlief. Das Castello war so groß und hatte so viele Zimmer, dass ich Massimo nicht gefunden hätte, selbst wenn ich ihn gesucht hätte.

»Laura, so geht das nicht weiter«, sagte Olga eines Tages, als wir zusammen auf einer Bank im Garten saßen. »Es geht dir wieder gut, aber du verhältst dich so, als wärst du immer noch schwer krank.« Sie bedeckte ihr Gesicht mit den Händen. »Und ich habe die Nase so was von gestrichen voll! Massimo hat jeden Tag die gleiche furchtbare Laune und schleppt Domenico ständig irgendwo hin. Und du heulst stundenlang oder liegst im Bett rum. Denkst du auch mal an mich?«

»Ach komm, Olga, lass gut sein«, murmelte ich.

»Vergiss es!« Olga sprang auf und streckte mir die Hand hin. »Los, zieh dich an, wir gehen aus.«

»Olga, ich sag das so höflich wie möglich: Verpiss dich!«

Mein Blick wanderte zurück auf das ruhige Meer. Olga kochte vor Wut, das konnte ich geradezu körperlich spüren.

»Du gottverdammte Egoistin!« Sie stand auf, sodass sie

mir die Aussicht versperrte, und schrie dann los: »Du hast mich hierhergeholt, du hast zugelassen, dass ich mich hier verliebe – mehr noch: Ich habe mich verlobt! Und jetzt lässt du mich hier alleine!« Sie klang elend und verzweifelt, und ich bekam Schuldgefühle.

Ich weiß nicht, wie sie es schaffte, aber irgendwie steckte sie mich in einen Jogginganzug und lud mich ins Auto. Wir hielten vor einem kleinen, typisch sizilianischen Häuschen in Taormina. Olga stieg aus, und ich schaute sie verständnislos an.

»Hoch mit dem Hintern«, schimpfte Olga, als ich nach mehreren Minuten immer noch bewegungslos auf dem Beifahrersitz saß, aber inzwischen schwang in ihrer Stimme mehr Sorge als Ärger mit.

»Kannst du mir bitte sagen, was wir hier machen?«, fragte ich, als der Securitymann die Autotür hinter mir schloss.

»Wir lassen uns behandeln.« Mit der Hand wies Olga auf das Haus. »Genauer gesagt, wir lassen uns den Kopf richten. Angeblich ist Marco Garbi der beste Therapeut auf ganz Sizilien.«

Als ich das hörte, wollte ich sofort wieder ins Auto steigen, aber Olga zog mich in Richtung Haus.

»Entweder du besorgst dir selbst einen Therapeuten, oder dein Ehemann sucht dir in seinem Kontrollwahn einen verfickten Psychodoktor, der ihm nach jedem deiner Termine haarklein alles berichtet. Allein schaffst du das nicht.«

Resigniert lehnte ich mich an den Gartenzaun. Ich hatte keine Ahnung, ob ich mir eigentlich helfen lassen wollte und wobei überhaupt.

»Warum zur Hölle bin ich nur mitgefahren«, seufzte ich, ging dann aber durchs Gartentor und die kleine Treppe hinauf und klopfte.

Der Arzt war eine mehr als außergewöhnliche Erscheinung. Ich hatte einen hundertjährigen Sizilianer mit zurückgegeltem grauem Haar und Brille erwartet, vor dem ich mich à la Freud auf die Liege legen musste. Aber nichts dergleichen. Marco Garbi sah überhaupt nicht wie ein typischer Therapeut aus. Er war nur etwa zehn Jahre älter als ich und trug ausgeblichene Jeans, ein Tanktop und Sneakers. Sein langes, lockiges Haar war zu einem Dutt gebunden. Das Anamnese-Gespräch führten wir am Küchentisch, und Marcos erste Frage war, was ich trinken wollte. Das alles erschien mir wenig professionell, aber Marco war ja hier der Spezialist, nicht ich.

Als wir uns setzten, gab Marco mir zu verstehen, dass er genau wusste, wessen Ehefrau ich war, aber auch, dass ihm das nicht das Geringste ausmachte. In seinem Haus, versicherte er mir, hatte Massimo nichts zu sagen, und von unseren Gesprächen würde er nie erfahren.

Dann bat er mich, ihm das letzte Jahr meines Lebens in allen Einzelheiten zu schildern. Aber als ich auf den Überfall zu sprechen kam, unterbrach er mich, denn er sah ja, dass ich vor Schluchzen kaum noch sprechen konnte und keine Luft bekam. Stattdessen wollte er wissen, was mir Freude machte, was ich mir für das neue Jahr gewünscht und welche Pläne ich vor Silvester gehabt hatte. Im Grunde war es eine ganz normale Unterhaltung mit einem Fremden, und danach ging es mir weder besser noch schlechter.

»Und?« Olga sprang vom Sessel im Vorzimmer auf, wo sie auf mich gewartet hatte. »Wie war es?«

»Keine Ahnung«, erwiderte ich schulterzuckend. »Keine Ahnung, ob Reden hilft.«

Wir stiegen ins Auto.

»Außerdem hat er gesagt, dass ich nicht krank bin, aber dass ich die Therapie brauche, um alles zu verstehen.« Ich verdrehte die Augen. »Und er meint, wenn ich will, kann ich weiter rumliegen.« Ich streckte Olga die Zunge heraus. »Ich weiß nur nicht, ob ich will«, fuhr ich fort. »Denn nach diesem Gespräch bin ich zu dem Schluss gekommen, dass mein größtes Problem ist, dass ich mich langweile. Wenn ich ihn richtig verstanden habe, will Marco, dass ich mir eine Aufgabe suche. Dass ich etwas anderes mache als warten, dass mein altes Leben zurückkommt.« Ich ließ den Kopf an die Scheibe sinken.

»Na, das klingt doch alles wunderbar.« Olga klatschte in die Hände und hüpfte auf ihrem Sitz auf und ab. »Dann suchen wir uns mal eine schöne Aufgabe. Ich krieg dich zurück, du wirst sehen.« Sie umarmte mich, und dann klopfte sie dem Fahrer auf die Schulter. »Nach Hause.«

Als wir am Castello ankamen, parkten an die zehn Autos in der Einfahrt. Hatten wir etwa Gäste, von denen ich nichts wusste? Ich schaute an mir herab. Mein beiger Jogginganzug von Victoria's Secret war zwar wirklich hübsch, aber definitiv nicht die Art von Kleidung, in der ich anderen Menschen gegenübertreten wollte. Normalen Menschen vielleicht schon, nicht aber den Menschen, mit denen mein Mann Umgang pflegte, sprich Gangstern aus aller Herren Länder.

Eilig durchquerten Olga und ich die endlosen Korridore, in der inständigen Hoffnung, dass sich keine der hundert Türen plötzlich öffnen und jemand herauskommen würde. Dankenswerterweise begegneten wir niemandem. Erleichtert ließ ich mich im Schlafzimmer aufs Bett fallen und wollte mich gerade wieder in den Kissen vergraben, als Olga mir die Decke wegzog und sie auf den Fußboden warf.

»Du glaubst doch selber nicht, dass ich gerade eine geschlagene Stunde bei diesem Psychotyp auf dich gewartet habe, nur um jetzt zuzusehen, wie du weiter zwischen den Daunen verrottest. Jetzt ziehen wir dir erst mal was an und renovieren dich ein bisschen.«

Sie griff mein rechtes Bein und zog mich Richtung Fußende des Bettes. Verzweifelt hielt ich mich am Kopfende fest und kämpfte mit aller Macht gegen sie an. Ich schrie, dass ich mehrere Operationen gehabt hatte und es mir nicht gut ging, aber das machte auf Olga keinerlei Eindruck. Als ich schon kurz davor war aufzugeben, ließ Olga mich plötzlich los. Kurz dachte ich, sie hätte aufgegeben, da packte sie meine beiden Füße und begann, mich durchzukitzeln. Das war ein ganz gemeines Foul, ich hatte keine Chance. Sekunden später wand ich mich kichernd auf dem Teppich, und Olga schleifte mich in Richtung Ankleidezimmer.

»Du gemeines, boshaftes, hinterhältiges Ekel!«, schrie ich.

»Ja, ja, schon gut, ich liebe dich auch«, erwiderte Olga und schnaufte vor Anstrengung. »Und jetzt rein da, anziehen«, rief sie aus, als wir die Garderobe erreicht hatten.

Schmollend und mit verschränkten Armen lag ich auf dem Teppich und schaute zu Olga hoch. Einerseits hatte ich überhaupt keine Lust, mich umzuziehen, denn nach mehreren Wochen im Pyjama hielt ich Schlafanzüge für eine absolut alltagstaugliche Kleidung, andererseits war mir klar, dass Olga nicht so ohne Weiteres aufgeben würde.

»Bitte!«, flüsterte sie und sank neben mir auf die Knie. »Du fehlst mir, Laura.«

Das reichte, um mir die Tränen in die Augen zu treiben. Ich nahm sie in die Arme und drückte sie an mich.

»Also gut, ich gebe mir Mühe. Aber erwarte keine übermäßige Begeisterung von mir.«

Olga sprang auf, tanzte um mich herum und flötete unzusammenhängendes Zeug, dann rannte sie zum Schuhregal.

»Stiefel von Givenchy«, sagte sie und hob meine beigen Lieblingsschuhe in die Höhe. »Da noch nicht Hochsommer ist, sind die perfekt, und jetzt wählst du den Rest aus.«

Ich schüttelte den Kopf, stand aber auf und ging zur Kleiderstange mit Hunderten Bügeln daran. Ich hatte keine Idee, was ich anziehen sollte, aber Olga hatte recht, das waren meine Lieblingsstiefel, dazu trug ich nicht irgendwas.

»Warum kompliziert, wenn's auch einfach geht«, murmelte ich und nahm ein kurzes Trapezkleid mit langen Ärmeln im Beige der Stiefel vom Haken. Dann holte ich eine Garnitur aus der Wäscheschublade und ging ins Bad.

Zum ersten Mal seit Wochen stand ich vor dem Spiegel und schaute mich an. Ich sah fürchterlich aus. Ich war blass, schrecklich dünn und hatte einen widerlichen Ansatz von zwei Zentimetern Länge im Haar. Schnell wandte ich mich vom Spiegel ab.

Ich trat unter die Dusche, wusch mir die Haare, rasierte

mir die Achseln, die Beine und alles andere, dann setzte ich mich in ein Handtuch gewickelt vor die Schminkkommode. Für all das brauchte ich wesentlich länger als normalerweise, aber nach zwei Stunden war ich endlich so weit. Zwar sah ich bei Weitem noch nicht wieder aus wie das blühende Leben, aber zumindest hatte ich das Bild von Elend und Verzweiflung, das ich bot, nun ein wenig übertüncht.

Als ich ins Schlafzimmer zurückkam, lag Olga auf dem Bett und schaute fern.

»Wahnsinn! Gut schaust du aus«, stellte sie fest und legte die Fernbedienung zur Seite. »Ich hatte schon fast vergessen, was du für eine heiße Braut bist. Aber setz bitte einen Hut auf, sonst siehst du aus wie eine von diesen Provinzschönheiten, die es einfach nicht draufhaben.«

Ich verdrehte die Augen, ging aber gehorsam noch einmal ins Ankleidezimmer und suchte eine passende Kopfbedeckung. Zehn Minuten später hatte ich einen Hut auf dem Kopf, eine helle Handtasche von Prada über dem Arm und eine Sonnenbrille von Valentino auf der Nase, und wir gingen zur Einfahrt. Ich bat darum, meinen Wagen aus der Garage zu holen, aber offenbar hatte Massimo verboten, dass ich alleine das Castello verließ. Also mussten wir notgedrungen mit einem schwarzen SUV und den üblichen zwei Bodyguards vorliebnehmen.

»Wohin fahren wir?«, fragte ich, als wir im Wagen saßen.

»Lass dich überraschen«, erwiderte Olga belustigt, klopfte dem Fahrer auf die Schulter, und wir fuhren los.

Eine knappe Stunde später hielten wir vor dem Hotel, in dem ich schon einmal mit Olga gewesen war. Damals hatte ich mich, unbemerkt von der Security, davongeschlichen, um meinen frischgebackenen Ehemann zu überraschen – und dann hatte ich auf dem Schreibtisch in der Bibliothek Massimos Ex-Freundin Anna mit seinem Zwillingsbruder Adriano in flagranti erwischt, Adriano aber blöderweise für Massimo gehalten. Ich hätte nie gedacht, dass mir diese Erinnerung einmal ein wehmütiges Lächeln auf die Lippen zaubern würde, aber genau so war es. Lieber wollte ich noch einmal das Gefühlschaos von damals durchleben als die endlose Leere zu fühlen, die jetzt in mir war.

Die ganze folgende Aktion erinnerte ein wenig an ein amerikanisches B-Movie aus den Achtzigern, in dem Forscher im ewigen Eis einen Höhlenmenschen finden, ihn wieder zum Leben erwecken und dann halbwegs ansehnlich herrichten. Zuerst hatte ich einen Termin zur Narbenbehandlung bei einem Schönheitschirurgen. Mein Körper war nicht mehr so makellos wie früher, und auch das hatte Auswirkungen auf meine psychische Verfassung. Für radikale Eingriffe sei es noch zu früh, sagte der Arzt, zunächst sollten wir mit Kosmetika und sanften Behandlungsmethoden beginnen, und den Rest würde dann der Laser erledigen.

Danach wurde es angenehmer und netter: Wellnessanwendungen, Peelings, Masken, Massagen, dann kam die Maniküre und am Ende das unausweichliche Finale: der Friseur. Mehrere lange Minuten stand mein Friseur hinter mir, murmelte auf Italienisch vor sich hin und strich fassungslos immer wieder über meinen strohigen Haarschopf. Er schüttelte den Kopf und schnalzte mit der Zunge, schließlich brachte er auf Englisch hervor: »Was ist denn mit dir passiert? So viele

Monate haben wir zusammen dafür gesorgt, dass wir schöne glatte blonde Haare haben, und nun das! Wo warst du? Auf einer einsamen Insel? Denn überall sonst wären die Leute beim Anblick deines Ansatzes schreiend davongelaufen.« Er nahm eine Strähne zwischen zwei Finger und ließ sie angewidert wieder fallen.

»Ich war in der Tat ziemlich weit weg. Und ziemlich lange – das letzte Mal haben wir uns an Weihnachten gesehen, richtig?«

Er nickte vorwurfsvoll.

»Und jetzt schau mal, wie die in drei Monaten gewachsen sind!«

Aber er reagierte nicht auf meinen Scherz, sondern verdrehte nur die Augen und ließ sich auf seinen Drehstuhl fallen. »Also, Spitzen schneiden und aufhellen?« Ich schüttelte entschieden den Kopf.

»Ich sterbe«, stöhnte er, griff sich theatralisch an die Brust und sank langsam zur Seite, als hätte er soeben einen Herzinfarkt erlitten. Aber ich hatte die Worte meines Therapeuten im Kopf, der gesagt hatte, Veränderungen sind etwas Positives.

»Jetzt werden sie lang und dunkel! Kannst du mir Extensions machen?«

Erst schüttelte er den Kopf, aber dann sprang er plötzlich wie von der Tarantel gestochen auf.

»Ja!«, schrie er. »Natürlich, das ist es! Lang, dunkelbraun und mit einem Pony!« Er klatschte in die Hände. »Elena, waschen!«

Ich schaute zur Seite, wo Olga mit offenem Mund auf ihrem Stuhl an der Wand saß und mich anstarrte.

»Du machst mich fertig, Laura«, stieß sie hervor und trank einen Schluck Wasser. »Ich warte nur darauf, dass du eines Tages in diesem Stuhl sitzt und sagst: Und jetzt rasieren wir alles ab.«

Ich weiß nicht, wie viele Stunden später ich mich mit schmerzendem Kopf und erschöpft wie nach einem Marathon von meinem Friseurstuhl erhob. Aber auch Olga musste zugeben: Ich sah wieder umwerfend aus. Wie hypnotisiert stand ich vor dem Spiegel und bewunderte meine wunderbaren langen Haare und mein perfektes Make-up unter dem gerade geschnittenen Pony, der bis an die Augenbrauen reichte. Ich konnte nicht fassen, wie gut ich aussah – vor allem nach den letzten Monaten.

Ich zog mein beiges Trapezkleid wieder an und hielt den Hut in der Hand, den ich nun gar nicht mehr brauchte.

»Ich habe einen Vorschlag, und weil Wochenende ist, kannst du einfach nicht Nein sagen.« Gouvernantenmäßig streckte Olga den Zeigefinger hoch. »Und wenn du doch ablehnst, dann findest du einen Pferdekopf in deinem Bett.«

»Ich glaube, ich weiß, was du vorschlagen willst …«

»Party!!«, schrie Olga und zerrte mich in Richtung Parkplatz. »Du siehst umwerfend aus, jung, schön, schlank …«

»… und ich habe seit Monaten nicht getrunken«, seufzte ich.

»Eben, Laura. Es wird Zeit.« Sie zog mich zum Wagen. Im ersten Moment erkannten mich die Securitytypen gar nicht und starrten mich dann verblüfft an. Ich zuckte die Achseln, ging an ihnen vorbei und stieg ein. Ich fühlte mich großartig – attraktiv, sexy und sehr weiblich. Das letzte Mal, dass ich mich so gefühlt hatte, war ... auf Teneriffa gewesen, mit Marcelo.

Bei diesem Gedanken hatte ich das Gefühl, jemand hätte mir mit voller Kraft in den Magen geboxt. Ich schluckte mehrmals, aber trotzdem hatte ich einen Kloß in der Kehle. Vor meinem inneren Auge sah ich den bunt tätowierten Mann mit seinem breiten Lächeln. Ich erstarrte.

»Was ist los, Laura? Fühlst du dich nicht gut?« Olga zog an meinem Arm, während ich immer noch stocksteif dasaß und die Kopfstütze vor mir anstarrte.

»Alles gut«, murmelte ich und zwinkerte nervös. In meinem Kopf drehte sich alles.

»Vielleicht lassen wir das heute doch besser mit der Party ...«

»Was? Jetzt? Wo ich schön und gestylt bin? Bei dir hackt's wohl?« Ich schenkte Olga ein gekünsteltes Lächeln. Sie sollte auf keinen Fall erfahren, was gerade in mir vorging. Ich war nicht bereit dazu, irgendjemandem auch nur ein Sterbenswörtchen von dem zu erzählen, was in mir vorging. *Ich bin verheiratet, und ich liebe meinen Mann* − stauchte ich mich innerlich zusammen, als mein Unterbewusstsein mir ein weiteres Mal ungewünscht ganz andere Bilder vor Augen führte.

»Wann soll denn die Hochzeit sein?«, fragte ich Olga, um das Thema zu wechseln und mich abzulenken.

»Ach, keine Ahnung. Erst dachten wir im Mai, aber vielleicht wird es auch Juni. Das ist alles nicht so einfach ...«

Olga redete ohne Punkt und Komma, und ich stellte ihr immer weitere Fragen und freute mich über ihr Glück.

Als wir aus dem Auto stiegen, standen die verdächtigen

Wagen immer noch vor dem Castello. Aber diesmal musste ich mich vor niemandem verstecken. Eigenartigerweise war keiner der Angestellten zu sehen, als wir das Haus betraten. Das Castello schien vollkommen verlassen, sonst trafen wir immer zumindest ein Zimmermädchen, einen Gärtner oder jemanden vom Küchenpersonal.

»Ich gehe kurz auf mein Zimmer«, sagte Olga, »und wir sehen uns in einer halben Stunde zum Dinner. Es sei denn, ich finde nichts Passendes in meinem Kleiderschrank, dann komme ich bei dir vorbei, und du musst mich retten.«

»Klar, komm vorbei«, erwiderte ich lachend und ging in Gedanken schon den Inhalt meines Ankleidezimmers durch.

Den nutzlosen Hut in der einen, die Handtasche in der anderen Hand ging ich den Korridor entlang. Als ich an der Tür zur Bibliothek vorbeilief, ging die Tür plötzlich auf, und Massimo erschien. Ich erstarrte. Massimo stand mit dem Rücken zu mir und sagte etwas zu den Leuten in der Bibliothek, dann drehte er sich um.

Mein Herz hämmerte wie verrückt, als er mit kaum verhohlener Verwunderung die Tür hinter sich schloss. Er musterte mich von Kopf bis Fuß, und ich brachte vor Nervosität keinen Ton heraus. Es war so unglaublich lange her, dass er mich das letzte Mal angeschaut, dass er mich das letzte Mal wirklich wahrgenommen und eine Frau – seine Frau – in mir gesehen hatte. Der Korridor lag im Halbdunkel, trotzdem konnte ich die erweiterten Pupillen in Massimos Augen deutlich erkennen und hörte, wie sein Atem schneller ging. Mehrere Sekunden standen wir so, vollkommen ineinander versunken.

»Du hast einen Termin, entschuldige«, flüsterte ich. Dabei war doch Massimo selbst auf den Flur getreten, warum entschuldigte ich mich also? Ich machte einen Schritt nach vorn, aber Massimo versperrte mir den Weg. Das Licht der Laterne draußen vor dem Fenster erleuchtete sein Gesicht. Er war vollkommen ernst, konzentriert und ... erregt. Er hielt mich fest, presste seine Lippen auf meine und schob mir seine Zunge in den Mund. Überrascht stöhnte ich auf, als er mich an die Wand drängte, mich küsste und biss und mir die Luft abschnürte. Seine Hände glitten an meinem Körper hinab, bis sie den Saum meines Kleides erreichten, ihn hochschoben und über meine nackten Schenkel fuhren. Eine Art Knurren entrang sich seiner Kehle, als sich seine Hände langsam um meine nackten Pobacken schlossen. Dann zog er mir das Höschen aus. Seine Hände streichelten die weiche Haut an meinem Hintern, und ich spürte, wie das Verlangen in seinem Schritt erwachte. Als ich seine Männlichkeit fühlte, kam ich langsam wieder zu mir und erlangte die Herrschaft über meine Hände zurück. Fest griff ich Massimo in die Haare und zog seinen Kopf zu mir. Ich wusste, er liebte diese subtile Gewalt. Er erwiderte sie nur zu gern und grub seine Zähne in meine Lippen. Vor Schmerz stöhnte ich auf und öffnete die Augen. Massimo grinste und ließ seine Zähne sanfter über meine Lippen gleiten.

Er hob mich auf seine Hüften und trug mich zur nächsten Tür. Kaum dass wir die Schwelle überschritten hatten, trat er die Tür zu und lehnte mich mit dem Rücken an die Wand. Er atmete heftig, seine Bewegungen waren fahrig und gehetzt. Mit einer Hand hielt er mich fest, mit der anderen öffnete er den Knopf und den Reißverschluss seiner Hose, und sobald er seinen harten Schwanz befreit hatte, drang er ohne Vorwarnung in mich ein. Ich genoss es, ihn in mir zu fühlen, lehnte meine Stirn an seine und schrie laut. Unsere Körper vereinten sich in einem leidenschaftlichen Ringen. Massimos Bewegungen waren langsam, aber kraftvoll, als wollte er den Moment mit allen Sinnen auskosten. Er leckte und knabberte an meinen Lippen, während er immer tiefer in mich eindrang. Unendlich lange hatte ich Massimo nicht mehr in mir und so nah bei mir gespürt. In meinem Schoß baute sich ein enormer Orgasmus auf und jagte dann durch meinen ganzen Körper. Massimo fickte mich wie von Sinnen, bis ich den Gipfel der Lust erreichte. Ich wollte schreien, aber Massimo verschloss meinen Mund mit einem Kuss und kam nur Sekunden nach mir. Er schwitzte, seine Arme und Beine zitterten. Er blieb noch einen Moment stehen, während er noch in mir war, dann stellte er mich auf den Fußboden und lehnte sich an die Wand.

»Du siehst …«, flüsterte er, bemüht, zu Atem zu kommen.

»Laura, du bist …«, sein Brustkorb hob und senkte sich hektisch, und seine Lippen saugten gierig nach Luft.

»Ich habe dich auch vermisst«, sagte ich leise und spürte, dass er lächelte. Erneut fanden seine Lippen die meinen, und seine Zunge glitt in meinen Mund, bevor ich noch ein Wort sagen konnte. Nun waren die Bewegungen seiner Hände auf meinem Körper sanft, langsam und sinnlich. Plötzlich waren Stimmen zu hören, Massimo erstarrte und hob einen Finger an die Lippen. Dann nahm er seine langsamen Berührungen wieder auf. Trotz der Stimmen auf dem Korridor liebkoste er meine Scham und umspielte mit seinen Fingern meine pulsierende Klitoris. Nach einer so langen Phase der Enthaltsamkeit jagte jede einzelne seiner Berührungen einen Stromstoß durch meinen Körper, es war fast zu viel. Wider Willen stöhnte ich auf, und Massimo saugte noch heftiger an meinen Lippen und meiner Zunge, um die Laute zu ersticken.

Schließlich verstummten die Stimmen auf dem Korridor, eine Tür fiel ins Schloss, und ich atmete erleichtert aus und gab mich nun ganz und gar Massimos Zärtlichkeiten hin. Er schob zwei Finger in mich, mit dem dritten bearbeitete er die empfindlichste Stelle meines Körpers und schickte mich auf den nächsten Höhenflug in den Kosmos der Lust.

»Verdammt«, knurrte er, als das Telefon in seiner Hosentasche plötzlich vibrierte. Er zog es heraus, schaute auf das Display und seufzte schwer. »Ich muss rangehen.« Ohne die Bewegungen seiner linken Hand einzustellen, hob er das Telefon ans Ohr und sprach vielleicht eine Minute lang über irgendeine Immobiliensache.

»Ich muss los«, flüsterte er enttäuscht, als sein Gesprächspartner aufgelegt hatte. »Aber ich bin noch nicht fertig mit dir«, fügte er hinzu.

Diese Drohung war zugleich ein Versprechen, das in meinem Schoß ein loderndes Feuer entfachte. Ein letztes Mal fuhr seine Zunge über meine Lippen, dann zog er den Reißverschluss seiner Hose zu, und wir verließen das Zimmer.

Auf dem Flur bückte sich Massimo und hob mein Höschen vom Boden auf. Er schaute mir tief in die Augen und steckte es in seine Hosentasche, dann nahm er mehrere tiefe

Atemzüge und legte die Hand auf die Türklinke. Aus der Bibliothek waren aufgeregte Stimmen zu hören.

Die Tür schloss sich hinter Massimo, und ich stand an die Wand gelehnt im Flur und konnte immer noch nicht fassen, was gerade geschehen war. Eigentlich war Sex mit dem eigenen Ehemann ja nichts Außergewöhnliches, er sollte sogar eher die Norm sein, aber nach so vielen Wochen, oder vielmehr Monaten, fühlte ich mich auf einmal wieder so wie im August, als Massimo mich entführt und festgehalten hatte, bis ich ihm schließlich erlegen war und mich in ihn verliebte. Der nächste Gedanke durchfuhr mich wie ein Blitz. Ich war nicht mehr schwanger, und das hieß, ich konnte jeden Moment schwanger werden. Lähmendes Entsetzen ergriff meinen Körper. Hunderte Gedanken und Bilder auf einmal gingen mir durch den Kopf, mein Atem stockte, und Tränen traten mir in die Augen. Das durfte ich kein zweites Mal zulassen, nicht, wenn das Schicksal anders für mich entschieden hatte. Vor lauter Aufruhr konnte ich mich kaum auf den Beinen halten und tastete mich langsam und vorsichtig voran ins Schlafzimmer.

Dort schaltete ich mein Notebook ein und tippte hastig auf der Tastatur herum. Ich konnte kaum glauben, wie viele Treffer meine Suchanfrage fand – ich hatte gar nicht gewusst, dass so viele derartige Medikamente auf dem Markt waren. Ich las die wichtigsten Informationen über die verschiedenen Wirkstoffe und stellte erleichtert fest, wie leicht zu bekommen und wie einfach sie anzuwenden waren, dann ließ ich mich erschöpft aufs Bett fallen.

»Na, du bist fertig, das sehe ich«, stellte Olga fest, als sie die Treppe zum Schlafzimmer heraufkam. »Ich habe keine Handtasche, okay, aber wie ich sehe, hast du überhaupt nichts, also eins zu null für mich.«

Mein Blick folgte ihr, während sie durch den Raum ging. Olga trug ein reizendes kurzes, weißes Kleid mit hoher Taille. Mit dem Oberteil aus Häkelspitze wirkte sie geradezu mädchenhaft und unschuldig. Dann ließ ich meinen Blick Olgas Beine hinabwandern und atmete erleichtert auf: Es hatte sich nichts geändert, ihre Beine steckten wie eh und je in Fick-mich-Stiefeln aus schwarzem Leder. Sie sah aus, als wollte sie sagen: Ich bin die Tugendhaftigkeit in Person, aber gib mir eine Peitsche, dann wirst du dein blaues Wunder erleben.

Ich klappte das Notebook zu und folgte Olga ins Ankleidezimmer. Während sie eine Handtasche nach der anderen durchprobierte, schaute ich mich nach einem Outfit für mich um. Auf Zehenspitzen stehend schob ich die Kleiderbügel auf der obersten Stange von rechts nach links, als mir plötzlich die absolute Stille im Raum bewusst wurde. Ich ließ die Arme sinken, drehte mich um und schaute Olga an. Sie hatte die Hände auf der Brust gefaltet und zog eine Augenbraue hoch.

»Wann zur Hölle hattest du Zeit zum Vögeln?«

»Wie kommst du darauf?«, fragte ich und hielt mir abwechselnd eine Bluse und einen Pullover vor, die mir beide nicht mehr passten, weil ich schmaler geworden war.

»Vielleicht weil du kein Höschen trägst?«

Ich erstarrte, dann schaute ich in den Spiegel an der gegenüberliegenden Wand. Mein Kleid war so kurz, dass mein nackter Hintern zu sehen war, wenn ich die Arme hob. Mit gespielter Scham ließ ich die Hände sinken und zog das Kleid über die Schenkel nach unten.

»Aber die fehlende Unterwäsche ist nicht das einzige Indiz.« Graziös nahm Olga im Sessel Platz und schlug ein Bein über das andere. »Auch deine zerzausten Haare und deine geschwollenen Lippen haben dich verraten. Geschwollen vom Knutschen oder vom Blasen, wer weiß. Also los, erzähl.«

»Was soll ich groß erzählen? Wir sind uns im Flur begegnet, und irgendwie ist es halt passiert.« Ich warf einen Kleiderbügel nach Olga. »Hör auf zu grinsen und hilf mir lieber, sonst bin ich Mitternacht noch nicht fertig.«

»Wir sind uns im Flur begegnet, und irgendwie ist es halt passiert«, wiederholte Olga belustigt.

Eine halbe Stunde später stand ich an der Haustür und schaute zu, wie Olga auf ihren Pfennigabsätzen über die Pflastersteine in der Einfahrt stakste. Leider hatte ich dieselbe Herausforderung vor mir. In meinen mit Strasssteinen besetzten High Heels von Louboutin mit den himmelhohen Absätzen würde ich es sogar noch schwerer haben als meine Freundin. Ich hatte heute keine Lust gehabt, mich groß zu stylen, deshalb trug ich zerrissene Boyfriend-Jeans und ein ganz normales weißes Top mit Spaghetti-Trägern, darüber ein graues Jackett von Dior und eine weiße Clutch von Miu Miu. Ich sah ein wenig aus wie die Mischung aus einem Teenager und einer Hure. Meine neue Frisur hatte nämlich nichts Mädchenhaftes.

KAPITEL 4

Auf dem Weg nach Giardini Naxos fiel mir auf, dass ich Massimo gar nicht mitgeteilt hatte, dass wir ausgehen würden. Ich hatte das Telefon schon in der Hand, um ihn anzurufen, aber dann dachte ich daran, dass er mir ja auch nicht sagte, was er vorhatte und wo er sich aufhielt. Außerdem konnte er mich jederzeit orten, sofern er denn in der Lage war, sich mal kurz von seinen Mafiakompagnons zu trennen, und dann würde er ohnehin wissen, dass ich unterwegs war und wo. Also schob ich das iPhone wieder zurück in meine Clutch und verdrehte unwillkürlich die Augen, was Olga nicht entging.

»Was ist los?«, fragte sie und wandte sich mir zu.

»Ich habe eine Bitte«, verschwörerisch senkte ich die Stimme, dabei sprach unser Fahrer garantiert kein Polnisch. »Du musst zum Arzt gehen und ein Rezept für mich holen. Ich brauche die Pille danach.«

»Was hast du gerade gesagt?« Olga machte große Augen. »Laura, du hast einen Ehemann.«

»Aber ich will kein Kind von ihm.« Ich ließ den Kopf sinken. »Jedenfalls nicht jetzt.« Flehend schaute ich sie an. »Mein

Körper erholt sich noch von den Operationen, ich sollte nicht sofort wieder schwanger werden.« Über dieses Thema hatte ich mit den Ärzten zwar nicht gesprochen, aber das konnte sie ja nicht wissen.

Olga saß einen Moment lang schweigend da und musterte mich prüfend, dann holte sie tief Luft und sagte: »Ich verstehe dich, und natürlich mach ich das für dich. Aber denk mal drüber nach, wie das mit euch weitergeht. Du kannst ja nicht jedes Mal, wenn ihr im Bett gelandet seid, die Pille danach nehmen. Vielleicht hole ich dir auch gleich ein Rezept für die ganz normale Pille?«

»Das war die zweite Sache, um die ich dich bitten wollte«, stotterte ich. »Ich will aber nicht, dass Massimo davon weiß.«

Olga nickte verständnisvoll und ließ sich in ihren Sitz sinken. Kurz darauf hielt der Wagen vor einem von Massimos Restaurants.

»Nicht dein Ernst, oder?« Verärgert schaute ich Olga an.

»Verdammt, Laura, wo sollen wir denn sonst hingehen? Alle coolen Locations in Giardini Naxos gehören nun mal der Familie Torricelli. Außerdem weiß Massimo doch sowieso, dass du ausgehst, oder nicht?«

Sie schaute mich an, und ich starrte auf meine Hände in meinem Schoß.

»Oder nicht?!«, schrie Olga nun und brach im nächsten Augenblick in schallendes Gelächter aus. »Na, dann sind wir ja sowieso geliefert. Komm.«

Sie stieg aus und stöckelte über den Bürgersteig zum Eingang. Der Gedanke, wie Massimo vor Wut tobte, erfüllte mich mit einer eigenartigen Genugtuung.

»Warte auf mich!«, rief ich und stakste ihr eilig auf meinen Strass-Stilettos hinterher.

Noch bevor wir an unserem Tisch Platz genommen hatten, bestellten wir die erste Flasche Champagner. Zwar gab es nichts zu feiern, aber das war uns Grund genug. Der Manager des Restaurants erkannte uns sofort, und wir wurden nahezu an unseren Tisch getragen und bekamen unseren persönlichen Kellner zugewiesen, der unbeweglich neben dem Tisch verharrte, bis Olga seine Abberufung durchsetzte, mit dem Hinweis, wir bräuchten keine Sonderbehandlung, wir wollten nur etwas essen und würden dann gleich wieder verschwinden.

Als der Champagner endlich auf unserem Tisch stand, war ich plötzlich ganz aufgeregt. Zum ersten Mal seit Monaten trank ich Alkohol.

»Auf uns!«, sagte Olga und hob ihr Glas. »Auf Shoppingtrips, Wellnessurlaube, auf das Leben – auf alles, was wir schon haben, und alles, was uns noch erwartet.«

Sie zwinkerte mir zu und trank einen Schluck. Sobald mir der wunderbare Moët Rosé auf der Zunge perlte, leerte ich mein Glas höchst ordinär in einem Zug, und meine aufmerksame Freundin griff sofort nach der Flasche, um mir nachzuschenken. Aber bevor sie auch nur die Hand an dem Cooler hatte, stand schon der übereifrige Manager mit der Flasche in der Hand neben mir und verneigte sich. Mit den Lippen formte ich tonlos »Hinfort!« und warf ihm einen vernichtenden Blick zu.

Als der Manager kurz darauf einen Teller mit Miesmuscheln in Weißweinsud vor mir abstellte, begann meine Handtasche zu vibrieren. Es gab nur zwei Menschen, die mich anriefen –

es war also entweder meine Mutter oder Massimo. Ohne aufs Display zu schauen, hob ich ab.

»Geht es dir besser?«

Die Gabel fiel mir aus der Hand und landete klirrend auf dem Teller. Wie von der Tarantel gestochen sprang ich auf und schaute Olga, die mir einen fragenden Blick zuwarf, panisch an.

»Woher hast du meine Nummer?«, blaffte ich und rannte zum Ausgang.

»Und das fragst du, nachdem ich dich auf einem Empfang für hundert Leute unter den Augen von einem Dutzend Bodyguards entführt habe?«

Wie eine Explosion kam Marcelos Lachen aus dem Telefon. Der Alkohol stieg mir zu Kopf, und die Beine versagten mir fast den Dienst.

»Also, wie geht es dir?«

Als ich mich vor dem Restaurant auf eine Bank sinken ließ, sprang einer der Securitymänner aus dem wenige Meter entfernt geparkten Auto und rannte auf mich zu, aber ich hob die Hand zum Zeichen, dass alles in Ordnung war.

»Warum rufst du an?«

Vergeblich versuchte ich, meinen Atem zu beruhigen. Ich war vollkommen verwirrt.

Marcelo seufzte, weil ich seine Fragen beharrlich ignorierte. »Wir wollten doch Freunde bleiben«, erinnerte er mich. »Freunde rufen ab und zu an und fragen, wie es einem geht. Also?«

»Ich habe eine neue Haarfarbe«, sagte ich, weil mir nichts anderes einfiel.

»Dunkel steht dir großartig. Aber warum sind sie auf einmal so lang, du hattest doch …«

Er brach ab und sagte zu jemandem ein paar Worte auf Spanisch, die ich nicht verstand.

»Woher weißt du …«, schaffte ich noch zu sagen, aber da hatte er schon aufgelegt.

Ich schaute das Telefon in meiner Hand an und versuchte zu verstehen, was gerade passiert war. Mein Herzschlag dröhnte mir in den Ohren, und ich wagte kaum, den Blick vom Boden zu heben, aus Angst, Marcelo könnte plötzlich vor mir stehen. Also verharrte ich zusammengekauert auf der Bank, bis ich genug Mut gefasst hatte, mich langsam aufzurichten und mich umzuschauen. Ich sah flanierende Touristen, vorbeifahrende Autos, meine Security – alles war absolut normal. Fast war ich enttäuscht. Dann schaute ich zur Tür des Restaurants, wo Olga mit säuerlicher Miene stand und mit dem Zeigefinger auf ihre Uhr tippte. Langsam erhob ich mich und stolperte auf meinen überhohen und nur mittelbequemen Heels zurück ins Restaurant, um meine kalt gewordenen Muscheln aufzuessen.

Ich setzte mich an den Tisch und kippte als Erstes ein Glas lauwarmen Champagner hinunter.

»Wer war das?« Olgas Finger hämmerten einen nervösen Rhythmus auf die Tischplatte.

»Massimo«, nuschelte ich mit vollem Mund, ohne sie anzuschauen.

»Warum lügst du?«

»Weil die Wahrheit zu kompliziert ist«, seufzte ich. Um weiteren unangenehmen Fragen zu entgehen, nahm ich ein

Stück Baguette und stopfte mir den Mund so voll, dass Reden für die nächsten Minuten ein Ding der Unmöglichkeit war.

»Was ist auf den Kanaren passiert?«, fragte Olga, schenkte uns beiden nach und gab dem Kellner ein Zeichen, eine zweite Flasche zu bringen.

Himmel, wie ich diese Frage hasste! Jedes Mal, wenn ich sie hörte, fühlte ich mich schuldig, als hätte ich auf Teneriffa ein Verbrechen begangen. Ich konnte den Menschen, die vor Sorge um mich fast gestorben waren, doch unmöglich berichten, dass ich eine tolle Zeit auf der Insel gehabt hatte. Also wenn man von dem Mordversuch und dem Blutbad bei meiner »Befreiung« einmal absah natürlich …

»Noch nicht«, murmelte ich und trank einen großen Schluck. »Und nicht heute. Da komme ich gerade so langsam wieder zu mir, und du stellst mir die schwierigste aller Fragen gleich am Anfang.«

»Und wem willst du davon erzählen, wenn nicht mir?« Olga lehnte sich über den Tisch. »Deiner Mutter wirst du dich kaum anvertrauen, und deinem Verhalten nach zu urteilen, sollte Massimo besser nicht erfahren, was geschehen ist. Und wenn ich dich so anschaue, wäre eine Beichte womöglich befreiend – du bist ja komplett durch den Wind! Aber ich will dich natürlich nicht bedrängen. Wenn du nicht reden willst, okay.«

Sie ließ sich wieder auf ihren Stuhl zurücksinken, und ich dachte schweigend über das nach, was sie gerade gesagt hatte. Dann merkte ich, dass ich zu weinen begann.

»Er war so anders«, seufzte ich und drehte den Stiel meines

Glases in der Hand. »Der Typ, der mich entführt hat. Marcelo Nacho Matos.«

Auf meinem Gesicht machte sich ein unkontrollierbares Grinsen breit. Olga erblasste.

»Das geht vorbei, bald habe ich ihn vergessen«, fügte ich sofort in beruhigendem Tonfall hinzu. »Das weiß ich genau. Aber jetzt gerade kann ich das noch nicht.«

»Ach du Scheiße«, brachte Olga schließlich heraus. »Du und er habt ...«

»Überhaupt nichts haben wir. Es ging mir dort lediglich nicht so furchtbar schlecht, wie alle denken, das ist alles.«

Ich schloss die Augen, und wie ein Film liefen die Erinnerungen von Teneriffa in meinem Kopf ab. »Ich war frei, nahezu ... Und er hat sich um mich gekümmert, für mich gesorgt, mich beschützt, mir Sachen beigebracht ...«

Mir war klar, dass mein träumerischer Tonfall absolut unangemessen war. Aber ich konnte mich nicht beherrschen.

»Heilige Scheiße, du hast dich verliebt!«, unterbrach mich Olga.

Hatte ich mich verliebt? Ich hatte keine Ahnung. Vielleicht war ich auch nur ein wenig verknallt oder hatte mich verguckt? Ich hatte doch schließlich den besten Ehemann, den ich mir nur vorstellen konnte, den ich liebte und bewunderte. Oder? Ich setzte mich aufrecht hin und drückte den Rücken durch.

»Red doch keinen Scheiß!«, sagte ich mit einem Grinsen. »Das ist nur irgendein Typ. Und seinetwegen ist so viel Schlimmes passiert.« Ich hob den rechten Daumen. »Ich habe mein Kind verloren.« Ich hob den Zeigefinger dazu.

»Dann habe ich mehrere Wochen im Krankenhaus gelegen und noch länger zu Hause im Bett, um halbwegs wieder gesund zu werden.« Jetzt hob ich den Mittelfinger. »Drittens ist mein Mann mir fremd geworden und behandelt mich wie eine Feindin.« Erwartungsvoll hob ich die Augenbrauen, in der Hoffnung, dass Olga all dem, was ich da gerade erzählte, Glauben schenkte. Ich wollte ja selbst so gerne daran glauben.

»Oh Laura…«, seufzte Olga in diesem Moment. »Massimo kann sich das alles nicht vergeben. Er meidet dich, weil er sich die Schuld daran gibt, dass ihr euer Kind verloren habt. Und auch die Schuld an dem, was du alles durchmachen musstest.« Sie senkte den Kopf. »Weißt du, dass er dich nur deshalb zurück nach Polen schicken wollte, weil dir dort niemand seinetwegen etwas antun würde? Er war bereit, das herzugeben, was er über alles liebt. Er wollte, dass du in Sicherheit bist.« Olga schüttelte den Kopf und trank einen Schluck Champagner. »Eines Nachts habe ich in der Bibliothek ein Gespräch zwischen Massimo und Domenico belauscht. Ich versuche ja, diese scheiß-verdammte Spaghettifresser-Sprache zu lernen, aber na ja. Nur dass ich in jener Nacht überhaupt nicht Italienisch können musste, um zu verstehen, worum es ging.«

Als sie den Blick hob, schimmerten Tränen in ihren Augen. »Laura, er hat geweint – und wie… das klang wie der Schrei eines wilden Tieres, das bei lebendigem Leibe zerfleischt wird.«

»Wann war das?«, fragte ich und holte tief Luft.

Olga dachte nach. »In der ersten Nacht nach deiner Rückkehr nach Sizilien«, sagte sie dann. »Aber jetzt Schluss mit diesen Themen, lass uns trinken.«

Aber ich konnte die Erinnerungen nicht so schnell verscheuchen. In jener Nacht hatte Massimo sein Whiskeyglas auf den Boden geworfen und mich inmitten der Scherben stehen lassen, in jener Nacht hatte unsere Einsamkeit zu zweit ihren Anfang genommen. Diese Nacht hatte alles verändert, und seitdem hatte sich mein Mann immer weiter von mir zurückgezogen.

Wir tranken die zweite Flasche Champagner aus und verließen leicht schwankend das Lokal, das um diese Uhrzeit bis auf den letzten Platz gefüllt war. Der Manager öffnete mir höchstpersönlich die Tür des Wagens, der unmittelbar vor dem Eingang geparkt war. Wir wurden behandelt wie Filmstars, verhielten uns aber ganz und gar nicht so: Kichernd und johlend schwankten wir die drei Stufen hinab zum BMW, stolperten über den Bordstein und ließen uns in die Polster fallen. Es hätte nicht viel gefehlt, und wir hätten uns auf dem Pflaster langgelegt. Olga gab dem Fahrer Anweisungen, und wir fuhren los.

Es war inzwischen nach Mitternacht, und die Schlange vor dem Club zählte mehrere Hundert Leute. Natürlich gehörte auch der Club der Familie Torricelli, also mussten wir keine zwei Minuten warten, bis wir eingelassen wurden. Fast im Laufschritt rannten wir über den schwarzen Teppich am Eingang und stützten uns gegenseitig. Im Innern kämpften unsere Bodyguards uns den Weg zu einer Loge frei. Ich setzte mich und ließ meinen Blick über die dicht gedrängte Menge der Feierwütigen schweifen. Allerdings war wegen der vier Bodyguards, die am Eingang unserer Loge Aufstellung genommen hatten, nicht sonderlich viel zu erkennen. Olga hatte Domenico mitgeteilt, dass wir feiern gehen wollten, und Domenico hatte alles Notwendige in die Wege geleitet. Vor allem hatte er erfolgreich dafür gesorgt, dass wir mit niemandem auch nur ein Wort reden würden.

Eine Flasche Champagner landete auf unserem Tisch, Olga goss sich ein Glas ein und wand sich dann im Rhythmus der Musik auf dem Podest neben dem Sofa. Unsere Loge befand sich in einer Art Zwischengeschoss, und wenn Olga beim Tanzen ihren Hintern über die Balustrade schob, hatten die Menschen auf der Tanzfläche einen prächtigen Ausblick auf ihren Slip. Ich nahm mein Glas und stellte mich neben Olga. Wenn ich versucht hätte zu tanzen, wäre ich vermutlich kopfüber in die Menge unter uns gestürzt. Leicht gelangweilt schaute ich auf die Tanzfläche hinab, bis ich plötzlich Blicke auf mir spürte. Der Alkohol war mir gehörig zu Kopf gestiegen, inzwischen sah ich nur noch unscharf, also hielt ich mir ein Auge zu, und da ... Am hinteren Ende der langen Theke stand Marcelo Nacho Matos mit verschränkten Armen und sah zu mir hoch. Ich schloss kurz die Augen und öffnete sie erneut. Marcelo war verschwunden. Ich zwinkerte nervös und suchte die Tanzfläche nach einem kahlköpfigen Mann mit bunten Tattoos ab, aber vergeblich. Außer Atem ließ ich mich auf das Sofa fallen und trank mein Glas aus. Niemals zuvor hatte ich nach Alkohol Halluzinationen gehabt. Womöglich war mein Gehirn überfordert, weil ich nach so langer Abstinenz so viel und so schnell getrunken hatte ...

»Ich gehe aufs Klo«, rief ich Olga zu, die sich immer noch

im Rhythmus der Musik wiegte und inzwischen schon fast auf der anderen Seite der Balustrade hing. Sie winkte mir zu und beugte sich noch tiefer hinab. Auch dem Bodyguard teilte ich mit, wohin ich wollte, und er bahnte mir einen Weg durch die Menge. Im Halbdunkel des Korridors, neben einer riesigen Statue, sah ich ihn erneut. Er hatte die Arme über der Brust verschränkt und zeigte mir seine weißen Zähne. Mein Magen krampfte sich zusammen, mein Atem stockte. Wäre mein Herz immer noch krank gewesen, wie das mein halbes Leben der Fall gewesen war, hätte ich bestimmt das Bewusstsein verloren. Jetzt stand ich sicher auf den Beinen, nur die Luft blieb mir weg.

»Seit wann gehst du ohne meine Erlaubnis aus?«, hörte ich plötzlich Massimos Stimme, sie übertönte die Musik und dröhnte mir in den Ohren. Dann wuchs die beeindruckende Silhouette meines Mannes vor mir aus dem Boden und versperrte mir die Sicht.

Ich hob den Blick. Mit zusammengebissenen Zähnen stand Massimo drohend über mir. Ich wollte etwas sagen, aber dann warf ich ihm die Arme um den Hals, damit ich über seine Schulter schauen konnte. Der tätowierte Kerl, den ich für Marcelo gehalten hatte, war verschwunden, und ich erschrak. Vielleicht war es keine gute Idee gewesen, die ganzen Medikamente, die ich immer noch nahm, mit Unmengen Alkohol hinunterzuspülen.

So hing ich an Massimos Hals und fragte mich, was nun weiter geschehen würde. Würde er mir gleich hier im Club die Szene des Jahres machen, oder würde er mich vorher an meinen verlängerten Haaren zum Auto schleifen? Aber dass gar nichts passierte, damit hatte ich nicht gerechnet, und so ließ ich Massimo los, trat einen Schritt zurück und stellte zu meiner Verwunderung fest, dass ein leichtes Lächeln seine Mundwinkel umspielte.

»Ich freue mich, dass du heute nicht den ganzen Tag im Bett liegst«, sagte er und strich mit den Lippen sanft über meine Wange. »Komm.«

Er griff nach meinem Handgelenk und zog mich wieder in die Richtung, aus der ich gerade gekommen war. Ich drehte mich noch einmal um und schaute hinter mich, aber neben der Statue stand niemand.

In unserer Loge waren Domenico und Olga bereits in innige und vor allem eindeutige Umarmungen versunken. Domenico saß in die Polster gelehnt, Olga auf seinem Schoß, und die Stöße ihrer Zungen waren schneller als die Bässe der Musik, die aus den Boxen dröhnte. Wie gut, dass man die Loge nicht einsehen konnte, sonst hätten die Gäste den Eindruck gehabt, hier würde gerade ein Porno gedreht.

Kaum hatte Massimo auf dem Sofa Platz genommen, materialisierte sich wie von Zauberhand vor ihm eine junge Kellnerin mit einer Flasche Whiskey, einem Glas mit zwei Eiswürfeln darin und einem Silberteller mit Haube. Ein wenig zu anmutig stellte sie alles vor Massimo auf den Tisch und verschwand dann wieder. Betrunken, wie ich war, lehnte ich mich an die Wand und schaute zu, wie Massimo das Glas an den Mund setzte und den ersten Schluck trank. Ganz und gar in Schwarz gekleidet, die Arme rechts und links auf der Sofalehne ausgestreckt, sah er unbekümmert und sinnlich aus. Er schaute mich an, oder vielmehr durchbohrte mich sein Blick, während er seinen Whiskey austrank. Sofort schenkte er sich nach, trank das Glas diesmal zur Hälfte aus, was mich ein wenig verwunderte. Bisher hatte ich nicht gewusst, dass Massimo so viel trank, und vor allem in solchem Tempo. Ich setzte mich neben ihn und griff nach meinem Glas. Die Musik dröhnte aus den Lautsprechern, Domenico und Olga standen kurz vor der Kopulation.

Massimo beugte sich vor und hob die Silberhaube vom Teller. Darunter befanden sich mehrere gleichmäßig gezogene Lines. Ich stöhnte auf. Massimo nahm einen Geldschein aus der Tasche, rollte ihn zusammen, beugte sich über den Teller und zog eine Line. Dann hob er den Kopf und lächelte mit geschlossenen Augen. Was ich sah, versetzte mich nicht unbedingt in Begeisterung, aber das war meinem Mann offensichtlich egal. Er trank sein Glas aus und starrte mich an. Meine wunderbare Feierlaune war verflogen. Ich fragte mich, ob Massimo das nur machte, um mich zu ärgern, oder ob er einfach drogenabhängig war.

Nach etwa einer halben Stunde hatten Massimo, Domenico und Olga, trinkend und kichernd, den Silberteller geleert, und schließlich hielt ich es nicht mehr aus. Ich griff nach dem zusammengerollten Geldschein, beugte mich vor und zog das weiße Pulver in meine Nase. Massimo griff nach meinen Händen, zog mich an sich und schaute mich wütend an.

»Ihr nehmt doch alle das Zeug, da will ich eben auch!«, fauchte ich.

Sekunden später spürte ich den ekelerregend bitteren Geschmack, der mir die Rückseite der Kehle hinunterrann. Meine

Zunge fühlte sich geschwollen an, mein Speichel zähflüssig.

»Du achtest dein neues Herz nicht, Laura«, presste Massimo durch die zusammengebissenen Zähne hervor.

Aber mir war egal, was er sagte, ich wollte ihm jetzt eins auswischen. Ich verzog das Gesicht und stand schwankend auf, und weil mir nichts einfiel, was ich hätte sagen oder tun können, zeigte ich ihm den Mittelfinger, drehte mich um und ging zur Tür. Der Gorilla, der den Ausgang bewachte, schaute Massimo fragend an, ließ mich dann aber zu meiner Verwunderung passieren. Wütend und kampfeslustig stürmte ich los, da griff mich jemand am Ellenbogen und zerrte mich in ein im Dunkel des Korridors verborgenes Zimmer. Ich riss mich los, drehte mich um, doch da stand Massimo in der Tür und versperrte mir den Weg.

»Lass mich raus!«, flüsterte ich, aber Massimo schüttelte nur schweigend den Kopf, packte mich an der Kehle und presste mich mit dem Rücken gegen die geschlossene Tür.

Seine Augen waren ganz fremd, er schien vollkommen abwesend zu sein. Dieser Anblick erschreckte mich, also wandte ich den Blick von ihm ab und schaute mich im Zimmer um. Die Wände waren mit schwarzem Stoff bespannt, in der Mitte befand sich ein niedriges Podest mit einer Stange, davor standen ein Sessel und ein Tisch mit Gläsern und Flaschen darauf. Massimo tippte auf einem Panel neben der Tür herum, kleine Lampen leuchteten auf, und Musik ertönte aus den Lautsprechern.

»Was ist auf Teneriffa passiert?« Sein Gesichtsausdruck war unnachgiebig, und sein Kiefer mahlte.

Ich schwieg, ich war so betrunken, dass mir die Kraft zum Streiten fehlte. Aber Massimo blieb einfach stehen und wartete, nur hin und wieder verstärkte er den Druck seiner Hand an meiner Kehle. Das Schweigen zog sich in die Länge. Irgendwann ließ Massimo mich einfach los, zog sein Jackett aus und ging zu dem Sessel. Ich griff nach der Klinke, aber die Tür war abgeschlossen. Resigniert ließ ich den Kopf an die Wand sinken.

»Du tanzt jetzt für mich«, sagte Massimo, und ich hörte, wie er zwei Eiswürfel in sein Glas fallen ließ. »Und dann bläst du mir einen.«

Ich drehte mich um und schaute zu, wie er, im Sessel sitzend, den obersten Knopf seines Hemds aufknöpfte.

»Und wenn ich in deinem Mund gekommen bin, dann ficke ich dich«, beendete er seine Aufzählung und trank einen Schluck.

Ich stand da und schaute ihn an, merkte, dass ich plötzlich vollkommen nüchtern war. Und mehr als das: Es ging mir gut, ich war entspannt, zufrieden, geradezu glücklich. Es war ein Gefühl, das ich nicht kannte und das kaum zu unterscheiden war vom Zustand starker Verliebtheit. War das etwa die Wirkung von Kokain? Zum ersten Mal glaubte ich zu verstehen, warum Massimo es ständig nahm.

Ich warf meine Jacke zur Seite und stieg betont langsam auf das Podest. Seit den vielen Operationen hatte ich kaum Sport gemacht, wirklich an der Stange zu tanzen kam also nicht infrage. Ohne Massimo aus den Augen zu lassen, lehnte ich meinen Rücken an die Stange und ging langsam in die Knie. Ich wiegte die Hüften und rieb meinen Hintern an dem

Metall, dann wickelte ich ein Bein um die Stange und machte eine Drehung. Dabei fuhr ich mir mit der Zunge über die Lippen und warf Massimo laszive Blicke zu. Langsam zog ich mir das weiße Trägerhemd aus und warf es Massimo vor die Füße. Als er meinen schwarzen Spitzen-BH erblickte, stellte er sein Glas ab und knöpfte seine Hose auf, holte seine imponierende Erektion heraus und ließ seine Hand am Schaft auf- und abgleiten. Bei diesem Anblick stöhnte ich auf und spürte, wie das Verlangen in mir erwachte. Ich knöpfte erst einen und dann noch einen Knopf meiner Jeans auf. Massimo biss sich auf die Unterlippe, die Bewegungen seiner rechten Hand wurden schneller und heftiger. Er lehnte den Kopf zurück und beobachtete mich aus halb geschlossenen Augen.

Ich wandte ihm den Rücken zu, beugte mich mit gestreckten Knien vor und schob meine Jeans bis zu den Knöcheln hinab. Gott sei Dank war meine Wirbelsäule heil geblieben und mein Körper immer noch elastisch – so konnte ich Massimo einen atemberaubenden Anblick bieten. Ich hielt mich an der Stange fest und hob graziös einen Fuß nach dem anderen aus den Hosenbeinen. Nun stand ich in schwarzem Slip und BH vor Massimo, dem Schweißtropfen auf der Stirn standen. Die Eichel seines Penis war dunkel und dick. Langsam stieg ich vom Podest und ging auf ihn zu, beugte mich vor und schob ihm die Zunge zwischen die Lippen. Sein Mund schmeckte bitter und nach Alkohol. Ohne meinen Blick aus seinem zu lösen, kniete ich mich über ihn, schob den Stoff meines Slips zur Seite und nahm ihn in mich auf. Ein Lustschrei entrang sich seiner Kehle, und er kniff die Augen zu. Seine Hände umklammerten meine Hüften, hoben mich hoch und senkten mich wieder ab. Ich stöhnte und ließ meinen Hintern unwillkürlich im Rhythmus der Musik kreisen, die aus den Lautsprechern kam. Massimos Atem ging schnell, sein ganzer Körper war schweißnass. Langsam, Knopf für Knopf, öffnete ich sein Hemd. Er wand sich unter mir, konnte es kaum erwarten. Als ich fertig war, erhob ich mich, trat zwei Schritte zurück und ging vor ihm in die Knie.

»Ich mag, wie ich schmecke«, sagte ich und nahm seinen Schwanz bis zum Ansatz in den Mund.

Das war zu viel für ihn. Das Glas, das er gerade in die Hand genommen hatte, fiel auf den weichen Teppich, seine Hände wanderten erst zu meinem Hinterkopf und legten sich dann um meinen Hals, als er mir seinen Schwanz in den Mund schob. Er schrie und keuchte, und sein schweißnasser Körper begann zu zittern. Ich schmeckte die ersten Tropfen seines Saftes auf der Zunge, und im nächsten Moment kam er und nahm mir die Luft. Massimo schrie und wand sich wie im Krampf. Obwohl er gekommen war, hielt er meinen Hals immer noch fest umklammert. Er erstarrte und blickte in meine tränennassen Augen. Als ich würgend zu husten begann, wartete er noch ein paar Sekunden ab, dann ließ er mich los, und ich fiel zurück, auf den Teppich.

»Mit dieser Frisur siehst du aus wie eine Edelhure.« Massimo stand auf und knöpfte seine Hose zu. »Meine Edelhure.« Ohne mich aus den Augen zu lassen, zog er sein Hemd an.

»Ich glaube, du hast was vergessen«, sagte ich und schob eine Hand unter den Spitzenbund meines Slips. »Erst sollte ich tanzen.« Mit zwei Fingern umspielte ich meine Klitoris. »Dann sollte ich dir einen blasen.«

Ich schob den Spitzenstoff zur Seite, sodass Massimo genau sehen konnte, was ich tat. »Und dann wolltest du mich ficken.«

Ich streifte den Stringtanga ab und ließ ihn neben mir zu Boden fallen, dann drehte ich mich auf den Bauch, kniete mich hin und streckte meinen Hintern hoch.

»Alles hier gehört dir.«

Dieses Geschenk konnte Massimo nicht ignorieren. Er nahm mich bei den Hüften und war im nächsten Augenblick in mich eingedrungen. Er war das Gegenteil von sanft, fickte mich schnell und heftig und zog an meinen langen Haaren. Der erste Orgasmus kam nach Sekunden, gleich darauf der zweite, aber Massimo stieß mit unverminderter Geschwindigkeit immer wieder in mich. Nach einer Stunde und mehreren Stellungswechseln kam er endlich zum zweiten Mal in dieser Nacht und ergoss sich in mich.

Nach diesem Marathon war ich vollkommen ausgelaugt und kaum in der Lage aufzustehen. Nun verfluchte ich den Umstand, dass wir ausgegangen waren und ich jetzt nicht zu Hause auf dem weichen Teppich vor dem Kamin lag.

»Zieh dich an, wir fahren nach Hause«, sagte Massimo vollkommen gleichgültig und knöpfte sein Jackett zu.

Bei diesen Worten verzog ich das Gesicht, aber mir fehlte die Kraft, um ihn zur Rede zu stellen. Ich sammelte meine Sachen zusammen, und wenige Minuten später bahnten wir uns einen Weg durch den lauten, pulsierenden Club. Domenico und Olga hatten es längst aufgegeben, auf uns zu warten, und waren ins Castello zurückgekehrt. Dafür beneidete ich sie. Nach der körperlichen Anstrengung hatte ich jetzt einen furchtbaren Kater, mein Kopf schmerzte derart, dass ich glaubte, jeden Moment zusammenzubrechen.

»Du bist wunderbar«, flüsterte Marcelo und fuhr mit den Fingern über meine Wange. Seine sanften Hände dufteten nach Meer und streichelten meine nackte Haut. Einen Moment lang schaute er mich aus seinen grünen, fröhlichen Augen an, dann kam sein Mund meinem Gesicht immer näher. Seine Lippen umschlossen meine Nase, fuhren über meine Wangen, mein Kinn und meinen Hals, schließlich trafen sie auf meinen Mund. Lange liebkoste er meine Lippen, bevor seine Zunge sich in meinem Mund vortastete. Im Rhythmus seines Kusses wiegte ich leicht die Hüften und ließ eine Hand über sein Rückgrat bis zu seinem muskulösen Hintern gleiten. Marcelo stöhnte unter der Berührung, und ich genoss die Wärme seines Körpers. Er war ganz ruhig, er hatte es überhaupt nicht eilig, aus jeder einzelnen seiner Bewegungen sprachen Leidenschaft und Zärtlichkeit.

»Ich will in dir sein«, flüsterte er und schaute mir tief in die Augen. »Ich will dich fühlen, Süße.«

Seine Lippen ruhten nun auf meiner Stirn, und als er das Becken vorschob, stieß sein Schwanz gegen meine feuchte Spalte. Schwer atmend wartete ich, dass er in mich eindringen würde, aber er schaute mich nur an – als wartete er auf meine Erlaubnis.

»Mach Liebe mit mir«, bat ich, und in diesem Moment gab er mir seinen Schwanz und schob mir zugleich seine Zunge tief in den Mund …

»Du bist so feucht...«, hörte ich plötzlich einen vertrauten italienischen Akzent und erstarrte. »Ich hatte schon ganz vergessen, wie sehr du dich gehen lässt, wenn du getrunken hast.«

Nur mit Mühe bekam ich die Augen auf. Die Innenseiten meiner Lider waren rau wie Schleifpapier, Tausende Nadeln bohrten sich in meinen Kopf, und ich wollte einfach nur weiterschlafen, aber ich war so verwirrt, dass ich wissen musste, was los war. Ich schaute an meinem Körper herab, wo Massimo zwischen meinen gespreizten Beinen lag und seine Lippen an meine pulsierende Klitoris presste.

»Du bist so bereit...«, flüsterte er und versenkte seine Zunge in mir. Ich stöhnte, als er mich immer heftiger leckte und saugte. Erst dann wurde mir bewusst, warum ich so erregt war. Das war ein Traum gewesen...

Wie betäubt lag ich da und kämpfte gegen die Enttäuschung an, während Massimo versuchte, mich oral zu befriedigen. Ich schaffte es einfach nicht, mich auf das zu konzentrieren, was er tat, denn sooft ich die Augen schloss, sah ich sofort den grünäugigen Surfer vor mir. Sonst konnte ich es kaum erwarten, dass Massimo mich anfasste, aber jetzt betete ich, dass ich so schnell wie möglich einen Orgasmus bekam, damit er mich endlich in Ruhe ließ. Quälend langsam vergingen weitere Minuten, und trotz Massimos fortgesetzter Bemühungen war ich nicht einmal in der Nähe eines Höhepunkts.

»Was ist los?«, fragte Massimo irgendwann, stand auf und sah mit gerunzelter Stirn auf mich herab.

Verzweifelt suchte ich nach einer guten Ausrede, aber Geduld war noch nie Massimos Stärke gewesen. Wütend ging er zum Ankleidezimmer.

»Ich habe einen Monsterkater«, murmelte ich. Das entsprach durchaus der Wahrheit. Mein Kopf pochte einen Technorhythmus. Ich hätte aufspringen, Massimo hinterherlaufen und mich entschuldigen können, aber was hätte das gebracht? Außerdem kannte ich seinen Starrsinn.

Die Ereignisse der letzten Nacht fielen mir wieder ein.

»Massimo!«, rief ich ihm hinterher, und er drehte sich um und kam zurück. »Du hast gestern gesagt, ich würde mein neues Herz nicht achten. Was hast du damit gemeint?«

Sein Blick war eisig, als er nach kurzem Schweigen emotionslos sagte: »Du hattest eine Herztransplantation, Laura.«

Er sagte das, als würde er lediglich ein Schinkensandwich bestellen, dann drehte er sich um und ging die Treppe hinunter.

Ich drehte mich auf die Seite, zog mir die Decke über den Kopf und versuchte zu verdauen, was ich da gerade gehört hatte. Ich kämpfte einen starken Brechreiz nieder, dann schlief ich irgendwann ein.

»Lebst du noch?«, fragte Olga, setzte sich auf den Bettrand und reichte mir eine Tasse Tee mit Milch.

»Ich bin absolut tot und muss gleich kotzen«, erwiderte ich und schob meinen Kopf unter der Bettdecke hervor. »Trinken!«, stöhnte ich. »Massimo ist stocksauer«, sagte ich, nachdem ich einen Schluck getrunken hatte.

»Vor einer Stunde ist er mit Domenico weggefahren, aber frag mich nicht, wohin, ich habe keine Ahnung«, erwiderte sie.

Plötzlich fühlte ich mich schuldig. Gerade, als es schien, als würde alles endlich in geordnete Bahnen zurückkehren, hatte ich mit einer dummen Aktion alles wieder kaputtgemacht.

»Warum ist Massimo sauer?«, fragte Olga, schob ihre Füße unter die Bettdecke, griff nach der Fernbedienung und ließ die Jalousien vor dem Fenster nach unten fahren.

»Weil ich nicht gekommen bin.« Ich schüttelte den Kopf, ich konnte selber nicht glauben, was ich da sagte. »Mir zerspringt fast der Schädel, ich hab das Gefühl, jeden Moment zu kotzen, und er will Liebe machen. Also hat er sich endlos an mir abgearbeitet, und als er keinen Erfolg hatte, ist er abgerauscht.«

»Aha«, kommentierte Olga und schaltete den Fernseher an.

Das Gute, wenn man in einem Haus mit Bediensteten wohnt und einen Kater hat, ist, dass man nicht aufzustehen braucht, außer, man muss zur Toilette. Obwohl wir vermutlich auch einen Nachttopf hätten haben können, hätten wir einen gewollt. Also verbrachten wir den ganzen Tag im Bett, schauten Filme und ließen uns Essen bringen. Abgesehen davon, dass mein Mann so sauer war, dass er nicht mal ans Telefon ging, war das ein ziemlich gelungener Tag.

KAPITEL 5

Am nächsten Tag wachte ich am späten Vormittag auf und stellte mit großer Erleichterung fest, dass ich überhaupt nichts tun musste, sondern einfach im Schlafanzug abhängen konnte. Ich blieb im Bett und schaute fern, bis mir plötzlich klar wurde, dass ich überhaupt gar keinen Grund hatte, depressiv zu sein. Mit dem Verlust meines Kindes lernte ich umzugehen. Natürlich tat der Gedanke an meinen Sohn immer noch weh, aber ich dachte nicht mehr jede Sekunde an Luca. Der Schmerz rückte weiter und weiter von mir fort und war nur mehr ein fernes Echo. Gesundheitlich ging es mir mit jedem Tag besser, die Folgen der Operationen waren fast gar nicht mehr zu spüren. Auf Sizilien wurde es Frühling. Die Sonne schien warm, und ich war immer noch die ekelhaft reiche, gelangweilte Ehefrau meines Mannes.

Von einer plötzlichen Aufregung angetrieben, stand ich auf und eilte ins Bad. Ich duschte, kämmte meine langen, künstlichen Haare und schminkte mich. Anschließend verbrachte ich eine gute halbe Stunde im Ankleidezimmer und kämpfte mich durch Hunderte Kleiderbügel. Seit Ewigkeiten war ich nicht mehr shoppen gewesen, und ich hatte es demnächst auch nicht vor, denn an siebzig Prozent der Kleider in meinem Schrank hingen noch die Preisschilder. Schließlich fand ich Lederleggings und einen weiten Pullover von Dolce & Gabbana, der mir bis über den Po reichte. Ich schlüpfte in meine Lieblingsstiefel von Givenchy und nickte mir im Spiegel anerkennend zu. Ganz in Schwarz gekleidet, umgab mich eine Aura düsterer Sinnlichkeit, und genau so wollte ich als Designerin meines eigenen Modelabels aussehen.

Als ich, auf dem Bett sitzend, meinen Tee getrunken hatte, hatte mir der Gedanke an Massimos Weihnachtsgeschenk Antrieb und Auftrieb gegeben: meine eigene Firma. Also packte ich einen schwarzen Phantom-Shopper von Celine, warf mir einen kurzen schwarzen Poncho mit Stehkragen von La Mania über und machte mich auf die Suche nach meinem Kompagnon, um meinen verwegenen Plan in die Tat umzusetzen.

»Warum liegst du immer noch im Bett?«, fragte ich ungeduldig, als ich Olgas Schlafzimmer betrat.

Olgas Gesichtsausdruck brachte mich zum Lachen. Mit offenem Mund starrte sie mich an, ihre Augen waren so groß wie amerikanische Überwachungssatelliten auf dem Höhepunkt des Kalten Kriegs, während ich entspannt im Türrahmen lehnte und abwartete, dass sie ihre Fassung zurückgewann.

»Heilige Scheiße, ich werd nicht wieder«, brachte sie schließlich hervor. »Du siehst aus wie ein reinrassiges Luder. Was haben wir vor?«

»Gut, dass du endlich fragst, ich muss mich mit Emi treffen.« Ich nahm meine dunkle Sonnenbrille ab. »Und ich wollte dich fragen, ob du Lust hast mitzukommen.«

Normalerweise hätte ich Olga vor vollendete Tatsachen gestellt, aber weil ich wusste, dass Emi Domenicos Ex-Freundin war, wollte ich Olga nicht unter Druck setzen.

Sie zog einen Flunsch und seufzte ein paarmal, aber schließlich schälte sie sich aus dem Bett und sagte: »Natürlich komme ich mit. Du denkst doch wohl nicht, ich lass dich alleine fahren.«

Bis Olga fertig war, hatte ich Zeit genug, ins Schwitzen zu kommen und mich noch mal umzuziehen. Von Olgas Kleiderwahl war ich mehr als überrascht. Sie sah ... normal aus. Sie trug Boyfriend-Jeans von Versace, ein weißes T-Shirt und Pumps von Louboutin in Puderrosa. Ihren Hals hatte sie mit jeder Menge Gold behängt, nun warf sie sich lässig einen Pelz um die Schultern und sagte dann leichthin: »Wollen wir los?«

Als Olga so an mir vorbeistolzierte, brach ich in schallendes Lachen aus. Da zog offenbar jemand in den Krieg. Mit ihrer schwarzen Sonnenbrille von Prada sah sie ein wenig aus wie Jennifer Lopez im Videoclip von *Love Don't Cost a Thing*. Ich griff nach meiner Tasche und eilte ihr nach.

Natürlich hatte ich uns bei Emi angekündigt. Schon im Winter hatte Massimo mit ihr gesprochen, und sie hatte zugesagt, mir beim Aufbau meines Modelabels behilflich zu sein.

Als wir Emis wunderschönes Studio betraten, rief Olga ein übertrieben freundliches »Hi!« in den Raum, erhielt aber keine Antwort. Mit dem Ellenbogen stieß ich ihr in die Seite, hoffentlich entspannte sie sich bald mal. Im selben Moment ging die Tür am anderen Ende des großen Raumes auf, und Gott höchstpersönlich trat über die Schwelle. Wie hypnotisiert starrten Olga und ich den Mann in der weiten schwarzen Hose an, der mit einem Kaffeebecher in der Hand vor einen großen Spiegel trat. Mit offenem Mund ließen wir beide unsere Blicke die muskulöse Gestalt hinauf- und hinunterwandern. Lange schwarze Haare fielen ihm auf die durchtrainierten Schultern, nachlässig strich er sich mit einer Hand eine widerspenstige Strähne aus der Stirn, dann drehte er sich um und erblickte uns. Er trank einen Schluck Kaffee und schenkte uns ein Lächeln. Wir standen da wie die Salzsäulen. Es hatte uns schlicht und ergreifend die Sprache verschlagen.

»Hi!«, hörte ich nun Emis freudige Stimme und riss mich zusammen. »Wie ich sehe, habt ihr Marco schon kennengelernt.« Der dunkelhäutige, halb nackte Adonis winkte uns gönnerhaft zu.

»Mein neues Spielzeug«, verkündete Emi und gab ihm einen Klaps auf den Hintern. »Setzt euch, wollt ihr was zu essen oder vielleicht ein Glas Wein? Das wird ja jetzt etwas dauern.«

Ich war ehrlich verwundert, Emi so gut gelaunt anzutreffen. Vor allem beeindruckte mich die Art und Weise, wie sie Olga behandelte: nämlich vollkommen normal. Offensichtlich machte es ihr überhaupt nichts aus, dass Domenico sich für meine beste Freundin entschieden hatte, aber wenn ich mir den langhaarigen Halbgott anschaute, der hin und wieder ins Zimmer kam, konnte ich mir denken, warum.

Nachdem wir über vier Stunden diskutiert, Lunch gegessen und drei Flaschen Prosecco getrunken hatten, ließ Emi sich gegen die Lehne ihres Plüschsessels sinken und massierte sich die Schläfen.

»Dass du Designer von der Kunstakademie unter Vertrag nehmen willst, ist also beschlossene Sache«, stellte sie fest. »Aber über das Casting haben wir noch nicht gesprochen. Es kann ja sein, dass du nicht mit allen gleichermaßen gut zusammenarbeiten kannst. Ich glaube, der beste Test wäre, sie etwas entwerfen zu lassen, was deine Marke repräsentiert.« Sie machte sich eine Notiz. »Danach kommen die Schuhdesigner, aber hier hast du schon eine Idee, richtig?« Emi nickte lächelnd. Meine große Liebe für Schuhe war ihr nicht verborgen geblieben. »Ende der Woche besichtigen wir ein paar Nähereien. Vorher bringe ich dir bei, worauf du achten musst und so weiter und so fort. Außerdem müssen wir runter von der Insel, um Stoffhersteller zu treffen.« Sie griff nach ihrem Glas. »Ist dir eigentlich klar, wie viel Arbeit da vor uns liegt?«, fragte sie lächelnd.

»Und ist dir eigentlich klar, wie reich du sein wirst, wenn wir Erfolg haben?«, fragte ich zurück.

»Und genau aus dem Grund mache ich mit. Eines Tages will ich mir eine eigene Insel kaufen. Dafür opfere ich mich doch gern auf.«

Sie hob die Hand, und wir klatschten sie ab.

Die nächsten Wochen waren die intensivste Zeit meines Lebens. Mein Therapeut hatte recht gehabt mit der Feststellung, dass ich mich zuvor ganz einfach gelangweilt hatte. Aber obwohl ich inzwischen nicht einmal mehr leiseste Symptome einer Depression an mir feststellen konnte, war ich weiterhin zweimal die Woche bei Marco Garbi. Nur zur Sicherheit, einfach um zu reden.

Ansonsten ging ich voll und ganz in der Arbeit auf. Von der Modebranche hatte ich nicht die leiseste Ahnung gehabt und nie vermutet, dass sie mir so viel Vergnügen bereiten würde. Mode war das eine, aber eine Firma aufzubauen, die eines Tages Gewinn abwerfen sollte, war etwas ganz anderes. Dass ich durch die Geschäfte meines Ehemanns so unglaublich reich war, war natürlich ein enormer Vorteil. So musste ich am Anfang überhaupt nicht auf die Kosten achten, sondern konnte meinen Betrieb sehr schnell aufbauen und einfach Leute einstellen, wenn ich sie brauchte.

Auch Massimo war mit dieser Entwicklung der Dinge höchst zufrieden. Vor allem wohl damit, dass ich beschäftigt war. Er hasste es, wenn ich ihn anmotzte, weil er eine Line nach der anderen zog. Inzwischen versuchte er überhaupt nicht mehr, das vor mir zu verbergen. Er trank, er kokste, und ab und an befriedigte er mich. Diese Seite an ihm war vollkommen neu für mich, auch wenn er wohl einfach nur in alte Muster zurückgefallen war.

Eines Abends kam ich nach zwölf Stunden Arbeit aus dem Atelier und konnte kaum noch stehen. Am Morgen hatte ich eine Unterhaltung zwischen Massimo und Mario mit angehört, der darauf bestand, dass Massimo an irgendeinem wichtigen Treffen teilnahm, daher war ich überzeugt, dass Massimo unterwegs war. In den letzten Wochen hatte ich mich mehr und mehr daran gewöhnt, dass jeder von uns sein eigenes Leben führte. Auch mit Marco, meinem Therapeuten, hatte ich darüber gesprochen, aber er ging davon aus, dass diese Phase früher oder später vorbeigehen würde. Seiner Meinung nach verarbeitete Massimo auf diese Weise den Schmerz über den Tod unseres Kindes, und ich müsste seine Art zu trauern respektieren. Auch war er der Meinung, dass Massimo sich immer noch mit der Frage herumschlug, ob das Leben an seiner Seite nicht zu gefährlich für mich sei. Marco Garbis Rat war kurz und bündig: Wenn du ihn zurückgewinnen willst, dann lass ihm seine Freiheit. Nur wenn er aus eigenem Antrieb zu dir zurückkommt, kann er eines Tages wieder der Mann sein, der er früher einmal für dich war.

Zum Glück konnte ich in der Zwischenzeit in die Arbeit flüchten. An diesem Abend hatte ich noch einen Geschäftstermin vor mir, und das zu allem Unglück in Palermo. Wie ein Tornado raste ich durchs Haus und raunzte alle Angestellten an, die mir in den Weg kamen. Mein Flieger startete in anderthalb Stunden. Da mein Lieblingsfriseur auf Abruf für mich bereitstand, hatte ich meine Frisur bereits im Atelier machen lassen. Auch mein Kleid lag bereit – wozu hatte ich schließlich ein eigenes Label. Eine meiner Designerinnen, Elena, war unglaublich talentiert, ihre Kreationen waren einfach, klassisch, unaufdringlich und sehr feminin. Sie übertrieb nie, wählte eher Accessoires, um Akzente zu setzen. Ich liebte jedes einzelne Kleidungsstück, das sie an ihrer Nähmaschine zauberte, von einfachen Blusen bis zu Ballroben mit Schleppe. Auch an diesem Abend wollte ich eines ihrer Kleider tragen.

Es war ein klassischer, einfacher Schnitt: ein gerade geschnittenes, trägerloses Oberteil, dazu ein schwarz-weiß gestreifter Glockenrock, der sich von der Taille abwärts bis zum Boden bauschte – ein spektakulärer Schnitt, der trotz der Länge leicht und luftig meine Beine umwehte, wenn ich ging. Jetzt aber rannte ich, das Kleid auf dem Bügel in einer Hand, denn zum Duschen und Schminken hatte ich nur eine halbe Stunde Zeit.

Praktischerweise hatte mein Friseur mir eine Steckfrisur gemacht – locker fallende Locken hätten eine eilige Dusche auf keinen Fall überstanden.

Noch im Laufschritt warf ich die helle Tunika von mir, riss mir die Pumps runter und rannte in Unterwäsche ins Bad, wand mich aus BH und Höschen und schlug den Weltrekord im Duschen. Wahrscheinlich sah ich aus wie eine Besessene.

Zum Abtrocknen blieb mir keine Zeit, also kremte ich mich noch halb nass ein, der Bodybalsam konnte einziehen, während ich mein Make-up auftrug. Vor meinem Schmink- tisch sitzend, wollte ich mir einen Lidstrich ziehen und stach mir dabei fast ein Auge aus.

»Verdammter Mist, ich habe keine Zeit für solche Scherze«, schimpfte ich vor mich hin, klebte mir die künstlichen Wim- pern an und schaute nebenbei auf die Uhr. Ich war doch immerhin Laura Torricelli, auf mich sollten die Leute warten. Aber das hier war anders, ich wollte mich als souveräne Ge- schäftsfrau präsentieren.

Ich zog das Kleid über und betrachtete mich im Spiegel. Ich sah genau so aus, wie ich es mir vorgestellt hatte. Weil ich wieder regelmäßig trainierte, war mein Körper wohlgeformt, meine Haut hatte von der Frühlingssonne schon eine leichte Bräune, und die Operationsnarben waren kaum noch zu erkennen. Eine Laserbehandlung war zwar kein Spaziergang, aber auf jeden Fall wirksam. Am wichtigsten war jedoch, dass ich endlich wieder ich selbst war. Oder vielmehr war ich inzwischen sogar eine bessere Version meiner selbst.

Ich packte meine Tasche, da ich über Nacht in Palermo bleiben würde, und griff nach der schwarzen, mit Strasssteinen besetzten Clutch. Da hörte ich, wie im Stockwerk unter mir die Tür ins Schloss fiel. Bestimmt der Fahrer, ich musste los.

»Ich bin hier oben!«, rief ich. »Nimm bitte die Tasche, die im Schlafzimmer auf dem Bett liegt.« Ich lief zurück ins Bad und sprühte mir Parfüm an den Hals. »Hoffentlich schaffen wir es rechtzeitig, denn ich kann…« Ich brach ab und erstarrte mitten in der Bewegung, als Massimo plötzlich vor mir stand. Er trug einen schwarzen Smoking und sagte kein Wort. Schweigend ließ er seinen Blick über meinen Körper streifen, nur sein Kiefer mahlte. Diesen Blick kannte ich nur zu gut, und für das, was er verhieß, hatte ich weder Zeit noch Nerven.

»Ich dachte, du wärst der Fahrer.« Ich lächelte entschuldigend und versuchte, mich an ihm vorbeizudrängen. »In einer Stunde geht mein Flieger nach Palermo«, fügte ich nervös hinzu.

»Das ist ein Privatflugzeug«, sagte Massimo in aller Seelenruhe und bewegte sich nicht einen Millimeter zur Seite.

»Ich habe einen wichtigen Termin mit einem Designer aus Palermo…«

In diesem Moment griff mir Massimo mit einer einzigen fließenden Bewegung an den Hals, presste mich an die Wand und schob mir seine Zunge in den Mund. Abwechselnd saugte und knabberte er an meinen Lippen, und auf einmal erschien mir der Termin in Palermo gar nicht mehr so wichtig und dringend.

»Wenn ich das so will, dann wartet der Designer aus Palermo auf den Termin mit dir bis nächstes Jahr«, presste Massimo zwischen zwei Küssen hervor.

Betört von diesen mittlerweile ungewohnten Sinneseindrücken, gab ich nur zu gern nach. Massimos schlanke Finger zogen den Reißverschluss am Rücken auf und befreiten meinen Oberkörper aus dem engen Oberteil. Fließend rauschte das Kleid zu Boden. Massimo hob mich ein Stück hoch, zog mich aus dem gebauschten Stoff und trug mich, nur mit Stringtanga und BH bekleidet, auf die Terrasse. Es war inzwischen Ende April, draußen war es noch nicht wirklich heiß, aber auch nicht mehr kalt. Meeresrauschen war zu hören, von der Küste wehte ein salziger Wind herüber, und es kam mir vor, als reiste ich rückwärts durch die Zeit. An meine Firma, Geschäftsverhandlungen oder Businesstermine dachte ich längst nicht mehr. Vor mir stand Massimo, die Pupillen seiner Augen riesig, und nichts anderes zählte. Er legte seine Hände um mein Gesicht und küsste mich leidenschaftlich. Ich schob meine Finger in sein samtweiches Haar und ergötzte mich an seinem Geschmack. Dann ließ ich meine Hände seinen Hals hinabgleiten, bis sie den Kragen seines Hemdes erreichten. Mit zitternden Fingern fing ich an, sein Hemd aufzuknöpfen, aber Massimo hielt meine Hände fest. Mit der einen Hand in meinem Nacken und der anderen Hand an meinem Hintern hob er mich auf seine

Hüften trug mich ein paar Schritte und legte mich in einen Liegestuhl. Er schaute mir tief in die Augen, steckte sich zwei Finger in den Mund und schob sie dann ohne jede Vorwarnung tief in mich. Von Schmerz und Erregung gleichermaßen übermannt, stöhnte ich auf, und Massimo schenkte mir ein blasses Lächeln. Ohne seinen Blick von mir zu nehmen, wurden die Bewegungen seiner Hand immer schneller. Wie von Sinnen stieß er in mich, und in seinen Augen lag nicht ein Funke Zärtlichkeit. Zwischendurch fuhr er immer wieder mit der Zunge über meine Lippen. An meinem Gesicht konnte er ablesen, dass seine Finger mir Qual und Lust zugleich bereiteten. Er leckte meinen Saft von seinen Fingern, dann schob er sie wieder in mich und steigerte das Tempo seiner Bewegungen nochmals. Er war gnadenlos. Ich keuchte und wand mich, und als Massimo fand, ich wäre nun bereit, drehte er mich auf den Bauch und drang in mich ein. Sein steifer, dicker Schwanz war wie eine Droge für mich, und kaum dass ich ihn in mir spürte, kam ich auch schon. Ich schrie laut und lange, und Massimo biss mich in den Arm, während seine Hüften immer heftiger gegen mich stießen. Der erste Schlag seiner flachen Hand traf meinen Hintern, das Klatschen war sicher im ganzen Garten zu hören, aber mir war egal, ob die Angestellten mitbekamen, was wir taten, oder nicht. Endlich fühlte ich Massimo wieder in mir, und er fickte mich mit der ihm eigenen ungebremsten Wildheit. Noch einmal sauste seine Hand auf meinen Hintern nieder und traf dieselbe Stelle wie Sekunden zuvor. Ich schrie noch lauter, aber er steckte mir seine Finger in den Mund und erstickte meinen Schrei. Als er seine Hand wieder zurückzog, beugte er sich vor und rieb meinen Speichel fest auf meine pulsierende Klitoris.

»Härter«, keuchte ich, denn ich stand schon wieder kurz vor dem Höhepunkt. »Fick mich härter.«

Nun spürte ich Massimos Zähne direkt hinter meinem Ohr, und sein Becken stieß noch unnachgiebiger gegen meinen Hintern. Mit beiden Händen umschloss er meine Brüste, quetschte meine steifen Brustwarzen und bereitete mir gleichermaßen Schmerz und Lust. Kalter Schweiß brach mir aus, ich begann am ganzen Körper zu zittern, und alles in mir schrie nach Befriedigung. In diesem Moment explodierte Massimo und erreichte nur Sekunden vor mir den Höhepunkt. Er stöhnte laut und lange, ohne das Tempo seiner Hüften zu verlangsamen, und sein Becken hieb mit solcher Heftigkeit auf meinen Hintern ein, dass die Beine mir den Dienst versagten. Massimo sank über mir zusammen, und sein warmer Atem in meinem Nacken floss mit den abebbenden Wellen des letzten Orgasmus über mich hinweg.

Einige Minuten blieben wir so liegen, dann zog sich Massimo zurück, und ich fühlte nichts als Leere. Er stand auf und knöpfte seine Hose zu. Ich wartete, was er weiter tun würde, aber er stand nur da, schaute auf mich herab und genoss den Anblick meines von der Lust malträtierten Körpers.

»Du bist so verletzlich«, flüsterte er. »So schön ... Ich habe dich nicht verdient.«

Bei diesen Worten zog sich mir das Herz zusammen, und ich verbarg mein Gesicht im Polster des Liegestuhls, denn ich wollte nicht, dass Massimo meine Tränen sah. Als ich den Blick wieder hob, war Massimo fort. Wütend und erschöpft saß ich auf dem Liegestuhl. Er war einfach gegangen und hatte mich allein gelassen.

Wieder hatte ich das Gefühl, weinen zu müssen, aber es verging, und im nächsten Moment erfüllte mich eine eigenartige Ruhe. Ich wickelte mich in die Decke, die auf der Lehne hing, und trat an die Balkonbrüstung. Das dunkle Meer rauschte einladend, und der Wind duftete wunderbar. Ich schloss die Augen und sah das absolut unerwünschte – und, wie ich geglaubt hatte, schon längst vergessene – Bild von Marcelo, wie er, nur mit einer Jeans bekleidet, vor dem Strandhaus auf Teneriffa am Grill stand. Ich wollte die Lider aufreißen, damit das Bild verschwand, aber ich schaffte es nicht, denn was ich sah, gefiel mir viel zu gut.

Ich konnte mir nicht erklären, warum, aber bei diesen Erinnerungen erfüllten mich Ruhe und Freude. Ich seufzte und ließ den Kopf sinken.

»Laura.« Mein Bodyguard stand in der Balkontür. »Der Wagen wartet und das Flugzeug auch.«

Ich nickte und ging ins Ankleidezimmer, um mein Kleid zu holen. Das unerwartete Rendezvous mit meinem Ehemann war aufregend gewesen, aber es war mir schon wieder vollkommen egal. Sex war für mich inzwischen nur noch eine Nebensache. An erster Stelle stand für mich meine neue Leidenschaft: mein Modelabel.

»Diese Mail musst du lesen, Laura«, sagte Olga mit einem Stapel Papier in der Hand.

Anfang Mai war es auf Sizilien schon richtig warm. Ich aber hatte kaum Zeit, das schöne Wetter zu genießen, denn ich kam so gut wie gar nicht aus dem Büro heraus. Ich ging zu Olga hinüber, lehnte mich über ihre Schulter und schaute auf ihren Bildschirm.

»Was steht denn so Wichtiges drin?«, fragte ich und las den ersten Satz. »Heilige Scheiße ...!«, schrie ich dann auf, drängte meine Freundin zur Seite und ließ mich auf ihren Stuhl fallen. Es war eine Einladung auf die Portugal Fashion Week in Lagos. Dort stellten Designer und Stoffproduzenten aus ganz Europa aus, hauptsächlich neue Labels. Diese Messe passte einfach perfekt zu mir. Ich klatschte in die Hände und hüpfte auf und ab.

»Olga!«, kreischte ich aufgeregt und drehte mich zu ihr um. »Wir fliegen nach Portugal!«

»Du vielleicht!«, erwiderte Olga und tippte sich an die Stirn. »Aber ich heirate in zwei Monaten, oder hast du das schon vergessen?«

»Na und?«, fragte ich spitz und verzog das Gesicht, um ihre Miene nachzuäffen. »Willst du mir etwa sagen, dass du nur noch deine Hochzeitsvorbereitungen und deinen Verlobten im Kopf hast?«

Olga wollte etwas erwidern, aber ich hob die Hand und brachte sie zum Schweigen.

»Oder dein Brautkleid?«, fuhr ich fort und zeigte auf die wunderbare Kreation aus weißem Stoff, die auf einer Schneiderpuppe in der Ecke hing. »Oder hast du noch andere Ausreden?«

»Wenn ich nicht regelmäßig bumse, schaffe ich es nicht, meinem Mann treu zu bleiben, dazu sind die Portugiesen einfach viel zu heiß«, lachte Olga. »Bis wir losfliegen, muss ich ihn mehrmals am Tag vögeln. Vielleicht kann ich mich dann zusammenreißen.«

»Ach, hör auf. Es ist doch nur für ein Wochenende, und außerdem, schau mich an. Mein Mann steckt ihn mir bloß von Zeit zu Zeit rein, und auch nur dann, wenn *er* Lust drauf hat…« Ich zuckte die Schultern. »Aber wenn er ihn mir dann mal reinsteckt…« Ich nickte anerkennend, verzog den Mund zu einem breiten Grinsen und leckte mir lasziv die Lippen.

»Lasst mich raten: Ihr redet über Sex«, sagte Emi, die eben den Raum betrat.

»Ja und nein. Wir haben eine Einladung nach Lagos bekommen.« Ausgelassen tanzte ich durch den Raum.

»Ich weiß, hab ich gesehen. Leider kann ich nicht fahren.« Sie zog die Mundwinkel nach unten und ließ sich in einen Sessel fallen.

»Ach Gott, das tut mir so leid«, ätzte Olga auf Polnisch, und ich warf ihr einen vernichtenden Blick zu.

»Reiß dich zusammen!«, zischte ich durch die Zähne und wandte mich dann wieder Emi zu. »Du kommst also nicht mit?«

»Ich kann nicht, leider. Ausgerechnet an dem Wochenende habe ich ein Familientreffen, das ist schon seit Ewigkeiten geplant. Aber ihr zwei amüsiert euch gut!«

»Party! Party!«, lachte Olga, und ich tippte mir an die Stirn, setzte mich wieder an den Computer und las die restlichen Mails.

Die nächsten zwei Tage vergingen wie im Flug, ich war mit nichts anderem als Arbeit und Reisevorbereitungen beschäftigt. Elena nähte mir in Rekordgeschwindigkeit eine Robe für den Empfang am Samstagabend sowie mehrere legere Kleider für die übrigen drei Tage. Alle Entwürfe sollten in Erdfarben gehalten, neutral und ohne überflüssige Verzierungen oder aufdringliche Muster sein, darauf hatte ich bestanden. Aber meine junge Designerin setzte sich einfach über meine Anordnungen hinweg und nähte mir ein umwerfendes rückenfreies Kleid mit Schleppe und einem tief ausgeschnittenen rüschenverzierten Dekolleté – und zwar in Blutrot.

»Möpse«, sagte ich bei der Anprobe, »dafür brauchst du Möpse.«

»Ach Quatsch«, kicherte Elena, während sie die letzten Nähte enger steckte. »Ich zeig dir mal was.« Aus einer Schublade des Schränkchens mit den Nähutensilien zog sie zwei durchsichtige Gel-Pads. »Die kleben wir dir so an, dass sie deinen Busen heben und optisch vergrößern. Nimm mal die Arme zur Seite!«

In der Tat – mit den komischen Gel-Pads sah mein Busen regelrecht üppig aus. Verzückt beobachtete ich, wie das Kleid meinen Körper umfloss, ihn umspielte und meine Silhouette betonte. Zuerst hatte ich die Farbe furchtbar gefunden, aber das Rot passte wunderbar zu meinen Haaren, meinen braunen Augen und meiner sonnengebräunten Haut. Ich sah einfach nur königlich aus.

»Alle werden dich anstarren«, prophezeite Elena mit unverhohlenem Stolz. »Und genau das ist ja auch Sinn der Sache. Und bevor du einen Herzinfarkt kriegst: Die anderen Kleider sind so, wie du sie wolltest.«

»Du unverschämtes Ding!« Ich drehte mich vor dem Spiegel hin und her und konnte immer noch nicht glauben, wie toll ich aussah. »Als meine Angestellte bist du weisungsgebunden«, brachte ich lachend hervor, während Elena letzte Änderungen absteckte.

»Also gut, wenn du willst, kann ich ab sofort Dienst nach Vorschrift machen.« Sie nahm die letzte Nadel aus dem Mund. »Und jetzt zieh das Kleid aus, ich muss noch ein paar Feinheiten ergänzen.«

Eine Stunde später waren sämtliche Kleider in Hüllen verpackt, und ich war abreisebereit. Im Eifer des Gefechts wollte ich alles alleine zum Wagen tragen, aber bald gab ich auf und rief den Fahrer, der unten wartete. Als er die zerknitterten Hüllen sah, schüttelte er missbilligend den Kopf und tippte sich an die Stirn. Dann raffte er alles zusammen und trug es zum Auto.

Mein Flug ging schon Donnerstagabend, denn die Modemesse in Lagos begann Freitagmorgen, und ich wollte auf gar keinen Fall auch nur eine Minute des Programms verpassen. Stattdessen wollte ich ausschlafen und mich in aller Ruhe stylen, um die Herzen meiner Geschäftspartner aus ganz Europa im Sturm zu erobern. Natürlich hatten Olga und ich auch ein Gelage eingeplant, und weil das Wetter in Lagos zu dieser Jahreszeit schon sommerlich warm war, wollte ich auch ein wenig ausspannen. Ich hatte mir Erholung redlich verdient und deshalb unser Apartment im Hotel gleich für eine ganze Woche gebucht. Kurz war mir durch den Kopf gegangen, Massimo darüber zu informieren, aber er war gerade wieder einmal unterwegs. *Was für eine Verschwendung,* dachte ich, während ich den zehnten oder zwölften Bikini in meinen Koffer packte. Bei meinem Ausflug in die Modewelt hatte sich herausgestellt, dass sogar ich selbst gute Entwürfe machen konnte. Für Dessous und vor allem für Bademode hatte ich ein Händchen. Nur das Nähen mussten andere übernehmen. Mit Mühe schloss ich den letzten Koffer.

»Ziehst du um?« Olga lehnte am Türrahmen zum Ankleidezimmer und biss in einen Apfel. »Oder willst du mit den Sachen die gesamte Bevölkerung von Portugal einkleiden?« Spöttisch zog sie die Augenbrauen hoch. »Wann zur Hölle willst du das alles tragen?« Ich setzte mich im Schneidersitz auf den Boden, verschränkte die Arme vor der Brust und warf ihr vernichtende Blicke zu.

»Wie viele Paar Schuhe hast du dabei?«, fragte ich.

Olga schaute in die Luft und zählte in Gedanken. »Siebzehn«, sagte sie schließlich.

»Mit Flipflops oder ohne?«

»Mit Flipflops sind es einunddreißig.« Olga brach in schallendes Gelächter aus.

»Na siehst du.« Ich zeigte ihr den Mittelfinger. »Du Heuchlerin. Erstens gehen wir auf eine Party…«

»Mindestens eine…«, grinste Olga.

»Mindestens eine«, bestätigte ich. »Und zweitens besteht die Chance, dass wir eine ganze Woche dortbleiben oder sogar noch länger. Und drittens werde ich meine ganzen Klamotten ja nicht ständig mit mir rumschleppen. Ich will einfach die Wahl haben, ist das so abwegig?«

»Das Schlimme ist, ich glaube, ich habe noch mehr Gepäck als du.« Olga raufte sich nervös die Haare. »Ist unser Flieger eigentlich irgendwann überladen und kann dann nicht mehr abheben?«

»Ich glaube, davon sind wir noch weit entfernt.« Ich winkte sie mit einem Finger zu mir. »Komm her und hilf mir, ich krieg meinen Koffer nicht zu.«

In weiser Voraussicht trank ich mehrere Gläser Wein und war ziemlich blau, als ich ins Flugzeug stieg. Noch bevor ich richtig in meinem Sessel Platz genommen hatte, überrollte mich schon ein alkoholseliger Traum.

Am Flughafen von Lagos stieg ich benommen und mit vom Kater trockener Kehle in den wartenden Wagen und ließ mich in die Polster fallen. Olga war in einem ähnlichen Zustand wie ich, und wir stürzten uns wie Verdurstende auf die Mineralwasserflaschen in den Armstützen. Es war immer noch Nacht, aber leider waren wir inzwischen nicht mehr betrunken.

»Mein Hintern tut weh«, jammerte Olga und trank einen großen Schluck Wasser.

»Vom Flugzeugsessel?«, fragte ich verwundert. »Den kann man doch verstellen.«

»Vom Bumsen. Domenico wollte offenbar sichergehen, dass ich für die ganze Woche genug habe.«

Nach diesen Worten war ich plötzlich komplett nüchtern und hellwach. »Sie waren im Castello?«, brachte ich mit weit aufgerissenen Augen hervor.

»Na klar, den ganzen Tag. Abends sind sie dann irgendwo hingefahren.« Olga runzelte die Stirn. »Hat Massimo dir nicht Hallo gesagt?«

»Nein.« Ich schüttelte den Kopf. »Und langsam hab ich wirklich die Nase voll. Wir sind noch kein Jahr verheiratet, aber die Hälfte der Zeit verhält sich Massimo so, als würde er mich hassen. Er verschwindet tagelang, ich weiß überhaupt nicht, was er die ganze Zeit macht, und ans Telefon geht er nur, wenn er Lust hat.« Ich schaute Olga an, und Tränen traten mir in die Augen. »Und weißt du was? Inzwischen glaube ich nicht mehr daran, dass sich das wieder einrenkt«, flüsterte ich tonlos.

»Können wir das besprechen, wenn wir mit Cocktails am Strand liegen?«

Ich nickte und wischte mir eine Träne von der Wange.

KAPITEL 6

Ich streckte mich und griff nach der Fernbedienung für die Jalousien. Ich wollte mich keinesfalls von grellem Sonnenschein blenden lassen, also drückte ich immer wieder ganz kurz auf die Tasten, um die Jalousien nur einen Spalt hochzufahren. Ein schmaler Streifen Licht fiel ins Zimmer, so konnte ich mich langsam daran gewöhnen, dass es wieder Tag und draußen hell war. Ich schüttelte die Schläfrigkeit ab und schaute mich im Zimmer um. Unser Apartment war modern und stylish, alles war weiß, steril und strahlte eine unglaubliche Kälte aus. Nur die zahllosen Blumensträuße, die über das ganze Apartment verteilt standen, gaben dem Zimmer einen Hauch von Wärme.

Plötzlich klopfte es an der Tür.

»Ich komme!«, rief Olga, und danach war ich endgültig wach.

»Das ist unser Frühstück. Los, raus aus den Federn, es ist schon spät.«

Fluchend und schimpfend schälte ich mich aus dem Bett und schleppte mich ins Bad.

»Kakao.« Olga stellte ein Glas vor mir auf den Rand des Waschbeckens.

»Himmel, tut das gut!« Ich trank das Glas in einem Zug leer. »Das hat mich gerettet.« Ich wischte mir über den Mund.

»Wann kommt der Friseur?«

»Jetzt!«

Im selben Moment klopfte es wieder. Ich verdrehte die Augen, ich hasste es, mich hetzen zu müssen, aber Hetze war in den letzten Monaten mein zweiter Vorname geworden. Ich hob die Hand, signalisierte Olga, dass ich zwei Minuten brauchte, und sprang unter die Dusche.

Zwei Stunden und mehrere Hektoliter Eistee später waren wir fertig. Mein langes dunkelbraunes Haar war zu einem nachlässigen Dutt gesteckt, aus dem widerspenstige Strähnchen herabhingen. Ich sah aus, als wäre ich eben erst aufgestanden und hätte davor richtig guten Sex gehabt. Nun zog ich eine weiße Leinenhose mit hohem Bund und ein passendes kurzes Top an, unter dem mein trainierter Bauch zum Vorschein kam. Dazu trug ich silberne Stilettos von Tom Ford und eine passende Handtasche, die eine meiner Designerinnen für mich genäht hatte. Die quadratische Clutch war einfach nur megastylish. Ich setzte meine Sonnenbrille auf und stellte mich in die Tür zu Olgas Schlafzimmer.

»Der Wagen wartet«, sagte ich lasziv, drehte mich um, und meine beste Freundin pfiff mir hinterher.

»Dann wollen wir mal den Markt erobern!« Olga ließ die Hüften kreisen, nahm mich bei der Hand und zog mich hinter sich her zur Tür.

Ich war davon ausgegangen, dass niemand auf der Modemesse besser angezogen sein würde als wir, aber da hatte ich mich geirrt. Nahezu alle Frauen hatten an diesem Morgen genau dasselbe gemacht wie Olga und ich und sahen aus wie die Models auf den Titelseiten der *Vogue*. Überall extravagante Outfits, gewagte Frisuren und raffiniertes Make-up. Die Frau, der wir unsere Einladung auf die Messe zu verdanken hatten, führte uns herum und stellte uns einer Unmenge Personen vor, mit denen ich jeweils einige Worte und Visitenkarten tauschte. Vor allem auf die Vertreter der italienischen Modebranche machte mein Nachname enorm Eindruck. Das herablassende Grinsen auf ihren Gesichtern zeigte überdeutlich, was sie dachten: Das ist also die Mieze von diesem Gangster. Aber das war mir egal. Dass ich die Basis für mein Business allein meinem Mann zu verdanken hatte, stand außer Zweifel. Aber den Gipfel des Erfolgs würde ich ganz und gar aus eigener Kraft erreichen.

Wir schauten uns mehrere Modenschauen an, ich notierte mir die Namen von drei Designern, deren Entwürfe mich beeindruckt hatten, dann war es schon Nachmittag. Leicht erschöpft vom Glanz und schönen Schein der versnobten Modebranche beschlossen wir, ein bisschen frische Luft zu schnappen. Der Tag war wunderbar warm, und die palmengesäumte Strandpromenade lud zum Flanieren ein.

»Vertreten wir uns ein wenig die Füße«, schlug ich vor und klopfte Olga auf die Schulter. Sie hatte keine Lust, aber schließlich kam sie doch mit.

Massimo hatte mir natürlich eine Garde von Securitytypen mitgeschickt. Also leisteten uns nun mehrere Gorillas mit zurückgegelten Haaren Gesellschaft, die in Schrittgeschwindigkeit neben uns herrollten. Olga und ich flanierten über die Promenade, alberten herum und leckten uns beim Anblick der überaus verführerischen Portugiesen die Lippen. Wir schwelgten in nostalgischen Erinnerungen an die Zeit, als wir noch frei und ungebunden gewesen waren. Beim Anblick der heißen Ware, die ihr gerade entging, wischte sich Olga hin und wieder verstohlen eine Träne aus dem Augenwinkel.

An einem der Strandaufgänge hatte sich eine große Menschentraube gebildet. Offenbar fand hier eine Open-Air-Veranstaltung oder ein Sportwettbewerb statt. Neugierig blieben wir stehen, ich zog mir die Schuhe aus und setzte mich auf die niedrige Mauer, die die Straße vom Strand trennte. Da sah ich auf einmal Menschen im Wasser. Mehrere Männer saßen auf ihren Surfbrettern und warteten auf die nächste Welle, andere lagen am Strand und ruhten sich aus. Von einer Sekunde zur anderen hatte ich einen Stein im Magen, und bei der Erinnerung an die Zeit auf Teneriffa schlug mein Herz schneller. Da drang eine Stimme auf Englisch aus den Lautsprechern am Strand, und die Worte, die ich hörte, nahmen mir den Atem.

»Meine sehr verehrten Damen und Herren, bitte begrüßen Sie mit mir den amtierenden Meister, Marcelo Matos.«

Ich schluckte, mein Hals war furchtbar trocken, und kurz hatte ich das Gefühl, mich übergeben zu müssen. Wie versteinert saß ich da und scannte panisch die Menge am Strand, kaum zwanzig Meter von mir entfernt. Und da sah ich ihn mit seinem Brett Richtung Wasser laufen, den Mann mit den bunten Tattoos. Seine neongrüne Hose strahlte wie eine Leuchtboje. Meine Haut kribbelte, und in meinem Kopf drehte sich alles. Ich sah, wie Olga ihren Mund bewegte und etwas zu mir sagte, aber ich hörte nur dumpfes Rauschen und sah nur ihn. Marcelo warf sich auf das Surfbrett und ruderte mit den Armen, dann kam er hoch in die Hocke und stand auf. Er surfte jetzt mit der Welle wieder in Richtung Ufer. Ich wollte weglaufen, nichts als weg, so schnell ich konnte, aber mein Körper verweigerte mir den Gehorsam, also saß ich nur da und starrte Marcelo an.

Als er auf die erste Welle sprang, hatte ich das Gefühl, jemand hätte mir auf den Kopf geschlagen. Er war so wunderbar, so perfekt. Seine sicheren, dynamischen Bewegungen sorgten dafür, dass das Surfbrett tat, was er wollte. Es schien, als wäre der wilde Ozean ihm untertan und gehorchte jedem seiner Befehle. Himmelherrgott! In Gedanken betete ich stumm, dass das alles nur ein Traum war, dass ich im nächsten Moment die Augen öffnen und mich in einer anderen Realität wiederfinden würde. Aber leider passierte das alles hier wirklich. Zu meinem Glück war nach wenigen Minuten alles vorbei, Applaus brandete auf, und Bravorufe schallten über den Strand.

»Gehen wir«, sagte ich zu Olga, verhedderte mich aber beim Aufstehen in meinen eigenen Beinen und fiel rücklings von der Mauer. Olga schaute entgeistert zu mir runter, dann brach sie in Lachen aus.

»Was machst du denn, du Idiotin?« Während ich mit dem Rücken an die Mauer gelehnt auf der Straße saß, um mich hinter den Steinen zu verbergen, stand Olga neben mir.

»Ist der Typ in der Neonhose schon aus dem Wasser raus?«, fragte ich, und Olga schaute in Richtung Meer. »Kommt jetzt gerade an den Strand«, sagte sie und leckte sich die Lippen. »Echt heiße Ware.«

»Verdammt, das kann nicht wahr sein«, murmelte ich, unfähig, mich zu bewegen.

»Was ist denn mit dir los?«, fragte Olga, inzwischen schon leicht besorgt, und kniete sich neben mich.

»Das ... das ...«, stotterte ich. »Das ist Marcelo.«

Olgas Augen waren rund wie Sammlermünzen.

»Das da ist der Typ, der dich entführt hat?« Sie streckte den Arm aus und zeigte Richtung Strand, aber ich zog sie zu mir auf den Boden.

»Vielleicht willst du gleich noch eine Fahne schwenken, damit er uns auf gar keinen Fall übersieht?!« Ich barg das Gesicht in den Händen.

»Was macht er jetzt?«, flüsterte ich so leise, als befürchtete ich, Marcelo könnte mich hören.

»Ach, jetzt begrüßt er irgendeine Tussi. Umarmt sie und knutscht sie ab. Schade, tut mir ja echt leid für dich.« Der Sarkasmus in ihrer Stimme war nicht zu überhören.

»Tussi?« Ich hatte das Gefühl, als hätte mich jemand in die Magengrube geboxt. Was war denn nur los mit mir? Mit letzter Kraft richtete ich mich ein wenig auf, sodass ich über die Mauer schauen konnte. Tatsächlich umarmte Marcelo in diesem Moment eine Blondine, die fröhlich vor ihm auf und ab hüpfte. Als sie sich ein wenig in unsere Richtung drehte, atmete ich erleichtert auf.

»Das ist Amelia, seine Schwester«, stöhnte ich und ließ mich wieder auf den Gehweg sinken.

»Du kennst seine Schwester?«, fragte Olga fassungslos. »Vielleicht noch den Rest seiner Familie?«

»Wir müssen weg von hier«, flüsterte ich. Ich warf einen

Blick auf unsere Bodyguards, die offenbar keinen Schimmer hatten, wie sie sich verhalten sollten, und fragte mich, welche bescheuerte Vorsehung diese Begegnung herbeigeführt hatte. Meine beste Freundin starrte mich derweil anklagend an, aber mir fiel nichts Schlaues ein, was ich ihr hätte sagen können. Sie zwinkerte nervös und stocherte mit einem Zweig in den Fugen zwischen den Pflastersteinen, auf denen wir saßen.

»Du hast mit ihm geschlafen«, stellte sie fest.

»Nein!«, schrie ich auf.

»Aber du wolltest.«

Ich starrte sie an. »Vielleicht... für einen Moment«, stotterte ich und lehnte den Kopf gegen die Mauer. »Olga, hilf mir, er ist hier!« Ich hielt mir die Augen zu und schüttelte heftig den Kopf.

»Das ist nicht zu übersehen.« Olga dachte einen Moment nach. »Lass uns einfach gehen, er wird uns schon nicht bemerken. Er hat ja überhaupt keine Ahnung, dass wir hier sind.«

Ich betete, dass sie recht behalten würde, zog meine Schuhe an, stand auf und schaute Richtung Strand. Marcelo war nirgendwo zu sehen. Olga nahm meine Hand und zog mich zur Straße.

Erst als ich im Auto saß, fühlte ich mich sicher. Ich atmete tief durch und fühlte, wie mir der Schweiß über den Rücken rann. Vermutlich sah ich ziemlich fertig aus, denn sogar die Securitytypen fragten, ob alles in Ordnung war. Ich erzählte ihnen irgendwas von Stress und Wetter und gab dem Chauffeur dann ein Zeichen loszufahren. Das Gesicht zur Fensterscheibe gedreht, suchte ich die Menge am Strand nach Marcelo ab. Ich wollte ihn noch ein einziges Mal sehen. Da war plötzlich ein lautes Hupen zu hören, der Wagen bremste scharf, und ich wurde gegen den Vordersitz geschleudert. Unser Chauffeur schrie den Taxifahrer an, der uns die Vorfahrt genommen hatte, und der stieg aus dem Auto und kam wild gestikulierend auf uns zu. Da sah ich plötzlich Marcelo durch das Seitenfenster, und die Welt blieb stehen. Ich biss mir auf die Lippe und sah zu, wie er zu seinem Auto ging, das Telefon aus dem Handschuhfach nahm und auf dem Display herumwischte. Dann bemerkte er offenbar den Streit zwischen den Autofahrern, drehte sich um und hob den Kopf. Als unsere Blicke sich trafen, erstarrte ich. Marcelo sah aus, als könnte er nicht glauben, was er sah. Und ich? Ich war nicht in der Lage, den Blick abzuwenden, sondern starrte ihn mit offenem Mund einfach nur an. Er machte einen Schritt in unsere Richtung, aber in diesem Moment fuhr unser Wagen los, und Marcelo erstarrte mitten in der Bewegung. Ich drehte mich um und schaute ihn durch das Rückfenster an. Mit herabhängenden Armen stand er mitten auf der Straße, dann fuhren wir um eine Kurve, und er verschwand aus meinem Blick.

»Er hat mich gesehen«, flüsterte ich so leise, dass nicht einmal Olga mich hören konnte. »Himmel, er weiß, dass ich hier bin.«

Wenn Gott mich hierhergeführt hatte, gerade jetzt, wo mein Leben langsam in halbwegs geordnete Bahnen zurückkehrte, dann war er wirklich ein hinterhältiges Arschloch. Jetzt, wo ich wusste, dass Marcelo hier war, verlor alles andere seine Bedeutung, nichts war mehr wichtig.

»Also gut«, sagte Olga, als der Kellner eine Flasche Champagner an unseren Tisch brachte. »Schießen wir uns ab, und dabei will ich die ganze Geschichte hören, und zwar nicht nur ein paar lakonische Bemerkungen, sondern alle Einzelheiten.«

»Auf jeden Fall, schießen wir uns ab.« Ich streckte die Hand nach meinem Glas aus.

Nach zwei Stunden und drei weiteren Flaschen Moët Rosé hatte ich Olga die gesamte Geschichte haarklein und in allen Einzelheiten erzählt. Über den Teller, den ich zerdeppert hatte, wie Marcelo mich gerettet und ins Strandhaus gefahren hatte, wie er mir das Surfen beigebracht, mich zum ersten Mal geküsst und schließlich Flavio erschossen hatte. Und als ich einmal angefangen hatte, erzählte ich Olga ohne Umschweife und ohne Schönreden alles, was ich dachte und fühlte, und sie hörte mir entgeistert zu.

»Ich sag's mal so«, lallte sie, als ich fertig war, und klopfte mir auf die Schulter. »Ich bin hackedicht, aber du sitzt richtig in der Scheiße, Laura.« Sie nickte ernsthaft. »Vom Regen in die Traufe. Erst einen Sicilian Lover, dann einen Spanier mit Tattoos.«

»Einen Kanarier.«

Ich klopfte mit dem Glas auf den Tisch und schwankte leicht auf meinem Stuhl hin und her.

»Scheißegal«, sagte Olga und wedelte mit der Hand, was ein Kellner als Aufforderung verstand, an unseren Tisch zu treten. Als er neben Olga stand, schaute sie erstaunt auf.

»Was willst du denn?«, schnaubte sie auf Polnisch, und ich musste wider Willen lachen.

»Meine Dame?« Vor Lachen bekam ich kaum noch Luft.

Auf Englisch sagte Olga: »Noch eine Flasche und zwei Aspirin.« Dann schickte sie ihn mit einer Kopfbewegung weg.

»Laura«, begann Olga ernsthaft, als der Kellner gegangen war. »Morgen haben wir einen wichtigen Empfang, aber ich kann dir schon heute sagen, dass wir aussehen werden wie ein Scheißhaufen nach drei Tagen im Wasser. Du weißt schon, wenn im Schwimmbad ein Kind ins Becken gekackt hat.« Ich lachte mich schlapp, und Olga streckte den Zeigefinger hoch.

»Das zum Ersten. Zum Zweiten werde ich übermütig, wenn ich getrunken habe. Dann mache ich alles, was mir so in den Sinn kommt, und meistens ist das Vögeln.« Sie ließ sich nach vorne auf den Tisch fallen, dass die Gläser klirrten.

Vorsichtig schaute ich mich um und musste feststellen, dass alle Gäste des Restaurants zu uns herüberstarrten, was nicht verwunderlich war, wir zogen eine ziemliche Show ab. Ich versuchte, mich ordentlich aufrecht hinzusetzen, aber je mehr ich den Rücken durchstreckte, desto tiefer rutschte ich unter den Tisch.

»Wir müssen irgendwie auf unser Zimmer kommen«, flüsterte ich Olga zu und lehnte mich zu ihr. »Aber ich bin nicht in der Lage zu gehen. Trägst du mich?«

»Klaro!«, rief Olga freudig. »Sobald du mich hingetragen hast.«

In diesem Moment trat der junge Kellner wieder an unseren Tisch und öffnete die nächste Flasche. Aber noch bevor er sie auf dem Tisch abgestellt hatte, hatte Olga sie schon ergriffen, erhob sich und stolperte zum Ausgang, wobei sie für jeden Schritt vorwärts mindestens zwei zurückstolperte. Nach mehreren Minuten eines beschämenden Kampfes mit der sich unablässig drehenden Umgebung hatten wir es schließlich bis zum Fahrstuhl geschafft. Durch den Nebel meiner erheblichen Trunkenheit drang zu mir durch, wie sehr wir am nächsten Tag leiden würden. Bei diesem Gedanken wimmerte ich leise in mich hinein.

Wir schwankten und stolperten in unser Apartment und fielen fast über den Teppich im Wohnzimmer. Das fehlte gerade noch, dass ich mir den Kopf aufschlug, dachte ich und fegte mit der Hand die Blumenvase vom Couchtisch. Olga fiel doch noch hin, lachte hysterisch auf und rollte über den Fußboden, bis sie an der Tür zu ihrem Schlafzimmer liegen blieb. Sie winkte mir freudig, zog sich Richtung Bett und wand sich dabei wie ein Regenwurm. Ich hielt immer noch die Champagnerflasche in der Hand, die wie durch ein Wunder heil geblieben war, und schaute Olga mit einem Auge an. Sobald ich das zweite Auge öffnete, sah ich Olga dreifach, deshalb kniff ich es einfach sofort wieder zu.

»Wir werden sterben«, murmelte ich. »Und dann werden wir wochenlang in diesem wunderbaren Luxus-Apartment verwesen.« Barfuß tapste ich über den Teppich. Meine Pumps hatte ich schon im Restaurant ausgezogen. »Sie finden uns, wenn wir anfangen zu stinken«, murmelte ich, fiel aufs Bett, zog mir die Decke über den Kopf und seufzte erleichtert.

»Marcelo, Liebling, mach das Licht aus«, sagte ich, als ich die Silhouette eines im Sessel sitzenden Mannes erblickte.

»Hey, Süße.« Er stand auf und trat ans Bett.

»Scheiße, ich habe richtig geile Halluzinationen von dem Schampus«, stellte ich belustigt fest. »Aber wahrscheinlich schlafe ich schon und träume, und das heißt, dass wir gleich Liebe machen werden.«

Marcelo stand über mir und verzog den Mund zu einem breiten Grinsen, sodass seine weißen Zähne regelrecht leuchteten in der Dunkelheit. Vorfreudig wand ich mich auf dem Bett und breitete die Arme aus.

»Du willst Liebe mit mir machen?«, fragte er und legte sich neben mich. Ich rutschte ein Stück zur Seite, um ihm Platz zu machen.

»Mmmmmhh«, murmelte ich mit geschlossenen Augen. »Davon träume ich seit einem halben Jahr, und immer, wenn ich schlafe, mache ich im Traum Liebe mit dir.«

Erfolglos versuchte ich, meine enge Hose auszuziehen. Marcelos schlanke Finger zogen die Bettdecke von mir. Er öffnete den Knopf, an dem ich gescheitert war, dann zog er mir vorsichtig die Hose von den Beinen und legte sie ordentlich zusammen. Ich hob die Arme über den Kopf, damit er mir auch das Oberteil auszog. Er fand den Reißverschluss am Rücken, zog ihn auf und befreite mich aus dem eng anliegenden Top. Während er die Kleidungsstücke auf der Kommode ablegte, schlängelte und wand ich mich auf dem Bett. Das war eine Einladung zum Spielen.

»Sei so wie immer«, flüsterte ich. »Heute brauche ich deine Zärtlichkeit, ich hatte solche Sehnsucht danach.«

Seine Lippen berührten zuerst meinen Arm und dann mein Schlüsselbein. Sie strichen nur ganz leicht über meine

Haut, aber die Wärme seiner Berührung sorgte dafür, dass ich ein Kribbeln am ganzen Körper spürte. Marcelo hob die Decke hoch und deckte mich zu.

»Heute noch nicht, Süße.« Er küsste mich auf die Stirn.

»Aber schon bald, versprochen.«

Ich knurrte enttäuscht und ließ den Kopf in die weichen Kissen sinken. Ich liebte diese Träume.

Der Kater am nächsten Morgen sprengte mir fast den Schädel, und kaum dass ich die Augen geöffnet hatte, übergab ich mich viermal hintereinander. Den Geräuschen aus dem zweiten Bad in unserem Apartment nach zu urteilen, machte Olga dasselbe. Ich duschte kalt und schluckte zwei Paracetamol, die ich in meinem Koffer gefunden hatte, dann schaute ich in den Spiegel und stöhnte laut auf.

»Du siehst scheiße aus«, wäre in meinem derzeitigen Zustand noch ein Kompliment gewesen. Ich sah aus, als hätte mich jemand durch den Fleischwolf gedreht, als Bulette gebraten, gegessen und wieder ausgekackt. Manchmal vergaß ich, dass ich keine achtzehn mehr war und Alkohol nicht Wasser, von dem man pro Tag mindestens drei Liter trinken sollte. Auf weichen Knien ging ich zum Bett zurück, legte mich hin und wartete auf die Wirkung der Tabletten. Sosehr ich versuchte, mich an die Ereignisse der letzten Nacht zu erinnern, ich kam nicht weiter als bis ins Hotelrestaurant, wo wir uns wie zwei absolut ordinäre Bitches aufgeführt hatten. Ich durchforstete die letzten Ecken meines Gedächtnisses, um irgendeine erfreuliche Episode zu finden, aber erfolglos.

Frustriert von meiner eigenen Verantwortungslosigkeit, nahm ich das Handy in die Hand, um unseren Friseurtermin um einige Stunden zu verschieben. Auf dem Sperrbildschirm stand eine SMS von einer unbekannten Nummer: »Ich hoffe, du hast den Traum gehabt, den du wolltest.«

Mit gerunzelter Stirn las ich die SMS wieder und wieder durch, und plötzlich fügten sich die Einzelteile wie ein Puzzle zu einem Ganzen: Marcelo, der im Sessel am Fenster saß. Erschrocken schaute ich nach links: Der Sessel war ganz nah ans Bett herangerückt. Meine Kopfschmerzen wurden noch unerträglicher, als ich zur Kommode schaute, auf der ordentlich zusammengefaltet meine Leinenhose und das Top lagen. Ich fühlte, wie mir das Wasser, das ich eben getrunken hatte, die Kehle hochstieg, und rannte ins Bad. Nachdem ich die nächste Viertelstunde damit verbracht hatte, wieder und wieder meinen Magen zu entleeren, kehrte ich ins Schlafzimmer zurück. Auf meiner weißen Leinenhose lag ein kleiner Schlüsselanhänger mit einem Surfbrett.

»Das war kein Traum«, flüsterte ich entsetzt. Meine Beine gaben nach, und ich sank zwischen dem Bett und der Kommode auf die Knie. »Er war hier.«

Ich fühlte mich noch elender als eine Viertelstunde zuvor. Ich versuchte mich zu erinnern, was genau ich gesagt und getan hatte, aber vermutlich hatte mein Gehirn in weiser Voraussicht diese Schublade meines Gedächtnisses verschlossen, um mich zu schützen. Ich lag auf dem Fußboden und starrte die Decke an.

»Bist du tot?« Olga beugte sich über mich. »Tu mir das

nicht an, Massimo bringt mich um, wenn du an Alkoholvergiftung stirbst.«

»Ich *will* sterben«, stöhnte ich und presste die Augen zu.

»Ich weiß, ich auch. Aber Fett ist besser als Agonie.«

Olga legte sich zu mir auf den Fußboden, sodass unsere Köpfe sich berührten.

»Wenn wir ganz viel fettiges Zeug essen, werden wir wieder nüchtern.«

»Ich werde kotzen.«

»Quatsch, dein Magen ist ja schon leer«, Olga warf mir aus dem Augenwinkel einen Blick zu.

»Wir bestellen jetzt Frühstück und literweise Eistee.«

Bewegungslos blieben wir liegen, und ich stellte mir in Gedanken immer wieder die Frage, ob ich Olga erzählen sollte, was letzte Nacht passiert war. Ein Klopfen an der Tür riss mich aus meinen Gedanken, aber keine von uns machte Anstalten aufzustehen.

»Scheiße«, stöhnte Olga.

»Ich weiß«, erwiderte ich mit schmerzverzerrtem Gesicht.

»Ich beweg mich keinen Zentimeter. Außerdem, du wolltest essen, also sieh zu, wie du zurechtkommst.«

Unser Frühstück war eine Kalorienbombe aus Fett und Kohlehydraten, denn Olga hatte Schinken, Spiegeleier, Würstchen und Kartoffelpuffer bestellt. Ich dankte dem Schicksal, dass unsere Geschäftstermine erst am Abend auf dem Empfang anstanden, sonst wäre dieser Tag absolut unproduktiv und verloren gewesen, denn wir waren lediglich in der Lage, nackt auf der Terrasse in der Sonne zu liegen und hektoliterweise Eistee zu trinken.

Der Ausblick auf das Meer und die Surfer war einer der unzweifelhaften Vorteile unseres Apartments. Von unserem Stockwerk aus waren sie kaum größer als Punkte, die jemand mit Kugelschreiber auf einen Stadtplan gemalt hat, aber allein beim Gedanken, dass Marcelo dort unten sein könnte, war ich plötzlich wie elektrisiert.

Ich hätte gern gewusst, wie er mich gefunden hatte, wie er es geschafft hatte, in unser Apartment zu kommen, und vor allem, warum zum Teufel er nichts weiter getan hatte. Es war nicht abzustreiten, in der letzten Nacht hätte ich alles mit mir machen lassen. Er hätte mir einfach nur den Slip ausziehen müssen, und er hätte mich gehabt.

Dann fiel mir unser Streit im Strandhaus wieder ein, als er gesagt hatte, er wollte mich einfach nur flachlegen. Damals hatte ich nur gehofft, dass er log. Inzwischen war ich mir vollkommen sicher.

Ich schämte mich, weil ich derart betrunken gewesen war. Am wütendsten machte mich die Vorstellung, dass er mir endlich so nah gewesen war und dass ich nichts daraus gemacht hatte. Obwohl ich andererseits doch etwas daraus gemacht hatte: Ich hatte ihm gestattet, mich auszuziehen und meinen Körper anzuschauen.

»Woran denkst du?«, fragte Olga und hielt sich gegen die Sonne eine Hand vor die Augen. »Du reibst deinen Hintern auf der Sonnenliege, als hättest du Lust, ihn zu vögeln.«

»Ich bin dabei, ihn zu vögeln«, sagte ich trocken.

Um neunzehn Uhr verließ ein Stab aus Friseuren und Visagisten unser Zimmer, und wir standen nach einer Kur mit

Flüssigkeit und Medikamenten im Wohnzimmer und schauten einander anerkennend an. Wir waren bereit für den Empfang. Ich trug mein wunderbares blutrotes Kleid und Olga einen trägerlosen cremefarbenen Hauch von Nichts. Beide waren von meinen Designerinnen entworfen worden – alles andere wäre ja Quatsch gewesen, schließlich war das Bankett an diesem Abend für längere Zeit die letzte Gelegenheit, eine größere Anzahl einflussreicher Leute aus der Branche von meinem Talent zu überzeugen.

Mein Telefon vibrierte, und eine Stimme ließ mich wissen, dass der Wagen bereitstand. Ich legte auf und wollte das Telefon schon wieder in meine winzige Clutch stecken, da gab es einen kurzen Ton von sich, und ich schaute noch einmal auf das Display. Ich hatte fast gar keinen Akku mehr, aber auch keine Zeit mehr zum Aufladen. Leise fluchte ich in mich hinein und steckte das Telefon in die Tasche.

Wir gingen zu unserem eleganten Wagen mit dem eleganten Chauffeur und verstauten unsere elegant verpackten Hinterteile auf den Polstern im Fond. Wenige Minuten später hielten wir vor dem Restaurant, in dem das Bankett stattfinden würde.

»Ich brauch ein Bier«, murmelte Olga, als ich dem Mann am Einlass unsere Einladung zeigte. »Ein kaltes, perlendes Bier«, fuhr sie fort und schaute sich um.

»Ein Bierhumpen wird farblich perfekt zu deinem Kleid passen«, stellte ich fest und musterte sie. Olga zeigte mir den Mittelfinger, ließ mich stehen und eilte Richtung Bar.

Meine portugiesische Betreuerin fiel über mich her wie eine ausgehungerte Löwin über eine Antilope. Sie griff meine

Hand und zog mich hinter sich her in die Menge. Ich war von diesem Auftreten ein wenig überrascht, denn sie hatte noch etliche andere Kunden, aber niemanden betreute sie so engagiert wie mich. Womöglich hatte mein Mann wieder mal seine Finger im Spiel, schoss mir durch den Kopf, aber diesen Gedanken verdrängte ich sofort.

Zwei Stunden später kannte ich vermutlich sämtliche Personen auf dem Empfang, die zu kennen sich lohnte, darunter Stoffproduzenten, Nähereibesitzer, Designer und mehrere Stars, Karl Lagerfeld an der Spitze, der anerkennend nickte, als er mein Kleid sah. Ich war kurz davor, in Ohnmacht zu fallen oder in die Luft zu springen und loszukreischen wie ein Teenager-Groupie auf dem Konzert seiner Lieblingsband, aber ich riss mich zusammen und nickte lediglich kühl.

Während ich unermüdlich damit beschäftigt war, mein Mode-Imperium aufzubauen, kippte Olga ein Bier nach dem anderen in sich hinein und flirtete nebenbei fröhlich mit dem süßen Portugiesen, der sie bediente. Der Typ war wirklich ein Prachtstück, und wer immer ihn hinter die Bar beordert hatte, wusste, was er tat. Die Folge war allerdings, dass Olga nach drei Stunden ununterbrochenen Aufenthalts in der Nähe des Zapfhahns schon wieder annähernd stockbesoffen war.

»Laura, das ist Nuno.« Ungeniert zeigte Olga mit dem Zeigefinger auf den Barmann, der uns höflich zunickte und mir ein freundliches Lächeln schenkte, wobei auf seinen Wangen zwei reizende Grübchen erschienen. »Seine Schicht endet in einer Stunde. Und wenn du mich nicht sofort von hier wegbringst, dann fickt er mich um Mitternacht am Strand«, fuhr Olga auf Polnisch fort.

Ich lächelte Nuno an, auf dessen Gesicht sich Enttäuschung abzeichnete, und zog die willenlose Olga zum Ausgang. Als meine Bodyguards sahen, was hier gerade vor sich ging, halfen sie mir diskret, Olga in die bereitstehende Limousine zu verfrachten. Leider kam Olga an der frischen Luft wieder ein wenig zu sich, änderte in Sekundenschnelle ihre Meinung und wollte von Aufbruch nichts mehr wissen.

»Ich glaube, ich will noch einen Drink«, wiederholte sie unablässig, versuchte wieder auszusteigen und verfing sich dabei mit den Absätzen ihrer Pumps im Saum ihres Kleids.

»Kommt nicht infrage, du Schnapsleiche!«, schimpfte ich und schob sie zurück auf den Sitz.

Aber Olga huschte auf der anderen Seite wieder aus dem Wagen, wand sich in den Armen des Bodyguards, der sie abgefangen hatte und mich nun fragend anschaute. Ich schüttelte erschöpft den Kopf.

»Steig mit ihr ein und halt sie fest, sonst springt sie dir während der Fahrt aus dem Wagen«, seufzte ich. »Ich muss noch mit ein paar Leuten reden.«

»Don Massimo hat verboten, dass du ohne Security unterwegs bist.«

Ich breitete die Arme aus und zeigte auf die Umgebung: Strand, Palmen, das dunkle, ruhige Meer.

»Bringt Olga ins Hotel und kommt dann wieder her.«

Mit diesen Worten drehte ich mich um und ging ins Lokal zurück. Unsere kleine Show-Einlage war nicht unbemerkt geblieben, am Eingang hatten sich Schaulustige versammelt.

Nun wurde ich zum Star des Abends. Offenbar wollte jeder im Saal mich kennenlernen und mit mir reden, ständig wurde ich angesprochen. Mit einem Glas Champagner in der Hand hielt ich sozusagen Hof. Zwar war mir an diesem Abend nicht wirklich nach Alkohol zumute, aber trotz meines Katers wirkte der Geschmack von Moët Rosé beruhigend auf mich.

»Laura?«, hörte ich plötzlich eine bekannte Stimme hinter meinem Rücken, drehte mich um und sah Amelia vom anderen Ende des Saals auf mich zukommen. Ich fühlte ein Stechen unter dem Brustbein. Der Champagner, den ich den ganzen Abend über getrunken hatte, stieg mir plötzlich zu Kopf. Ich schwankte. Amelia umarmte mich und drückte mich an sich.

»Du siehst wunderbar aus!«

»In der Tat.« Beim Klang dieser Stimme erstarrte ich und hielt den Atem an.

»Du siehst in der Tat atemberaubend aus«, sagte Marcelo, der wie ein Geist aus dem Nichts aufgetaucht war und jetzt hinter seiner Schwester stand.

In einem hellgrauen Anzug, einem weißen Hemd und einer ebenfalls hellgrauen Krawatte sah Marcelo wirklich überirdisch aus. Sein kahlrasierter Schädel glänzte leicht, und seine grünen Augen leuchteten. Ernst stand er vor mir, den Arm um Amelias Taille gelegt, die unentwegt auf mich einplauderte. Aber ich bekam gar nicht mit, wovon sie sprach, denn seit Marcelo aufgetaucht war und den harten Mafioso gab, hatte ich nur noch Augen für ihn, den Rest der Welt nahm ich nicht mehr wahr. Ich hatte ihn schon in dieser Pose gesehen, das war an dem Tag gewesen, an dem ich fast erschossen worden war. Amelia redete immer noch wie ein Wasserfall, während Marcelo und ich nur dastanden und wie gebannt einander anstarrten.

»Schöne Krawatte«, sagte ich vollkommen sinnlos und unterbrach damit Amelias Redeschwall.

Amelia brach mitten im Satz ab und starrte mit offenem Mund abwechselnd mich und ihren Bruder an. Dann schloss sie den Mund und runzelte die Stirn. Offenbar wurde ihr gerade bewusst, dass sie hier vollkommen überflüssig war. »Entschuldigt mich einen Moment«, sagte sie und ging Richtung Bar.

Marcelo und ich konnten die Augen immer noch nicht voneinander abwenden, wahrten aber einen Sicherheitsabstand, um keine Aufmerksamkeit zu erregen. Ich öffnete den Mund und holte mehrmals tief Luft, und Marcelo schluckte laut.

»Hast du noch gut geschlafen?«, fragte er endlich nach weiteren Minuten des Schweigens.

Seine Augen blitzten fröhlich, aber er war immer noch um einen seriösen Gesichtsausdruck bemüht. Bei der Erinnerung an die Geschehnisse der letzten Nacht drehte sich alles in meinem Kopf.

»Ich fühle mich nicht gut«, flüsterte ich, drehte mich um, raffte die Schleppe meines Kleides und rannte nahezu zu der Tür, die auf die Terrasse führte. Dort angekommen, stützte ich mich mit beiden Händen auf die Balustrade. Nur Sekunden später stand Marcelo neben mir, nahm mir vorsichtig meine Clutch aus der Hand und legte zwei Finger auf mein Handgelenk, um meinen Puls zu fühlen.

»Ich hab kein krankes Herz mehr«, brachte ich heftig atmend

hervor. »Das ist eine der guten Seiten an meinem Aufenthalt auf Teneriffa. Ich habe ein neues bekommen.«

»Ich weiß«, erwiderte Marcelo kurz angebunden und schaute auf seine Uhr.

»Woher weißt du das?« Verblüfft entzog ich ihm meine Hand, aber er warf mir nur einen strafenden Blick zu und griff erneut danach.

»Hat dir dein Mann nichts erzählt?«, fragte er dann und lehnte sich mit dem Rücken an die Balustrade.

Ich hatte nicht vor, Marcelo von meinen Eheproblemen zu erzählen. Dass ich meinen Mann in den letzten Wochen nur sporadisch zu Gesicht bekommen und deshalb keine Gelegenheit gehabt hatte, mit ihm zu reden, ging Marcelo schließlich nichts an.

»Jetzt rede ich mit dir und will deine Version der Geschichte hören.«

Marcelo seufzte und ließ den Kopf hängen. »Ich weiß das, weil... weil ich dir dieses Herz besorgt habe.«

Ich riss die Augen auf und starrte ihn verblüfft an.

»Und so, wie du jetzt gerade aussiehst, hattest du davon nicht die leiseste Ahnung. Meine Ärzte waren der Meinung, dass deine Überlebenschancen ohne eine Transplantation sehr gering wären, darum...« Er brach ab. »...darum hast du jetzt ein neues Herz.«

»Sollte ich wissen, wie genau dieses Herz seinen Weg zu mir gefunden hat?«, fragte ich unsicher und hob sein Kinn, damit er mir in die Augen schauen musste.

Der Blick aus seinen grünen Augen glitt über mein Gesicht, dann fuhr er sich mit der Zunge über die trockenen

Lippen. *Himmel! Das macht er extra!*, dachte ich und hatte schon längst vergessen, welche Frage ich Marcelo nur Sekunden zuvor gestellt hatte. Ich roch seinen Pfefferminzkaugummi und sein frisches Eau de Toilette. Er stand vor mir, eine Hand in der Hosentasche, mit der anderen streichelte er meine Clutch und schaute mich an. Die Welt blieb stehen, es gab nur noch mich und ihn.

»Ich habe dich vermisst.«

Bei seinen Worten stockte mir der Atem, und Tränen traten mir in die Augen. »Du warst auf Sizilien«, flüsterte ich, als mir alle meine Halluzinationen wieder einfielen.

»War ich«, sagte er ernst. »Mehrmals.«

»Warum?«, fragte ich, obwohl ich die Antwort im Grunde schon kannte.

»Warum hatte ich Sehnsucht, warum war ich auf Sizilien, oder warum wollte ich dich sehen?«

»Warum machst du das?«

Nun liefen mir die Tränen über die Wangen. Ich wollte weglaufen, bevor ich die Antwort auf diese Frage hörte.

»Ich will mehr.« Bei diesen Worten verzog ein breites Lächeln Marcelos Gesicht, ein Lächeln, das er unterdrückt und zurückgehalten hatte, seitdem er mir im Ballsaal gegenübergetreten war. »Ich will mehr von dir, ich will dir beibringen, wie man surft und wie man Tintenfische fängt, ich will mit dir Motorrad fahren und dir den verschneiten Vulkan Teide zeigen …«

Ich hob die Hand, um ihn zu unterbrechen. »Ich muss los.« Ich drehte mich um und raffte mein Kleid.

»Ich fahre dich«, rief Marcelo mir hinterher und folgte mir.

»Das macht meine Security.«

»Deine Security ist immer noch damit beschäftigt, Olga einzufangen und ins Hotel zu bringen, ich fürchte, die Jungs haben gerade keine Kapazitäten.«

Ich blieb stehen, drehte mich um und wollte fragen, woher er das wusste – aber da fiel mir ein, dass er einfach alles wusste, sogar meine Körbchengröße.

»Danke, ich nehme ein Taxi«, sagte ich, dann fiel mein Blick auf seine rechte Hand, in der er meine Clutch hielt, mit der er mir fröhlich zuwinkte.

Belustigt stand er vor mir und überragte mich trotz meiner Heels. Ich griff nach der Tasche, aber er hob sie noch höher.

»Mein Wagen steht direkt vor dem Hotel. Darf ich bitten?« Mit diesen Worten ging er an mir vorbei zum Ausgang.

Im Grunde wäre mir die Clutch egal gewesen, aber darin war mein Telefon, das inzwischen vermutlich überhaupt keinen Akku mehr hatte. Also hatte ich keine Wahl – ich war süchtig nach meinem Handy. Ich folgte ihm in sicherem Abstand durch den Saal, bis wir beide draußen auf der Straße standen. Dort griff er plötzlich nach meinem Handgelenk und zog mich hinter sich her in die Dunkelheit. Als seine Finger meine nackte Haut berührten, überlief ein Schauer meinen Körper. Marcelo ging es ganz offensichtlich genauso, denn er hielt inne und schaute mich verwundert an.

»Lass das«, flüsterte ich. Er ließ mein Handgelenk los, legte eine Hand auf meine Hüfte und die andere in meinen Nacken, zog mich an sich, und ich bog unwillkürlich den Kopf zurück, um ihm meine Lippen darzubieten. So standen wir in inniger Umarmung beieinander, leise keuchend, und er schaute mich an. Er rührte sich nicht, er machte nichts – er schaute mich einfach nur an. Ich wusste, das war eine ganz schlechte Idee, ich wusste, ich sollte besser weglaufen, auf das Telefon scheißen und zum Hotel rennen. Aber ich konnte nicht. Er war hier, endlich, er stand in Fleisch und Blut direkt vor mir, und ich spürte die Wärme seines Körpers.

»Ich habe gelogen«, flüsterte er, »als ich gesagt habe, dass ich dich einfach nur flachlegen will.«

»Ich weiß.«

»Ich habe auch gelogen, als ich gesagt habe, dass ich mit dir befreundet sein will.«

Ich seufzte schwer, ich fürchtete mich vor dem, was er als Nächstes sagen würde, aber er schwieg und ließ mich los.

Er drückte auf den Schlüssel, und die Scheinwerfer eines Autos flammten auf. Er öffnete die Beifahrertür für mich, ich raffte mein Kleid, stieg ein und wartete, dass er sich neben mich setzen würde. Wieder einmal saß ich in einem außergewöhnlichen, aber zugleich wunderschönen Wagen, der ganz bestimmt ein Oldtimer war. Soweit ich das im schwachen Licht einer weiter entfernten Straßenlaterne erkennen konnte, war der Wagen blau, mit zwei weißen Streifen, die über die ganze Länge der Karosserie liefen. Anerkennend nickend musterte ich die Innenausstattung. *Das ist mal ein normales Auto*, dachte ich, *und kein Raumschiff*. Am Armaturenbrett gab es vielleicht drei Anzeigen und vier Schalter, und am hölzernen Lenkrad waren keine Knöpfe. Genial. Das einzige Minus und ein möglicher Mangel war das fehlende Dach.

»Das ist eindeutig nicht das Auto, mit dem wir auf Teneriffa gefahren sind«, sagte ich, als Marcelo sich neben mich setzte und mir meine Clutch in den Schoß legte.

»Auf Teneriffa hatten wir eine Corvette Stingray«, erwiderte er, »und das hier ist eine Shelby Cobra. Aber ich wette, dass du nicht mal zwei von diesen affigen Ferraris voneinander unterscheiden kannst.« Er lachte ironisch und startete den Motor. »Ein Auto muss eine Seele haben und nicht nur teuer sein.«

Er fuhr los. Aus den Lautsprechern dröhnte *Lord of the Boards* von den Guano Apes. Als die tiefen Bässe einsetzten, zuckte ich kurz von meinem Sitz hoch, und Marcelo grinste noch breiter.

»Ich mach uns mal ein bisschen Atmo«, sagte er fröhlich und drückte einen der wenigen Knöpfe auf dem Armaturenbrett. Nun erklang die zarte Melodie von *My Immortal* von Evanescence – erst das Klavier, dann die sanfte und zugleich tiefe Stimme der Sängerin, die davon sang, wie leid sie es war, von all ihren Ängsten niedergedrückt zu werden.

Jedes Wort dieses Songs sprach mir aus dem Innersten – ich hätte es sein können, die da sang. Hatte Marcelo dieses Stück ganz gezielt ausgewählt, oder war es einfach nur Zufall? »*Your face it haunts my once pleasant dreams. Your voice it chased away all the sanity in me*«, der Gesang schwoll an und erfüllte den Wagen. Während wir schweigend durch die dunklen, nahezu menschenleeren Straßen fuhren und uns immer weiter vom Strand entfernten, stiegen mir Tränen der Panik in die Augen. »*I've tried so hard to tell myself that you're gone. But though you're still with me, I've been alone all along.*« An dieser Stelle hielt ich es nicht mehr aus.

»Halt an!«, rief ich, als ich spürte, dass gleich alles aus mir herausbrechen würde. »Halt dieses Auto sofort an«, rief ich noch einmal, und Marcelo lenkte an den Straßenrand, bremste und schaute mich erschrocken an.

»Wie konntest du nur?« Ich öffnete die Tür und sprang aus dem Auto. »Wie konntest du mir das antun? Ich war glücklich, mein Leben verlief in geordneten Bahnen. Massimo war der ideale Mann für mich, bis du plötzlich aufgetaucht bist...«

In diesem Augenblick nahm Marcelo, der mir gefolgt war, mich in die Arme und presste mich gegen die Wand des Hauses, vor dem wir standen. Ich kämpfte nicht gegen ihn an, ich konnte nicht. Ich wehrte mich nicht einmal, als seine Lippen meinen näher und näher kamen, langsam, als wartete er auf mein Einverständnis. Er wartete immer noch, aber jetzt hielt ich es nicht mehr aus, legte meine Hände um seinen Kopf, zog ihn heftig an mich und presste meinen Mund auf seinen. Seine Hände fuhren langsam an meinem Körper nach oben – von der Hüfte über die Taille und die Arme – und legten sich dann um mein Gesicht. Sanft knabberte und leckte Marcelo an meinen Lippen, streichelte und liebkoste sie, dann schob er sie mit seiner Zunge auseinander und küsste mich ruhig, tief und endlos lange.

Der Song begann wieder von vorne, und wir erstarrten, ineinander verschlungen. Was uns verband, war unausweichlich. Marcelo war warm, zärtlich und unglaublich sinnlich. Seine weichen Lippen konnten nicht von meinen lassen, seine Zunge drang tief in meinen Mund ein und nahm mir den Atem. Das fühlte sich so unglaublich gut an, dass ich alles um mich herum vergaß.

Die plötzliche Stille brachte uns wieder ins Hier und Jetzt zurück. Wir fühlten es beide. Ich presste die Lippen zusammen, und Marcelo zog sich ein Stück zurück und ließ seine Stirn an meine Schläfe sinken.

»Ich habe ein Haus auf Sizilien gekauft, um näher bei dir zu sein«, flüsterte er. »Ich passe die ganze Zeit auf dich auf, Süße, denn ich sehe doch, was los ist.« Er hob den Kopf ein wenig und küsste mich auf die Stirn. »Als ich dich das erste Mal angerufen habe, saß ich im selben Restaurant wie du. Auch im Club habe ich dich keine Sekunde aus den Augen gelassen, schon weil du so fürchterlich betrunken warst.« Marcelos Lippen glitten über meine Wange. »Ich weiß, wann du Lunch in dein Atelier bestellst und wie wenig du isst. Ich weiß, wann du zu deinem Therapeuten gehst und dass es mit Torricelli schon seit Wochen nicht wirklich gut läuft.«

»Hör auf«, flüsterte ich, als seine Lippen sich meinen wieder näherten. »Warum machst du das?« Ich hob den Blick und schob Marcelo ein Stück von mir weg. Lange schaute ich ihm in die grünen Augen. Im Licht der Straßenlaterne war sein schönes Gesicht weich und sanft, als ein Lächeln sich darauf ausbreitete.

»Ich glaube, ich habe mich in dich verliebt«, sagte er leise, drehte sich um und ging zurück zum Auto. »Komm.«

Er stand neben der offenen Beifahrertür und wartete. Ich aber lehnte immer noch wie festgetackert an der Hauswand. Ich wartete ebenfalls. Nach dem, was Marcelo da gerade gesagt hatte, musste ich mich erst wieder einkriegen. Irgendwo im Hinterkopf hatte ich es gewusst oder erwartet – vor allem nach dem, was er versucht hatte, mir zu sagen, als wir am letzten Tag auf Teneriffa an den Klippen von Los Gigantes angehalten hatten. Ich schaute Marcelo an und Marcelo mich, und so vergingen weitere Sekunden oder sogar Minuten. Schließlich holte mich das Klingeln meines Handys wieder auf den Boden der Tatsachen zurück. Marcelo reichte mir meine Handtasche, ich holte es heraus und hielt den Atem an, als ich auf dem Display die sieben Buchstaben erblickte, die den Namen »Massimo« ergaben. Ich schluckte, und als ich eben auf den grünen Hörer drücken wollte, gab das Telefon einen weiteren Laut von sich und schaltete sich ab. Der Akku war jetzt komplett leer, das Display wurde schwarz.

»Verdammt«, presste ich durch die Zähne hervor. »Jetzt bin ich aber richtig am Arsch.«

»Ich muss zugeben, dass ich es ganz nett finde, wenn *Don* Torricelli einen kleinen Anfall kriegt.«

Marcelo schaute belustigt zu, wie ich das schwarze Display anstarrte.

»Du kannst es gleich aufladen.« Er reichte mir die Hand und half mir beim Einsteigen.

KAPITEL 7

Wir hielten vor einem Tor, und Marcelo drückte einen Knopf auf der Fernbedienung. Über all dem, was in den letzten dreißig Minuten passiert war, hatte ich völlig vergessen, dass er mich ja zum Hotel hatte fahren sollen.

»Hier wohne ich aber nicht«, sagte ich und sah mich in dem schönen Garten um.

»Das ist ja das Schlimme.« Er grinste schurkisch, und eine Reihe weißer Zähne kam zum Vorschein.

»Ich habe ein Ladegerät für dein Handy«, sagte er und stellte den Motor ab. »Und ich habe Wein, Champagner, Wodka, ein Feuer und Marshmallows. In beliebiger Reihenfolge.«

Er wartete darauf, dass ich ausstieg, aber ich saß da wie festgewachsen.

»Bis zum nächsten Haus sind es ungefähr sieben Kilometer«, lachte er. »Sieht so aus, als hätte ich dich schon wieder entführt, Süße, also komm.«

Er verschwand im Haus.

Ich fühlte mich überhaupt nicht entführt, und ich wusste, dass er das nicht ernst meinte und mich zum Hotel fahren würde, sobald ich ihn darum bat. Aber ich *wollte* ja bleiben. Als ich daran dachte, was heute Abend passieren könnte, hatte ich Schmetterlinge im Bauch.

»Gott, gib mir Kraft«, flüsterte ich, als ich aus dem Wagen stieg und zum Haus ging. Der schmale, dämmrige Flur führte in ein geräumiges Wohnzimmer. Wandlampen spendeten warmes Licht. An einer Seite öffnete der Raum sich zu einer Küche mit einer großen Kochinsel und einer ganzen Batterie von Messern, Pfannen und Töpfen darüber. *Wir könnten kreischend darum herum rennen und uns jagen.* Ich ging weiter und kam in ein stilvolles Büro, ganz in Holz gehalten und mit einem nautischen Touch. Es war spartanisch eingerichtet, das riesige Fenster nahm eine ganze Wand ein. Vor dem Fenster standen nur ein dunkler Schreibtisch und ein Ledersessel.

»Ich muss manchmal arbeiten«, flüsterte Marcelo, und ich spürte seinen warmen Atem an meinem Hals. »Leider bin ich seit dem Tod meines Vaters der Chef.« Er hielt mir ein Glas Rotwein hin. »Meinen alten Job mochte ich lieber«, sagte er.

Er stand immer noch hinter mir, und ich genoss seine Nähe und seine leise Stimme.

»Man kann sich an alles gewöhnen, besonders wenn man es als Sport sieht.«

»Ist das Entführen und Töten von Menschen ein Sport für dich?«, fragte ich.

»Ich mag es, wenn die Leute zittern, wenn sie meinen Namen hören.«

Seine sanfte Stimme und seine Worte, die gar nicht dazu passen wollten, ließen mich erschauern.

»Aber jetzt sitze ich am Schreibtisch und leite das Imperium meines Vaters, anstatt mit einem Gewehr auf dem Dach zu liegen oder jemandem aus kurzer Entfernung in den Kopf zu schießen.« Er seufzte und legte seinen Arm um meine Taille. »Aber du hattest nie Angst vor mir …«

Überrascht sah ich, dass ein bunter Arm meine Hüften umfing. Marcelo musste sich ausgezogen haben, denn im Auto hatte er noch Hemd und Anzug getragen. Plötzlich hatte ich Angst, mich umzudrehen, weil ich sicher war, dass er nackt hinter mir stand, und ich dann seinen schlanken Körper ansehen musste.

»Leider machst du mir keine Angst«, ich nahm einen Schluck Wein. »Obwohl ich weiß, dass du ein paar Mal versucht hast, mich zu erschrecken.«

Ich drehte mich um und entzog mich seinem Griff.

Er hatte nur noch eine Hose an. Seine Füße waren nackt, und als ich meinen Blick über seinen Körper gleiten ließ, beschleunigte sich sein Atem.

»Ich werde dir die Welt zu Füßen legen, Süße.« Er streichelte mit dem Finger meine nackte Schulter und sah mir tief in die Augen. »Ich zeige dir Orte, von denen du noch nicht mal geträumt hast.« Er beugte sich vor und küsste das Stück Haut, das er gerade gestreichelt hatte. »Ich will, dass du den Sonnenaufgang in Myanmar von einem Heißluftballon aus erlebst.« Seine Lippen glitten über meinen Nacken. »Dass du dich nachts in Tokio betrinkst und dabei auf die bunten Lichter der Stadt siehst.«

Als seine Lippen mein Ohr streiften, schloss ich die Augen.

»Wir werden uns auf einem Surfbrett vor der Küste Australiens lieben. Ich werde dir die ganze Welt zeigen.«

Ich trat einen Schritt zurück. Ihm zu widerstehen, fiel mir unendlich schwer. Wortlos ging ich ins Wohnzimmer zurück und dort durch eine offene Tür hinaus auf die Terrasse, die unmittelbar an den Strand grenzte. Ich ging die zwei Stufen hinunter, zog meine Schuhe aus und betrat den noch warmen Sand. Mein Kleid zog eine Spur hinter mir her. Ich hatte keine Ahnung, was ich hier tat. Ich betrog meinen Mann mit seinem ärgsten Feind und seinem schlimmsten Albtraum. Eigentlich konnte ich ihm auch gleich ein Messer in den Rücken stoßen. Ich setzte mich in den Sand und nahm einen Schluck aus meinem Weinglas, während ich dem Rhythmus der Wellen lauschte.

»Du kannst vor mir weglaufen«, sagte Marcelo und setzte sich neben mich. »Aber vor deinen Gefühlen kannst du nicht davonlaufen.«

Ich wusste nicht, was ich sagen sollte. Einerseits hatte er recht, andererseits wollte ich nichts verändern. Nicht jetzt, nachdem mein Leben endlich Gestalt annahm. Ich dachte an Massimo, und plötzlich fiel mir etwas ein.

»Gott, mein Handy«, stöhnte ich entsetzt. »Seine Leute sind bestimmt bald hier, es hat einen eingebauten Tracker, und selbst wenn der Akku leer ist, weiß er, wo ich bin.«

»Nicht hier«, antwortete Marcelo ruhig, als ich aufsprang. »Das Haus ist mit Abschirmsystemen ausgestattet, die alle Ortungsgeräte, Abhörgeräte und so weiter blockieren.« Liebevoll sah er mich an. »Jetzt bist du unauffindbar, Süße, und das kann so bleiben, so lange du willst.«

Mit widerstreitenden Gefühlen setzte ich mich wieder in den Sand. Ein Teil von mir wollte unbedingt ins Hotel zurück. Der andere träumte davon, dass Marcelo mich auf dem kühlen Sand nahm. Ich bebte in seiner Nähe, mein Herz raste, und meine Hände zitterten beim Gedanken an seine warme Haut.

»Ich muss gehen«, flüsterte ich.

»Bist du sicher?«, fragte er und streckte sich auf dem Sand aus.

»Gott ... Du machst das absichtlich.«

Ich stellte mein Glas zur Seite und stützte mich ab, um aufzustehen. Marcelo wandte sich mir zu, nahm mich an den Händen und zog mich über sich. Ich lag auf ihm, und er lächelte glücklich und hielt mich fest, als hätte er Angst, ich könnte weglaufen. Als er spürte, dass ich keinen Widerstand leisten würde, verschränkte er die Hände hinter seinem Kopf.

»Ich möchte dir etwas zeigen«, sagte er mit leuchtenden Augen. »Nicht weit von hier hat ein Freund von mir eine Rennstrecke und ein paar Motorräder.«

Ich riss die Augen auf.

»Soweit ich weiß, hast du einen Motorradführerschein.«

Ich nickte.

Er drehte uns beide im Sand um, sodass ich unter ihm lag. »Morgen lade ich dich zu einem Rennen ein. Du kannst Olga mitbringen, und ich nehme Amelia mit. Dann verbringen wir ein wenig Zeit miteinander, gehen zum Lunch und später vielleicht schwimmen.«

»Meinst du das ernst?«

»Natürlich. Außerdem weiß ich, dass du dein Apartment für eine Woche gemietet hast. Wir haben also genug Zeit.«

Ich konnte kaum glauben, was ich da hörte. Einerseits war die Aussicht verlockend, andererseits wusste ich, dass ich den Sicherheitsleuten nicht noch einmal entkommen konnte, die sicher richtig Ärger bekommen hatten, als Massimo bemerkt hatte, dass er mich nicht orten konnte.

»Marcelo, ich brauche Zeit«, flüsterte ich. Er lächelte noch breiter.

»Ich kann dir das Ende der Geschichte spoilern. Leg mal deine Beine um mich.«

Ich tat wie geheißen. Er richtete sich mit mir auf und setzte sich hin, sodass sich meine empfindlichste Stelle direkt auf seiner heißen Erektion befand.

»Irgendwann stellst du fest, dass Massimo nicht mehr der Mann ist, den du mal kennengelernt hast, sondern nur ein Abklatsch des tollen Typen, den du in ihm sehen wolltest. Wenn du dich endlich von ihm befreien kannst, wirst du ihn verlassen, denn ich denke nicht, dass er deine Bedürfnisse befriedigt.«

»Ach ja?« Ich verschränkte die Arme vor der Brust, um einen Abstand zwischen uns zu schaffen. Da hob Marcelo leicht seine Hüften an. Ich stöhnte leise, als die harte Beule in seiner Hose meine Klitoris streifte.

»Ach ja!«, bestätigte er grinsend.

Wieder legte er eine Hand um meine Taille, die andere jedoch in meinen Nacken. Dann drückte er meinen Körper an sich und hob seine Hüften noch etwas an, damit ich ihn besser spüren konnte.

»Du willst mich, Süße, aber nicht, weil ich tätowiert und reich bin.« Unwillkürlich legte ich den Kopf in den Nacken.

»Du willst mich, weil du in mich verliebt bist, so wie ich in dich verliebt bin.«

Ich ließ meine Hände zu seinem stoppeligen Gesicht wandern und streichelte es.

»Ich will dich nicht ficken, wie das dein Mann macht. Ich will deinen Körper nicht einfach nur besitzen.« Sanft strichen seine Lippen über meine. »Ich möchte, dass du zu mir kommst, um mir nahe zu sein. Ich möchte, dass du mich in dir fühlen willst, weil wir anders nicht näher und enger zusammen sein können.« Er küsste mich sanft, und ich ließ ihn. »Ich werde dich verehren, jede Facette deiner Seele wird mir heilig sein, ich werde dich von allem befreien, was dir Sorgen macht.«

Seine Zunge glitt in meinen Mund und begann, mit meiner zu spielen. Wenn uns jemand zugesehen hätte, hätte er sicher gedacht, dass wir gerade Sex haben. Unsere Hüften rieben aneinander. Unsere Zungen spielten ekstatisch. Dann spürte ich, wie sich tief in mir ein Orgasmus zusammenbraute. Auch Marcelo nahm das wahr, und als ich mich von ihm zurückziehen wollte, hielt er mich fest.

»Hör auf, dich gegen mich zu wehren.« Seine Hand glitt unter mein Haar, und die andere bewegte sich zu meinem Po, um mich fester an ihn zu drücken. »Ich möchte dir Vergnügen bereiten, ich möchte dir alles geben.«

Dann erreichte ich den Höhepunkt. Laut stöhnend rieb ich mich an ihm und kam. Marcelos sanfte Zunge gab den ruhigen Rhythmus unseres Kusses vor, und seine grünen Augen strahlten. Ich wusste nicht, warum ich so heftig kam. Vielleicht lag es daran, dass ich neuerdings so selten Sex hatte, oder daran, dass Marcelo mir nah war und sich mein Traum endlich erfüllt hatte. »Was machen wir hier?«, fragte ich, als ich wieder denken konnte. Seine Hüften hielten inne, und seine Lippen lösten sich von meinen.

»Wir zerstören dein Kleid.«

Ich kicherte.

»Außerdem habe ich jetzt ein Problem. Meine Hose muss gewaschen werden.«

Ich löste mich von ihm und sah auf den dunklen Fleck auf seiner hellen Hose. Er war auch gekommen. Es war unglaublich, sogar mystisch – er hatte den Höhepunkt gemeinsam mit mir erreicht, obwohl wir gar nicht richtig Sex gehabt hatten.

»Das letzte Mal, dass ich meinen Orgasmus nicht kontrollieren konnte, war in der Grundschule.« Marcelo lachte und ließ sich in den Sand fallen.

»Ich fahre ins Hotel«, sagte ich und lächelte verlegen. Dann stand ich auf.

»Ich bringe dich.« Er sprang auf und klopfte sich den Sand ab.

»Nein, Marcelo, ich nehme ein Taxi.«

»Kommt nicht infrage. Außerdem hast du einen großen Fleck auf deinem Kleid.«

Ich sah nach unten. Tatsächlich war da ein Fleck, nur war ich nicht sicher, ob er von ihm stammte oder ob ich so nass geworden war. Ich seufzte resigniert und ging zum Haus.

»Gib mir einen Föhn«, sagte ich und rieb mit einem feuchten Tuch, das ich auf der Küchentheke gefunden hatte, an dem Fleck herum.

»Ah, ja, ich brauche unbedingt einen Föhn.« Marcelo strich sich über den kahlen Kopf und lachte schelmisch. »Ich gebe dir etwas von Amelia, dann kannst du dich umziehen«, sagte er und verschwand im Salon.

Ich folgte ihm und sah, wie er sich auf dem Weg zur Treppe die fleckige Hose auszog. Er hatte keine Unterhose an. Beim Anblick seines tätowierten Hinterns stöhnte ich leise.

»Das habe ich gehört«, sagte er, bevor er nach oben verschwand.

In einem grauen, am Po etwas locker sitzenden Trainingsanzug, einem weißen Top und rosa Air Max stand ich schließlich an der Haustür und wartete auf Marcelo. Er hatte sich nicht davon abbringen lassen, mich zu fahren, obwohl ich ihm gesagt hatte, dass das Hotel womöglich überwacht wurde. Er hatte gemeint, er würde mich einfach ein paar Hundert Meter entfernt absetzen.

»Ist meine Süße bereit?«, fragte er und tätschelte meinen Hintern.

Er war auf charmante Weise frech, jungenhaft und männlich zugleich. Ich blieb an den Türrahmen gelehnt stehen und sah ihm hinterher. In seinem schwarzen Trainingsanzug mit dem Hoodie sah mein Entführer umwerfend aus. Als er sich vorbeugte, um die Autotür zu öffnen, sah ich ein Waffenholster.

»Sind wir in Gefahr?«, fragte ich alarmiert.

»Nein.« Er sah mich überrascht an und folgte meinem Blick.

»Ah, das meinst du … Ich trage immer eine Waffe, das ist so eine Gewohnheit, ich mag es.« Er lehnte sich gegen das

Auto und starrte aus leicht zusammengekniffenen Augen auf mein Top. »Manchmal bin ich so genial, dass ich mich selbst darum beneide«, sagte er amüsiert. »Deine steifen Brustwarzen werden uns die Reise versüßen.«

Ich sah an mir hinab und stellte fest, dass sich meine aufgerichteten Nippel unübersehbar unter dem Top abzeichneten. Als ich das letzte Mal so vor ihm gestanden hatte, hatte er mich mit seinem Mund überfallen. Der Unterschied war, dass ich damals komplett nass gewesen war, die Feuchtigkeit sich jetzt aber auf einen Punkt zwischen meinen Beinen beschränkte.

»Gib mir deinen Hoodie«, knurrte ich und bedeckte meine Brüste mit den Händen, wobei ich allerdings ein Lachen unterdrücken musste.

Wir fuhren langsam und sahen einander von Zeit zu Zeit an. Aber wir sagten nichts. Ich dachte über seinen Vorschlag nach, uns morgen wieder zu treffen. Einerseits wollte ich gerne den Tag mit ihm verbringen, andererseits wusste ich, dass Massimo das sofort erfahren und uns beide töten würde. Außerdem würde Olga einen Herzinfarkt bekommen, wenn sie von den Plänen hörte, und dann hätte ich einen weiteren Menschen auf dem Gewissen. Ein Gedankensturm raste durch meinen Kopf. Ich wandte den Blick nach links. Marcelo hatte kein Hemd an, und zwei Pistolen hingen an seinem tätowierten Oberkörper. Den linken Ellbogen hatte er auf die Wagentür gestützt, sein Kopf ruhte auf seiner Linken. Mit der Rechten hielt er das Lenkrad, und er summte den Song mit, der aus den Lautsprechern kam.

»Soll ich dich entführen?«, fragte er, als wir uns dem Hotel näherten und er schließlich anhielt.

»Das habe ich mich auch schon gefragt«, stöhnte ich, drehte mich zu ihm um und zog das Sweatshirt aus. »Du würdest mir die Entscheidung erleichtern.«

»Abnehmen, meinst du«, lachte er.

»Aber andererseits«, fuhr ich fort, »muss ich alles überdenken und ordnen. Wenn ich das Vergangene nicht verstehe, kann ich nicht damit abschließen.«

»Ich habe monatelang auf dich gewartet, und eigentlich schon mein ganzes Leben lang. Wenn es sein muss, warte ich weiter, auch Jahre.«

»Ich kann dich morgen nicht sehen und übermorgen auch nicht... Im Moment möchte ich einfach, dass du verschwindest.«

»In Ordnung, Süße.« Er seufzte und küsste mich auf die Stirn. »Ich bleibe in der Nähe.«

Als ich aus dem Wagen stieg und auf das Hotel zuging, schmerzte mein neues Herz plötzlich unerträglich. Tränen traten mir in die Augen. Ich wollte mich umdrehen, aber ich wusste, bei seinem Anblick würde ich zurücklaufen, mich ihm in die Arme werfen und mich von ihm entführen lassen. Ich schluckte an dem Kloß, der in meinem Hals steckte, und betete, dass Gott mir Kraft geben würde für alles Kommende.

Ich betrat das Hotel und ging zum Aufzug. Dann fiel mir ein, dass ich vergessen hatte, meine Clutch und die Tasche mit dem Kleid aus Marcelos Wagen zu nehmen. »Verdammt«, knurrte ich, ging zurück zur Rezeption und ließ mir einen Ersatzschlüssel geben. Im Aufzug konnte ich immer noch meinen kanarischen Surfer an mir riechen. Sein Geruch war überall: in meinem zu einem nachlässigen Knoten zusammengebundenen Haar, auf meinen Lippen, an meinem Hals. Ich hasste es, dass ich ihn vermisste, obwohl ich ihn erst vor fünfzehn Minuten verlassen hatte. »Was mache ich hier eigentlich«, stöhnte ich, als ich den Raum betrat.

Ich ging zur Kommode und steckte mein Telefon ans Ladegerät.

»Wo warst du?«, knurrte eine vertraute Stimme, und gleichzeitig ging die kleine Nachttischlampe an. »Antworte mir, verdammt noch mal!«, schrie Massimo ansatzlos und sprang von seinem Stuhl auf.

Oh, verdammt... »Schrei nicht so, du weckst Olga auf.«

»Sie ist so dicht, dass selbst eine Bombe sie nicht wecken würde. Außerdem ist Domenico bei ihr.« Er packte meine Schultern. »Wo warst du, Laura?« Seine Augen blitzten vor Wut, die Pupillen waren geweitet, und sein Kiefer mahlte. So wütend hatte ich ihn noch nie gesehen.

»Ich musste nachdenken«, sagte ich und sah ihm in die Augen. »Außerdem, seit wann interessiert dich denn, was ich mache?« Ich löste mich aus seinem Griff. »Frage ich dich, wohin du gehst oder mit wem, wenn du tagelang weg bist? Das letzte Mal habe ich dich vor meiner Abreise gesehen, weil du noch mal kurz deinen Schwanz in mich reinstecken musstest.« Ich brach ab und spürte eine Welle der Wut in mir aufsteigen, die mich schließlich überwältigte. »Ich habe dich und den, zu dem du geworden bist, so satt! Ich habe mein Baby verloren, und ich musste mich von den Operationen erholen.« Ich schlug ihm ins Gesicht. »Und du hast mich in der schweren Zeit im Stich gelassen, du verdammter Egoist!«

Massimo stand mit zusammengepressten Lippen da. »Wenn du denkst, du kannst mich verlassen, liegst du falsch«, stieß er zwischen zusammengebissenen Zähnen hervor. Er packte mein Top, riss es in der Mitte durch und drückte seine Zähne in meine Brustwarze. Ich schrie und stieß ihn zur Seite, aber er warf mich aufs Bett.

»Ich muss dich wohl daran erinnern, wofür du mich am meisten liebst«, knurrte er und zog den Gürtel aus seiner Hose. Ich wollte wegkriechen, aber er packte mein Bein und zog es zu sich herunter, dann setzte er sich auf mich, wickelte den Gürtel um meine Handgelenke und band mich am Bettgestell fest. Ich zappelte und schrie, als er aufstand und mich genüsslich auszog. Tränen der Wut liefen mir über die Wangen, und meine Handgelenke waren von dem Gürtel aufgeschürft. Mein Ehemann sah zufrieden auf mich herab, doch außerdem loderte Zorn in seinem Blick.

»Massimo, bitte«, flüsterte ich.

»Wo bist du gewesen?« Er knöpfte sein Hemd auf.

»Ich bin spazieren gegangen. Ich musste nachdenken.«

»Du lügst.«

Sein Ton war ruhig. Ich hatte Angst vor ihm.

Er hängte sein Hemd über die Stuhllehne, zog seine Hose aus und enthüllte seinen aufragenden Schwanz; er war bereit. Sein muskulöser Körper war größer und noch beeindruckender geformt, als ich ihn in Erinnerung hatte, und seine Erektion war massiv. Unter normalen Umständen wäre ich vor Erregung explodiert, noch bevor er mich berührte. Aber nicht heute. Meine Gedanken kreisten um Marcelos tätowierten Körper. Wahrscheinlich war er wieder in seinem Haus.

Das Fenster stand offen, und die Meeresluft strömte in den Raum. Hätte ich seinen Namen geschrien, er hätte mich gehört und wäre gekommen. Tränen strömten über mein Gesicht. Mein Körper spannte sich an, als Massimo sich über mich beugte.

»Mach den Mund auf«, sagte er und kniete sich über mich. Ich schüttelte den Kopf.

»Ach, Kleines«, lachte er spöttisch und streichelte meine Wange. »Ich mache es trotzdem, wir beide wissen das. Also sei brav.«

Ich presste die Lippen zusammen.

»Ich sehe schon, du willst heute sehr hart gefickt werden.« Er drückte mir die Nase zu und wartete, bis ich nach Luft schnappen musste. Als mir schwindelig wurde, öffnete ich den Mund, und er stieß brutal in mich hinein.

»Oh ja, Baby«, flüsterte er. »Genau so.«

Obwohl ich nicht reagieren wollte, zog sich mein Mund um seinen dicken Schwanz zusammen. Nach ein paar Minuten stand er auf, beugte sich über mich und küsste mich intensiv.

Ich spürte den Geruch von Alkohol und den bitteren Geschmack von Drogen. Er war völlig zugedröhnt und unberechenbar. War meine Furcht unbegründet? Immerhin war er mein geliebter Ehemann, mein Beschützer, der Mann, der mich anbetete, dem ich in seinen Visionen erschienen war. Aber jetzt lag ich völlig schutzlos vor ihm und fragte mich, wann es passieren würde – wann er mich verletzen würde.

Er leckte meinen Nacken, dann meine Brust, nahm die Brustwarze in seinen Mund und sog hart. Er biss sie und knetete die andere. Ich zappelte und flehte ihn an aufzuhören, aber er ignorierte mein Schluchzen. Er rutschte tiefer, bis er meine fest zusammengepressten Schenkel erreichte – er riss sie mit einer schnellen Bewegung auseinander und begann ohne Vorwarnung, meine Muschi zu lecken, zu beißen und mit seinem Finger zu ficken.

»Wo ist dein Vibrator?«, fragte er und sah zu mir auf.

»Ich habe ihn nicht da«, keuchte ich weinend.

»Du lügst mich schon wieder an, Laura.«

»Ich habe ihn nicht hier, er ist zu Hause, in der Schublade neben unserem Bett.«

Ich betonte »unserem« absichtlich und hoffte, das würde ihn besänftigen. Doch sein Blick wurde noch wütender, und er brüllte vor Zorn.

Massimo kniete sich vor mich, hob meine Beine an und legte sie sich über die Schultern. Dann stieß er mit seiner gewaltigen Erektion tief in mich hinein. Ein stechender Schmerz breitete sich in meinem Bauch aus, und ich schrie auf.

»Und … warum … bist du …«, stieß er durch seine zusammengebissenen Zähne hervor, während er mich rasend schnell fickte, »… so feucht?«

Seine Hüften schlugen gegen mein zartes Fleisch, doch das Geräusch wurde durch meine Schmerzensschreie übertönt.

»Oder sollte ich eher fragen, wer dir dazu verholfen hat?«

Das rasende Tempo und der Schmerz machten mich schwindlig. Ich öffnete die verweinten Augen und sah ihn an. In diesem Moment hasste ich ihn aus ganzer Seele, ihn und was er mir antat. Trotzdem fühlte ich, dass ich gleich kommen würde. Ich wollte nicht, aber ich konnte die Lust, die dieser unberechenbare Mann mir bereitete, nicht leugnen. Schließlich überschwemmte mich der Orgasmus, und ich schrie noch einmal.

»Genau so!«, knurrte Massimo, und ich spürte, wie er sich in mich ergoss. »Du gehörst mir!« Er kam, meine Knöchel fest gepackt, aber ich fühlte keinen Schmerz mehr, nur die Flutwelle des mächtigen Tsunamis, die mich durchströmte.

Sanfte Küsse in meinem Nacken rissen mich aus einem Traum, in dem Marcelo wieder bei mir war und alle Ereignisse der letzten Nacht sich nur als Albtraum erwiesen. Ich seufzte und öffnete verschlafen die Augen. Mein Blick traf auf den meines Mannes, der neben mir lag.

»Guten Morgen«, sagte er lächelnd, und ich hätte kotzen mögen.

»Wie viel hast du gestern getrunken?«, knurrte ich, und die Freude wich aus seinen Augen. »Und was hast du verdammt noch mal genommen?«

Ich setzte mich auf. Sein Blick wurde starr, als er meinen nackten, zerschundenen Körper sah. Meine Handgelenke waren blutig von dem Gürtel, mit dem ich bis zum Morgen gefesselt gewesen war, und auf den Beinen und dem Bauch waren die Abdrücke seiner Finger sichtbar.

»Oh«, flüsterte er und sah mich nervös an. Offenbar spürte er meine Angst, rutschte zum anderen Ende des Bettes, und seine Augen füllten sich mit Tränen. »Laura ... Liebling.«

Ich hatte geahnt, dass er gestern nicht er selbst gewesen war, aber seine Reaktion jetzt überzeugte mich, dass er überhaupt nicht gewusst hatte, was er tat.

»Wie du siehst, hast du mehr mit deinem Zwillingsbruder gemein, als du denkst«, sagte ich.

»Ich höre auf zu trinken und nehme nie wieder Drogen«, entgegnete er fest und streckte mir seine Hand entgegen.

»Unsinn«, schnaubte ich. »Und wenn du dann wieder in diesem Zustand bist wie gestern, machst du das Gleiche.«

Er sprang auf, ging um das Bett herum, fiel vor mir auf die Knie, führte meine Hand an seine Lippen und küsste sie.

»Verzeihung«, flüsterte er. »Verzeih mir …«

»Ich muss nach Polen«, zischte ich, und er sah mich verängstigt an. »Entweder verlasse ich dich jetzt gleich, oder du gibst mir Zeit zum Nachdenken.«

Er öffnete den Mund, um etwas zu sagen, aber ich hob die Hand.

»Massimo, ich bin nur einen Schritt davon entfernt, die Scheidung einzureichen. Unsere Beziehung ist mit unserem Kind gestorben. Ich versuche, damit zurechtzukommen, aber du machst es nur schlimmer. Du musst auch endlich mit deiner Trauer fertigwerden.«

Ich stieg aus dem Bett, ging an ihm vorbei und griff nach meinem Bademantel. »Entweder du machst eine Therapie, hörst auf zu trinken und kommst als der Mann zu mir zurück, den ich vor fast einem Jahr kennengelernt habe, oder wir sind fertig miteinander.«

Ich ging zu ihm und baute mich drohend vor ihm auf.

»Und wenn du versuchst, mich in Polen zu überwachen, oder wenn du mir deine Gorillas hinterherschickst oder, noch schlimmer, selbst kommst, dann lasse ich mich von dir scheiden, und du siehst mich nie wieder.«

Ich drehte mich um und ging ins Badezimmer. Lange stand ich vor dem Spiegel und starrte auf mein Gesicht, unfähig zu glauben, dass ich das alles gesagt hatte. Meine Stärke und Entschlossenheit, die ich verloren geglaubt hatte, erschreckten und überraschten mich. Tief im Inneren wusste ich, was mir die Kraft gab.

»Du wirst mich nicht verlassen, das erlaube ich nicht.« Ich hob den Blick und sah Massimo im Spiegel hinter mir stehen. Seine Stimme war fest, seine Augen täuschten Gleichgültigkeit vor.

Ich zog den Bademantel auseinander und ließ ihn auf den Boden fallen, dann drehte ich mich nackt und grün und blau, wie ich war, zu Massimo um. Er schluckte, seufzte schwer und starrte auf seine Füße.

»Schau mich an«, sagte ich, aber er reagierte nicht. »Schau verdammt noch mal hin, Massimo! Du kannst mich einsperren und vergewaltigen, aber weißt du … mein Herz und meine Seele bekommst du auf diese Weise nicht.« Ich trat einen Schritt vor, und er wich zurück. »Ich verlasse dich nicht, ich will nur nachdenken.«

Lange herrschte Stille zwischen uns, während er mich anstarrte und dabei versuchte, die Blutergüsse nicht zu sehen.

»Du kannst den Flieger nehmen, und ich verspreche dir, dass ich nicht nach Polen komme.«

Damit drehte er sich um und verließ das Badezimmer. Ich sank auf die kalten Fliesen und heulte. Ich hatte keine Ahnung, was ich tun sollte, aber die Tränen brachten mir Erleichterung.

Es war schon Nachmittag, als ich aus dem Zimmer kam. Einige Stunden lang hatte ich Olgas Versuche, mich aus dem Bett zu holen, abgewehrt. Ich wollte ihr nicht erklären, was passiert war, oder ihr zeigen, was mein Mann mir angetan hatte, weil sie ihn dann mit bloßen Händen umgebracht hätte. Aber ich hatte den Eindruck, dass Domenico über alles Bescheid wusste, denn er war mit ihr in die Stadt gefahren, damit sie mich in Ruhe ließ.

Ich zog eine helle, dünne Tunika mit langen Ärmeln an, setzte einen riesigen Hut und eine Sonnenbrille auf, schlüpfte in meine geliebten Sneakers von Isabel Marant und verließ das Hotel. Ich ging die Promenade entlang und starrte ausdruckslos aufs Meer. Tausende Gedanken gingen mir durch den Kopf. Was sollte ich tun, wie sollte ich mich verhalten? Sollte ich Massimo verlassen oder einen Neuanfang mit ihm wagen? Die Fragen blieben unbeantwortet, und jede zog eine neue nach sich. Was war, wenn sich auch Marcelo als Monster herausstellte? Das Verhalten meines Mannes am Vorabend hatte mich so erschüttert, dass ich an gar nichts mehr glaubte.

An einer Ecke sah ich ein schönes portugiesisches Restaurant und beschloss, etwas zu essen, ein Glas Wein zu trinken und mich zu entspannen. Ein netter älterer Kellner nahm meine Bestellung entgegen, dann griff ich nach dem Smartphone, um meine Mutter anzurufen und sie wissen zu lassen, dass ich kam. Als ich den Bildschirm entsperrt hatte, sah ich eine Nachricht: »Schau nach rechts.« Ich drehte den Kopf und spürte, wie sich meine hinter der dunklen Brille verborgenen Augen mit Tränen füllten. Marcelo saß am Nebentisch und blickte mich an. Er trug eine Basecap, eine Sonnenbrille und ein langärmeliges Hemd, das seine Tätowierungen verdeckte.

»Setz dich mit dem Rücken zur Straße«, sagte er, ohne sich zu rühren. »Mindestens ein Wagen folgt dir.«

Ich stand betont langsam auf und setzte mich auf einen anderen Stuhl. Dabei tat ich so, als würde mich die Sonne blenden. Ich sah geradeaus, aber aus dem Augenwinkel bemerkte ich links ein Auto.

»Massimo ist hier in Lagos«, flüsterte ich, ohne den Blick vom Telefon abzuwenden.

»Ich weiß. Ich habe es eine Stunde, nachdem ich dich beim Hotel abgesetzt hatte, herausgefunden.«

»Marcelo, du hast mir etwas versprochen.« Ich seufzte und spürte, wie Tränen über meine Wangen liefen.

»Was ist los, Süße?« Er klang besorgt, doch ich schwieg.

Der Kellner kam zu meinem Tisch und stellte ein Glas Wein vor mich hin. Als ich danach griff, rutschte der Ärmel meiner Tunika ein wenig hoch und enthüllte die Striemen.

»Was ist mit deinem Arm passiert?«, knurrte Marcelo. »Was hat dieser Hurensohn mit dir gemacht?«

Ich wandte mich ihm zu und sah den Zorn in seinem Blick. Seine Hände ballten sich um die Sonnenbrille zu Fäusten, die Gläser splitterten und fielen klirrend zu Boden.

»Ich stehe jetzt auf«, verkündete er. »Dann bringe ich die Sicherheitsleute um, und anschließend hole ich mir den Hurensohn.«

Er stand auf.

»Bitte nicht«, murmelte ich und nahm einen langen Schluck.

»Dann steh du auf, zahl deine Rechnung und triff dich mit mir zwei Straßen weiter. Geh nach links, dann in die kleine Gasse, dann in die zweite rechts.«

Ich nickte dem Kellner zu.

»Aber trink erst aus.«

Ich ging an den Mietshäusern in der schmalen Gasse entlang. Plötzlich packte mich jemand und zog mich in eine winzige Tür. Marcelo rollte die Tunika hoch und untersuchte meinen misshandelten Körper, während ich mit gesenktem Kopf dastand. Er nahm mir die dunkle Brille ab und starrte auf meine geschwollenen Augen.

»Was ist passiert, Laura?«, fragte er.

Ich senkte den Kopf.

»Schau mich bitte an.« Seine Stimme klang verzweifelt und wütend, doch in seinem Blick lag nur Zärtlichkeit.

»Er wollte ficken… Ich… Er hat gefragt, wo ich war und…«

Ich schluchzte los, und er nahm mich in den Arm und drückte mich an sich.

»Ich fliege morgen früh nach Polen«, sagte ich. »Ich brauche ein bisschen Abstand, um über euch nachzudenken.«

Er schwieg und hielt mich fest. »Okay«, sagte er dann und küsste meine Stirn. »Melde dich, wenn du dir sicher bist, wie es weitergeht.«

Als er mich losließ, fühlte ich mich leer und verlassen. Er ging durch die niedrige Tür und verschwand, ohne sich noch einmal umzudrehen. Ich blieb noch ein paar Minuten stehen und ließ meinen Tränen freien Lauf. Schließlich straffte ich mich und kehrte ins Hotel zurück.

Ich packte gerade meinen letzten Koffer, als Olga windzerzaust ins Zimmer kam.

»Gab es wieder Ärger?«, fragte sie und setzte sich auf den Teppich.

»Warum denkst du das?«

»Weil Massimo sich gestern ein Apartment gemietet hat, anstatt einfach in deinem Bett zu schlafen.« Sie starrte mich fragend an. »Lari, was ist los?«

»Ich gehe nach Polen«, murmelte ich und zog den Reißverschluss zu. »Ich brauch mal Abstand von dem ganzen Mist hier.«

»Oh, ich verstehe. Meinst du mit ›Mist‹ Massimo, Marcelo oder mich?« Sie lehnte sich gegen die Wand und verschränkte die Arme vor der Brust. »Und was ist mit dem Modelabel und deinem Atelier? Was ist mit all dem, was du in den letzten Monaten aufgebaut hast?«

»Was soll damit sein? In Polen gibt es auch Internet. Außerdem kommen du und Emi auch ein paar Tage allein zurecht.« Ich seufzte. »Olga, ich muss gehen. Ich muss dringend mit meiner Mutter sprechen, sie hat mich seit Weihnachten nicht gesehen ... Es gibt viele Gründe.«

»Dann geh«, sagte sie und stand auf. »Vergiss nur nicht meine Hochzeit.«

Ich ging zu Massimo hinunter, blieb vor der Tür zu seinem Apartment stehen und überlegte: Sollte ich klopfen oder nicht? Am Ende siegten gesunder Menschenverstand und Liebe. Ich hörte das Schloss klicken und stand Domenico gegenüber, der bei meinem Anblick seufzte und mich mit einem schwachen Lächeln hereinließ.

»Wo ist er?«, fragte ich und verschränkte die Arme vor der Brust.

»Im Fitnessstudio.« Er ruckte das Kinn in die entsprechende Richtung.

»Und ich dachte, ich hätte ein großes Zimmer. Aber ich sehe, wie immer sind die besten Suiten für den Don reserviert.«

Beim Durchqueren mehrerer Räume stellte ich fest, dass die Zimmer meines Mannes das halbe Stockwerk einnahmen.

Von irgendwoher kamen Schreie und Geräusche, die ich gut kannte. Ich ging durch eine weitere Tür und sah, wie Massimo einen der Leibwächter mit den Fäusten traktierte. Der große Italiener stand mit Schlagpolstern an den Händen da, und Massimo prügelte wütend darauf ein.

Sie bemerkten mich nicht, also räusperte ich mich. Massimo hielt inne und sagte etwas zu dem Mann, woraufhin der sich die Polster von den Händen zog und wegging. Der Don nahm eine Flasche Wasser und trank sie fast ganz aus, dann kam er zu mir.

Wäre letzte Nacht nicht gewesen, hätte ich Massimos Körper jetzt für den sexiesten Anblick auf Erden gehalten. Die muskulösen Beine in den engen Sportleggings und seine verschwitzte Brust, die sich von der Anstrengung hob und senkte, ließen mir das Wasser im Mund zusammenlaufen. Massimo wusste das gut – er zog seine Handschuhe aus und fuhr sich mit den Händen durch das tropfende Haar.

»Hey«, sagte er und trat zu mir, seine Augen schwarz und sinnlich. »Du fährst also.«

»Ich wollte …« Als ich ihn ansah, vergaß ich, was ich wollte.

»Ja?«

Er kam mir gefährlich nahe, und ich atmete seinen wunderbaren Duft ein. Ich schloss die Augen und fühlte mich genau wie vor ein paar Monaten, als ich ihn über alles in der Welt begehrt hatte.

»Was wolltest du, Kleines?«, fragte er noch einmal, weil ich wohl so aussah, als wäre ich im Stehen eingeschlafen.

»Mich verabschieden«, stammelte ich und öffnete die Augen. Ich sah, dass er sich über mich beugte.

»Nein, bitte«, flüsterte ich, als seine Lippen nur noch einen Zentimeter von meinen entfernt waren.

»Du hast Angst vor mir.« Er warf die Flasche gegen die Wand. »Laura, wie kannst du ...«

Ich schob nur den Ärmel zurück und zeigte ihm die roten Male, und er verstummte.

»Das Problem ist nicht, dass du mich gefickt hast«, sagte ich ruhig. »Sondern dass du es gegen meinen Willen getan hast.«

»Mein Gott, ich habe das hundertmal gegen deinen Willen getan. Das war doch gerade der Spaß.« Er nahm mein Gesicht zwischen die Hände. »Wie oft habe ich dich gefickt, obwohl du mir gesagt hast, du hast nicht geduscht oder dass ich dein Kleid zerknittere oder deine Frisur kaputtmache ... Aber dann hast du doch immer gewinselt, ich soll nicht aufhören.«

»Und habe ich gestern gewinselt, dass du nicht aufhören sollst?«

Massimo biss sich auf die Unterlippe und trat einen Schritt zurück.

»Genau! Du erinnerst dich gar nicht mehr an das, was du getan hast, du erinnerst dich nicht, dass ich vor Schmerz geweint habe, du erinnerst dich nicht daran, wie ich gefleht habe, du sollst aufhören.« Schließlich explodierte die Wut in mir. »Du hast mich vergewaltigt.«

Jetzt hatte ich es gesagt, und kaum war es heraus, wurde mir schlecht.

Massimo stand starr da und schnappte nach Luft. »Das ist nicht zu entschuldigen«, presste er hervor. »Aber ich will, dass du weißt, dass ich heute mit einem Therapeuten telefoniert habe.«

Ich glaube, dass ich in diesem Moment ziemlich dumm aussah.

»Wenn ich nach Sizilien zurückkomme, beginne ich mit der Therapie«, fuhr er fort. »Ich rühre dieses weiße Zeug nie wieder an, du wirst sehen. Ich will alles tun, damit du keine Angst mehr vor mir hast.«

Ich nahm seine Hand, um ihm zu zeigen, dass ich ihn bei dieser Entscheidung unterstützte.

»Und dann machen wir eine Tochter, damit ich völlig den Verstand verliere«, fügte er lachend hinzu, und ich boxte ihn leicht in die Seite.

Plötzlich war er so wunderbar, er lächelte und war fast entspannt, aber ich wusste, das war nur eine Pose.

»Schauen wir mal, was dann passiert«, sagte ich und wandte mich von ihm ab.

Sanft ergriff er meine Hand, schob mich an die Wand und näherte sein Gesicht meinem, wartete auf Erlaubnis.

»Ich möchte meine Zunge in deinem Mund haben und

meinen Lieblingsgeschmack schmecken«, flüsterte er, und der Klang seiner rauen Stimme machte mich heiß. »Lass mich dich küssen, Laura, und ich verspreche dir, dass ich nicht nach Polen komme und dir so viel Freiheit lasse, wie du brauchst.« Ich schluckte laut und holte tief Luft. Das größte Problem war, dass mein Mann wie ein Gott aussah und man ihm nur schwer widerstehen konnte.

»Sei…«, stöhnte ich, und ohne auf das Ende des Satzes zu warten, eroberte er meinen Mund.

Aber er war überraschend sanft und liebevoll, er ging mit mir um, als wäre ich aus hauchdünnem Glas. Langsam fuhr er mit seiner Zunge über meine und liebkoste jeden Zentimeter meines Mundes.

»Ich liebe dich«, flüsterte er schließlich und küsste mich auf die Stirn.

KAPITEL 8

Ich wollte die Bodyguards, die Chauffeure und das ganze Affentheater, das mich seit Monaten begleitete, nur noch loswerden. Aber obwohl Massimo mir vor meiner Abreise versprochen hatte, dass mir niemand folgen würde, wusste ich, dass das nicht ganz möglich war. Als ich das VIP-Terminal verließ, sah ich Damian lächelnd an einem Auto lehnen.

»Das glaube ich nicht«, rief ich und fiel ihm um den Hals.

»Hi, Laura«, sagte er und hob die dunkle Brille an. »Ich weiß nicht, was los ist, aber dein Mann hat Karlo angerufen und ihn gebeten, mich abzustellen, damit ich mich persönlich um dich kümmere.«

Ich freute mich, als er die Tür des Mercedes für mich öffnete. Massimo wollte mir, indem er meinen Ex engagierte, offensichtlich zeigen, dass er volles Vertrauen in mich hatte. Außerdem war er in der Zwickmühle. Er durfte sein Wort nicht brechen, musste mich aber irgendwie schützen.

»Wohin fahren wir?«, fragte mein MMA-Fighter und drehte sich zu mir um. »Und damit eins klar ist: Ich werde keine Chauffeursmütze tragen.«

»Bring mich nach Hause«, antwortete ich lachend.
Es war nicht weit, schon einige Minuten später parkten wir in der Garage. Ich schlug vor, uns etwas zu essen zu bestellen, und er war einverstanden.

»Ich habe gehört, was passiert ist«, sagte er und legte einen angebissenen Hähnchenschenkel von KFC auf seinen Teller zurück. »Willst du darüber sprechen, oder tun wir so, als wäre alles in Ordnung?«

»Musst du Massimo berichten, was ich sage?«

»Auf keinen Fall. Dein Mann zahlt mir ein unglaubliches Honorar, aber meine Loyalität kann er nicht kaufen.« Er lehnte sich auf der Couch zurück. »Und du hast sie gewissermaßen von Amts wegen.«

»Erinnerst du dich an das letzte Mal, als wir über Skype gesprochen haben?« Er nickte. »Klar.«

»An dem Tag, gleich nach unserem Gespräch, habe ich einen Mann kennengelernt, der mich entführt und mein Leben verändert hat.«

Ich brauchte fast zwei Stunden, um die Geschichte zu erzählen. Damian hörte zu, lachte und schüttelte ab und zu missbilligend den Kopf. Dann war ich bei den vergangenen achtundvierzig Stunden angelangt. Natürlich verschwieg ich ihm die Details des Treffens mit Marcelo. Ich sagte ihm auch nicht, dass mich mein Mann vergewaltigt hatte.

»Weißt du, in deiner Geschichte fehlt was«, sagte er, schenkte mir noch ein Glas Wein ein und sich selbst Wasser. »Der Typ aus Spanien.«

»Von den Kanaren«, korrigierte ich ihn.

»Genau, den meine ich. Wenn du über ihn sprichst, leuchten deine Augen.«

Seine Worte erschreckten mich.

»Siehst du? Jetzt habe ich dich durchschaut, du siehst aus, als würdest du einen Herzinfarkt bekommen. Also sag mir sofort, was du mir verschwiegen hast.«

Ich kratzte mich nervös am Kopf und suchte nach einer guten Erklärung für mein Verhalten, aber nach einer Packung Beruhigungsmittel für den Flug und einer halben Flasche Wein konnte ich nicht mehr besonders schnell denken.

»Er ist der Grund, warum ich hier bin«, seufzte ich. »Er hat mir den Kopf verdreht, wahrscheinlich weil ich ihm das erlaubt habe.«

»Glaubst du nicht, er hat dir den Kopf verdreht, weil du in deiner Ehe gar nicht so glücklich bist, wie du dir einredest? Schau doch mal: Wenn du dir bei etwas sicher bist, kann dich nichts und niemand davon abbringen.« Er hob den Zeigefinger. »Aber wenn du auch nur den Schatten eines Zweifels hast und die Fundamente, auf denen deine Entscheidungen stehen, nicht fest sind, reicht ein Windstoß aus, und alles bricht zusammen.«

»Das sagst du, weil du meinen Mann nicht magst.«

»Ich scheiße auf deinen Mann. Hier geht es um dich.« Er kratzte sich die Bartstoppeln. »Nimm mal uns vor ein paar Jahren. Ich war ein Idiot und bin kein Risiko eingegangen … Obwohl, weißt du, das ist eigentlich ein blödes Beispiel.«

»Genau«, fügte ich lachend hinzu. »Aber ich glaube, ich weiß, was du mir sagen willst.«

Am nächsten Morgen hatte ich eigentlich zu meinen Eltern fahren wollen, aber als ich die Augen aufschlug, hatte ich eine teuflische Idee. Freudig tanzte ich ins Badezimmer, und eine Stunde später war ich fertig und tastete in der Schublade im Flur nach den Schlüsseln. Es war Mai, und das Wetter in Polen war wunderbar, alles blühte und erwachte zu neuem Leben – genau wie ich. Ich informierte Damian, dass ich gleich herunterkommen würde, und griff nach meiner Handtasche. In den cremefarbenen High Top Sneakers von Louis Vuitton, weißen Shorts und einer dünnen Bluse, die meinen Bauch freiließ, sah ich zum Anbeißen aus. Ein bisschen wie ein Teenager, aber die Idee, die mich wie ein rasender Zug getroffen hatte, war auch nicht übermäßig ausgereift, das passte also.

»Hallo, Gorilla«, sagte ich und stieg ins Auto.

»Hallo, hübsches Mädchen«, erwiderte Damian und wandte sich mir zu. »Zu deinen Eltern?«

Ich schüttelte den Kopf. »Zum Suzuki-Händler.« Ich grinste, und er sah mich überrascht an.

»Beschützen heißt, dass ich dafür sorge, dass dir nichts passiert«, erklärte er mir überflüssigerweise.

»Zum Suzuki-Händler«, wiederholte ich und nickte.

Ich zeigte auf die GSX-R 750, und der Verkäufer nickte anerkennend.

»Die ist es«, sagte ich, setzte mich probehalber auf das Motorrad und sah zu Damian rüber, der vor Wut kochte.

»Laura, ich kann dir das nicht verbieten, aber denk dran: Ich muss sofort Karlo anrufen, und der sagt es dann Massimo«, sagte er bedauernd.

»Ruf halt an«, warf ich hin und beugte mich über den Tank.

»Leistung 150 PS bei über 13000 Umdrehungen pro Minute«, begann der junge Verkäufer eifrig. »Maximale Geschwindigkeit...«

»Ich sehe, was auf dem Blatt steht«, beendete ich die Lehrstunde. »Aber gibt's die auch ganz in Schwarz?«

Der Mann riss die Augen auf, und ich fuhr amüsiert fort: »Und einen Anzug bitte, auch schwarz, am besten Dainese, ich habe vorhin irgendwo einen gesehen, der mir gefällt; außerdem die Sidi-Stiefel mit den roten Sternen an den Seiten. Die stehen da hinten.« Ich stieg ab. »Ich zeige Ihnen, welche ich meine. Der Helm wird das größte Problem.«

Der arme Junge sprang neben mir her und warf Damian hin und wieder einen Blick zu. Wahrscheinlich fragte er sich die ganze Zeit, ob ich ihn verarschte oder ob er gleich das Geschäft der Saison machen würde.

Nachdem alles ausgewählt war, kam ich in einem engen Lederanzug, Handschuhen und Stiefeln aus der Umkleidekabine. Den Helm trug ich in der Hand.

»Perfekt«, sagte ich und sah die beiden verwirrten Männer an. »Ich nehme alles, bringen Sie bitte das Motorrad zum Ausgang.«

»Gnädige Frau, es gibt da ein Problem«, stammelte der Verkäufer und kaute an seinen Fingernägeln. »Damit Sie fahren können, muss das Motorrad angemeldet sein. Aber das hier, das Sie ausgesucht haben, ist neu...«

»Und das heißt?« Ich drehte mich zu ihm um und kniff die Augen zusammen.

»Wenn Sie es eilig haben, können Sie das neue schwarze Motorrad leider nicht nehmen.« Er ging zur Tür. »Aber wir haben eine Vorführmaschine mit den gleichen Parametern, nur ist sie nicht ganz schwarz, sondern schwarz und rot. Und sie hat schon mehrere Hundert Kilometer Probefahrt hinter sich.«

Ich dachte einen Moment nach und biss mir auf die Unterlippe. Damians Gesicht hellte sich auf bei dem Gedanken, dass mein böser Plan scheitern würde.

»Rot passt zu den Sternen auf den Schuhen, kein Problem.« Ich gab dem Verkäufer meine Kreditkarte, und mein Gorilla raufte sich die Haare. »Machen Sie bitte die Papiere fertig.«

Ich ließ den Motor an, und meine 150 Pferdestärken brüllten. Grinsend setzte ich den Helm auf und öffnete das Visier.

»Ich bin gefeuert«, stöhnte Damian.

»Quatsch. Außerdem wird er mich umbringen wollen, nicht dich.« Ich legte den ersten Gang ein, und das Motorrad sprang vorwärts.

Diese Macht hatte ich so lange nicht mehr unter mir gespürt, dass mich zuerst eine ungesunde Mischung aus Aufregung und Angst überwältigte.

Durch Warschau fuhr ich noch langsam und spürte den Blick meines Leibwächters im Nacken und ein Vibrieren in der Tasche des Anzugs. *Oh, Massimo weiß bereits von meinem Kauf*, dachte ich, während ich Gas gab. Auf den Straßen war viel los, aber nach etwa zwanzig Minuten wusste ich wieder, warum ich diesen Sport so liebte. Die gerade, breite Fahrbahn ermutigte mich, die Maschine zu testen, und sobald ich die Gelegenheit hatte, gab ich Gas.

»Meine neue Gixxer ist großartig«, sagte ich laut, als ich vor dem Haus meiner Eltern parkte, und klopfte dem Motorrad anerkennend auf die Flanke.

Augenblicke später kreischte ein Mercedes S um die Ecke, und ein kreidebleicher Damian stieg aus.

»Verdammt«, sagte er und schlug die Tür zu. »Weißt du, was ich durchgemacht habe?«

»Mein Mann hat angerufen«, sagte ich amüsiert.

»Angerufen? Er hat eine ganze Telefonkonferenz abgehalten und in mindestens drei Sprachen geschrien.«

»Aha«, sagte ich, als meine Tasche wieder vibrierte und Massimos Name auf dem Display erschien. »Guten Morgen, Ehemann«, begann ich fröhlich auf Englisch.

»Spinnst du jetzt völlig?! Ich komme nach Polen!« Er schrie so laut, dass ich das Handy von meinem Ohr weghielt.

»Denk an unsere Abmachung«, antwortete ich. »Wenn du herkommst, lasse ich mich scheiden.«

Er verstummte.

»Bevor ich dich kennengelernt habe, bin ich Motorrad gefahren, und ich werde es auch weiterhin tun«, sagte ich. »Schließlich bin ich nicht mehr schwanger.« Ich seufzte. »Manchmal scheint mir eine Beziehung mit dir gefährlicher zu sein als das, was ich gerade zwischen den Beinen habe.«

»Laura!«, knurrte Massimo.

»Liege ich damit falsch, Don Torricelli? Irgendwie ist mir neunundzwanzig Jahre lang nichts passiert, und in den letzten Monaten dann ein Anschlag auf mein Leben, ein verlorenes Kind und gleich mehrere Entführungen …«

»Das ist ein Schlag unter die Gürtellinie, Kleines«, knurrte er.

»Ist doch wahr. Und lass Damian in Ruhe, er ist sowieso auf deiner Seite.« Ich zwinkerte meinem Ex zu. »Und jetzt entschuldige mich bitte, ich schwitze in meinem Anzug.«

Stille.

»Und hör auf auszuflippen, ich komme schon heil zurück.«

»Wenn dir etwas passiert, bringe ich …«

»Wen willst du denn diesmal umbringen, Schatz?«, unterbrach ich ihn gereizt.

»Mich selbst … Weil mein Leben ohne dich sinnlos ist.« Er legte auf.

»Erledigt.« Ich sah Damian an, der an seinem Wagen lehnte. »Und jetzt kannst du zurück nach Warschau, ich bleibe ein paar Tage hier.«

»Ich bleibe auch. Zwei Blocks weiter habe ich ein Hotelzimmer. Sei nicht sauer, dass ich dich lieber im Auge behalten will, aber du weißt, wie Massimo ist.«

»Geht klar.« Ich hob den Daumen. Damian brachte die Koffer auf die Veranda und machte sich vom Acker.

Ich ließ den Motor an und drehte den Gashebel hoch, ohne einen Gang einzulegen. Es knallte so laut, dass mein Vater nach ein paar Sekunden verängstigt aus dem Haus gerannt kam.

»Jetzt musst du mich beneiden«, sagte ich, stieg von meinem Motorrad ab und fiel ihm um den Hals.

»Ach, mein Kind!« Er umarmte mich fest, ließ mich dann aber los, um sich die Maschine anzusehen. »Du hast dir ein Motorrad gekauft? Bist du in der Krise? Du weißt doch, deine Mutter denkt, dass man ein solches Spielzeug nur kauft, wenn man sich etwas beweisen will …«

»Laura!«

Wenn man vom Teufel spricht. Klara Biels Stimme war so schneidend, dass ich den Helm wieder aufsetzen wollte.

»Bist du total verrückt geworden?«

»Hallo, Mama.«

Ich zog den Reißverschluss von meinem Anzug ein Stück auf und kuschelte mich an sie.

»Bevor du schreist, wollte ich dir nur eine Sache sagen: Mein Mann hat mich schon beschimpft, aber ich habe ihn beschwichtigen können, also bin ich in Übung.«

»Ach, mein Kindchen«, begann sie kläglich. »Es reicht doch wohl, wenn dein Vater mir immer wieder einen halben Herzinfarkt beschert. Und jetzt auch noch du? Außerdem, was hast du da auf dem Kopf?«

Ich strich mir übers Haar und erinnerte mich daran, dass ich blond gewesen war, als meine Eltern mich zum letzten Mal gesehen hatten.

»Ich musste etwas ändern, nachdem ...«, ich schluckte. »Es war ein harter Monat, Mama.«

Ihr Gesichtsausdruck wurde weich. »Tomasz, hol eine Flasche Wein aus dem Kühlschrank.« Meine Mutter warf meinem Vater, der sich hinter ihrem Rücken über ihren Ärger amüsiert hatte, einen Blick zu. »Und du ziehst diesen Anzug aus, du musst doch schwitzen.«

»Stimmt.«

Mein Vater kam ziemlich schnell mit einer Flasche und Gläsern zurück, und nachdem ich geduscht und einen Jogginganzug angezogen hatte, setzte ich mich auf das weiche Sofa im Garten.

»Wir haben über zwanzig Grad, wofür brauchst du ein langärmeliges Oberteil?«, fragte meine Mutter und zeigte auf mein Outfit.

Mir war gar nicht wohl bei dem Gedanken, was sie sagen würde, wenn sie meine zerschundenen Handgelenke sähe, und ich wechselte das Thema.

»Das gehört zu meiner neuen Kollektion, gefällt es dir?« Ich sah sie fröhlich an. »Hast du schon die Sachen getragen, die ich dir kürzlich geschickt habe?«

Sie nickte.

»Und?«

»Sie sind toll. Ich bin so stolz auf dich. Aber jetzt will ich endlich wissen, wie es dir geht. Erzähl.«

»Ich glaube, ich habe mich verliebt«, platzte ich mit der schwerwiegendsten Neuigkeit heraus, und meine Mutter hustete ihren Wein über den Couchtisch.

»Wie bitte?!«, rief sie aus. Mit zitternden Händen zündete sie sich eine Zigarette an und forderte mich auf zu erzählen.

»Als wir auf Teneriffa waren, habe ich einen Mann kennengelernt, einen der größten Konkurrenten von Massimo.«

Mein Unterbewusstsein schoss sich in den Kopf, weil ich schon wieder Lügen erzählte.

»Mein Mann hatte keine Zeit für mich, Marcelo aber schon. Er hat mir Surfunterricht gegeben und mich auf Ausflüge mitgenommen.«

Gott, wovon schwärme ich da?, dachte ich und nahm einen Schluck Wein.

»Er hat mich seiner Familie vorgestellt und mich irgendwie insgesamt beeindruckt, und … er hat mich geküsst.«

Jetzt verschluckte meine Mutter sich am Zigarettenrauch.

»Das alles hätte mich vielleicht gar nicht weiter beeindruckt, wenn Massimo sich nach dem Verlust unseres Kindes nicht so sehr verändert hätte. Er hat sich von mir zurückgezogen und in die Arbeit geflüchtet. Es fühlt sich so an, als würden wir nie wieder dorthin zurückkehren, wo wir aufgehört haben«, seufzte ich. »Ich quäle mich, er quält sich auch ...«

»Kindchen«, begann meine Mutter und streckte ihre Hand nach mir aus. »Ich will jetzt nicht sagen, ›das habe ich dir doch gleich gesagt‹, aber letztes Jahr habe ich versucht, dir klarzumachen, dass das alles viel zu schnell geht.« Sie goss sich Wein ein. »Meiner Meinung nach habt ihr nur wegen des Kindes geheiratet.«

Oh Gott, wie falsch du liegst, dachte ich.

»Und mit dem Kind ist auch der Sinn eurer Ehe verloren gegangen.« Klara zuckte die Schultern. »Ich bin also nicht überrascht, dass du dich für einen anderen Mann interessierst, sobald dir einer über den Weg läuft. Und was hättest du gemacht, wenn du und Massimo nicht verheiratet wärt?«

»Ich hätte ihn verlassen«, antwortete ich nach kurzem Nachdenken. »Ich kann es nicht ertragen, dass mein Partner mich ignoriert und mich oft sogar wie seine Feindin behandelt.«

»Und da würdest du einfach so alles hinschmeißen?«

»Einfach so?« Ich war empört. »Mama, ich kämpfe seit Monaten um diese Beziehung. Ohne Erfolg. Wie viel Zeit soll ich noch verschwenden?«

Ein aufrichtiges, trauriges Lächeln erschien auf dem Gesicht meiner Mutter, und sie nickte. »Du hast die Frage, mit der du hergekommen bist, gerade selbst beantwortet.«

Ich war verblüfft. Erst jetzt, nachdem mich jemand gezwungen hatte auszusprechen, was ich eigentlich wollte und erwartete und brauchte, wurde mir klar, dass ich ein Recht auf all das hatte. Und ich hatte außerdem das Recht, auf meinem Weg Fehler zu machen, ich hatte das Recht falschzuliegen, aber vor allem hatte ich das Recht, das zu tun, was mich glücklich machte.

»Liebling, ich verrate dir jetzt, warum dein Vater und ich seit fast fünfunddreißig Jahren zufrieden verheiratet sind.«

Erwartungsvoll beugte ich mich zu ihr vor.

»Du musst egoistisch sein.«

Oh, das würde böse enden, dachte ich schweigend. *Das findet Massimo gar nicht gut.*

»Wenn dein Glück an erster Stelle steht, wirst du auch alles dafür tun. Natürlich sollst du dich auch um deine Beziehung kümmern, aber so, dass sie dich nicht kaputtmacht. Denk dran, eine Frau, die nur für ihren Mann lebt, wird zwangsläufig unglücklich sein, sich unterdrückt fühlen und jammern. Und Männer mögen keine unzufriedenen Frauen.«

»Und keine, die sich nicht schminken«, nickte ich.

»Auch wenn du keinen Mann hast, musst du dich pflegen«, bejahte sie.

Nun, meine Mutter war unbestritten eine Expertin in solchen Angelegenheiten. Ihr zu jeder Tageszeit makelloses Haar und Make-up sagten ganz deutlich: Ich wurde geboren, um schön zu sein.

Wir betranken uns an diesem Nachmittag. Ich mochte

meine Mutter in diesem Zustand. Dann wurde sie lustig und etwas entspannter.

Die folgenden Tage verliefen ähnlich. Ich ging mit meinem Vater spazieren, trank abends mit meiner Mutter Wein und versuchte herauszufinden, wie Vaters Teleskop funktionierte. Der arme Damian folgte mir auf Schritt und Tritt, und Olga versuchte, das Atelier in meiner Abwesenheit zu managen. Wir unterhielten uns über Skype, um Schnitte auszuwählen und Entwürfe zu diskutieren. Und Massimo... schwieg. Er nahm mein Verbot so ernst, dass er in den fast zehn Tagen, die ich in Polen verbrachte, nur das eine Mal anrief, um mich wegen des Motorrads auszuschimpfen. Ich vermisste ihn, aber auch Marcelo fehlte mir. Mein kranker Verstand wurde fast wahnsinnig, weil ich abwechselnd von meinem Don und von meinem kanarischen Mafioso träumte. Ich war hin- und hergerissen und beschloss, meinen Therapeuten anzurufen.

»Hallo«, sagte Marco, als ich ihn auf Facetime anrief.

»Ich hätte fast mit Marcelo geschlafen«, platzte ich heraus.

»Aber am Ende habe ich es doch nicht getan.«

»Warum nicht?«

»Weil ich meinen Mann nicht betrügen wollte?«

»Warum?«, wiederholte er die Frage.

»Weil ich glaube, dass ich ihn liebe?«

»Warum, und welchen von beiden meinst du eigentlich?«

Jedes Gespräch mit Marco verlief ähnlich. Ich sagte etwas, und er fragte unerbittlich nach und führte mich so zu den Antworten, die ich eigentlich schon kannte.

Ich beschloss, das Leben wie einen Fluss dahinziehen zu lassen und es einfach nur zu beobachten. Ich wollte Entscheidungen oder Urteile nicht erzwingen, alles sollte sich ohne mein Zutun lösen. Und ich war bereit, jedes Ende der Geschichte mit Demut hinzunehmen. Weil – zumindest theoretisch – jedes Ende für mich akzeptabel war.

Am Wochenende lud ich meinen Vater zu einem Ausflug ein. Überglücklich holte er seine Chopper aus der Garage und zog einen Lederanzug mit Fransen an. Wir fuhren schon bekannte Strecken ab und grüßten andere Biker, die das wundervolle Wetter ebenso nutzten wie wir. Ich war ruhig, glücklich geradezu – und wusste immer noch nicht, was ich tun sollte.

Wir hielten am Marktplatz in Kazimierz an, und ich nahm meinen Helm ab und schüttelte aufreizend den Kopf. Meine langen Haare fielen mir auf die Schultern – genau wie in der Zeitlupenaufnahme in einem Blockbuster, nur dass ich keinen BH unter meinem Anzug trug, der exorbitant große Titten beherbergte. Ich hatte weder Riesenbrüste noch sexy Dessous an, sondern trug nur ein schlichtes schwarzes T-Shirt.

Der Marktplatz des kleinen Ortes war ein beliebter Treffpunkt für Biker. Die in einer Reihe stehenden Maschinen brachten die Touristen dazu, sich von den historischen Gebäuden abzuwenden und einen Blick auf die Errungenschaften der Neuzeit zu werfen.

»Wie früher«, sagte mein Vater lächelnd und umfasste meine Taille. »Limonade?« Er nickte zu unserer Lieblingskneipe hinüber, und als ich zustimmte, zog er mich mit sich.

So Arm in Arm sahen wir ein bisschen wie ein älterer Typ und seine Affäre aus, aber mir waren die Blicke der Jungs egal, als ich mit meinem Vater zu einem der Tische schlenderte, die vor dem Lokal aufgestellt waren.

»Wie hältst du es eigentlich mit Mama aus?«, fragte ich, als die Limonade vor uns stand, und nahm einen Schluck. »Sie bringt mich schon nach zwei Tagen auf die Palme, und du musst sie die ganze Zeit aushalten.«

»Ach, Mädchen«, begann er und lächelte liebevoll. »Ich liebe sie. Und ich musste sie schon während der Schwangerschaften ertragen, dagegen sind ihre Wechseljahre ein Spaziergang.«

Ich musste lachen, als ich an die Geschichten dachte, wie meine schwangere Mutter ihn grundlos heruntergeputzt hatte, und er ihr ohne zu murren all die Dinge heranschaffte, die sie meinte augenblicklich haben zu müssen. Ich mochte die Gesellschaft meines Vaters. Er konnte nicht nur zuhören, sondern redete auch gerne, und dann konnte ich in Ruhe schweigen.

In einer Stunde hakten wir alle Themen ab, von Pferdestärken über Alkohol bis hin zu Immobilieninvestments. Papa redete, ich hörte zu, dann redete ich, und er gab mir Ratschläge für mein Business und den Umgang mit Menschen.

»Weißt du, Liebes, die Hauptprämisse eines solchen Geschäfts ist doch der Profit ...«

Das Röhren eines Motors etwa drei Meter von uns entfernt brachte ihn zum Schweigen, und wir drehten uns beide um. Eine wunderschöne gelbe Hayabusa war auf den gepflasterten Platz gefahren. Ich stöhnte lüstern beim Anblick dieses wunderbaren Motorrads. Von so etwas hatte ich immer geträumt, aber leider nie die Gelegenheit gehabt, damit zu fahren. Der Fahrer stellte den Motor ab und sprang elegant von der Maschine. Wie verzaubert starrte ich mit leicht geöffnetem Mund auf das gelbe Wunder direkt vor meiner Nase. Dann nahm der Fahrer seinen Helm ab, hängte ihn an den Lenker und drehte sich zu uns um. Mein Herz machte einen Satz, und mein Körper spannte sich an. Ich hörte auf zu atmen. Da stand Marcelo, nur drei Schritte von mir entfernt.

»Laura«, grinste er und richtete seine grünen Augen auf mich, wobei er meinen Vater völlig ignorierte.

»Oh mein Gott«, flüsterte ich auf Polnisch, und mein Vater sah mich verständnislos an.

»Marcelo Nacho Matos«, wandte sich Marcelo an meinen Vater und gab ihm die Hand. »Ihre Tochter braucht jetzt ein bisschen Zeit, um sich zu fangen, in der Zwischenzeit kann ich mich vielleicht hinsetzen.«

Als ich hörte, dass er Polnisch sprach, fielen mir fast die Augen aus dem Kopf.

»Tomasz Biel. Sie kennen sich wohl?«, antwortete Papa und wies auf einen Stuhl.

»Mein Gott«, wiederholte ich noch einmal, und der Kanarier ließ sich nieder und setzte die Sonnenbrille auf.

»Wir sind Freunde, aber wir wohnen ziemlich weit voneinander entfernt, deshalb ist Ihre Tochter wohl ein wenig überrascht, mich zu sehen.«

Verwirrt sah mein Vater abwechselnd mich und den Fremden an, der bereits einen Eistee bestellt und es sich bequem gemacht hatte.

»Eine schöne Maschine«, sagte mein Vater dann und wandte sich um. »Ist das das Modell aus dem letzten Jahr?«

»Ja, das ist die Neueste …«

Sie unterhielten sich miteinander, und ich verspürte den Drang, abzuhauen und so weit zu rennen, wie mich meine Beine trugen. Er war hier, saß mir wieder gegenüber, und ich sah mich nervös um. Dann entdeckte ich den schwarzen Mercedes.

»Ich bin gleich wieder da«, sagte ich und ging zu Damian hinüber.

Ich hatte keine Ahnung, ob er wusste, wie Marcelo aussah, oder ob mein Mann ihn angewiesen hatte, wie er mit Männern, die sich mir näherten, umgehen sollte. Also beschloss ich zu bluffen.

»He, Fighter«, sagte ich, als er die Scheibe heruntergelassen hatte. »Hast du Lust, was zu trinken? Soll ich dir was bringen?«

»Ich habe alles.« Er wedelte mit seiner Wasserflasche. »Wer ist der Typ?«

Ich drehte mich um und schaute zu dem Tisch, an dem sich die beiden Männer weiter angeregt über das gelbe Monster unterhielten.

»Irgendein Freund von Papa.« Ich zuckte mit den Schultern und atmete erleichtert auf, weil Damians Frage zeigte, dass er keine Ahnung hatte, wer da mit uns am Tisch saß.

»Das ist eine schöne Maschine«, nickte er anerkennend.

»Ich mag sie auch«, sagte ich sehnsüchtig und wandte mich ab, um zurück zum Tisch zu gehen. »Wenn du was brauchst, lass es mich wissen.«

Als ich zurückkam, stand mein Vater plötzlich auf, küsste mich auf den Kopf und sagte: »Laura, deine Mutter macht sich bestimmt schon Sorgen. Wahrscheinlich glaubt sie, wir sind inzwischen zu Organspendern geworden. Ich fahre jetzt zurück, um sie zu beruhigen.«

Er drehte sich um und reichte Marcelo die Hand.

»Es war nett, dich kennenzulernen. Und immer schön schmieren.«

»Hat mich gefreut, Tomasz. Bis bald.«

Papa verschwand, und ich ließ mich auf den Stuhl fallen und sah Marcelo wütend an.

»Was zum Teufel machst du hier, und warum duzt du meinen Vater?«

Marcelo lehnte sich zurück, nahm die Sonnenbrille ab und legte sie auf den Tisch.

»Ich teste den Zustand der polnischen Straßen, und wir haben uns über meine Maschine unterhalten.« Sein entwaffnendes Lächeln war ansteckend. »Dein Vater ist ein netter Kerl, er hat vorgeschlagen, dass wir uns duzen.«

»Ich habe gesagt, ich brauche Zeit. Massimo hat das verstanden, aber du ...«

»Gerade weil er es verstanden hat, kann ich hier auftauchen. Es sind keine Sicherheitsleute da, Süße, nur dein Fighter in seinem Mercedes.« Er hob amüsiert die Augenbrauen.

»Du hast mich einfach stehen lassen.« Tränen traten mir in die Augen, als ich mich daran erinnerte, wie er mich in Lagos an der Tür zurückgelassen hatte.

Marcelo seufzte und senkte den Kopf. »Ich hatte Angst, dass er dich wieder bestrafen würde und ich ihn dann töten müsste.« Er hielt inne und fuhr schließlich leise fort: »Und dann würde ich dich verlieren ...«

»Warum sprichst du jetzt Englisch mit mir?« Ich wechselte das Thema, weil mir unbehaglich war, es kam mir zu früh vor, über ihn, Massimo und mich zu sprechen. »Und seit wann kannst du Polnisch?«

Er streckte sich auf dem Stuhl aus und legte die Hände hinter den Kopf, ein Lächeln huschte über sein Gesicht. Gott, ich liebte dieses Lächeln.

»Ich kann viele Sprachen, aber das weißt du doch.« Seine Blicke wanderten über meinen Körper. »Du siehst süß aus in diesem Anzug.« Er leckte sich die Lippen, und ich hatte das Gefühl, einen Schlag zu bekommen, so stark, dass ich eigentlich unter dem Tisch hätte liegen müssen.

»Lenk nicht vom Thema ab. Seit wann kannst du Polnisch?«

»Können ist zu viel gesagt.« Er beugte sich vor und hob das Glas an. »Ich lerne die Sprache seit zwei Jahren, aber erst seit einem halben Jahr strenge ich mich richtig an.« Er setzte das Glas an die Lippen und sah mich über den Rand hinweg schelmisch an.

»Ach, seit einem halben Jahr, so ein Zufall ...« Ich konnte ein Lächeln nicht unterdrücken. »Also, sag schon, wieso bist du hier?«, fragte ich schließlich.

»Ich weiß nicht«, er zuckte die Schultern. »Vielleicht, um zu sehen, wie du deinen Ehemann ärgerst?« Sein Blick war sanft und amüsiert. »Oder um zu sehen, wie du anfängst, dein eigenes Leben zu leben. Ich bin stolz auf dich.« Er beugte sich zu mir. »Du verwirklichst dich, machst, was du willst, und hast Freude am Leben.« Er lehnte sich wieder zurück und setzte die Brille auf.

»Fahren wir ein Rennen?«, fragte er, und ich lachte und schüttelte den Kopf.

»Du machst Witze, oder? Deine Maschine hat mindestens siebzig PS mehr als meine. Außerdem kannst du fast doppelt so schnell fahren, weil du keine Drosselung hast. Ganz zu schweigen von der Tatsache, dass du wahrscheinlich hundert Mal besser fährst als ich.«

»Du beeindruckst mich«, spottete er. »Welche andere Frau weiß, was PS sind?«

»Ja, ja, mach dich nur über mich lustig«, knurrte ich. »Du hast gut reden. Immerhin hast du meinen großen Traum zwischen den Beinen, alles, was ich je gewollt habe.«

»Ist das so? Du willst mich also, mit Haut und Haar?«

Da erst wurde mir klar, was ich gerade gesagt hatte, und ich fühlte einen Stich im Unterbauch. Ich hob den Blick und fixierte seine grünen Augen, während animalisches Verlangen in mir pulsierte. Ich wünschte, er würde mich auf sein gelbes Motorrad setzen oder zumindest selbst aufsitzen und mich küssen. Aber vor allem wollte ich, dass er mich noch einmal entführte und mich in einem kleinen Haus am Strand vor der Welt versteckte.

»Laura«, rief er mir leise zu. »Komm.« Er streckte seine Hand aus, und als ich sie unwillkürlich nahm, zog er sanft. »Setz den Helm auf«, sagte er, während sein schwarzer Helm schon über seinen kahlen Kopf rutschte und das dunkle Visier seine Augen verdeckte. Er legte Geld auf den Tisch, ging zu seiner Maschine, schwang ein Bein darüber und nahm mich beim Handgelenk, um mir heraufzuhelfen.

Ich warf einen Blick auf den Mercedes. Verwirrt ließ Damian den Motor an und versuchte zu wenden. Da spürte ich, wie die Kraft des Vierzylindermotors unter meinem Hintern erwachte. Marcelo nahm meine Hände und legte sie sich um die Taille. Als ich den Griff um seinen Bauch schloss, zog die Maschine schon vorwärts.

Ich hatte Schmetterlinge im Bauch, als wir durch die engen Gassen rasten und schließlich auf die offene Straße gelangten. Ich schaute zurück und sah, wie Damian einige Autos überholte. Doch natürlich konnte er das gewandte Motorrad nicht einholen, und nach ungefähr einer Viertelstunde waren wir allein. Ich schmiegte mich an Marcelos breiten Rücken und genoss jeden Kilometer, den wir zurücklegten. Irgendwann wurde er langsamer, ergriff meine Hände und drückte sie, als wollte er mir zeigen, dass er mich spürte und froh war, mich bei sich zu haben.

Nach vielleicht einer halben Stunde bog er in einen Forstweg ein und hielt schließlich an, und ich kam zu dem Schluss, dass die Hayabusa definitiv kein Crossbike war. *Woher kennt er solche Orte?* Zwischen Bäumen versteckt stand an einem See ein kleines Haus. Er stellte den Motor ab und nahm den Helm vom Kopf, stieg aber nicht ab.

»Hast du ein Smartphone?«, fragte er ernst, als ich mich meines Helms entledigt hatte.

»Nein, das ist bei meinem Vater im Gepäck geblieben.«

»Und hast du noch irgendwo Sender?« Er drehte sich zu mir um.

Ich schüttelte den Kopf.

»Gut, dann haben wir die ganze Nacht.«

Ich japste vor Schreck und Aufregung und lehnte mich

gegen seinen Rücken, stieg dann vom Motorrad und öffnete meine Handschuhe.

Marcelo stellte das Motorrad ab und hängte den Helm über den Lenker. Dann zog er den Reißverschluss seines Anzugs auf und enthüllte seine nackte, tätowierte Brust. Ich schluckte schwer und betrachtete ihn fasziniert. Er schlüpfte aus dem Oberteil und drehte sich zu mir um. Wortlos und ohne mir in die Augen zu sehen, öffnete er auch den Reißverschluss meines Anzugs und befreite mich von der zweiten Haut, die an meinem Körper klebte. Ich spürte seinen Pfefferminzatem auf meiner Schulter. Seine Berührungen versetzten mir lauter kleine Elektroschocks.

»Wie kommt es, dass ich jedes Mal, wenn wir uns berühren, das Gefühl habe, jemand hat auf mich geschossen?«, fragte er.

Ich sah auf und begegnete seinem grünen Blick. Seine Haut war leicht verschwitzt, und seine feuchten Lippen glänzten und machten mir Lust, ihn zu küssen.

»Ich kann es auch fühlen«, flüsterte ich, als wir, nur ein paar Millimeter voneinander entfernt, innehielten. »Ich habe Angst ...« Ich ließ den Kopf hängen.

»Ich bin doch da«, flüsterte er und hob mein Kinn an.

»Genau deshalb hab ich ja Angst.«

Marcelos Finger bewegten sich zu meiner Wange, sein Daumen glitt unter mein Kinn und hob es an. Unsere Lippen kamen sich unweigerlich näher. Ich konnte nicht kämpfen oder wegrennen oder ihm widerstehen. Die Aufforderung meiner Mutter, egoistisch zu sein und das zu tun, was ich wollte, klang in meinem Kopf nach. Marcelos Lippen küssten nicht meinen Mund, sondern berührten mein Schlüsselbein, meinen Hals, mein Ohr. Ich keuchte, mein Körper schrie nach mehr. Er strich mir über Wange und Nase, und als ich sicher war, dass er jetzt zu meinen Lippen kommen würde, hielt er inne.

»Ich will dich füttern«, flüsterte er und nahm mich bei der Hand. Wir gingen zum Haus.

Mein Gott, stöhnte ich innerlich, Essen war das Letzte, was ich jetzt wollte. Mein ganzer Körper verzehrte sich nach ihm. Mit jeder Faser wollte ich, dass er mich nahm. Aber er steckte seelenruhig den Schlüssel ins Schloss, öffnete die Tür und ließ mir den Vortritt. Ich sah mich um, und als ich das Schloss klicken hörte, versteifte ich mich.

»Bitte«, sagte er und gab mir sein Telefon. »Ruf deine Eltern an und sag, dass du heute Abend nicht heimkommst.«

Er ließ mich stehen und ging durch den Flur zur Küche.

Fassungslos fragte ich mich, was ich tun sollte. Vor allem aber: Wie konnte ich Klara Biel erklären, dass ich nicht zum Abendessen kam? Ich drehte mich um, trat durch die erstbeste Tür und fand mich im Wohnzimmer wieder. Es wirkte wie ein Forsthaus mit seinen olivgrünen Wänden, den braunen Sofas und einem Hirschgeweih über dem Kamin. Außerdem gab es einen Tisch für ungefähr acht Personen, um den herum schwere Holzstühle mit bordeauxroten Polstern standen. Nach einem kurzen Gespräch mit meiner Mutter und wieder mal nur der halben Wahrheit ging ich in die Küche, legte das Telefon auf die steinerne Theke und setzte mich auf einen der hohen Hocker.

»Mein Motorrad!«

Marcelo drehte sich um. Er hielt eine Pfanne in der Hand und sah mich fragend an.

»Mein Motorrad«, erklärte ich, »steht immer noch auf dem Marktplatz in Kazimierz.«

»Keine Sorge«, antwortete er mit einem Lächeln. »Vielleicht bin ich nicht so protzig wie Torricelli, aber ich hab auch meine Leute. Dein Motorrad steht inzwischen auf dem Parkplatz ein paar Hundert Meter vom Haus deiner Eltern entfernt.«

Er stellte zwei Teller einander gegenüber und legte duftende Garnelen darauf. Wenig später standen Toast, Käse und Oliven und eine Flasche Wein vor mir.

»Iss«, befahl er, setzte sich mir gegenüber und machte sich über sein Essen her.

»Woher weißt du, dass ich über Nacht bleibe?«, fragte ich, als ich das wirklich leckere Essen probierte.

»Ich weiß es nicht«, antwortete er, ohne mich anzusehen. »Ich kann es nur hoffen.« Er blickte zu mir auf, und ich sah Unsicherheit in seinem Blick.

»Was machst du mit mir, wenn ich bleibe?«

Mein Ton war spielerisch, und er stieg sofort darauf ein.

»Etwas Schönes.«

»Oh«, stöhnte ich erschrocken und beschloss, lieber nichts mehr zu fragen, bis wir aufgegessen hatten. Es reichte, dass wir uns ansahen, die Luft zwischen uns war aufgeladen mit Lust.

Als mein Teller leer war, stellte Marcelo das Geschirr in die Spülmaschine und nahm einen Schluck Bier aus der Flasche.

»Oben, das erste Zimmer links«, begann er und sah mich

ruhig an. »Auf dem Bett liegt eine Tasche, du kannst duschen und dich umziehen. Ich muss Amelia anrufen, weil sie mich schon seit einer Stunde nervt.«

Er durchquerte die Küche, küsste mich auf die Stirn und ging auf die Terrasse hinaus. Wieder einmal verschlug es mir die Sprache. Er war so sanft und gleichzeitig unbeirrt und männlich.

Ich barg das Gesicht in den Händen und überlegte, ob es nicht besser wäre, einfach abzuhauen. Aber ich hatte keine Ahnung, wo ich war und wie ich nach Hause kommen sollte, und vor allem wollte keiner meiner Körperteile von Marcelo weg. Also stand ich auf und ging nach oben.

Wie er gesagt hatte, lag im ersten Zimmer links auf dem Bett eine Tasche mit Kleidern, die ich aus dem Schrank seiner Wohnung auf Teneriffa kannte. Von Markenkleidung war nichts zu sehen. Also schnappte ich mir rosa Baumwoll-Boxershorts und ein weißes Top und ging die Dusche suchen.

KAPITEL 9

»Hast du bekommen, wofür du hergekommen bist?«, fragte Damian an unserem letzten gemeinsamen Abend, den wir zusammen in Karlos Restaurant verbrachten.

»Nein«, antwortete ich knapp, während ich weiter an dem saftigen Steak kaute.

»Und du gehst trotzdem zurück?«, fragte er überrascht.

»Ja. Ich habe die egoistische Entscheidung getroffen, nichts zu tun und darauf zu warten, dass sich meine Probleme von selbst lösen.«

»Klingt seltsam, aber du wirst schon wissen, was du tust. Denk dran, Laura, wenn du Hilfe brauchst, bin ich immer für dich da.«

»Danke.« Ich umarmte den Muskelberg, woraufhin mir Karlo mit dem Finger drohte.

Es war elf Uhr, als ich in den Flieger stieg, der mir wie immer sehr klein und sehr unsicher vorkam. Benommen von den Beruhigungsmitteln sank ich auf meinen Platz und sah aus dem Fenster. Ich war ruhig, in mich gekehrt und extrem verliebt. Nach der Nacht mit Marcelo musste ich viel nachdenken und bemerkte nicht einmal, dass wir abhoben. Diesmal schlief ich nicht ein, sondern erinnerte mich mit geschlossenen Augen an die außergewöhnlichen Momente zu zweit.

Ich war aus der Dusche gekommen und nach unten gegangen, gekleidet in etwas, das mehr an einen Pyjama erinnerte als an Shorts und Top. Neben der Treppe hing ein Sweatshirt von einem Trainingsanzug, das nach Marcelo roch. Ich zog es mir über und atmete seinen wunderbaren Duft ein. Vorsichtig lugte ich um den Türrahmen und betrachtete Marcelo, der auf der Couch saß, die Beine auf einer niedrigen Bank. Ich blieb einen Moment hinter seinem Rücken stehen und starrte die tätowierten Schultern an, die über der Lehne zu sehen waren.

»Ich kann dich fühlen«, flüsterte er. »Meine Haut kribbelt jedes Mal, wenn du näher kommst.« Er bewegte den Kopf, lockerte seinen Nacken. »Auf ähnliche Weise spüre ich den Ozean. Wenn eine große Welle kommt, ich sie aber noch nicht sehen kann, ist da die gleiche Erregung.«

Er schwang die Beine von der Bank, stand auf und drehte sich zu mir um.

Ich lehnte mit gekreuzten Beinen an der Wand, meine Haare hatte ich zu einem lockeren Knoten zusammengebunden. Meine Fingerspitzen sahen aus den Ärmeln des übergroßen Sweatshirts hervor.

»So bist du am schönsten«, sagte er und kam langsam zu mir. Seine Brust war nackt, seine Beine steckten in einer dünnen, lockeren Jogginghose. Ein paar Zentimeter vor mir blieb er stehen. Lange standen wir einfach nur da und schauten einander in die Augen.

»Komm zu mir«, sagte er leise, schob seine Hände unter mein Gesäß und hob mich hoch.

Ich schlang meine Beine um seine Hüften und ließ mich von ihm zur Küchentheke tragen. Seine Finger wanderten über meine Schultern und über meine Arme und zogen mir das Sweatshirt aus. Er ließ sich Zeit und hielt die ganze Zeit seinen Blick mit meinem verschränkt. Es war, als wollte er keinen Fehler machen. Jede seiner Gesten schien zu sagen: Sobald du stopp sagst, höre ich auf. Aber ich wollte nicht, dass er aufhörte. Als das Shirt zu Boden fiel, zog er mich noch näher an sich heran.

»Ich möchte dich spüren.«

Sein Mund war nur ein paar Millimeter von meinem entfernt.

»Einfach spüren.«

Mein Gott, ich komme gleich, dachte ich, als seine tiefe Stimme in meinem Körper widerhallte.

Er hakte seine Daumen am Saum meines Tops ein und zog es langsam nach oben, über meinen Bauch, die Rippen, die Brüste. Ich atmete schneller, ein wenig panisch, aber seine fröhlichen grünen Augen brachten mir Frieden. Ich hob meine Hände hoch über meinen Kopf. Als er mir das Top abgestreift hatte, war er mir so nah, dass seine bunten Tattoos fast an mir klebten. Er sah mich nicht an, er wollte die wehrlose Frau vor sich nicht beobachten. Er musste mich nur spüren. Wieder legte er seine Hände unter meinen Hintern und hob mich hoch, und ich presste mich an ihn.

»Oh Gott«, stöhnte er. »Ich spüre dich.«

Er durchquerte den Raum, stieg mit mir die Treppe hinauf

und betrat ein schönes, in Dämmerlicht getauchtes Schlafzimmer.

Auf dem großen Holzbett lagen bunte Decken und Kissen. Er kniete nieder und legte mich sanft, ohne sich von mir zu lösen, auf das Bett, sodass er nun über mir lag. Mein Herz spielte verrückt, vor Erregung bekam ich keine Luft mehr. Ich wollte so sehr, dass er weitermachte.

Er breitete meine Arme aus und verschränkte seine Finger mit meinen. Er blickte mir tief in die Augen, und seine Zunge strich immer wieder über meine Lippen. Ich konnte es kaum ertragen, richtete mich ein wenig auf, drückte meine Lippen auf seinen Mund, riss meine Hände los und zog seinen Kopf zu mir herunter. Ich war gierig, wollte ihn, aber er küsste mich langsam und sanft und sog immer wieder an meiner Unterlippe.

»Heute Abend will ich dir ein anderes Vergnügen bereiten, Laura«, keuchte er und löste sich von mir.

Verständnislos schaute ich ihn an.

»Ich will, dass du dich mir hingibst, dass du nur an dich und mich denkst und nicht an den Eid, den du vor Gott geleistet hast.«

Zuerst machten seine Worte mich wütend, aber dann verstand ich, worum es ihm ging. Er wollte nicht mein Liebhaber sein. Er wollte derjenige sein, den ich liebte. Aber war das denn möglich? Resigniert ließ ich mich zurück in die Kissen fallen.

Er deckte uns zu, streifte seine Hose ab und legte sich wieder zwischen meine Beine.

»Ich werde heute nicht mit dir schlafen, sondern dich kennenlernen.«

Ich ließ meine Hände über seinen Rücken gleiten, bis zu seinem Gesäß. Überrascht entdeckte ich, dass er Boxershorts trug.

»Die ziehe ich nicht aus und du deinen Slip auch nicht. Ich will all deine Wünsche kennenlernen, und später werden wir Zeit haben, sie zu befriedigen.«

Er beugte sich herab und küsste mich wieder, aber diesmal etwas wilder. Ich stöhnte, fuhr ihm mit den Fingernägeln über den Rücken.

»Ich habe das Gefühl, dass du gerne hart fickst, Süße«, flüsterte er und biss mir in die Lippen, als ich gierig meine Scham an seiner Erektion rieb. »Hart oder sogar sehr hart?«, fragte er und drückte seinen Schwanz fest gegen meine geschwollene Klitoris.

»Sehr!«, schrie ich und warf meinen Kopf zurück.

Unsere Körper waren ineinander verflochten, nur unsere Haut trennte uns. Wir atmeten beide schwer, unsere Lippen trafen und lösten sich dann wieder und fanden die Schultern des anderen, seinen Hals und seine Wangen. Die Bewegungen seiner Hüften wurden immer erbarmungsloser und stärker, ich hatte das Gefühl, gleich zu explodieren.

»Marcelo«, flüsterte ich, und er wurde langsamer und sah mich an, als wolle er prüfen, ob es mir gut ging.

»Und was magst du?«, fragte ich und leckte mir die Lippen. »Magst du es sehr hart?« Ich nahm ihn bei den Hüften und drückte ihn gegen meine Pussy. »Magst du es tief?« Ich rieb ihn wieder an mir, und er schloss halb die Lider und seufzte.

Noch nie hatte ich bei einem Mann eine solche Selbstbeherrschung gesehen. Es erregte mich, und gleichzeitig empfand ich es als Herausforderung. Ich fuhr mit der rechten Hand in mein Baumwollhöschen. Ich war so nass, dass der leichte Stoff bestimmt schon durchsichtig war. Ich spielte einen Moment mit mir, meine brennenden Augen auf ihn gerichtet, und dann zog ich meine nassen Finger aus meiner Spalte und steckte sie ihm in den Mund.

»Das entgeht dir.«

Marcelo schloss die Augen, leckte leicht an meinen Fingern, stöhnte auf. Seine Lippen drückten sich auf meinen Mund, und sein Schwanz rieb sich wieder an mir. Er liebte mich tief und intensiv, nur dass er nicht in mir war. Und das musste er auch nicht, denn ich konnte auch so spüren, wie er mich aufspießte.

»Süße«, flüsterte er, hielt inne und legte sein Gesicht in meine Halsbeuge. »Ich will dich lecken und deine süße Pussy liebkosen. Sie riecht so gut.« Er stöhnte, sein Körper erbebte. »Ich liebe und hasse die Macht, die du über mich hast.« Er richtete sich auf und sah mich schelmisch an.

»Ich muss duschen.«

»Du hast doch gerade geduscht.«

»Wegen dir bin ich gekommen.« Er küsste meine Nase und stand auf. »Gleich kleben wir zusammen.«

»Dann kleben wir eben zusammen.« Ich legte meine Schenkel um seine Hüften, um ihn festzuhalten. »Warum denn nicht?«

Ich grinste, und er erstarrte. Dann grinste er auch.

»Nein, nein, Süße.«

Ich lachte, als er aufstand und mich mit sich ins Badezimmer zog. Er zog erst sich aus, dann mich, schob mich in die Dusche und drehte das eisige Wasser auf. Ich schrie auf und wollte weglaufen, aber er hielt mich fest und lachte laut, und ich trommelte mit den Fäusten gegen seine Brust.

»Lass mich los, du Psycho«, schrie ich, aber gleichzeitig musste ich lachen, obwohl mir das kalte Wasser den Atem raubte.

»Die Abkühlung tut uns beiden gut.«

Es war eigentlich keine schlechte Idee. Wir wuschen uns und drehten einander dabei den Rücken zu.

Ich verließ die Dusche zuerst, wickelte meinen Bademantel um mich und heftete den Blick auf seinen tätowierten Hintern.

»Ich drehe mich nicht um, solange du da stehst«, sagte er und drehte leicht den Kopf.

»Das musst du nicht, dein Rücken gefällt mir sowieso besser als deine Vorderseite«, lachte ich.

»Bist du sicher?«

Er drehte sich um, und vor mir ragte eine beeindruckende Erektion auf. Mir stand der Mund offen, als ich den schönsten Schwanz der Welt sah. Ich hatte ihn früher schon einmal gesehen, aber da hing er herunter, und ich hatte mich bemüht, ihn nicht anzustarren. Doch jetzt stand diese Kraft mir nicht zur Verfügung, meinen Blick von diesem Wunder, dessen Spitze von einem Ring durchbohrt war, abzuwenden. Ich stöhnte und biss mir unwillkürlich auf die Unterlippe. Marcelo stützte sich mit einer Hand an der Wand ab und kicherte.

»Was hast du gerade gesagt?«, fragte er, während ich vergeblich versuchte, meine Erstarrung abzuschütteln. »Ich sehe, dass du in Gedanken schon vor mir kniest.« Er wischte sich mit den Händen das Wasser von der Glatze und kam auf mich zu.

Dann war er so nah, dass ich seine Genitalien nicht mehr sehen konnte. Enttäuscht verzog ich das Gesicht und schmollte wie ein kleines Mädchen, und er griff nach einem Handtuch und wickelte es sich um die Hüften.

»Ab ins Bett«, knurrte er lachend und schob mich zur Tür.

In dieser Nacht schliefen wir wirklich nicht miteinander. Er küsste mich auch nicht, um das Schicksal nicht herauszufordern. Wir lagen da, quatschten, kuschelten, lachten, balgten uns wie Kinder. Ich in Top und Höschen, er in Boxershorts. Es war schon hell, als ich an ihn geschmiegt einschlief. Als ich am frühen Nachmittag aufwachte, machte er uns Frühstück, setzte mich auf sein Motorrad und fuhr mich zu dem Parkplatz, auf dem meine Maschine stand. Bevor ich den Helm aufsetzte, nahm er mein Gesicht in seine Hände und küsste mich so zärtlich, dass ich fast in Tränen ausgebrochen wäre.

»Ich bin immer in deiner Nähe«, sagte er und startete sein gelbes Monster.

Er fragte mich nicht, wie es weitergehen oder was ich tun würde. Er fragte nichts.

Ich fuhr nach Hause. Am Tor stand ein wütender Damian, der wild gestikulierte und mich anschrie, aber das war mir egal.

»Hast du ihn angerufen?«, fragte ich, als er sich endlich beruhigt hatte.

»Nein. Deine Mutter hat gesagt, du bist in Sicherheit, und was du machst, ist deine Sache.«

»Ganz genau.« Ich fuhr die Auffahrt zum Haus hinauf. Überraschenderweise gab es auch mit meinen Eltern keinen großen Krach. Klara Biel sah mir nur in die Augen und seufzte kopfschüttelnd. Das war absolut untypisch für sie – keine Fragen, keine Forderung, dass ich etwas erklärte –, irgendwie war das beinahe ein Schock.

»Frau Torricelli, wir sind da.« Der Flugkapitän beugte sich über mich.

»Oh, danke.« Ich streckte mich und blinzelte nervös.

Ich setzte meine Sonnenbrille auf, stand auf und stieg die schmale Gangway hinunter. Dann sah ich auf und entdeckte Massimo.

Mein Mann lehnte am Wagen und lächelte mich an. In seinem dünnen hellgrauen Anzug und dem weißen Hemd sah er wahnsinnig gut aus, und eine sanfte Brise fuhr ihm durchs Haar. Seine starken, muskulösen Schultern steckten in einer gut geschnittenen Jacke, mit den Händen in den Hosentaschen wirkte er selbstsicher. Mein Mund wurde trocken.

»Hey, Kleines.« Massimos Augen glitten über meinen Körper, und er biss sich auf die Unterlippe.

Wir sahen uns an, aber keiner wollte den ersten Schritt machen. Ich, weil ich völlig verwirrt war. Und er? Seine Augen erzählten von der Angst vor meiner Reaktion, falls er mich berührte.

»Ich bringe dich nach Hause«, sagte er schließlich und öffnete die Wagentür für mich.

Dass er so förmlich und auf den ersten Blick emotionslos war, fühlte sich seltsam an. Er verhielt sich mir gegenüber freundlicher als in den ersten Tagen, nachdem er mich entführt hatte. Ich stieg ein, und er schlug die Tür zu, ging ums Auto herum und setzte sich neben mich. Der Sicherheitsdienst fuhr uns zum Eingang des Terminals. Wir passierten die Schranke und gingen zu einem Ferrari, der an der Straße stand. *Was für ein affiger Ferrari*, dachte ich und erinnerte mich an das, was Marcelo gesagt hatte. Als ich näher kam, bemerkte ich jedoch, dass ich den Wagen noch nicht kannte. Es konnte kein Ferrari sein, schon allein deshalb, weil die Türen sich nach oben öffneten und nicht zur Seite. Überrascht sah ich meinen Mann an, der immer noch lächelte, während er darauf wartete, dass ich einstieg.

»Neu?«, fragte ich und bestaunte dieses glänzende schwarze Gefährt.

»Mir war langweilig.« Massimo zuckte grinsend die Schultern.

»Deine Langeweile war ziemlich kostspielig, oder?«, fragte ich und duckte mich in das Auto.

Massimo setzte sich ans Steuer und startete den Motor mit einem Knopf. Er gab Gas, und der Lamborghini Aventador zog mit einer Kraft los, dass ich in den Sitz gedrückt wurde. Massimo fuhr wie immer ruhig und konzentriert, aber manchmal spürte ich, wie er mich ansah. Doch er sagte nicht ein Wort. Plötzlich sah ich, dass wir an der gewohnten Ausfahrt vorbei und in Richtung Messina fuhren. Seit fast einem halben Jahr war ich nicht mehr in unserer Villa gewesen – seit ich Marcelo dort zum ersten Mal gesehen hatte.

Massimo parkte direkt vor der Tür, und ich fragte mich, ob ich überhaupt hineingehen wollte.

»Warum sind wir hier?«, fragte ich und wandte mich ihm zu. »Ich will ins Castello, Olga sehen und mich ausruhen.«

»Olga und Domenico sind nach Ibiza geflogen, um ein bisschen Spaß zu haben, und du hast keinen Schlüssel zum Castello, also kannst du dich jetzt als entführt betrachten. Lass deine Tasche im Wagen. Die brauchst du nicht.« Er sah mich an. »Vor allem das Telefon nicht.«

»Was ist, wenn ich nicht entführt werden will?«, fragte ich und sprang aus dem Wagen, bevor er kommen und mir helfen konnte.

»Darum geht es beim Entführen.« Sein ruhiger Ton erschreckte mich. »Dass man jemanden gegen seinen Willen festhält, Kleines.« Er küsste sanft meine Stirn und ging hinein.

Ich stampfte ein paar Mal mit den Füßen auf, murmelte ein Dutzend polnischer Flüche und folgte ihm dann.

Das Wohnzimmer sah anders aus, als ich es in Erinnerung hatte, und ohne den riesigen Weihnachtsbaum wirkte es noch spektakulärer. Massimo legte die Schlüssel auf die Küchentheke und griff nach einer Flasche Wein.

»Es wartet jemand auf dich.«

Er stellte uns zwei Gläser hin und hielt den Blick auf die Flasche in seiner Hand gerichtet, während er nach dem Korkenzieher griff.

»Im Esszimmer«, sagte er mit einem Lächeln.

Neugierig ging ich rüber zu dem Zimmer, das ich eigentlich nur mit hartem Sex verband, und machte einen Freudensprung. Ein kleiner Hund lag neben dem Esstisch auf einem Kissen.

Ich quietschte und beugte mich über das wunderbare, winzige Fellbündel, das sich bei meinem Anblick über das Kissen rollte. Es war das wundervollste Wesen, das ich je gesehen hatte. Es sah aus wie ein Stofftier, ein kleiner Teddybär. Ich nahm den Hund in den Arm und weinte fast vor Freude.

»Gefällt er dir?«, fragte Massimo und reichte mir ein gefülltes Glas.

»Ob er mir gefällt? Er ist wunderbar und so winzig, nicht viel größer als meine Hand.«

»Und er ist vollkommen von dir abhängig, so wie ich.« Massimos Stimme durchbohrte mein Herz.

»Wenn du dich nicht um ihn kümmerst, stirbt er. So wie ich.« Er kniete sich vor mich und sah zu mir auf. »Ohne dich sterbe ich. All diese Tage … Ach, was sage ich, jede Stunde, jede Minute, habe ich das gespürt … Ich kann nicht ohne dich leben, und ich will es auch nicht.«

»Massimo, das ist doch der Gipfel der Heuchelei.« Ich seufzte und umarmte den kleinen Hund. »Du hast mich tagelang allein gelassen, viel länger, als ich dich jetzt verlassen habe …«

»Genau«, unterbrach er mich und nahm mein Gesicht in die Hände. »Erst als du mich verlassen hast, ist mir klar geworden, dass ich dich verliere. Als ich nicht mehr die Kontrolle über dich hatte und dich nicht mehr einfach haben konnte, wurde mir klar, wie wichtig du mir bist. Das Wichtigste im Leben.« Er ließ mich los und senkte den Blick. »Ich habe es versaut, Laura, aber ich verspreche dir, dass ich jede schlechte Minute, die du meinetwegen hattest, durch tausend gute ersetze.«

Ich betrachtete sein Gesicht und seine Augen, in denen

Bedauern stand. Keine Spur mehr von dem Mann, den ich verlassen hatte. Da waren keine Brutalität und keine Wut mehr, nur Traurigkeit, Fürsorge und Liebe.

Ich setzte das weiße Fellknäuel ab, kletterte auf Massimos Schoß und schmiegte mich an ihn. Er zog mich ganz nah an sich heran und umarmte mich so fest, dass ich jeden seiner Muskeln spürte.

»Kleines«, flüsterte er. »Ich liebe dich über alles.«

Tränen liefen mir über die Wangen. Ich schloss die Augen und sah im selben Moment einen glücklichen Marcelo, der mit mir herumalberte. Ich sah ihn mich küssen und zärtlich umarmen. Was sollte ich nur machen? An diesem Punkt dankte ich Gott dafür, dass Marcelo mir zwei Nächte vorher den Sex verweigert hatte.

Ich ließ meine Hände in Massimos Haar gleiten und zog sein Gesicht ein wenig zurück.

»Wie heißt er?«, fragte ich, und als ich sah, dass er nicht verstand, zeigte ich auf das Fellknäuel. »Der Hund, wie heißt er?«

Massimo richtete sich auf, lächelte und nahm das Tier auf den Arm. »Er hat noch keinen Namen. Er hat auf dich gewartet.«

Der Anblick berührte mich. Mein großer, starker Mann umarmte eine Kreatur von der Größe seiner Hand.

»Givenchy«, bestimmte ich, und Massimo verdrehte die Augen. »Wie die Marke meiner Lieblingsstiefel.«

»Schatz«, begann er ernst und gab mir den weißen Fellball. »Ein Hund braucht einen Namen, der aus zwei Silben besteht, damit man ihn einfach rufen kann.«

»Warum soll ich ihn rufen, wenn er immer bei mir ist?«, fragte ich und versuchte, meine Belustigung zu verbergen.

»Dann eben Prada, wie meine Lieblingshandtaschenmarke.« Massimo schüttelte den Kopf und nahm einen Schluck aus seinem Glas.

»Aber Mario Prada war ein Mann, und das ist ein Weibchen.«

»Olga hatte auch einmal eine Katze namens Andrzej, also kann ich eine Hündin namens Prada haben.«

Ich küsste den weißen Hund auf die Schnauze, und er schmiegte sich glücklich in meine Hände.

»Siehst du, sie mag den Namen.«

Massimo saß mit dem Rücken an die Wand gelehnt auf dem Teppich und sah mir zu, wie ich eine Weile mit dem neuen Mitglied unserer Mafiafamilie spielte. Er nahm zwei Anrufe entgegen, aber er ließ mich keine Sekunde aus den Augen. Es war seltsam, ihn so lange für mich zu haben und zu spüren, dass nichts und niemand ihn aus diesem Raum herausholen konnte. Er war ruhig und entspannt.

»Wie läuft es mit der Therapie?«, platzte ich nach einem weiteren Glas Wein heraus und biss mir sofort auf die Zunge, weil ich wusste, dass er manchmal ärgerlich wurde, wenn ich so wenig feinfühlig war.

»Ich weiß nicht, du musst wohl meinen Therapeuten fragen.« Sein Ton war überraschend sanft. »Es waren nur vier Gespräche in zwei Wochen, also erwarte ich keine Wunder.«

Er stand auf und verschwand in der Küche. Ein paar Minuten später kam er mit zwei Tellern zurück.

»Außerdem kann das, was ich über dreißig Jahre lang kaputtgemacht habe, nicht sofort von selbst heilen.« Er zuckte

die Schultern. »Maria hat Pasta mit Meeresfrüchten gemacht.«
Er stellte die Teller auf den Tisch und streckte die Hand aus.
»Komm, iss etwas, sonst bist du gleich so betrunken, dass ich
dich tragen muss.«

»Du solltest nicht trinken«, sagte ich, als er sein Glas auf
den Tisch stellte.

»Ich trinke auch nicht«, antwortete er. »Das ist Saft aus
Kirschen und roten Trauben. Willst du?«

Ich nahm das Glas und kostete. Überrascht stellte ich fest,
dass er nicht gelogen hatte.

»Entschuldigung«, stöhnte ich und kam mir dumm vor.

»Entspann dich, Kleines, ich habe dir versprochen, dass
ich nicht mehr trinke und keine Drogen mehr nehme. Das ist
ein kleiner Preis, um dich zurückzubekommen.« Während er
aß, sah er mich unablässig mit seinem eisigen Blick an. »Und
wenn ich etwas will, bekomme ich es am Ende immer. Diesmal wird es auch so sein.« Mit einem Grinsen im Gesicht
richtete er sich auf.

Das war wieder mein Don – stark, männlich, selbstbewusst und gelassen. Der Anblick ließ mich auf meinem Stuhl
herumrutschen. Das entging ihm nicht.

»Denk nicht mal darüber nach«, flüsterte er. »Noch ist keiner von uns dazu bereit. Ich muss zuerst heilen, und dann
nehme ich mir, was mir gehört.«

Als mir aufging, was er da gerade gesagt hatte, war ich vollkommen aufgewühlt.

»Das ändert nichts an der Tatsache«, fuhr Massimo fort,
»dass ich davon träume, langsam in dich einzudringen und
jeden Zentimeter deiner engen Pussy zu spüren.«

Die Spaghetti wurden immer mehr in meinem Mund. Ich rang mit mir. Einerseits rang seine Entscheidung und Selbstbeherrschung mir Respekt ab, andererseits war ganz klar, dass er mich gerade herausforderte. An wen diese Runde ging, würden wir noch sehen.

»Ich bin nass«, sagte ich, und seine Gabel klirrte auf den Teller.

»Du bist grausam«, seufzte er und schob den halb vollen Teller von sich.

»Willst du kosten, Schatz?« Spielerisch hob ich eine Augenbraue.

Reglos saß Massimo vor mir und durchbohrte mich mit seinem eisigen Blick.

»Mach dich ein bisschen frisch. Ich muss arbeiten«, sagte er dann, schob seinen Stuhl zurück, nahm meinen leeren Teller und war weg. Benommen saß ich da, okay, er hatte gewonnen.

»So ein Mist«, fluchte ich und stand ruckartig auf. »Niemand will mich ficken, alle sind plötzlich so gelassen.«

Ich nahm den Hund auf den Arm und ging nach oben in unser Schlafzimmer, um diesen Tag von mir abzuwaschen.

Nachdem ich geduscht hatte, machte ich mich, in ein Spitzenhemdchen und einen passenden Slip gekleidet, auf die Suche nach meinem arbeitenden Ehemann. Natürlich hatte ich die Dessous nicht zufällig an. Ich wusste genau, was Massimo mochte. Schließlich gibt es für eine Frau nichts Schlimmeres als einen Mann, der sagt, er will oder kann sie nicht nehmen. Dann erwacht etwas in uns, was uns zu sinnlosen Handlungen drängt, um ihm zu beweisen, dass er durchaus will und kann.

Mit Prada auf dem Arm ging ich durch die Räume – das Arbeitszimmer, das Gästezimmer –, konnte ihn aber nirgends finden. Schließlich ging ich in die Küche, setzte den Hund auf die Theke und schenkte mir noch ein Glas Wein ein. Aus dem Augenwinkel sah ich eine Bewegung im Garten und erstarrte. Security hatten wir nicht herbeordert. Das konnte es nicht sein. Ich nahm den Hund von der Theke, damit er nicht herunterfiel, und ging zum Fenster.

Auf dem Rasen hinter dem Haus kämpfte mein Mann, nur in eine weite Hose gekleidet, mit einem Stock gegen einen unsichtbaren Gegner. Seine Brust und sein Haar waren schweißnass, seine Muskeln waren angespannt, und die Venen traten hervor. Ich ging hinaus, setzte den Hund ab, und mein weißer Begleiter stürmte auf seinen kurzen Beinen auf Massimo zu.

»Prada!«, schrie ich, aus Angst, dass Massimo versehentlich auf ihn treten würde.

Massimo hielt inne, und als der kleine Hund freudig auf ihn zustürzte, hob er ihn auf und kam zu mir herüber.

»Aha, du musst ihn also nicht rufen«, stellte er mit einem schlauen Lächeln fest und stützte sich auf den Stock.

Ich starrte ihn verliebt an und bemerkte wieder, wie schön sein Körper war. Meine Libido schubste mich mit Gewalt zu ihm hin.

»Was ist das?« Als er mir den Hund reichte, zeigte ich auf den Stock.

»Das ist ein Jō, ein Stock zum Kämpfen.« Er fuhr sich mit der Hand durchs Haar, und sein Geruch traf mich mit der Kraft eines heranrasenden Zuges. »Ich trainiere wieder, es beruhigt mich.« Er drehte den Holzstock ein paar Mal.

»Jōdō ist eine moderne Variante des japanischen Fechtens, eine Kampfkunst. Schau.« Er machte wieder ein paar Stockbewegungen und nahm dabei sehr erotische Posen ein. »Sie entstand vor über dreihundert Jahren aus einer Kombination der wichtigsten Kenjutsu-Techniken, also der Schwertkunst, des Sōjutsu...«

Ich unterbrach seinen sehr erregenden Vortrag, indem ich meine gierigen Lippen gegen seine drückte.

»Ich scheiß drauf, was das ist«, keuchte ich, und er ließ den Stock los und nahm mich bei den Schultern.

»Aber auf was anderes scheißt du vielleicht nicht...«, knurrte er, und ich spürte, wie mich eine Welle der Begierde überrollte.

Mein Mann, mein kalter Mafioso, mein Beschützer und die Liebe meines Lebens, war zu mir zurückgekehrt. Er hob mich hoch, setzte mich auf seine Hüften und ging zur Tür. Den Hund legte er sanft wieder auf sein Bett, während er mich weiter küsste, dann ging er mit mir Richtung Schlafzimmer.

Wir waren wie von Sinnen, unsere Hände wanderten über unsere Körper, und unsere Zungen vereinigten sich in einem rasenden Tanz. Als wir im Schlafzimmer ankamen, setzte sich Massimo auf das Bett, und ich verharrte auf seinem Schoß. Mit einer ruckartigen Bewegung zog er mir das Unterhemd aus und drückte seine Lippen gegen meinen harten Nippel. Ich zog ihn an den Haaren, als er abwechselnd daran sog und knabberte.

»Ich kann nicht«, keuchte er plötzlich und riss sich von mir los. »Ich will dich nicht verletzen.«

»Aber ich kann.« Ich sprang von seinem Schoß und zerrte

an seiner Hose, die ihm nur locker auf den Hüften saß. Ich riss sie ihm fast herunter, überwältigt von wilder Lust, und sank auf die Knie, um seinen harten Schwanz in den Mund zu nehmen. Ein wilder Schrei kam tief aus Massimos Kehle, als ich ihn, sehnsuchtsvoll und gierig, in mich aufnahm. Massimos Hände fuhren über meinen Kopf, seine Finger krallten sich in meine Haare.

»Du musst mir sagen ...«, keuchte er. »Du musst mir sagen, wenn ich dir wehtue. Du musst ...«

»Still, Massimo«, sagte ich kurzatmig und legte meine Lippen wieder um seine Männlichkeit.

Ich verschlang seinen Schwanz regelrecht und genoss jeden Zentimeter. Obwohl mein Mann mit seinen Händen an meinem Kopf das Tempo bestimmte, war er viel sanfter als früher. Ich spürte, dass er sich kontrollierte und sich nicht komplett gehenließ. Ich löste meine Lippen von ihm, stand auf, setzte mich auf Massimos Schoß, zog meinen Slip zur Seite und nahm seinen harten Penis in mich auf.

Massimo stieß einen leisen Schrei aus. Er bewegte sich nicht, sah mich nur an. Seine Brust hob und senkte sich. In seinem Blick standen Verlangen und Entsetzen gleichzeitig.

»Ich will ficken«, keuchte ich und griff in seine Haare.

»Nein«, knurrte er. Er rollte sich herum und legte sich, ohne aus mir herauszugleiten, auf mich.

»Massimo!«, tadelte ich ihn wütend, aber sein eisiger Blick durchbohrte mich.

»Nein«, wiederholte er und bewegte leicht die Hüften.

Ich warf den Kopf zur Seite und stöhnte, als er an meiner empfindlichsten Stelle rieb.

»Kleines, bitte«, flüsterte er.

»Doch, Massimo.« Ich packte seinen Hintern und drückte ihn gegen mich, damit er tiefer in mich eindrang. »Ich will das.«

Noch einen Moment zögerte er, doch dann ließ er sich endlich, endlich gehen und stieß seine Zunge brutal in meinen Mund. Seine Bewegungen in mir waren immer noch ganz zart, fast nicht spürbar. Seine Zunge jedoch fickte meinen Mund kraftvoll und schnell. Nach vielleicht zehn Sekunden spürte ich, wie sich sein Körper anspannte und er sich in mich ergoss. Massimo riss seinen Mund von meinen Lippen und barg sein Gesicht an meinem Hals. Der Orgasmus schüttelte seinen Körper.

»Das hast du mit Absicht gemacht!«, jammerte ich. »Massimo, wie konntest du nur? Ich bin nicht gekommen!« Ich versuchte, ihn abzuschütteln, aber er drückte mich nieder. Dann spürte ich, dass er sich inzwischen vor Lachen schüttelte.

»Mein Kleines.« Er richtete sich ein wenig auf und stützte sich auf die Ellbogen. »Was kann ich dafür? Du hast eben diese Wirkung auf mich.«

Wütend starrte ich ihn an, aber nach ein paar Sekunden grinste ich auch.

»Ich glaube, ich muss mir einen Liebhaber suchen.« Ich streckte ihm die Zunge raus.

»Einen Liebhaber?«, fragte er mit zusammengekniffenen Augen. »Hier auf der Insel?« Er nickte anerkennend. »Wenn du einen findest, will ich diesen mutigen Mann gerne treffen.«

Er brach in Gelächter aus, hob mich hoch und warf mich über seine Schulter.

»Ich kann dich entschädigen. Aber zuerst duschen.«

Er schlug mir auf den Hintern und trug mich ins Badezimmer.

Er entschädigte mich tatsächlich dafür, dass er so schnell gekommen war – indem er mich fast eine Stunde lang leckte und mir ein Dutzend Orgasmen bescherte.

KAPITEL 10

Die folgenden Tage verbrachten wir in trauter Zweisamkeit, beschäftigt mit unseren jeweiligen Projekten. Er versuchte, mich nicht zu ficken, und ich bemühte mich, ihn dazu zu bringen. Er trainierte viel. Wann immer ich das Gefühl hatte, dass er kurz davor war nachzugeben, rannte er raus in den Garten, um mit seinem Stock zu kämpfen. *Zumindest schadet das viele Training seinem Körper nicht,* dachte ich, als er wieder einmal seine Trainingshose anzog. Es war ein wunderschöner warmer Abend, perfekt für einen intensiven Fick im Jacuzzi.

»Vergiss es«, rief ich, setzte Prada auf ihre Decke und zog an Massimos Hosenbein.

»Lass los, Kleines!« Lachend warf mich Massimo auf die Couch. Er fing meine Hände ein und steckte sie zwischen die weichen Kissen.

»Marcelo!«, kicherte ich – und erstarrte.

Massimos Hände schlossen sich mit solcher Kraft um meine Handgelenke, dass mir Tränen in die Augen schossen. Er zerquetschte buchstäblich meine Knochen.

»Das tut weh«, flüsterte ich, ohne ihn anzusehen.

Er ließ mich los, stand auf und ging weg, kam nach einer Weile zurück, schnappte sich eine Blumenvase und warf sie gegen die Wand.

»Was hast du gesagt?« Sein Gebrüll hallte von den Wänden wider. »Wie hast du mich genannt?« *Gleich wird sich seine Kleidung in Asche verwandeln*, dachte ich, als das Feuer des Hasses aus ihm herausbrach.

»Entschuldige«, stöhnte ich erschrocken.

»Was ist auf Teneriffa passiert?«

Als ich nicht antwortete, kam er auf mich zu, packte mich an den Oberarmen und hob mich hoch, sodass meine Füße in der Luft hingen. »Antworte!«

Mein Gesicht auf der Höhe von seinem, sah ich ihm direkt in die Augen. »Nichts«, murmelte ich. »Auf Teneriffa ist nichts passiert.« Er musterte mein Gesicht, und als er entschieden hatte, dass ich die Wahrheit sagte, ließ er mich runter. Normalerweise log ich ihn nicht an, und ich wusste nicht, woher ich jetzt die Kraft dazu hatte. Auf Teneriffa war nichts passiert, aber dafür in Polen wohl zu viel, wenn ich mich in Momenten des Glücks und der Ausgelassenheit an Marcelo erinnerte.

»Warum dann sein Name?«, fragte er erschreckend ruhig und legte seine Hände auf den Sims über dem Kamin.

»Ich weiß es nicht. In letzter Zeit habe ich oft von Silvester geträumt.«

Mein Unterbewusstsein applaudierte mir begeistert ob dieser raffinierten Lüge.

»Vielleicht durchlebe ich unbewusst die ganze Zeit noch einmal, alles, was auf den Kanaren passiert ist.«

Ich setzte mich auf die Couch und barg mein Gesicht in den Händen. »Es ist immer noch in mir …«

»In mir auch«, flüsterte er und ging zur Terrasse. Ich wollte ihm nicht folgen, ich hatte Angst. In erster Linie vor dem, was mir herausrutschen könnte. Gerade war zwischen uns alles wieder gut, und nun hatte ich das mit einem einzigen Wort versaut. Ich nahm meinen Hund und ging ins Schlafzimmer, legte mich aufs Bett und spielte eine Weile mit Prada. Irgendwann schlief ich ein.

Ich wurde von einem Fiepen geweckt. Ich öffnete die Augen, aber das Licht der Nachttischlampe blendete mich.

»Er hat dich gefickt.«

Massimo sprach so ruhig, dass es mich zutiefst erschreckte.

»Gib es zu, Laura.«

Ich drehte mich zu der Stimme um. Massimo war da, nackt, mit einem Glas Whiskey in der Hand. Er saß in einem Sessel, neben ihm auf dem Tischchen stand eine leere Flasche.

»Hat er es dir so besorgt, wie du es magst?«

Bei dieser Frage verengte sich mir die Kehle.

»War er überall in dir? Hast du ihm das erlaubt?«

Seine Stimme machte mir Angst, ich drückte den Hund an meine Brust. Dann fragte ich: »Meinst du das ernst?« In meinen Gedanken betete ich, dass Gott mir Kraft für alles geben würde, was jetzt passieren konnte. »Du beleidigst mich, wenn du denkst …«

»Mir geht am Arsch vorbei, was du mir sagen willst«, unterbrach er mich scharf. Er stand auf und trat näher. »Aber dir wird gleich etwas nicht mehr am Arsch vorbeigehen.«

Er trank aus und stellte das leere Glas mit einem Knall ab.

Szenen aus Lagos liefen wie ein Film vor mir ab. Ich wollte keine Wiederholung. Mit dem kleinen Hund im Arm sprang ich vom Bett auf und rannte zur Tür. Ich knallte sie hinter mir zu und hastete weiter, hörte seine Schritte hinter mir. Das Haus war erfüllt von seinem Gebrüll. Ich wollte nicht herausfinden, was passieren würde, wenn Massimo mich zu fassen bekam. Fast fiel ich die Treppe hinunter, erreichte die Küche und griff nach den Schlüsseln, die immer noch dort lagen, wo Massimo sie drei Tage zuvor hingelegt hatte. Barfuß rannte ich aus der Haustür und stieg in den Lamborghini.

»Hab keine Angst, kleiner Hund«, flüsterte ich, eher um mich selbst zu beruhigen. Ich drückte den Knopf und trat aufs Gas. Bevor das Auto mit angsteinflößender Kraft vorwärtsschoss, schlug etwas gegen die Scheibe. Ich sah einen rasenden Massimo, der mir wutentbrannt ins Gesicht starrte, dann blieb er zurück, und ich näherte mich dem Tor. Tränen traten mir in die Augen, aber ich wusste, wenn er mich aus dem Auto herausholte, würde er mich genauso verletzen, wie er jetzt verletzt war. Das Tor öffnete sich quälend langsam, und ich hämmerte nervös auf das Lenkrad ein, während ich in den Rückspiegel sah.

»Mach schon, geh auf!«, schrie ich.

Sobald der Wagen hindurchpasste, fuhr ich mit quietschenden Reifen auf die Straße.

Ich warf einen Blick in den Fußraum der Beifahrerseite und sah meine Handtasche. Gott sei Dank hatte Massimo gesagt, ich solle sie im Wagen lassen. Ich griff hinein und zog das Telefon heraus. Der Akku war fast leer. Ich wählte

Domenicos Nummer und wartete. Das waren die längsten drei Signale meines Lebens.

»Na, wie läuft euer Wiedersehen?«

Seine Stimme klang fröhlich und sorglos. Im Hintergrund hörte ich auch Olgas amüsierte Stimme.

»Er tut es wieder!«, schrie ich, außer mir vor Angst. »Ich bin geflohen, aber er verfolgt mich. Wenn er mir seine Leute hinterherschickt, bringen sie mich zu ihm. Und dann tut er es wieder.«

Domenico schwieg. Ich war mir fast sicher, warum. Olga war bei ihm, und sie war immer noch davon überzeugt, dass es für mich keinen besseren Mann als Massimo gab. In ihrer Gegenwart konnte er nicht frei sprechen.

»Sag ihr, ich weiß nicht, welchen Wein ich ihm zum Abendessen servieren soll.«

Domenico schwieg immer noch.

»Sag ihr das verdammt noch mal, und geh von ihr weg.«

Ich hörte, wie er ihr lachend erzählte, was ich gesagt hatte. Dann hörte ich Olga nicht mehr.

»Was ist los?«, knurrte Domenico in den Hörer.

»Er hat sich wieder betrunken und versucht…«« Ich schluchzte. »Er hat noch einmal versucht…«« Ich verschluckte mich an meinen Tränen.

»Wo bist du?«

»Ich bin auf der Autobahn, Richtung Catania.«

»Okay, fahr zum Flughafen, der Flieger steht da bereit. Steig sofort ein. Ich pfeife die Leute zurück, denn wenn er sich nicht komplett ausgeknockt hat, sind sie schon auf dem Weg, um dich zu holen.«

Mir wurde schlecht.

»Laura, hab keine Angst, ich schaffe das schon«, beruhigte mich Domenico.

»Wo kann ich denn hin?«, schrie ich wild schluchzend.

»Du kommst zu uns. Aber jetzt lass mich mal alles arrangieren.«

Ich fuhr weiter, drückte das Gaspedal mit bloßen Füßen herunter, und mein weißer Begleiter saß winselnd auf dem Sitz neben mir. Ich nahm ihn auf den Schoß, und er legte sich zurecht und schlief ein.

Nachdem ich in den Flieger gestiegen war, brachte mir eine junge Frau eine Decke, die ich fest um mich wickelte.

»Haben wir Wodka?«, fragte ich, wohl wissend, wie ich aussah: barfuß, in Jogginghose und mit verschmiertem Makeup.

»Aber sicher«, sagte sie und legte Einwegpantoffeln auf den Boden.

»Auf Eis, mit Zitrone«, flüsterte ich, und die Frau nickte und lächelte freundlich.

Normalerweise trank ich keinen starken Alkohol, aber schließlich wollte mich mein Mann auch nicht jeden Tag vergewaltigen. Als das Glas vor mir erschien, nahm ich zuerst die Beruhigungsmittel, die zum Glück auch noch in der Handtasche waren. Das Glas leerte ich mit drei Schlucken.

»Kannst du mir sagen, was passiert ist?«, fragte Domenico, als ich die Augen öffnete.

»Wo bin ich?« Nervös schob ich meine Füße von der Matratze und versuchte aufzustehen.

»Entspann dich.« Er stand aus seinem Sessel auf, setzte sich auf den Bettrand und fasste mich bei den Schultern.

Seine großen dunklen Augen sahen mich traurig an, und die Verzweiflung überwältigte mich. Schluchzend warf ich mich ihm an den Hals, und er schlang fürsorglich die Arme um mich.

»Ich habe letzte Nacht mit ihm gesprochen«, schnaubte er spöttisch. »Na ja, gesprochen ist vielleicht zu viel gesagt, aber es ging wohl um Teneriffa.«

Ich wischte mir mit der Decke über die Augen.

»Wir haben herumgealbert, und dann habe ich ›Marcelo‹ zu ihm gesagt.«

Ich senkte den Kopf und wartete auf eine Zurechtweisung, aber es kam keine. Domenico schwieg.

»Ich weiß nicht, warum ich das gesagt habe, wirklich. Später bin ich dann mitten in der Nacht aufgewacht, und er saß nackt, betrunken und wahrscheinlich voll mit Drogen im Schlafzimmer. Ich glaube, neben ihm lag ein Tütchen auf dem Tisch.« Enttäuscht und schmerzvoll sah ich zu Domenico auf. »Er wollte mich wieder vergewaltigen.«

»Verdammt«, knurrte Domenico und verzog das Gesicht. »Ich muss zurück nach Sizilien. Gestern habe ich ein paar der Jungs zu Massimo geschickt, weil er eure Villa demoliert hat.« Er schüttelte den Kopf. »Aber er ist der Don, das Familienoberhaupt, also können wir ihn nicht einsperren. Und wenn er nüchtern ist, steigt er in einen Flieger und kommt hierher. Und dann …«

»Dann verlasse ich ihn«, beendete ich den Satz. »Es ist vorbei.«

Ich stand aus dem Bett auf und ging zum Fenster.

»Es ist wirklich vorbei. Ich will die Scheidung.« Meine Stimme war ruhig und fest.

»Laura, das kannst du ihm nicht antun!«

»Kann ich nicht? Du wirst schon sehen.« Ich näherte mich Domenico. »Wie stellst du dir mein Leben mit ihm vor? Ich bin barfuß, mit meinem Hund unter dem Arm vor meinem Mann geflohen. Zum Glück bin ich entkommen. Die alten Blutergüsse sind kaum verheilt, und er will mir schon neue machen.« Ich schüttelte den Kopf. »Nein, es gibt kein Zurück. Sag ihm das!« Ich wedelte mit den Händen vor Domenicos Gesicht herum. »Kein Geld, keine Macht und keine verdammte Mafia kann mich an der Seite eines Mannes halten, der mich wie ein Gefäß für sein Sperma behandelt.«

»Gut.« Er seufzte. »Aber du weißt schon, dass ich ihn nicht aufhalten kann, wenn er dich sehen will? Außerdem musst du ihm selbst sagen, dass du dich von ihm trennen willst.«

»Klar.« Ich nickte. »Ich sage ihm das selbst, aber zum richtigen Zeitpunkt. Jetzt musst du ihn erst mal überzeugen, mich in Ruhe zu lassen.«

»Ich weiß nicht, ob ihn das aufhalten kann.« Domenico schüttelte zweifelnd den Kopf. »Wir werden sehen.« Er reichte mir ein Glas Wasser. »Olga weiß, dass ihr euch gestritten habt. Sag ihr, was du willst, ich mische mich nicht ein.«

Er ging zur Tür.

»Die Villa gehört der Familie, ihr habt hier alles, was ihr braucht. Olga schläft noch. Sorg dafür, dass sie mich nicht umbringen will, wenn sie aufwacht«, sagte er noch und ging raus.

Ich duschte und fand unten in der Küche einen Käfig. Prada saß darin. Ich kniete mich hin, holte meinen Hund heraus, drückte ihn an mich und dankte Gott, dass das kleine Fellknäuel noch bei mir war. Ich hatte es geschafft, den Hund mitzunehmen, und ich wusste nicht, wie diese Nacht für ihn zu Ende gegangen wäre, wenn ich es nicht getan hätte.

»Ach Gott, wie süß!«

Olgas Quietschen riss mich aus meinen düsteren Gedanken.

»Gib ihn mir, gib ihn mir, oh, gib ihn mir.« Olga stampfte mit den Füßen auf wie ein kleines Mädchen.

Ich gab ihr den Hund, setzte mich auf einen Hocker und sah zu, wie sie ihn an sich drückte.

»So, und jetzt sagst du mir, was los ist.«

»Ich will mich scheiden lassen«, seufzte ich. »Und bevor du jetzt sagst, dass ich das nicht machen kann, hörst du mir zu.«

Olga legte den Hund zurück in den Käfig und setzte sich neben mich.

»Ich war in Polen, weil Massimo ...« Wieder wollte dieses Wort nicht aus mir heraus. »Damals in Lagos ...«, stotterte ich weiter. »Er hatte Drogen genommen und war betrunken, und ich bin etwas zu spät vom Bankett zurückgekommen, und dann ...« Ich holte tief Luft. »Er hat mich vergewaltigt.«

Olga erstarrte.

»Ich weiß, wie sich das anhört«, fuhr ich fort. »Wir sind doch verheiratet. Aber wenn ein Mann es brutal und gegen deinen Willen macht, dann ist es Vergewaltigung. Ein paar Blutergüsse hab ich immer noch.« Ich zuckte die Schultern. »Als ich nach Sizilien zurückgekommen bin, war alles wunderbar, toll, ich würde sogar sagen, perfekt, bis ich ›Marcelo‹ zu ihm gesagt habe …«

»Ich glaub's nicht!«, regte sie sich auf. »Wieso das denn? Hast du das wirklich gesagt?«

»Und dass ich ihn Marcelo genannt habe, ist das Einzige, was dich schockiert?«

»Weißt du …« Sie sah ein bisschen verlegen aus. »Ich weiß nicht, wie es in einer Beziehung zu einer Vergewaltigung kommen kann. Aber natürlich habe ich gehört, was du erzählt hast. Und ich verstehe und unterstütze dich. Aber dass du ihn Marcelo genannt hast, war schon daneben.«

»Ich weiß, ist mir halt rausgerutscht. In Polen hatte ich so viel Spaß mit Marcelo …«

»Waaas?« Olga jaulte auf und verdrehte dramatisch die Augen. »Dieser Spanier war in Polen?«

»Er kommt aus Teneriffa«, murmelte ich resigniert. »Er ist Kanarier. Und die Geschichte ist länger, als du denkst.«

Olga sah mich an, als wäre ich eine Außerirdische.

Ich seufzte. »Okay, eins nach dem anderen.«

Also musste ich in aller Ausführlichkeit das Bild meines farbenfrohen Lebens vor ihr ausbreiten. Als ich beim vorherigen Abend angelangt war und nun Domenicos kurzfristige Abreise rechtfertigen wollte, unterbrach mich Olga.

»Die Situation sieht doch so aus«, sagte sie, und ich dachte: *Aha, die neue Prophetin Kassandra.* »Dein Mann ist ein impulsiver, brutaler und unberechenbarer Junkie und auch noch Alkoholiker …«

Ich nickte, nicht wissend, worauf sie hinauswollte.

»… und Marcelo ist ein verführerischer, sanfter, ganzkörpertätowierter Surfer.« Sie nahm einen Schluck Kaffee. »Deine Geschichte ist ziemlich einseitig, weißt du das? Du willst nicht mehr mit Massimo zusammen sein, und das überrascht mich nicht. Aber du weißt auch, dass er früher nicht so war. Erinnerst du dich, wie du nach Polen gekommen bist und mir von ihm erzählt hast? Dein Herz hat damals verrücktgespielt, Lari, und du hast über Massimo gesprochen, als wäre er ein Gott. Vergiss nicht, dass wir einen Menschen am besten kennenlernen, wenn es eine Krise gibt.«

Sie hatte recht. Ich kannte Marcelo gar nicht und konnte nicht sicher sein, ob aus ihm nicht auch irgendwann ein Dämon hervorbrechen würde. Immerhin hatte ich mehr als ein halbes Jahr lang nicht geahnt, dass mein Mann mich verletzen und dazu bringen könnte, vor ihm zu fliehen.

»Das zermürbt mich alles so, Olga.« Ich ließ meine Stirn auf die gläserne Tischplatte sinken. »Ich habe keine Kraft mehr.«

»Ach Quatsch. Schau doch mal, wo wir sind.« Sie breitete die Arme aus und drehte sich um ihre eigene Achse. »Ein Partyparadies und eine atemberaubende Villa, Autos, ein Boot, Jetski und weit und breit keine Sicherheitsleute.« Sie wedelte mit dem Finger. »Wir sind frei, schön und fast schlank.«

»Du schon.« Ich lachte. »Ich bin so dünn, dass mir vom Sitzen der Arsch wehtut. Und warum sind keine Sicherheitsleute da?«, fragte ich.

»Na ja.« Olga hob eine Augenbraue. »Domenico ist meine Security. Außerdem ist er nicht so paranoid wie Massimo.«

Sie holte Luft, um noch etwas zu sagen, aber da vibrierte mein Smartphone auf dem Tisch.

»Das ist er.« Angstvoll sah ich Olga an.

»Na und, warum regst du dich so auf und machst Augen, als würde er … als würde er gleich aus dem Handy springen.« Sie schaltete das Handy stumm, aber der Bildschirm leuchtete weiter.

»Lari, er ist nur ein Typ. Und wenn du das willst, verschwindet er aus deinem Leben, so wie alle anderen vorher auch. Er ist nicht der Erste und wird nicht der Letzte sein. Du musst nicht mit ihm reden, wenn du nicht willst.«

»Ich will nicht«, sagte ich. »Ich muss einkaufen gehen, ich bin nämlich im Pyjama hergekommen.«

In diesem Moment klingelte das Telefon erneut, und ich seufzte und drückte den Anruf weg.

»Das geht jetzt den ganzen Tag so weiter«, jammerte ich und legte wieder die Stirn auf den Tisch.

»Ich bin eine mächtige Zauberin und befreie dich von deinen Problemen.« Olga nahm das vibrierende Smartphone und schaltete es aus. »Tadaa!«, rief sie fröhlich und legte es wieder auf den Tisch. »Und jetzt komm. Wir ziehen uns an und fahren los. Wir sind in Europas Partyhauptstadt, das Wetter ist schön, wir werden erwartet!«, rief sie und zog mich mit sich, wobei ich mir fast die Zähne an der Glasplatte ausschlug.

Dass ich keinen Slip dabeihatte, war nicht so tragisch. Ich musste ja keinen tragen. Aber dass ich nicht einmal ein Paar Schuhe hatte, war wirklich ein Drama. Glücklicherweise hatte Olga die gleiche Größe wie ich, und schließlich fand ich weiße Pumps mit Keilabsatz von Giuseppe Zanotti in ihrer Sammlung. Ich seufzte erleichtert und kombinierte sie mit hoch taillierten Shorts, die die untere Hälfte meines Hinterns enthüllten, und einem lockeren Oberteil, das über dem Bauchnabel endete. Dann schnappte ich mir eine helle Prada-Handtasche, und ein paar Minuten später war ich mit meinem Hund im Arm bereit zu gehen.

»Wie Paris Hilton?«, fragte Olga grinsend, nahm die Autoschlüssel und zeigte auf mich. »Du siehst aus wie ein Star ... Und dieser Hund ...« Sie brach in Lachen aus.

»Hey, was soll ich denn mit ihr machen? Hierlassen?« Ich verzog das Gesicht. »Ihr wäre langweilig. Außerdem ist Shoppen mit uns schön.«

Die Villa von Domenico und Olga war völlig anders als das Castello in Taormina. Moderne, kantige Formen, viel Glas und die Sterilität eines Operationssaals. Von warmen Farben konnte keine Rede sein. Weiß, kaltes Blau und Grau wechselten sich ab. Die große offene Lounge blickte auf die Terrasse. Dahinter ging es steil abwärts, zum Meer. Vor dem Haus standen Palmen, es gab weißen Kies und einen blutroten Aston Martin DBS Volante Cabrio.

»Schau mich nicht so an«, sagte Olga, als ich angesichts des extrem protzigen Schlittens die Augen verdrehte. »Wir haben noch einen Hummer. Willst du lieber in einer Waffelbude fahren?« Sie nickte zu einem schwarzen Monster hin, das ein Stück weiter geparkt war, und ich verzog angewidert das Gesicht und ging zur Beifahrertür.

»Weißt du, was an diesem Auto richtig gut ist?«, fragte sie, als ich mich auf dem weißen Lederpolster niederließ. »Schau.« Sie zeigte auf ein sehr einfaches, elegantes Armaturenbrett. »Das ist ein Auto, kein Raumschiff mit Millionen Knöpfen. Es ist ein Auto, das jede Frau fahren kann.«

Wie groß war meine Überraschung, als ich sah, was für Boutiquen es auf Ibiza gab. Alles, was ich brauchte, war da, und das Unbehagen, das mich zunächst befiel, weil ich das Geld meines Mannes verschwendete, verflog wie Olgas Zigarettenrauch. Badebekleidung, Tuniken, Flipflops, Brillen, Strandtaschen und später Schuhe und Kleider. Victoria's Secret, Chanel, Christian Louboutin, Prada – mein Hund beschloss, dort sein Revier zu markieren –, Balenciaga, Dolce & Gabbana, wo ich wahrscheinlich alle verfügbaren Jeansmodelle aufkaufte.

»Das passt doch gar nicht alles ins Auto.« Olga schüttelte den Kopf und stopfte den Kofferraum voll, während ein hübscher junger Mann in Matrosenanzug die letzten Taschen herausbrachte.

»Die Pferde sind mit mir durchgegangen.« Ich zuckte die Schultern.

»Und ich habe den Eindruck, dass du es aus Trotz und absichtlich getan hast. Als ob Massimo sich darum kümmert, wie viel du ausgibst. Er bemerkt das doch gar nicht.« Sie setzte die Sonnenbrille auf. »Komplett sinnlos, die Aktion.«

»Sinnlos auch, so viel Geld für Kleidung und Schuhe zu verschwenden«, sagte ich und nickte nervös.

»Quatsch. Ist doch nicht dein Geld! Worüber machst du dir also Sorgen?« Olga setzte sich ans Steuer. »Wenn du einen Düsenjet gekauft hättest, wäre er vielleicht aufmerksam geworden. Aber nicht, weil er teuer ist, sondern weil ihn das Verkehrsmittel interessiert.«

Wir fuhren nach Hause und packten unsere Einkäufe aus. Dann überlegten wir, was wir tun könnten, und ein paar Minuten später trafen wir uns an der Tür zur Terrasse.

»Ahoi, Abenteuer«, rief ich und rannte zum Strand, wo Jetski und ein Motorboot in einer kleinen Bucht lagen.

»Ich weiß nicht, wann du das letzte Mal so warst«, sagte Olga und legte eine Weste an.

»Ich auch nicht, aber es fühlt sich gut an, deshalb hinterfrage ich meine Stimmung lieber nicht groß.«

Ich startete den Jetski und fuhr los, und sie raste hinter mir her.

Wir alberten herum, fuhren an der Küste entlang und sahen uns die halb nackten Menschen an. Fast alle hier auf Ibiza waren schön, high und sehr betrunken – es war einfach wunderbar. Die Leute hatten am Strand eine tolle Zeit, als gäbe es nichts außer Partys. Irgendwann fuhren wir aufs Meer hinaus und stoppten ein paar Hundert Meter vom Strand entfernt, um ein bisschen auf den Wellen zu schaukeln und in die Weite zu sehen. Die Jetski bewegten sich sanft, und ich wünschte, ich könnte die Zeit anhalten.

»Hola!«, rief da eine männliche Stimme. Dann prasselten unverständliche Worte auf uns ein.

»Englisch, bitte«, sagte ich und schirmte meine Augen gegen die Sonne ab.

Ein paar Spanier näherten sich uns auf einem mehrere Meter langen Motorboot.

»Oh mein Gott«, stöhnte Olga, als wir uns sechs hübschen Männern in knappen Badehosen gegenübersahen.

Ihre muskulösen, eingeölten Körper glänzten und reflektierten das Sonnenlicht. Die bunten Badehosen verhüllten ihre trainierten Hinterteile, und ich bemerkte, dass ich mir bei diesem Anblick die Lippen leckte.

»Wollt ihr heute Abend feiern?«, fragte einer von ihnen und lehnte sich über die Bordwand.

»Nie im Leben«, knurrte Olga erschrocken.

»Klar«, rief ich ihnen zu und lächelte breit. »Und wo?«

»Du bist doch blöd«, ermahnte mich meine Freundin mit der ihr eigenen Vornehmheit. »Ich heirate bald!«

»Du musst ja nicht mit ihnen ins Bett gehen«, antwortete ich. »Also?« Ich wechselte ins Englische und sah den gut aussehenden Mann verführerisch an.

»Hotel Ushuaia«, sagte er. »Um Mitternacht. Bis dann.«

Das Boot rauschte davon, und ich drehte mich mit einem glücklichen Lächeln zu Olga um, die düster wie eine Hagelwolke langsam auf mich zufuhr.

»Bist du komplett bescheuert?« Sie beugte sich herüber und schlug mit den flachen Händen nach mir, und ich fiel ins Wasser.

»Was denn?«, fragte ich prustend und kletterte auf den Jetski zurück. »Wir wollen doch Spaß haben. Hast du selbst gesagt.«

»Domenico bringt mich um.«

»Und, siehst du ihn hier irgendwo?« Ich fuhr einen Kreis um sie herum. »Außerdem ist er damit beschäftigt, seinen cholerischen Bruder zu beruhigen. Wenn er was merkt, kannst du mir ja die Schuld geben.« Ich fuhr los.

Ich hatte beschlossen, vor dem Abendessen ein Nickerchen zu machen, aber als ich aufwachte, war es schon dunkel. Ich ging ins Wohnzimmer, wo Olga mit meinem Hund fernsah.

»Weißt du, dass man in jedem unserer Häuser und Apartments polnisches Fernsehen empfängt?«

»Was ist daran seltsam?«, fragte ich und setzte mich neben sie. Ich war nach dem Schlafen noch neben der Spur. »Wär heutzutage eher seltsam, wenn es nicht so wäre.«

»Weißt du, wie viele Anwesen Domenico und ich haben?« Sie drehte sich zu mir um, als ich es mir auf der weißen Couch bequem machte.

»Keine Ahnung. Und um ehrlich zu sein, ist es mir egal. Ist doch lieb, wenn er polnische Sender für dich einstellt.« Ich blickte auf den Fernseher. »Olga, ich weiß, dass du mir nicht glaubst, was ich dir erzählt habe«, fuhr ich fort. »Aber ich möchte mich wirklich von Massimo trennen.«

»Ich verstehe das, aber ich kann mir nicht vorstellen, dass er dich so einfach gehen lässt.«

»Haben wir Alkohol?«, wechselte ich das Thema, rollte mich auf den Rücken und starrte sie an.

»Klar. Sag nur, wann.«

»Jetzt!«

Zwei Stunden und eine Flasche Moët Rosé später waren wir bereit. Ich kannte Ibiza nur aus dem Internet, wusste aber, dass man hier im Grunde nicht übertreiben konnte, weil alles übertrieben war, und dass die Farbe Weiß obligatorisch war. Also entschied ich mich für einen weißen Jumpsuit von Balmain und Louboutin-Stilettos. Mein Outfit hatte, obwohl es als Jumpsuit bezeichnet wurde, wenig mit einem solchen zu tun. Die zackig ausgeschnittene Vorderseite ähnelte eher einem Bikinioberteil, das mit einem schmalen Stück Stoff an der Hose befestigt war. Der Rücken vermittelte die Illusion, ich sei oben ohne. Das Teil passte zu meinen langen, fast schwarzen Haaren, die ich gewaschen und geglättet hatte. Das superschwarze Augen-Make-up verlieh mir etwas Raubtierhaftes, während die neutralen Lippen das Bild abrundeten. Olga entschied sich für ein kurzes cremefarbenes Paillettenkleid, das ihren Rücken freiließ und sich wunderbar über ihren Arschbacken bauschte.

»Das Auto wartet«, rief sie und packte ihre Handtasche.

»Und wir haben wirklich keine Security?«

»Nein, das nicht, aber als ich Domenico gesagt habe, dass wir ausgehen, musste ich ihm versprechen, dass wir kein Taxi nehmen.«

Ich nickte anerkennend, seine Besorgnis und gleichzeitig die Bereitschaft, uns unsere Freiheit zu lassen, fand ich sympathisch.

»Aber angeblich passt niemand auf uns auf, wenn wir erst mal drinnen sind.« Olga sah mich an. »Angeblich.«

Vor dem Ushuaia drängten sich gefühlt Tausende von Menschen, die alle hineinwollten. Wir gingen zum VIP-Eingang. Olga sagte etwas zu dem Mann, der dort stand, und ein anderer führte uns zu einer weißen Loge.

Wahnsinn, wie viele Leute hier waren. Ich hatte so etwas noch nie gesehen. Die Leute füllten buchstäblich jeden Zentimeter des Parketts. Unwillkürlich dankte ich Gott für das Geld meines Mannes, das mir erlaubte, hier zu sein. Nur leider litt ich in Menschenmengen an Klaustrophobie. Eine Panikattacke war vorprogrammiert, sobald ich mich unter die Leute mischte. Wir bestellten eine exorbitant teure Flasche Champagner und machten es uns auf einer weichen Couch bequem.

»Ich denke, wir kennen uns noch nicht…«

Mein Herz blieb stehen, ich verschluckte mich und versprühte den Champagner, den ich gerade im Mund hatte, über den ganzen Tisch.

»Hi, ich bin Marcelo«, sagte der Kanarier und beugte sich zu Olga. Dann wandte er sich mir zu. »Hallo, Süße.«

Olga und ich saßen wie angewurzelt da, und er setzte sich in aller Ruhe neben mich und grinste.

»Ich habe dir gesagt, dass ich immer in deiner Nähe bin.«

Ungefähr zehn Sekunden später erschienen die sechs gut aussehenden Männer von dem Boot an unserem Tisch, und ich wurde fast ohnmächtig.

»Die Jungs kennt ihr schon.« Lächelnd wies Marcelo auf die fantastischen Typen, die sich jetzt zu uns setzten. Dann winkte er der Kellnerin, und nach einer Weile bog der Tisch sich förmlich unter der Last der Getränke. »Du riechst wunderbar«, flüsterte Marcelo mir ins Ohr und legte seinen Arm auf die Lehne hinter meinem Kopf.

Olga und ich mussten aussehen, als wären wir dumm. Wortlos und mit offenem Mund sahen wir uns die ganze Szene an und verstanden nicht so recht, was vor sich ging.

Ich wandte mich an Marcelo. »Eigentlich müsste ich jetzt fragen, was du hier machst, aber irgendwie bin ich gar nicht überrascht, dass du plötzlich neben mir sitzt.« Ich versuchte, so zu tun, als wäre ich über seine Anwesenheit nicht besonders glücklich. Marcelo dagegen sah aus, als würde er gleich vor Freude platzen. »Und jetzt willst du vielleicht auch noch sagen, dass ich nicht beobachtet werde.«

»Du wirst beobachtet«, sagte er, ohne seinen Gesichtsausdruck zu ändern, und ich erstarrte vor Entsetzen. »Aber diesmal beschützen dich meine Leute.«

»Wenn ich kurz unterbrechen darf …« Olga beugte sich zu uns. »Ihr wisst schon, dass wir euretwegen richtig Ärger bekommen werden.« Sie deutete auf den Tisch und die Männer, die sich angeregt unterhielten. »Wenn Domenico das herausfindet …«

»Er ist schon unterwegs«, sagte Marcelo, und ich wäre fast an einem Herzinfarkt gestorben. »Allein.« Er sah mich bedeutungsvoll an. »Aber er ist gerade erst gestartet, also haben wir zwei Stunden.«

»Bist du sicher?« Olga starrte Marcelo an. »Aber wenn er mich mit diesen spanischen Gangstern sieht, dann löst er die Verlobung, verdammte Scheiße.« Sie griff nach ihrer Handtasche und stand auf. »Lass uns gehen!«

»Kanarisch«, korrigierte er sie und wurde ernst. »Wenn du willst, fahren meine Leute dich, wohin du willst, aber Laura bleibt bei mir.«

Olga öffnete den Mund, um etwas zu sagen, doch sie kam nicht dazu, weil Marcelo aufstand, ihre Hand ergriff und sie küsste.

»Laura ist in Sicherheit, noch mehr als bei den Sizilianern, schließlich ist das hier eine spanische Insel.«

Sie maßen einander mit Blicken, und ich fragte mich, ob ich hier noch etwas zu sagen hatte. Schließlich entschied ich jedoch, dass ich gar nichts sagen wollte.

Marcelo lächelte sie an, und Olga setzte sich wieder. »Ich glaube, ich trinke noch was. Was bleibt mir auch übrig«, murmelte sie, ohne den Blick von ihm abzuwenden. »Und du?« Sie beugte sich zu mir und wechselte ins Polnische. »Ich weiß, dass du wütend auf Massimo bist, weil er das gemacht hat, aber …«

»Hör auf«, seufzte ich, weil ich wusste, dass Marcelo jedes Wort verstand.

»Was hat er gemacht?«, fragte er, und Olga erstarrte, als sie ihn Polnisch sprechen hörte.

»Nein, wirklich!« Sie lehnte sich zurück und goss sich ihr Glas voll. »Er kann Polnisch.« Sie sah mich an, und ich verzog das Gesicht, starrte auf den Tisch und nickte.

»Was hat er gemacht?« Marcelos durchdringende Stimme drang an mein linkes Ohr. »Süße, ich rede mit dir.«

Ich schloss die Augen und barg das Gesicht in den Händen. Ich hatte keine Lust zu reden und schon gar nicht darüber.

»Ich glaube, ich fahre jetzt mal lieber. Ich muss noch duschen. Kommst du allein zurecht?«, fragte Olga, die wohl so schnell wie möglich wegwollte. Ich reagierte nicht. »Okay, ich weiß schon, dass du in Sicherheit bist. Ich bin dann weg, Tschüss.«

Zwei der sechs Typen gingen ebenfalls. Ich versuchte so zu tun, als wäre er nicht hier, aber Marcelo nahm sanft mein Kinn und drehte mein Gesicht zu sich.

»Kannst du bitte etwas sagen?«, bat er, und seine grünen Augen erforschten besorgt mein Gesicht.

Ich konnte seinen Fragen nur auf eine einzige Weise ausweichen: Ich streckte die Hände aus, umfasste sein Gesicht, zog ihn zu mir und küsste ihn sanft. Er reagierte sofort, schlang seine Arme um meine Taille, zog mich an sich und drückte seine Lippen leidenschaftlich auf meine. Seine Zunge glitt zwischen meine Lippen, als ich sie weiter öffnete und ihm damit die Erlaubnis gab, den Kuss zu vertiefen. Nach einer Weile löste er sich von mir und lehnte seine Stirn an meine.

»Das war ein schöner Versuch, hat aber nicht funktioniert«, sagte er ernst.

»Bitte nicht heute.« Ich seufzte. »Ich will mich betrinken und Spaß haben ... und nicht nachdenken.« Ich sah ihn an. »Oder, weißt du, was? Ich will, dass du dich betrinkst.«

»Wie bitte?« Er brach in erschrockenes Gelächter aus. »Warum das denn?«

»Das erkläre ich dir dann.« Er dachte einen Moment lang nach und ergriff schließlich meine Hand. »Okay, aber nicht hier.« Er stand auf und sagte etwas zu seinen Männern und ging mit mir an der Hand in Richtung Ausgang. Er rannte fast und bahnte uns einen Weg zwischen den Menschen hindurch. Seine Finger, die mit meinen verflochten waren, gaben mir ein Gefühl der Sicherheit. Wir verließen das Hotelgelände und stiegen in einen Jeep, der an der Straße geparkt war. Zum ersten Mal sah ich, dass Marcelo nicht selbst fuhr.

»Wohin entführst du mich?«, fragte ich, leicht außer Atem.

»Zuerst fahren wir in die Villa von Domenico Torricelli, damit du ein paar Sachen einpacken kannst, und dann bringe ich dich in mein privates Paradies und betrinke mich.«

Lächelnd lehnte ich mich zurück. Mein Plan war einfach: Er sollte so betrunken sein, dass er keine Ahnung mehr hatte, was er tat oder was mit ihm passierte, und dann wollte ich ihn aus dem Gleichgewicht bringen und sehen, was passierte. Ich riskierte ziemlich viel, aber wie meine Mutter immer sagte – *die Worte eines Betrunkenen sind die Gedanken eines Nüchternen.* Und ich musste um jeden Preis herausfinden, ob ich mit Marcelo nicht den gleichen Fehler beging wie mit Massimo. Außerdem machte der Champagner, den ich zuvor getrunken hatte, mich kühn, und ich fühlte mich mindestens so stark und mächtig wie der gelbe Power Ranger.

»Bitte schön«, sagte er und gab mir eine Flasche Wasser. »Wenn ich mich volllaufen lasse, musst du aber nüchtern bleiben. Sonst machen wir vielleicht etwas, das wir später bereuen.«

Gehorsam nahm ich die Flasche und trank einen Schluck.

In Olgas und Domenicos Villa rannte ich wie ein Wirbelsturm an der bestürzten Olga vorbei ins Schlafzimmer, um mir ein paar Sachen von ihr auszuborgen.

Sie lief mir hinterher. »Was ist los, was machst du?«, fragte sie aufgeregt.

»Mist... die Tasche ist zu klein, gib mir deinen Koffer«, rief ich und fing an, die Sachen sorgfältiger auszuwählen.

Er war nicht Massimo, sondern ein tätowierter Surfer, ich brauchte wahrscheinlich keine Louboutins. Ich sammelte Badeanzüge, Shorts, Tuniken und Hunderte Kleinigkeiten zusammen, und die total verwirrte Olga stellte einen großen Koffer vor mich hin.

»Bist du sicher, dass du weißt, was du tust?«, fragte sie besorgt.

»Wenn ich es nicht ausprobiere, werde ich es niemals wissen.« Ich zog den Reißverschluss zu. »Dank dir. Tschüss.« Ich rannte mit dem gigantischen Koffer zur Tür.

»Was soll ich Domenico sagen?«, schrie Olga mir nach.

»Dass ich gegangen bin. Oder lass dir was einfallen.«

KAPITEL II

Marcelo legte seinen Arm um mich und drückte mich fest an sich, während das Boot über das Wasser schoss. Die Nacht war lau, die kleiner werdenden Lichter der Insel ließen die Sterne am Himmel ganz nah erscheinen. Nach kurzer Fahrt tauchte aus der Dunkelheit am Horizont Land auf.

»Wohin fahren wir?«, fragte ich, meine Lippen an seinem Ohr.

»Nach Tagomago, das ist eine private Insel.«

»Wie kann eine Insel privat sein?«, fragte ich, und er lachte und küsste mich auf die Stirn.

»Das siehst du gleich.«

Die Insel war in der Tat privat, es gab nur ein einziges Haus darauf, umgeben von einem prächtigen Anwesen, das wir zu Fuß durchquerten, gefolgt von dem Mann, der uns erst mit dem Wagen und dann mit dem Motorboot gefahren hatte.

»Ivan«, stellte er sich vor und setzte meinen Koffer vor dem Portal ab. »Ich bin sein Bodyguard.« Er zeigte auf Marcelo, der gerade das Licht am Pool angemacht hatte. »Und jetzt auch deiner, denn Marcelo hat mir gesagt, was du dir heute von ihm wünschst.«

Wie bitte? Ivan sollte mich beschützen, weil ich wollte, dass Marcelo sich betrank?

»Matos trinkt nicht sehr oft. Ich meine, er trinkt schon«, korrigierte sich Ivan, »aber er betrinkt sich nicht. Ich glaube nicht, dass ich ihn jemals betrunken gesehen habe, und ich arbeite seit seiner Kindheit für ihn.«

Das war durchaus möglich, Ivan war ungefähr so alt wie mein Vater. Sein grau meliertes Haar und seine sonnenverbrannte Haut verrieten sein Alter, aber seine blauen Augen waren die eines jungen Mannes. Er war nicht riesig, sondern durchschnittlich groß und ziemlich durchtrainiert, was sein Bizeps unter den kurzen T-Shirt-Ärmeln verriet.

»Bitte sehr.« Er gab mir eine Art Schlüsselanhänger. »Wenn du die Taste drückst, höre ich ein Signal.« Er drückte darauf, und aus dem Ding in seiner Hand ertönte ein schrilles Piepsen. Er schaltete das Gerät aus. »Wenn etwas passiert, drückst du einfach, dann bin ich gleich da. Viel Glück.« Er drehte sich um und ging.

Ich starrte auf das Gerät und fragte mich, ob ich es würde benutzen müssen. Die schreckliche Erinnerung an den wütenden und betrunkenen Massimo schnürte mir den Hals zu.

»Bereit?«, fragte Marcelo und kam mit einer Flasche Tequila und einer Schüssel Zitronenschnitze zu mir. »Wo sollen wir das Experiment starten?«, fragte er amüsiert, und ich bekam irgendwie Lampenfieber.

»Ich habe Angst«, flüsterte ich.

»Wovor hast du Angst, Süße? Vor mir?«

Ich schüttelte den Kopf.

»Oder vor dir?«

Wieder verneinte ich.

»Wovor dann?«

»Ich habe Angst, dass ich hinterher enttäuscht sein werde«, flüsterte ich.

»Davor habe ich auch Angst. Ich habe mich noch nie so betrunken, wie du es jetzt möchtest. Komm.«

Ich setzte mich an den Pool, und er stellte die Flasche und die Zitronenschnitze in der Nähe ab und ging noch einmal weg. Kurz darauf kam er mit einer Flasche alkoholfreiem Bier für mich und einem Salzstreuer zurück.

»So«, sagte er, trank den ersten Tequila und zerbiss einen Zitronenschnitz. »Ivan hat dir den Alarm gegeben?«

Ich nickte.

»Hast du ihn hier?«

»Wofür brauche ich ihn denn?«, fragte ich und drehte das Gerät in der Hand.

»Du brauchst ihn nicht, aber ich dachte, du würdest dich damit sicherer fühlen.« Er trank noch ein Glas. »Kannst du mir jetzt sagen, was deine Freundin vorhin gemeint hat?«

Ich dachte einen Moment nach, stand schließlich auf und ging zu meinem Koffer. Marcelo folgte mir nicht, sondern goss sich ein weiteres Glas ein.

Tja, ich bin hier auf einer Insel, und es gibt nur ein Haus, dachte ich. *Wohin würde ich fliehen, wenn ich müsste?*

Ich holte Shorts und ein T-Shirt aus dem Koffer und zog mich um. Dann ging ich zu Marcelo zurück und setzte mich direkt vor ihn.

»Später«, sagte ich. »Jetzt will ich dir beim Trinken zuschauen.«

Wir saßen am Pool und redeten. Ich erzählte ihm von meiner Familie, warum ich kein Kokain mochte und wie gerne ich tanzte. Mit jeder Minute sah ich, wie seine Augen stumpfer wurden und ihre grüne Farbe verloren. Er sprach langsamer und undeutlicher, und ich hatte einen Stein im Magen.

Irgendwann begann er auf Spanisch zu singen. Ich wusste, dass wir uns dem Punkt näherten, an dem ich den Knopf vielleicht doch noch brauchen würde.

Marcelo schwankte schon, und schließlich kippte er auf die Couch und sah mich von dort aus halb bewusstlos an. Er plapperte zusammenhangloses Zeug, also nahm ich an, dass die Zeit gekommen war. Ich sagte ihm, ich würde Wasser holen, und ging in die Küche, wo sein Smartphone auf der Arbeitsplatte lag. Ich schaltete die Kamera ein, um aufzunehmen, was passierte.

»Marcelo, es tut mir leid«, sagte ich in die Kamera, »aber ich muss wissen, wie du dich verhältst, wenn du gleichzeitig wütend auf mich und betrunken bist. Ich weiß, das ist mies dir gegenüber, aber sobald du nüchtern bist, erkläre ich dir, warum ich es tun musste. Dann kannst du dich selbst sehen.« Ich lächelte in die Kamera. »Und noch etwas: Alles, was ich gleich sage, ist gelogen.«

Ich ging zu ihm raus und richtete die Kamera auf den betrunkenen Kanarier. Dann half ich ihm, sich aufzurichten, und setzte mich auf seinen Schoß. Er roch nach Alkohol und Pfefferminzkaugummi. »Ich will dich«, flüsterte ich und küsste ihn sanft.

»Nein, nein«, murmelte er und wandte den Kopf ab. »Ich bin betrunken, und du willst das jetzt ausnutzen.«

Ich wollte den Reißverschluss an seiner Hose herunterziehen, aber er nahm meine Hand und hielt sie fest.

»Hör auf, bitte«, murmelte er. Sein Kopf fiel zur Seite, und seine Augenlider senkten sich.

»Ich erzähle dir jetzt, was auf Sizilien passiert ist, okay?«

Seine grünen Augen öffneten sich plötzlich und sahen mich erwartungsvoll an. »Gut«, knurrte er und fuhr sich mit der Zunge über die Lippen.

»Mein Mann hat mich sehr hart gefickt, so hart, dass ich alle paar Minuten einen Orgasmus hatte.« Ich log und dankte Gott, dass sich Marcelo morgen an nichts erinnern würde. »Er hat mich wie ein Tier genommen, und ich habe um mehr gebettelt.«

Er ließ meine Hände los und schaute mich verständnislos an. Ich stieg von ihm herunter und sah in Richtung des Alarmknopfs, der auf dem Tisch lag. Marcelo senkte den Blick.

»Ich habe mich ihm hingegeben, und er hat mit mir gemacht, was er wollte. Er war überall an meinem Körper.« Meine Hände wanderten zwischen meine Beine. Ich streichelte mich sanft. »Ich kann seinen großen Schwanz immer noch spüren. Du kannst dich nicht mit ihm messen, Marcelo, kein Mann kann mit meinem Mann mithalten.« Ich schnaubte spöttisch. »Im Gegensatz zu ihm seid ihr alle nichts.« Ich umfasste sein Kinn und hob sein Gesicht zu mir. »Nichts, verstehst du?«

Er presste die Zähne zusammen. Dann holte er tief Luft, stützte die Ellbogen auf seine Knie und senkte wieder den Kopf. Ich wartete, aber er schwieg und atmete nur schnaufend.

»Das ist alles. Ich wollte dir bloß sagen, dass ich meinen Mann gefickt habe.«

»Verstanden«, flüsterte er und sah mich an.

Sein Anblick brach mir das Herz. Eine Träne tropfte aus seinem rechten Auge, eine große, traurige Träne, die er nicht wegwischte.

»Massimo ist die Liebe meines Lebens, und du warst nur ein Abenteuer. Es tut mir leid.«

Der Kanarier kam taumelnd auf die Füße, konnte aber nicht stehen und fiel auf die Couch zurück. »Ivan fährt dich zurück«, flüsterte er und schloss die Augen. »Ich liebe dich ...«

Er lag da wie tot, sein Gesicht von einem tätowierten Arm bedeckt, und ich saß bei ihm und spürte, wie Tränen meine Augen überfluteten. Nichts war passiert, er hatte nichts getan, obwohl ich ihm das größte Leid zugefügt hatte. Er hatte sich einfach zurückgezogen und war eingeschlafen. Das Schrecklichste war für mich, dass er sich in dieser Situation entschieden hatte, mir seine Liebe zu gestehen ...

»Ivan.« Ich klopfte an die Tür zum Schlafzimmer des Wachmanns. Er öffnete sofort.

»Was ist passiert?«, fragte er.

»Nichts. Kannst du mir helfen, ihn ins Schlafzimmer zu bringen?« Ich lächelte reuig, und er schüttelte den Kopf und kam zur Terrasse.

Er hob Marcelo auf, trug ihn rein und warf den schlaffen Körper auf das Bett im Schlafzimmer.

»Danke. Den Rest schaffe ich allein«, sagte ich, und er winkte und ging.

Ich setzte mich neben Marcelo und weinte. Ich konnte nicht aufhören und jammerte und heulte, war wütend über meinen Egoismus. Ich hatte einen Mann verletzt, und er hatte mir im schlimmsten Moment seine Liebe gestanden. Schuldgefühle nagten an mir. Ich war angewidert von mir selbst und davon, zu welcher Gemeinheit mich mein krankes Ego getrieben hatte.

Ich duschte, schleppte dann den Koffer herein und zog einen bunten Slip an. Ich sah den zusammengerollten Marcelo an, dessen Körper hin und wieder erzitterte. Ich ging zu ihm hinüber, begann seine Hose aufzuknöpfen und betete, dass er eine Unterhose anhatte. Hatte er leider nicht. Gott, gib mir die Kraft, diesen schönen, betrunkenen Mann nicht auszunutzen. Ich kämpfte mit dem Gewicht seines Körpers, befreite ihn von der Jeans und deckte ihn zu, weil mich der Anblick seines Schwanzes bloß zu Dummheiten verleitet hätte. Dann ging ich in die Küche und holte eine Flasche Mineralwasser aus dem Kühlschrank. Ich stellte sie neben Marcelo auf den Nachttisch, schlüpfte ins Bett und schmiegte mich an ihn.

Ein starkes Verlangen weckte mich. Ich öffnete langsam die Augen, und was ich sah, ließ mich fast ohnmächtig werden. Vom Bett aus hatte man einen atemberaubenden Blick auf Ibiza, das Meer und einen sonnigen jungen Tag. Als ich Zähne an meinem Nippel spürte, schnappte ich nach Luft. Ich hob die Decke an und begegnete Marcelos amüsiertem, verhangenem Blick.

»Ich bin sternhagelvoll«, sagte er. »Und schrecklich geil.«

Seine Lippen berührten mein Brustbein und bewegten sich dann zu meiner anderen Brust. Er lag mit seinem ganzen Körper zwischen meinen Beinen.

»Aber ich habe nichts von meiner katzenartigen Beweglichkeit verloren«, sagte er und begann wieder zu saugen.

»Ach ja?«, fragte ich amüsiert und versuchte meine Erregung zu verbergen. »Dieses Herumwälzen nennst du katzenhaft? Damit würdest du sogar einen Toten wecken.«

Er lächelte schlau und setzte sich auf. Sein Gesicht war meinem ganz nah.

»Aber hatten die Toten nicht mal einen Slip an?«

Er hob die rechte Hand – darin hielt er mein buntes Höschen und wedelte damit herum. »Also?« Marcelos grüne Augen lachten mich an. »Du vergisst, wer ich bin, Süße. Sobald der schreckliche Zustand, für den du übrigens verantwortlich bist, vergangen ist, werde ich noch viel katzenhafter sein.«

Er kroch wieder unter die Decke, und ich, erschrocken, dass ich keine Unterwäsche mehr trug, erstarrte.

Marcelo spürte, wie ich mich verspannte, und schaute noch mal unter der Decke hervor. »Hast du eigentlich bekommen, was du wolltest?«, fragte er ernst, und ich geriet in Panik. Erinnerte er sich?

»Ich will mit dir reden«, sagte ich und versuchte, ihn beiseitezuschieben und meine Beine zu schließen.

Tätowierte Hände tauchten unter der Bettdecke auf, packten mich und zogen mich in die Dunkelheit.

»Ernsthaft?«, fragte er, und sein Mund fuhr über meine Lippen, der Geruch seines Kaugummis erinnerte mich daran, dass es Morgen war und ich mir nicht die Zähne geputzt hatte. Ich spürte, wie er lächelte und seine linke Hand nach etwas griff. Dann steckte er etwas in meinen Mund – Kaugummi. Ich kaute nervös an dem Dragee und dankte Gott, dass der Typ zwischen meinen Beinen so vorausschauend war.

»Worüber möchtest du sprechen?«, fragte er und drückte seine heiße Erektion gegen meinen Oberschenkel. »Über letzte Nacht?«

Er rieb sein Knie an meiner Klitoris. Ich stöhnte.

»Vielleicht darüber, wie gerne du mit deinem Mann Sex hast?«

Meine Augen wurden so groß wie Untertassen, und mein Herz, so neu es auch war, stand kurz vor einem Infarkt.

»Marcelo, ich …« Ich konnte gerade noch Luft holen, bevor seine Zunge in meinen Mund eindrang und einen kleinen Kampf begann. So drängend und unerbittlich hatte er mich noch nie geküsst. Ich hatte das Gefühl, dass gleich etwas Schlimmes passieren würde. Er war nicht wie sonst. Ich drehte den Kopf von einer Seite zur anderen, um mich von seinem Mund zu befreien, aber er hielt mich fest.

»Wenn ich nur ein Abenteuer war, soll es das beste in deinem Leben sein. Dann verabschiede ich mich von dir, wie es sich gehört.«

Seine Worte rissen mich entzwei. Keine Ahnung, wie ich die Kraft fand, ihn wegzuschieben, jedenfalls lag er irgendwann samt Bettdecke auf dem Boden.

»Ich habe gelogen«, sagte ich heiser, »ich wollte dich testen.« Meine Augen füllten sich mit Tränen. Ich weinte und rollte mich zu einem Ball zusammen. »Ich musste sicher sein, dass du mir nicht wehtust, wenn du betrunken bist. Das hätte ich nicht noch einmal ertragen.«

Marcelo stand auf, wickelte die Decke um mich und nahm mich auf den Schoß.

»*Noch einmal?*«, fragte er ernst und ruhig. »Laura, du solltest mir jetzt wirklich sagen, was Massimo dir angetan hat.«

»Nichts hat er gemacht. Ich bin rechtzeitig abgehauen.«

Er holte tief Luft, schwieg aber.

»Ich bin von Polen nach Sizilien zurückgekommen, und es war gut. Er wollte alles wiedergutmachen, und ich musste ihm eine Chance geben, sonst hätte ich nie gewusst, ob meine Entscheidung richtig war. Und dann haben wir herumgealbert, und ich habe ›Marcelo‹ zu ihm gesagt...«

Marcelo hörte auf zu atmen und schluckte laut.

»Später in der Nacht bin ich aufgewacht, und er saß bei mir im Zimmer. Er wollte... Er wollte...«, stotterte ich. »Er wollte mir noch einmal beweisen, wem ich gehöre. Da habe ich den Hund genommen und bin geflohen. Und dann hat Domenico mich nach Ibiza gebracht.«

Ich befreite mich aus seiner Umarmung und lehnte mich gegen das Kopfteil des Bettes. Ich sah, wie Marcelo geradezu vor Wut schäumte und jeder Muskel unter seiner tätowierten Haut hart wie Stahl wurde.

»Ich muss ein bisschen raus«, sagte er ruhig, aber mit zusammengebissenen Zähnen. Er nahm das Telefon und sagte auf Englisch: »Ivan, mach die Waffen fertig.«

Mir wurde flau, und alles Blut wich aus meinem Gesicht. *Er wird ihn töten*, dachte ich.

»Bitte nicht«, flüsterte ich.

»Zieh dich an und komm mit. Du musst nichts mitnehmen.« Er stand auf und zog die Jeans über seinen nackten Hintern. Ich zog Shorts, ein T-Shirt und Sneakers an, und er nahm mich bei der Hand und führte mich aus der Villa.

Vor dem Haupteingang war eine provisorische Tischplatte aufgebaut, auf der verschiedene Waffen lagen.

»Weißt du, was gut an einem privaten Grundstück ist?«, fragte er, und als ich nicht antwortete, sagte er: »Dass man machen kann, was man will.«

Er reichte mir ein Fernglas.

»Schau, dort.«

Er gab mit dem Finger die Richtung vor, und ich sah in der Ferne eine Zielscheibe in Menschenform.

»Lass sie nicht aus den Augen«, befahl er.

Er nahm ein Gewehr vom Tisch und legte sich auf den Boden, wo eine schwarze Matte bereitlag. Er zielte und gab ein paar Schüsse ab. Alle Kugeln trafen den Papierkopf. Er stand auf und kam zu mir her.

»Das mache ich gern, um runterzukommen.«

Er nahm eine andere Waffe, lud und gab wieder ungefähr ein Dutzend Schüsse auf eine etwas näher stehende Zielscheibe ab. Er wiederholte das mehrmals, und ich stand wie hypnotisiert da und beobachtete ängstlich, wie Marcelo seine Verzweiflung bewältigte.

»Verdammt!«, rief er irgendwann aus und legte das Gewehr auf den Tisch. »Es funktioniert nicht.«

Er ging ins Haus, kam nach einer Weile in Badeshorts heraus und joggte zum Meer.

Einen Moment stand ich nur da und wusste nichts mit mir anzufangen. Dann ging ich ins Haus und in die Küche. Dort nahm ich Marcelos Smartphone vom Tresen und wählte Olgas Nummer.

»Wie sieht's aus?«, fragte ich, als sie endlich abhob.

»Wir haben hier einen Taifun namens Massimo«, sagte sie, und ich hörte, wie sie nach draußen ging. »Und bei euch?«

»Ist er gekommen?« Ich stöhnte und lehnte mich an die Wand.

»Als Domenico dich nicht ans Telefon holen wollte, ist er ins Flugzeug gestiegen. Seit heute früh demoliert er alles. Gut, dass du keine Sachen hier hast und meine nehmen musstest, denn wie ich inzwischen weiß, sind ungefähr in der Hälfte deiner Klamotten Sender installiert.« Ich hörte, wie sie eine Zigarette anzündete und daran zog. »Komm besser nicht zurück. Und ruf mich erst mal nicht an.« Sie inhalierte noch einmal. »Aber es ist schon beschissen, oder?«, fragte sie, doch eigentlich klang sie amüsiert.

»Du findest das witzig?«, knurrte ich ungläubig.

»Sicher! Du müsstest sie sehen. Das Haus ist voller trauriger Männer und jeder Menge Ausrüstung. Die planen irgendwas. Und ich kann nichts mehr essen, weil Massimo das ganze Geschirr gegen die Wand geworfen hat. Immerhin habe ich ein paar Plastikbecher gefunden und kann wenigstens Kaffee trinken.«

»Er kann euch doch nicht alle wegen mir drangsalieren. Gib ihn mir mal.«

Olga sagte nichts.

»Olga, hörst du mich?«

»Bist du sicher? Ah, da kommt er ja.«

»Mach schon«, sagte ich. Ich hörte Massimo knurren. Dann wurde es still.

»Wo zum Teufel bist du?«

Ich holte tief Luft. »Ich will die Scheidung.« Als ich das sagte, wurde ich fast ohnmächtig. Ich sackte zu Boden.

Massimo schwieg, aber ich konnte spüren, wie er vor Wut brannte. Ich dankte der Vorsehung, dass meine Freundin die zukünftige Frau seines Bruders war. Sonst hätte es schlecht für sie ausgesehen.

»Niemals!« Sein Schrei ließ mich zusammenzucken. »Ich finde dich, und dann bringe ich dich nach Sizilien, und dann gehst du ohne mich nirgendwo mehr hin.«

»Wenn du mich anschreist, lege ich auf, und dann reden wir nur noch über Anwälte. Willst du das?« Ich saß an die Wand gelehnt auf dem Boden und versuchte, ruhig zu atmen. »Lass uns das auf zivilisierte Weise tun«, seufzte ich.

»Okay, lass uns reden. Aber nicht am Telefon.«

Seine Stimme war ruhig, doch ich konnte seinen Zorn spüren.

»Ich warte in der Villa auf dich.«

»Sicher nicht«, sagte ich fest. »Nur in der Öffentlichkeit.«

»Ach, du denkst, da bist du sicherer?« Er schnaubte spöttisch. »Darf ich dich daran erinnern, dass wir dich damals auf offener Straße entführt haben? Aber okay, dann halt so.«

»Massimo, ich will nicht streiten«, seufzte ich und steckte den Kopf zwischen meine Knie. »Ich möchte mich nicht im Streit von dir trennen. Ich habe dich geliebt und war sehr glücklich mit dir. Aber es funktioniert nicht.«

Ich hörte ihn im Telefon schwer atmen.

»Ich habe Angst vor dir. Aber nicht wie am Anfang. Jetzt habe ich Angst, dass ich wieder ...«

Ich verstummte, denn als ich den Kopf hob, sah ich den tropfnassen Marcelo vor mir stehen.

Nach der Größe der Pfütze um seine Füße zu urteilen, musste er schon länger hier sein. Ruhig nahm er mir das Telefon ab und beendete das Gespräch.

»Scheidung?«, fragte er und legte es auf den Tresen. Ich nickte.

»Er ist auf Ibiza«, flüsterte ich. »Er ist am Morgen angekommen und will sich mit mir treffen.«

»Scheidung?« Seine grünen Augen funkelten, als er das Wort wiederholte.

»Ich will nicht mehr mit ihm zusammen sein. Das heißt aber nicht, dass ich bei dir bleibe.« Ich drohte ihm traurig mit dem Finger.

Marcelo kam auf mich zu und kniete nieder, sein Körper glitt zwischen meine leicht geöffneten Schenkel. Dann zog er mich auf seine nassen Shorts, schlang einen Arm um meine Taille und legte den anderen Arm in meinen Nacken. Er blickte mir in die Augen, seine Lippen nur Zentimeter von meinen entfernt, und ich wusste, was nun passieren würde. Marcelos salzige Lippen näherten sich meinem Mund, sodass ich seinen Pfefferminzatem spüren konnte. Sein Gesicht strahlte vor purem Glück, und sein breites Lächeln war das Letzte, was ich sah, bevor ich hingebungsvoll die Augen schloss und er hungrig mit seiner Zunge meinen Mund eroberte. Er küsste mich gierig und leidenschaftlich und ließ endlich seiner Lust freien Lauf. Er hob mich hoch und setzte mich auf die kalte Arbeitsplatte. Mit einer fließenden Bewegung zog er mir das T-Shirt aus und umfasste meine Brüste.

»Oh mein Gott«, stöhnte er, während seine Hände über meinen Körper wanderten und ihn liebkosten.

»Ich will dich.« Energisch richtete ich mich auf und schlang meine Beine um seine Hüften.

»Bist du sicher?«, fragte er, schob mich ein wenig zurück und schaute mir prüfend in die Augen.

Ich war mir nicht sicher. Oder war ich? Plötzlich war alles anders, als ich noch gestern gedacht hatte. Aber das war egal. Schließlich tat ich, was ich wollte, und nicht, was ich musste.

»Ich habe keinen Slip an.« Ich biss mir auf die Unterlippe und nickte ihm vielsagend zu.

»Das wirst du bereuen, Süße.« Er hob mich von der Arbeitsplatte, setzte mich auf seine Hüfte und ging zum Schlafzimmer.

»Mit oder ohne Aussicht?«, fragte er, als er mich sanft auf das Bett legte und mir die Shorts aufknöpfte.

»Und wenn wir mitten auf der Marszałkowska-Straße in Warschau wären, es wäre mir egal«, flüsterte ich und zappelte ungeduldig. »Ich habe fast ein halbes Jahr darauf gewartet.«

Marcelo lachte und warf meine Shorts auf den Boden.

»Ich will dich ansehen.« Seine grünen Augen betrachteten jeden Zentimeter meines Körpers, und plötzlich schämte ich mich und rollte mich zusammen.

»Du musst dich nicht schämen«, sagte er und stieg aus seinen Shorts. »Ich habe dich schon so oft nackt gesehen.«

»Wann?«, sagte ich streng und gab vor, empört zu sein.

»In der ersten Nacht, das habe ich dir doch gesagt.« Er kam näher. »Du hattest keine Unterwäsche unter dem Kleid an.« Er küsste sanft meinen rechten Nippel. »Außerdem heute Morgen, als ich dir mit den Zähnen den Slip ausgezogen habe … Willst du das ausdiskutieren, oder kann ich endlich probieren, wie du schmeckst?« Er verharrte in gespieltem Ernst über mir.

»Du hast ein Video auf deinem Handy. Es ist der Beweis dafür, dass alles, was ich gestern gesagt habe, gelogen war.«

»Ich weiß«, sagte er und schob sich über meinen Bauch nach unten.

»Ich habe es mir angesehen, bevor ich dich aufgeweckt habe.«

Sanft liebkoste seine Zunge meinen Nabel, wanderte weiter nach unten.

»Mein Gott«, flüsterte ich und vergrub den Kopf zwischen den Kissen, als er mit der Zunge über meine Schamlippen strich. Seine weit geöffneten Lippen bedeckten meine gesamte Pussy, als wollte er sie verschlingen. Er küsste ausgiebig jeden Winkel, und ich wurde immer heißer und feuchter. Seine tätowierten Hände wanderten von meinen Schenkeln über meinen Bauch zu meinen Brüsten und massierten sie sanft. Ich wollte ihn so sehr und konnte meine Ungeduld kaum im Zaum halten. Da teilte er plötzlich meine Schamlippen und stieß mit der Zunge direkt auf meine Klitoris.

Der Schrei, der sich meiner Kehle entrang, peitschte wie ein Schuss durch das Haus, und Marcelo begann, meine empfindlichste Stelle zu liebkosen. Er war ganz ruhig und gleichzeitig sinnlich und voller Leidenschaft. Ich wand mich in süßer Qual. Hunderte Ameisen schienen panisch in meinem Körper zu rennen. Ich grub meine Finger ins Bettlaken. Er durfte auf keinen Fall auch nur eine Sekunde innehalten. Das, was ich spürte, sollte nie enden. In dem, was er tat, war nicht einmal ein Hauch von Brutalität, aber trotzdem schnürte mir die Erregung die Luft ab.

»Mach die Augen auf«, sagte er und hielt inne. Als mir das gelungen war, sah ich sein Gesicht direkt über meinem. »Ich will dich sehen.«

Sein Knie drückte leicht mein Bein zur Seite.

»Schau mich dabei an, bitte«, flüsterte er, als er auch das zweite Knie zwischen meine Schenkel schob. Er verschränkte seine Finger mit meinen und streckte dann unsere Hände über meinen Kopf.

»Ich werde dich verehren.«

Sein Penis stupste gegen meine feuchte Öffnung, und ich schnappte nach Luft.

»Ich werde dich beschützen.«

Der erste Zentimeter rutschte hinein, und ich kam fast.

»Und ich werde dich niemals wissentlich verletzen.«

Mit einer Bewegung seiner Hüften war er ganz in mir. Ich stöhnte, drehte den Kopf zur Seite und schloss die Augen. Das war zu viel für mich.

»Süße«, flüsterte er und begann, sich langsam und stetig in mir zu bewegen. »Schau mich an.«

Ich hob den Blick und kam seiner Bitte mühevoll nach. Dann wurden seine Hüften energischer – er bewegte sich nicht schnell, aber mit solcher Präzision und Leidenschaft, dass er jeden Winkel in mir ausfüllte.

Marcelos Mund bedeckte meine Lippen, er verschränkte seinen Blick mit meinem. Wir machten Liebe, so ging das also. Ich hob ihm meine Hüften entgegen, und er grub sich stöhnend tiefer in mein Fleisch. Er senkte den Kopf und küsste mein Kinn, meinen Nacken und meine Schultern. Lange würde ich das nicht mehr aushalten. Ich befreite meine Arme und umfasste seinen Hintern. Seine Arme schlangen sich um mich.

»Ich will dich nicht verletzen«, flüsterte er. Besorgnis schwang in seiner Stimme.

»Das kannst du gar nicht.« Ich drückte Marcelo an mich, wollte ihn ganz spüren, mit ihm verschmelzen.

Seine Augen wurden noch grüner und noch wilder. Er beschleunigte die Stöße, und der Wirbel in mir drehte sich schneller. Seine Stöße wurden nun unregelmäßiger, und in mir baute sich ein Orgasmus auf, stark wie ein Tsunami.

»Das will ich sehen«, stöhnte er, ohne die Augen von mir abzuwenden. »Ich will sehen, wie du kommst.«

Seine Worte waren das letzte Quäntchen, das noch gefehlt hatte. Jeder Muskel in meinem Körper spannte sich an, ich kam zum Höhepunkt. Die pulsierenden Stöße warfen immer neue Wellen der Lust in mir auf. Marcelos Blick war verhangen. Und dann explodierte er mit solcher Kraft, dass er meinen ganzen Körper auszufüllen schien. Von der Lust übermannt, ließ er sich mit mir fortreißen.

Er wurde langsamer, ließ die Energie verebben, sank auf mich, schmiegte seinen Kopf in meine Halsbeuge, und ich streichelte seinen nassen Rücken.

»Ich habe es nicht mehr ausgehalten«, flüsterte er und biss

mir ins Ohrläppchen. »Es war so schmerzhaft, nicht in dich eindringen zu können, und jetzt will ich nicht mehr aus dir raus.«

Er richtete sich auf und stützte sich mit den Händen ab.

»Hey«, flüsterte er und küsste meine Nase.

»Hey«, antwortete ich ein wenig heiser. »Aber irgendwann musst du raus, das weißt du schon?«

»Ich bin Marcelo Nacho Matos und muss gar nichts. Und jetzt bin ich noch nicht mal mehr erpressbar, denn ich habe alles, was ich will.«

Er grinste und drang mit der Zunge wieder in meinen Mund ein.

»Nimmst du mich?«, fragte er unerwartet und brach den Kuss ab.

Ich ließ den Kopf in die Kissen sinken und überlegte, ob ich verstanden hatte, was er meinte.

»Ich soll mit dir über die Zukunft sprechen, während mich dein pochender Penis ablenkt?«

»Dadurch bin ich im Vorteil.«

Er bewegte spielerisch die Hüften, und ich stöhnte.

»Also?«

»Was man beim Sex sagt, ist nicht verbindlich.«

Er seufzte, löste sich von mir und legte sich neben mich. »Geht es um ihn? Bist du dir doch nicht sicher?«

»Ich muss ihn treffen, mit ihm sprechen und das richtig beenden«, murmelte ich und drehte mich zur Seite.

»Du weißt schon, dass er dich nach Sizilien verschleppen wird?« Er wandte sich mir zu. »Er sperrt dich irgendwo ein und tut dir wer weiß was an, bevor ich dich finde ...«

»Er kann mich nicht für den Rest meines Lebens einsperren.«

Marcelo lachte bitter. »Du bist so naiv, Süße. Wenn du auf diesem Treffen bestehst, kann ich es dir nicht verbieten. Dazu habe ich kein Recht. Aber lass dir bitte helfen, wir machen das auf meine Art. Und dann soll er ruhig versuchen, dich zu entführen. Ich bringe ihn um.« Die Finger seiner rechten Hand spannten sich um meine. »Ich gehöre jetzt schon zu dir, und ich möchte mir ein Leben ohne dich nicht mehr vorstellen.«

»Okay«, seufzte ich und drückte seine Hand.

»Das ist großartig«, sagte er und stand auf. »Und jetzt habe ich ein bisschen Spaß für dich geplant. Damit uns dieser Bastard den Tag nicht ganz verdirbt.«

»Aber ich muss …«

»Er stirbt nicht, wenn er mal einen Tag warten muss.« Marcelo umfasste mein Kinn und küsste mich. »Du siehst, ich bin verständnisvoll und gelassen, was deinen zukünftigen Ex-Ehemann betrifft. Also übertreib es nicht, Süße, sonst muss ich das Gewehr nehmen und ihn erschießen, damit ich nie wieder höre, dass du Angst vor ihm hast …« Er seufzte schwer. »Ich weiß, dass du mir sowieso nicht die ganze Wahrheit sagst. Aber wenn du nicht willst, kann ich dich nicht zwingen.«

»Manche Dinge musst du nicht wissen. Mit denen muss ich allein zurechtkommen.«

»Von jetzt an musst du mit nichts mehr allein zurechtkommen, Laura«, sagte er und ging ins Badezimmer.

KAPITEL 12

Mit verbundenen Augen saß ich am Küchentisch. Nachdem ich mich unklugerweise auf eine Diskussion über die spanische Küche hatte verwickeln lassen, musste ich mich nun einem gnadenlosen Wissenstest unterziehen.

»Also gut, fangen wir mit was Einfachem an«, sagte Marcelo, der mir gegenübersaß, und schob mir einen Bissen in den Mund. »Du hast jeweils drei Versuche. Wenn du alles herausfindest, bist du die Bestimmerin. Aber wenn ich gewinne, musst du machen, was ich mir wünsche. Okay?«

Ich nickte und kaute die Wurst, denn es war ohne jeden Zweifel Wurst. Nachdem ich geschluckt hatte, sagte ich mit felsenfester Überzeugung: »Du beleidigst meine Intelligenz und meinen Geschmackssinn. Das ist Chorizo.«

»Das heißt?«, fragte Marcelo und küsste mich in den Nacken.

»Es ging nur ums Erkennen, nicht um eine detaillierte Warenbeschreibung«, fauchte ich. »Spanische Wurst halt.«

Ich hörte Marcelo lachen, dann schob er mir den nächsten Happen in den Mund.

»Traust du mir denn wirklich gar nichts zu? Das ist Jamon,

trockener spanischer Schinken.« Begeistert kaute ich das leckere, salzige Stück. »Das geht nicht gut aus für dich, mein Lieber. Los, weiter, Nummer drei!«

»Jetzt kommt was Süßes«, warnte Marcelo belustigt, und ich öffnete den Mund. »Auch wenn ich dir lieber was anderes in den Mund stecken würde als Essen«, fügte Marcelo lachend hinzu.

Keine Sekunde später spürte ich seinen Atem und dann seine weiche Zunge, die zärtlich meine Lippen und meine Zähne umspielte.

»So einfach kommst du mir nicht davon!«, schimpfte ich und zog den Kopf zurück. »Los, her damit!«

Ich kaute langsam und bedächtig, hatte aber keine Ahnung, was Marcelo mir da gerade in den Mund geschoben hatte. Schmatzend kaute ich, bis auch die letzten Aromen verschwunden waren. Es hatte geschmeckt wie eine Mischung aus Ananas, Erdbeere und Mango. Verzweifelt durchwühlte ich meine Erinnerungen nach einem ähnlichen Geschmack.

»Und für wen geht das jetzt nicht gut aus?«, fragte Marcelo hinter mir. »Was hast du gerade gegessen?«

»Das ist ungerecht«, murmelte ich. »Eine Frucht, ganz sicher eine Frucht.«

»Und wie heißt die?«

Ich schwieg.

»Gibst du auf?«

Ich riss mir die Augenbinde vom Gesicht und schaute ihn auffordernd an.

»Ich kann sie dir zeigen, denn wenn du den Geschmack nicht erkennst, heißt das ja, dass sie dir bisher noch nicht untergekommen ist.« Er streckte mir seine Hand entgegen. Darauf lag etwas wie ein großer, grüner Tannenzapfen.

Ich nahm ihm die Frucht aus der Hand, drehte sie hin und her, roch daran, klopfte gegen die Schale. Marcelo hatte recht, so etwas hatte ich noch nie gesehen, geschweige denn gegessen.

»Das ist eine Cherimoya«, Marcelo grinste. »Wirst du dich wie eine Ehrenfrau verhalten und deinen Teil der Wette erfüllen, oder machst du einen Rückzieher?« Er faltete die Hände auf der Brust.

Ich dachte einen Moment lang nach. Als mir einfiel, wie ich eine Stunde vorher verwöhnt worden war, kam ich zu dem Schluss, dass es sehr schlimm nicht werden konnte.

»Also, Marcelo, ich höre. Was möchtest du, womit kann ich dienen?«

»Du fährst mit mir weg.« Ich öffnete den Mund, um zu protestieren, aber er hob die Hand. »Ich habe nicht gesagt, du sollst bei mir einziehen, du sollst nur etwas Zeit mit mir verbringen.«

Sein entwaffnendes Lächeln brachte mich zum Schmelzen wie die Frühlingssonne die letzten Eiszapfen. Noch etwas hatte ich mit den Eiszapfen gemein – wenn ich Marcelo anschaute, war ich so feucht, dass ich tropfte.

»Das war hinterhältig.«

Marcelo nickte.

»Du bist ein ausgekochter, hinterhältiger, ...«

»... erbarmungsloser Mörder, der nackt vor einer Frau steht und ihr Essen in den Mund schiebt, damit sie noch ein wenig mehr Zeit mit ihm verbringt«, brachte Marcelo meinen

Satz zu Ende. »Schuldig im Sinne der Anklage.« Er breitete die Arme aus.

Innerlich musste ich über seine Worte lachen, aber so leicht wollte ich ihm die Sache dann doch nicht machen und beschloss, noch ein wenig zu kämpfen.

»Musst du unbedingt die Kontrolle über mich haben?« Ich erhob mich, ging zu ihm und fuhr mit den Händen über seinen tätowierten Brustkorb. »Willst du mich gefangen halten? Mir eine elektronische Fußfessel anlegen?«

An seinem panischen Blick konnte ich erkennen, dass er meine Worte ernst nahm, dabei machte ich nur Spaß. »Willst du mich entführen und einsperren? Ist es das, was du willst?«

»Fühlst du dich eingesperrt?« Er schob ein Bein vor, doch als ich stolperte, fing er mich auf und legte mich sanft auf den Fußboden. »Und wenn ja, wie fühlst du dich jetzt?«, fuhr er fort und legte sich auf mich. Er zwinkerte, ganz offensichtlich hatte er mein Spiel durchschaut. Er schob meine Arme weit über meinen Kopf, bis sie vollkommen durchgestreckt waren, und verschränkte seine Finger mit meinen.

»Wo ist Ivan?«, fragte ich und spürte die Kälte des Steinfußbodens an meinem nackten Körper.

»Entweder in Ibiza oder mit den Jungs auf der Yacht. Aber wenn du möchtest, kann ich ihn sofort herholen. Wir sind ganz allein hier, nur du und ich«, flüsterte er und knabberte sanft an meinem Kinn. »Wenn du inzwischen daran gewöhnt bist, dass ständig viele Leute um dich sind, dann musst du dir das an meiner Seite wieder abgewöhnen.« Er drehte mein Gesicht zu seinem und schnappte mit den Zähnen nach meinem Ohrläppchen. »Ich mag die Einsamkeit, und ich brauche sie für meine Arbeit.« Nun glitt seine Zunge langsam über meinen Hals. »Ich muss hoch konzentriert sein und mit pedantischer Genauigkeit vorgehen. Aber seit Ende Dezember hat mir ständig etwas gefehlt.« Er spreizte meine Beine und drang in mich ein. Ich schrie auf. Sobald ich ihn in mir spürte, begann ich mit den Hüften zu kreisen, aber er redete einfach weiter: »Ständig war ich abgelenkt, ich wurde ungenau.« Marcelo bewegte seine Hüften langsam und berührte einen Punkt so tief in mir, dass mir vom Nacken bis in die Füße Schauder jagten. »Ich begann, Fehler zu machen ... soll ich weiterreden?«

»Das ist alles wahnsinnig interessant, sprich weiter«, stöhnte ich. Mein Körper bog sich seinen Bewegungen entgegen.

»Jeder Tag war eine Tortur.« Mit der Zunge fuhr er meinen Kiefer nach. »Ich hatte das Gefühl, mich im Kreis zu drehen.« Allmählich wurden seine Bewegungen schneller, und ich stöhnte. »Irgendwie hab ich den Eindruck, dass ich dich langweile. Kann das sein?«

»Überhaupt nicht. Ich bin gespannt wie ein Flitzebogen und kann das Ende kaum erwarten«, flüsterte ich und schnappte mit den Zähnen nach seiner Unterlippe.

»Ich habe ein paar Leute umgebracht, etwas Geld verdient, aber ich hatte keine Freude daran.«

»Das ist ja furchtbar«, sagte ich, und er drang noch tiefer in mich ein. Mein Rücken war durchgebogen und berührte den Fußboden nicht mehr.

»Das finde ich auch. Also habe ich nach den Gründen dafür gesucht.« Marcelos regelmäßige, tiefe Stöße ließen mich schweben. »Du hörst mir überhaupt nicht zu«, rief er mich zur Ordnung.

»Stimmt gar nicht.« Ich öffnete die Augen und holte tief Luft. »Und wie ist diese Geschichte nun ausgegangen, hm?«

»Ich machte mich auf die Suche nach dem, was ich verloren hatte.« Seine Lippen pressten sich auf meine, seine Zunge glitt in meinen Mund. Er küsste mich tief, kostete jeden Teil meiner Zunge und meines Gaumens. »Schließlich habe ich es gefunden, und jetzt, wo ich weiß, was mir gefehlt hat, werde ich nicht zulassen, dass es wieder verschwindet.«

Obwohl er sich sanft in mir bewegte, spürte ich doch, wie ungestüm dieser Mann sein konnte. Ich versuchte, meine Hände zu befreien, aber er hielt sie fest.

»Ich werde nicht zulassen, dass es wieder verschwindet«, wiederholte er und küsste mich erneut.

»Ich komme gleich«, stöhnte ich, als ich spürte, wie der Orgasmus sich in meinem Schoß zusammenbraute.

»Ich weiß.« Marcelo bog den Oberkörper zurück und schaute zu, wie die Lust mir den Atem nahm. »Oh Himmel«, stöhnte er laut, auch er stand kurz vor dem Höhepunkt. Er ließ meine Arme los, und ich griff ihm mit beiden Händen an den Hintern und zog Marcelo an mich. Laut schreiend bog ich mich ihm so weit entgegen, dass meine Wirbelsäule fast brach. Dann schlug eine riesige Welle über mir zusammen, und als Marcelos Hüften innehielten, sank ich unaufhaltsam immer tiefer und tiefer.

»Die Art und Weise, wie du kommst«, keuchte Marcelo und begann, sich langsam wieder zu bewegen, »führt dazu, dass ich mich einfach nicht mehr unter Kontrolle habe.«

»Das ist ja furchtbar«, stöhnte ich kraftlos.

»Wenn du dich über mich lustig machst, bringe ich dich so oft zum Höhepunkt, dass du dich nicht mehr auf dem Surfbrett halten kannst.«

»Wie bitte?« Ich öffnete weit die Augen und schaute ihn an. »Hier gibt es doch überhaupt keine Wellen.«

»Das stimmt, du kannst aber schon mal lernen, mit den Armen zu rudern. Aber als Allererstes üben wir auf dem Skateboard.« Aus seinen Augen strahlte einmal mehr eine jungenhafte Fröhlichkeit. »Ich will sehen, wie gut deine Körperbalance ist.«

»Das kann ich dir gleich hier und jetzt zeigen«, erwiderte ich und ließ meine Hüften kreisen. »Ich bin eine Tänzerin, keine Surferin.«

»Das werden wir sehen«, lachte Marcelo und hob mich hoch.

Als ich aus der Dusche kam, beendete er eben ein Telefongespräch. Ich ging zu ihm, umarmte ihn von hinten und legte meinen Kopf an seinen Rücken.

»Du bist schon zum zweiten Mal heute in mir gekommen. Hast du keine Angst, dass du mir ein Kind machst?«

»Erstens weiß ich, dass du die Pille nimmst. Ich kann dir sagen, welche, ich hab's im Telefon gespeichert«, er drehte sich um und zog mich an sich. »Und zweitens macht sich ein Mann in meinem Alter um solche Sachen keine Sorgen.« Er grinste breit, und ich boxte ihn gegen die Brust.

»Nicht mal Massimo weiß, dass ich die Pille nehme.« Ich schüttelte den Kopf. »Gibt es eigentlich irgendetwas, das du nicht über mich weißt?« Ich schaute ihn an.

»Ich weiß nicht, was du für mich fühlst«, erwiderte er, nun ernster. »Und ob du an mich denkst.« Er wartete kurz, in der Hoffnung auf eine Antwort, doch als ich schwieg, fuhr er fort: »Aber ich glaube, irgendwann wirst du mir von selbst sagen, ob ich in deinem Kopf und in deinem Herzen bin.« Er küsste mich auf die Stirn. »Bereit für ein bisschen Bewegung?«

Freudig nickte ich.

»Dann hol deine Badesachen und komm.«

»Badesachen? Und der Neoprenanzug?«

»Du wirst nur auf dem Bauch liegen und mit den Armen paddeln. Du willst doch bestimmt braun werden. Also zieh dir das knappste Bikinihöschen an, das du hast, und los.«

An dem kleinen, abgelegenen Strand warf Marcelo zwei Surfbretter in den Sand und begann mit seinen Dehnübungen. Folgsam, aber mit unverhohlener Belustigung tat ich, was er anordnete. Obwohl ich nur ein wirklich winzig kleines Bikinihöschen trug, fühlte ich mich wohl. Gott sei Dank hatte Mutter Natur mir keine Melonenbrüste geschenkt, denn so, wie ich gerade die Arme zur Seite warf, hätte ich mir damit selbst die Zähne ausgeschlagen.

»Das reicht«, stellte Marcelo schließlich fest, sein Ton war nahezu ernsthaft. »Welches ist dein Führungsbein?«

Ich schaute ihn an, als hätte er mich nach den Grundlagen der Quantenphysik gefragt. »Wie meinen?«

»Fährst du Snowboard?«

Ich nickte.

»Welches Bein hast du da vorn?«

»Das linke«, entgegnete ich.

»Dann ist das linke dein Führungsbein. Leg dich hin.«

Er legte mich der Länge lang auf das Surfbrett. Dann ging er zu seinem Brett, das meinem genau gegenüberlag, und legte sich ebenfalls drauf, sodass wir uns anschauten.

»So paddelt man.« Er machte die Bewegungen vor, die ich mit den Armen im Wasser ausführen musste. Das Muskelspiel an seinen tätowierten Armen und Schultern lenkte mich komplett ab. Es fehlte nicht viel, und ich hätte gesabbert.

»Du hörst mir ja gar nicht zu«, schimpfte Marcelo belustigt.

»Was?«, fragte ich und schaute ihm nun wieder ins Gesicht. »Was hast du gesagt?«

»Ich habe dir von den Haien erzählt.«

»Was?«, schrie ich und sprang auf. »Welche Haie?«

»Leg dich wieder hin und hör mir gefälligst zu.«

Diese Trockenübungen zur Vorbereitung aufs Wellenreiten waren ziemlich komisch, aber ich wusste, sie würden eines Tages für etwas gut sein. Marcelo musste mich alle paar Minuten zur Ordnung rufen, damit ich ihm aufmerksam zuhörte. Doch wie zum Teufel sollte ich mich auf die Übungen konzentrieren, wenn er ständig mit seinem knackigen Hintern vor meinen Augen herumwedelte und mich ablenkte? Ich verstand nicht allzu viel, aber immerhin so viel, dass das Aufstehen auf dem Surfbrett in drei Etappen erfolgt: Erst mit den Armen den Oberkörper hochdrücken, dann den hinteren Fuß aufsetzen, und am Ende mit dem Führungsbein nach vorne aufstehen. Eigentlich total einfach.

Im Wasser zeigte sich, dass mir das Paddeln allein kaum Probleme bereitete. Aber nachdem ich beim Aufstehen ein paar Mal ins Wasser gefallen war, war ich fest überzeugt, dass mich selbst die kleinste Welle zu Fall bringen würde.

Nach dreißig Minuten lag ich erschöpft auf meinem Brett und schaute zu, wie Marcelo vergnügt im Wasser herumplantschte. Er war fröhlich und sorglos, ganz anders als der ewig ernste Massimo. Marcelo war älter als Massimo, trotzdem benahm er sich oft wie ein kleiner Junge. Ich sah ihm beim Faxenmachen zu und dachte daran, was wir an diesem Morgen getan hatten. Einerseits begehrte ich ihn dermaßen, dass das Verlangen mir förmlich aus allen Poren drang. Andererseits war ich eigentlich noch verheiratet – zwar nur noch für absehbare Zeit, denn die Entscheidung, mich von Massimo zu trennen, hatte ich ja getroffen. Trotzdem war die Situation keinesfalls eindeutig und schwarz-weiß. So war ich freudig erregt und zugleich voller Unruhe. Ständig stellte ich mir die Frage, ob es wirklich eine schlaue Idee war, direkt eine neue Beziehung anzufangen.

»Woran denkst du, Süße?«, fragte Marcelo und paddelte in meine Richtung.

»Marcelo …«, begann ich unsicher und erhob mich leicht. »Ist dir klar, dass ich noch nicht für eine Beziehung bereit bin?« Seine fröhlichen Augen wurden ernst. »Ich will nichts Verbindliches, ich will mich nicht festlegen, und auf gar keinen Fall will ich mich verlieben.« Enttäuschung und Betroffenheit zeichneten sich auf seinem Gesicht ab, und mir war, als hätte jemand einen Kübel Eiswasser über mir ausgeschüttet. Wieder einmal war ich die schlimmste Version meiner selbst: Die Fähigkeit, auch den allerromantischsten Augenblick kaputtzumachen, überall Probleme zu finden und grundsätzlich bis zum Hals in irgendwelchem Elend zu stecken, hatte ich zur Meisterschaft gebracht. Jedes Mal, wenn gerade alles gut war, wenn das Herz den Verstand zum Schweigen gebracht hatte, ausgerechnet dann musste der Verstand sich jedes Mal zu grenzenloser Ehrlichkeit aufraffen und etwas Unmögliches raushauen, sodass die Atmosphäre sofort wieder von dicken, pechschwarzen Wolken erfüllt war. Und was ich gerade rausgehauen hatte, war auch noch kompletter Blödsinn. Tief in mir fühlte ich das überwältigende Bedürfnis, Marcelo nahe zu sein. Der Gedanke, ihn jetzt, nach diesen Tagen, erneut für mehrere Wochen oder gar Monate nicht zu sehen, brach mir das Herz.

Schweigend schaute Marcelo mich an. »Ich werde warten«, sagte er dann und paddelte Richtung Ufer.

Mehrmals schlug ich mir mit der flachen Hand an die Stirn, dann seufzte ich tief und folgte ihm.

Entweder musste Marcelo sich abreagieren, oder aber er war einfach so gut trainiert und schwamm so schnell, jedenfalls war er eine Ewigkeit vor mir am Strand und stieg aus dem Wasser. Er warf sein Brett in den Sand, zog seine nassen Badeshorts aus und wickelte sich ein Handtuch um die Hüften. Als er sich umdrehte, um zu schauen, wo ich blieb, konnte ich sehen, dass er wahnsinnig wütend war. Auf seinem Gesicht war nicht die Spur eines Lächelns, und seine Gesichtszüge waren so kantig. Ich wusste nicht, was ich tun sollte. Am liebsten wäre ich gar nicht ans Ufer geschwommen, aber ich konnte ja auch nicht ewig im Wasser bleiben.

Ich legte mein Brett neben seins in den Sand, dann schaute ich ihm mutig in die wütenden grünen Augen. Ich schwieg, denn es gab nichts, was ich in dieser Situation hätte sagen können.

Ohne ein Wort streckte er die Hand aus, griff nach der Kordel meines Bikinihöschens und zog daran. Die Schleife ging sofort auf, aber noch blieb das Höschen an Ort und Stelle. Nun zog er an der Kordel auf der anderen Seite, und das nasse Höschen fiel in den Sand. Mit offenem Mund stand ich vor Marcelo und schnappte nervös nach Luft.

»Hast du Angst vor mir?«, flüsterte er, ohne mich aus den Augen zu lassen, und fuhr sich mit der Zunge über die Lippen.

»Nein«, sagte ich, ohne zu zögern. »Ich habe nie Angst vor dir gehabt.«

»Und willst du jetzt welche bekommen?« Marcelos grüne Augen waren dunkel wie Smaragde. »Angst macht dich an, gib es zu.« Seine Hand schloss sich um meinen Hals, und als er leicht zudrückte, wurde mir heiß. »Wirst du dich nur dann in mich verlieben, wenn zu allen anderen Gefühlen auch noch die Angst dazukommt?« Er hob mich hoch und legte mich auf das Handtuch, dann legte er sich auf mich. »Dann werde ich dafür sorgen, dass das passiert«, knurrte er.

Gnadenlos und leidenschaftlich schob er seine Zunge zwischen meine Lippen, und ich griff ihm fest in den Nacken. Er küsste, leckte und biss mich, während seine massiven Arme mich fest umschlungen hielten. Er riss sich das Handtuch von den Hüften und warf es neben sich.

»Sag, dass du mich nicht begehrst!« Seine Augen bohrten sich in meine. »Sag, dass du nicht willst, dass ich bei dir bin.« Seine Hände umklammerten meine Handgelenke und pressten sie in den Sand, sodass ich mich nicht mehr bewegen konnte. Ich stöhnte. »Sag, dass du mir nicht folgen wirst, wenn ich weggehe.« Als ich schwieg, drang er unvermittelt in mich ein. »Sag es!«, brüllte er. Sein Schwanz in mir nahm mir die Fähigkeit, klar zu denken, und ich brachte keinen Ton hervor. »Das habe ich mir gedacht.« Er grinste höhnisch. Dann zog er sich wieder aus mir zurück und drehte mich auf den Bauch. Mit seinen Knien schob er meine Beine auseinander, dann griff er mir in die Haare und zog daran, bis ich mit rausgestrecktem Hintern vor ihm kniete. Er hielt mich an meinem Zopf, und ich konnte vor Aufregung kaum atmen. Nie zuvor war dieser sanfte, zärtliche Mann mir gegenüber so brutal gewesen. Ich wusste nicht, wie mir geschah, als er nun begann, meine Arme, meinen Rücken und meinen Nacken mit Küssen und Bissen zu bedecken. Wir waren allein auf einer menschenleeren Insel, und er wollte mich hier am Strand nehmen. Das Salzwasser lief mir aus den Haaren, während seine Hand zu meiner Klitoris wanderte. Als seine Finger die empfindlichste Stelle meines Körpers erreichten, stöhnte ich auf, willenlos unter seiner Berührung.

Sein steifer Penis streifte den Eingang meiner Vagina, und ich streckte den Hintern noch weiter raus und schob ihm meine Hüften entgegen, als Zeichen, dass er in mich eindringen solle. Aber er bewegte sich lange nicht, um dann plötzlich tief in mich einzudringen, während er meinen Kopf an den Haaren noch weiter zurückzog.

In schnellem Rhythmus schlugen Marcelos Lenden gegen meinen Hintern, während seine beiden Hände jetzt meine Hüften festhielten. Er fickte mich genau so, wie ich es mochte:

gekonnt, gleichmäßig, laut und hart. Meine Schreie zeigten ihm deutlich, dass mir gefiel, was er tat.

»Also du willst mich nicht, richtig?«, fragte er und hielt drei Sekunden, bevor ich den Orgasmus erreichte, inne. »Und du willst dich nicht in mich verlieben?« Er ließ meine Haare los. »Dann brauchst du das hier ja garantiert auch nicht.« Er begann, sich aus mir zurückzuziehen, aber ich streckte den Arm nach ihm aus.

»Das meinst du nicht ernst«, keuchte ich, doch er lachte bloß höhnisch und zog sich weiter zurück. Als nur noch die Spitze seines Penis in mir war, beugte er sich vor und brachte seinen Mund an mein Ohr.

»Sind wir zusammen?«, fragte er und drang in derselben Sekunde wieder bis zum Ansatz in mich ein. Ich stöhnte laut. »Sind wir?« Er zog sich zurück und stieß erneut tief in mich.

»Ja!«, schrie ich, und er nahm mich bei den Hüften und hieb wieder in gnadenlosem Tempo auf mich ein.

Auch diesmal kamen wir nahezu gleichzeitig zum Höhepunkt, dann sackte Marcelo über mir zusammen und drückte mich in den weichen Sand.

»Also sind wir ein Paar«, stellte er fest und schnappte nach Luft.

»Du bist furchtbar«, sagte ich lachend, als er sich neben mich legte. »Ich habe dir doch gesagt, was mir über die Lippen kommt, wenn du in mir bist, zählt nicht.«

Er drehte mich zu sich um, legte ein Bein über mein Becken und zog mich mit den Armen an sich.

»Du willst also nicht mit mir zusammen sein?«, fragte er enttäuscht.

»Doch, aber ...«

»Na siehst du, und jetzt eben war ich nicht in dir«, sagte er, und bevor ich meinen Satz zu Ende bringen konnte, schob er mir seine Zunge in den Mund.

Ich saß in der Küche und schaute Marcelo beim Kochen zu. Ganz bestimmt gehörte zur Villa auch Küchenpersonal, aber heute zog Marcelo es vor, Herd und Kühlschrank für sich allein zu haben. Nicht einmal meine Hilfe wollte er annehmen – als ich es versuchte, warf er mich auf den Küchentisch und brachte mich zum vierten Mal an diesem Tag zum Höhepunkt.

»Süße«, sagte er ernst, als er meinen Teller abräumte, »morgen machen wir es so ...« Erschrocken schaute ich ihn an, und er setzte sich mir gegenüber. »Dir muss klar sein, dass Massimo versuchen wird, dich zu entführen. Er hat eine ganze Armee hergebracht. Ich könnte ebenfalls mehr Leute herbeordern, aber ich sehe keinen Grund für ein Kräftemessen.«

Ich barg das Gesicht in den Händen und seufzte.

»Kleines ...«

»Nenn mich nicht so!«, fauchte ich und sprang auf. »Nenn ... mich ... nie ... wieder ... so!« Mit wilder Wut stieß ich jedes einzelne Wort hervor und hielt ihm meinen ausgestreckten Zeigefinger unter die Nase. Tränen stiegen mir in die Augen, ich drehte mich um, ging in den Garten und blieb am Swimmingpool stehen. Mein Atem ging stoßweise, und ich hatte den Eindruck, jeden Moment wegen des Übermaßes an Gefühlen zerbersten zu müssen. Ich hätte gern geweint, konnte aber nicht, doch der Kloß in meinem Hals wollte einfach nicht verschwinden.

»Du musst ihn nicht treffen«, sagte Marcelo hinter mir. »Das war deine Entscheidung, und alles, was ich will, ist, für deine Sicherheit sorgen. Also bitte lauf nicht weg, sondern rede mit mir.«

Ich drehte mich zu ihm um, und als ich Marcelo sah, wie er barfuß, die Hände in den Taschen seiner Jeans vergraben, vor mir stand und mich fürsorglich anschaute, wurde ich weich, und der Kloß in meiner Kehle verschwand.

»Wir machen es so: Morgen kehren wir nach Ibiza zurück, und du gehst in ein ganz bestimmtes Restaurant und setzt dich an einen ganz bestimmten Tisch. Du musst alles ganz genauso machen, wie ich es dir sage, das ist entscheidend, Laura. Auch Massimo muss sich auf einen ganz bestimmten Stuhl setzen. Das ist eigentlich auch schon alles.« Er zog ein Smartphone aus der Hosentasche. »Wenn morgen dieses Telefon klingelt, gehst du ran und schaltest den Lautsprecher ein.« Er drückte mir das Telefon in die Hand und zog mich dann an seine tätowierte, warme Brust. »Und wenn trotzdem irgendwas schiefgeht«, seine Stimme zitterte, und Panik stieg in mir auf, »dann denk dran: Ich werde dich finden und zu dir kommen.«

»Marcelo«, ich hob den Kopf und streichelte sein Gesicht. »Ich muss mit ihm reden, ich kann keinen Frieden finden, wenn ich diese Sache nicht kläre.«

»Das verstehe ich, und wie ich gesagt habe, bin ich überhaupt nicht in der Position, dir irgendetwas zu verbieten. Alles, was ich tun kann, ist, dafür zu sorgen, dass du sicher bist.«

Er küsste mich auf die Stirn. »Morgen fahren wir nach Ibiza, Amelia hat einen Willkommensempfang vorbereitet.« Er verdrehte die Augen und schnaubte belustigt. »Sie ist vollkommen aus dem Häuschen, seit sie weiß, dass du mitkommst.«

Unwillkürlich fragte ich mich, was ich meiner Mutter diesmal erzählen sollte, und schmiegte mich an Marcelo. Dass ich jetzt vorhatte, es mit einem Typen auf den Kanaren zu versuchen, den ich allerdings kaum kannte? Vielleicht sollte ich noch hinzufügen, dass der Schwager meines neuen Mannes mich im Haus seines Vaters fast erschossen hätte.

»Willst du heute Nacht allein schlafen?«, fragte Marcelo, der die Anspannung in meinem Körper spürte. Ich stöhnte auf, aber dann nickte ich. »Ich schlafe im Nebenzimmer. Komm rüber, wenn du mich brauchst.« Er küsste mich noch einmal auf die Stirn, dann ging er ins Haus.

Massimo nahm mir gegenüber Platz und schaute mich aus leblosen Augen an. Er legte die Hände auf den Tisch und wartete. Seine rhythmisch mahlenden Kiefer verhießen nichts Gutes, und sein auf meinen Mund gerichteter, absolut leidenschaftsloser Blick ließ mich Schwierigkeiten erahnen.

»Wenn du glaubst, dass du einfach so gehen kannst, dann hast du dich geirrt«, presste er schließlich zwischen zusammengebissenen Zähnen hervor. »Ich frage dich dasselbe wie beim letzten Mal: Liebst du deine Eltern und deinen Bruder? Willst du, dass ihnen nichts geschieht? Dann stehst du jetzt brav auf und gehst zum Wagen.« Mit dem Kopf wies er mir die Richtung, und ich hatte das Gefühl, mich übergeben zu müssen.

»Und dann was?«, fauchte ich. »Willst du mich einsperren und vergewaltigen?« Ich erhob mich von meinem Stuhl und stützte mich mit beiden Händen auf die Tischplatte. »Ich liebe dich nicht mehr. Ich liebe Marcelo, und du kannst mich ficken, wie du willst, ich werde immer ihn vor Augen haben.«

Wutentbrannt schrie Massimo auf, packte mich am Hals und warf mich auf den Holztisch. Unsere Wassergläser zersprangen auf dem Steinfußboden. Ich schaute mich um, wir waren vollkommen allein in dem Restaurant. »Hilfe«, stöhnte ich verängstigt, als Massimo um den Tisch herumkam, mir beide Arme auf den Rücken drehte, unter meinen Rock griff und mir mit einer einzigen Bewegung den Slip herunterzog.

»Dann wollen wir doch mal schauen, ob du das durchhältst«, sagte Massimo und knöpfte seine Hose auf, während er meine Hände immer noch mit eisernem Griff auf meinem Rücken festhielt.

»Nein! Ich will nicht«, schrie ich und versuchte, mich zu befreien. »Bitte nicht!«

»Laura, Süße!« Ich hörte eine sanfte Stimme an meinem Ohr und öffnete die Augen. »Liebling, das war nur ein böser Traum.« Marcelos Arme umfingen mich und wiegten mich sanft.

»Himmel«, seufzte ich, und Tränen liefen mir über die Wangen. »Und was ist, wenn er meine Familie bedroht, Marcelo?«

»Deine Familie hat bereits Security«, erwiderte Marcelo ganz ruhig, wischte mir die Tränen von den Wangen und strich mir über die Haare. »Seit gestern passen meine Leute auf sie auf. Dein Bruder arbeitet für Massimo, und soweit ich weiß, ist er genau für die Firmen zuständig, die Massimo auf keinen Fall verlieren will. Ich glaube nicht, dass Jakub Gefahr droht. Zumal sich die Gewinne unter seiner Führung verdreifacht haben.« Er zuckte die Schultern. »Aber zur Sicherheit lasse ich auch deinen Bruder überwachen.«

»Danke«, flüsterte ich, als er mir die Decke wieder bis zum Hals zog. »Bleib bei mir.« Ich griff nach seiner Hand, und sein nackter Körper schmiegte sich an meinen. »Willst du in mir sein?«, fragte ich leise und presste meinen Hintern an seinen Schwanz.

»Du hast wirklich eigenartige Strategien zum Stressabbau, Süße. Schlaf jetzt«, erwiderte er lachend und vergrub sein Gesicht in meinen Haaren.

Über Tagomago brach ein wunderschöner, sonniger Tag an, aber ich wusste seit dem frühen Morgen nichts mit mir anzufangen. Marcelo war schwimmen gegangen, und ich hatte Frühstück gemacht, geduscht und hätte fast angefangen zu putzen, nur um mich irgendwie abzulenken. *Ich will das alles so schnell wie möglich hinter mich bringen*, dachte ich unablässig, dann ging ich ins Schlafzimmer.

Als mir klar wurde, dass ich kein einziges Paar High Heels dabeihatte, wurde ich kurz traurig. Aber dann merkte ich, dass mir das ziemlich egal war. Ich musste mich nicht mehr für meinen Ehemann schick machen. Mit diesen Gedanken schaute ich auf das Armageddon in meinem Koffer.

»So geht das nicht weiter, Spaß muss her, aber plötzlich«, sagte ich und schaltete die Anlage ein.

Als die ersten Töne von *Run the Show* von Kat DeLuna und Busta Rhymes erklangen, fühlte ich mich sofort wieder lebendig. Genau das hatte ich gebraucht: viel Bass, viel Rhythmus. Tanzend und singend schlüpfte ich in knappe, blaue Shorts von Dolce & Gabbana und schwarze Sneakers von Marc by Marc Jacobs. Dazu wählte ich eine kurze graue Bluse mit einem Totenschädel darauf. *Das wird ihn umbringen*, dachte ich, schob mir eine Aviator-Sonnenbrille auf die Nase und wiegte mich im Rhythmus der Musik.

Plötzlich war das ganze Zimmer von Klavierspiel erfüllt, dann sang Nicole Scherzinger zart *I'm done*. Ich erstarrte.

»Schnelle Stücke kann ich nicht tanzen«, sagte Marcelo und kam auf mich zu. »Aber mir gefällt außerordentlich, wie du mit dem Hintern wackelst.« Er nahm mich am Arm und küsste die Innenfläche meiner Hand, dann drückte er mich fest an sich.

In diesem Moment fielen die Unruhe, der Stress und alle negativen Emotionen, die mir seit dem frühen Morgen auf der Seele gelegen hatten, mit einem Mal von mir ab.

Hatte Marcelo etwa für jede Gelegenheit einen passenden Song parat, fragte ich mich, als ich der Musik lauschte und verstand, dass der Text Wort für Wort von mir sprach. *I don't want to fall in love. Just want to have a little fun. Then you came and swept me up and now I'm done so done*, sang Nicole. In diesem Moment war ich absolut sicher, dass Marcelo fühlen konnte, wie es in mir aussah. Aber ich hatte mir eingeredet, solange ich das für mich behielt und nicht laut aussprach, wäre ich sicher. Marcelo wiegte mich zur Musik. Er hatte ein wunderbares Rhythmusgefühl. Bestimmt hatte er mich angelogen, als er behauptete, nicht tanzen zu können.

»Bist du bereit?«, fragte Marcelo, als die letzten Töne verklangen.

»Nein«, entgegnete ich und ging zur Anlage. »Ich will dir noch was vorspielen.«

Wieder erfüllten rhythmische Bässe den Raum, und als The Pussycat Dolls *I Don't Need a Man* sangen, brach Marcelo in schallendes Gelächter aus.

»Ehrlich?«, fragte er mit gespieltem Ernst, während ich wieder mit dem Hintern vor ihm herumwackelte. Der Song war eine Mischung aus Samba, Rumba und Hip-Hop. Ich legte vor Marcelo eine wahre Show aufs Parkett und sang aus vollem Hals, dass ich keinen Mann brauchte.

»*Jetzt* bin ich bereit«, sagte ich, als der Song zu Ende war.

»Jetzt gehst du mit mir unter die Dusche, und dort zeige ich dir, wie sehr du einen Mann brauchst.«

Ein zweites Mal an diesem Morgen musste ich meine Haare machen und ein dezentes Make-up auflegen. Aber wenigstens hatte ich meine Sachen rechtzeitig ausgezogen und konnte sie jetzt einfach wieder anziehen. Mit einem Glas Saft in der Hand stand Marcelo am Küchentisch und telefonierte auf Spanisch. Eine helle, ausgeblichene Jeans saß locker auf seiner Hüfte, dazu trug er ein schwarzes, kurzärmeliges Hemd. Ich schaute weiter nach unten und musste grinsen – er trug Flipflops. Ein Mörder und Mafioso in Flipflops! Er trank den letzten Schluck Saft, beendete das Gespräch und drehte sich zu mir um.

»Funktioniert das Telefon, das ich dir gestern gegeben habe? Ist der Akku aufgeladen, und hast du es in der Handtasche?«, fragte er und setzte seine Sonnenbrille auf.

»Ja, ich habe es zweimal überprüft.« Ich holte tief Luft und setzte dann erneut an: »Marcelo, hör zu ...«

»Süße, was immer du mir sagen willst, sag es im Flieger, wenn wir nach Hause fliegen«, unterbrach er mich. »Und jetzt komm.«

KAPITEL 13

Eine halbe Stunde zu früh betrat ich das Restaurant, das Marcelo ausgesucht hatte. Damit ich am richtigen Tisch auf dem richtigen Stuhl saß, musste ich vor Massimo da sein. Wann und wo wir uns treffen würden, hatte Massimo erst eine Viertelstunde vor dem Termin erfahren. Sonst hätte er sofort seine gesamte Schlägertruppe losgeschickt, das Lokal umstellt und mich entführt, bevor ich auch nur einen Fuß über die Schwelle gesetzt hätte.

Mein Herz raste wie verrückt, also bestellte ich als Erstes einen Drink, um meine Nerven zu beruhigen. Mein Telefon klingelte, und ich stellte den Lautsprecher an.

Wie immer um diese Uhrzeit war das Cappuccino Grand Café menschenleer – nach den nächtlichen Ausschweifungen lag die Partymeute nun am Strand in der Sonne. Das Lokal bot einen wunderbaren Ausblick über die Bucht, die malerischen Häuser auf den umliegenden Hügeln und den Hafen. Plötzlich piepste mein Telefon auf dem Tisch – ich hatte eine Nachricht bekommen. Bei dem Ton fiel ich vor Schreck fast vom Stuhl. Ich entsperrte das Handy und las die Nachricht: »Ich sehe dich und kann fast hören, wie dein Herz rast. Beruhige dich, Süße.«

»Beruhige dich, na klar. Als ob das so einfach wäre. Beruhige dich doch selbst«, murmelte ich vor mich hin. Nur Sekunden später kam die nächste SMS. »Vergiss nicht, dass ich Polnisch spreche.« Meine Augen wurden groß. Marcelo konnte mich wirklich hören!

Ich trank einen Schluck von meinem Mojito. Bei dem Gedanken, dass Marcelo die ganze Zeit in der Nähe war, beruhigte ich mich tatsächlich ein bisschen.

»Kleines.« Wie das Schwert eines Samurai durchschnitt Massimos Stimme die Luft.

Fast verlor ich das Bewusstsein, dann drehte ich den Kopf und sah meinen Mann neben dem Tisch stehen. Er trug einen schwarzen Anzug, ein schwarzes Hemd und eine Sonnenbrille. Hinter den dunklen Gläsern waren seine Augen nicht zu erkennen, aber trotzdem konnte ich die Wut, die er ausstrahlte, deutlich spüren.

»Du willst also die Scheidung?«, fragte er, setzte sich mir gegenüber und öffnete einen Knopf seines Jacketts.

»Ja«, erwiderte ich nur, denn der Duft seines Aftershave vernebelte mir die Sinne.

»Was ist los, Laura?« Er legte die Sonnenbrille auf den Tisch. »Willst du mir irgendwas beweisen, willst du mich auf die Probe stellen?« Er runzelte die Stirn. »Was hast du überhaupt an? Probst du den Aufstand?«

Ich schwieg. Ich selbst hatte das Gespräch mit Massimo gesucht, nun war die Gelegenheit da, aber ich musste feststellen, dass ich ihm überhaupt nichts zu sagen hatte. Der Kellner stellte einen Espresso vor Massimo ab, und ich schluckte die bittere Galle hinunter, die mir die Kehle hochstieg.

»Ich kann nicht mehr mit dir zusammen sein«, sagte ich und holte tief Luft. »Ich kann nicht, und ich will nicht. Du hast mich angelogen, und vor allem hast du wieder versucht, mich …« Ich brach ab, denn ich wusste, dass Marcelo jedes Wort hörte, das wir sprachen. »Was vor ein paar Tagen in Messina passiert ist, hat das Ende unserer Beziehung besiegelt«, schloss ich mit fester Stimme.

»Hast du das etwa nicht kommen sehen?«, fragte Massimo nun in anklagendem Ton. »Du hast mich mit dem Namen dieses Stücks Dreck angesprochen, das mein Kind auf dem Gewissen hat!«

»Ja, und das war ein richtig guter Grund, um dich wieder mal zuzukoksen?« Ich nahm die Sonnenbrille ab, damit er meinen hasserfüllten Blick sehen konnte. »Massimo, du hast mich fast ein halbes Jahr allein gelassen, du hast tatenlos zugesehen, wie ich depressiv geworden bin, weil du selber mit dem, was uns passiert ist, nicht umgehen konntest.« Ich neigte mich über den Tisch. »Bist du nicht einmal auf den Gedanken gekommen, dass ich dich brauchen könnte, du verdammter Egoist? Dass wir das zusammen durchstehen könnten?« Tränen traten mir in die Augen. »Ich mach das nicht länger mit«, seufzte ich und versteckte meine Augen wieder hinter der dunklen Sonnenbrille. »Die Bodyguards, die ständige Angst, die Kontrolle, die Überwachung.« Ich schüttelte den Kopf. »Ich will keine Angst haben, wenn du nach einem Glas greifst oder in der Bibliothek verschwindest. Ich will nicht mitten in der Nacht aufwachen und suchend nach dir tasten und mich fragen, wo du bist.« Ich schaute ihn an. »Lass mich gehen. Mehr will ich nicht von dir.«

»Nein.« Sein Blick war eiskalt. Ich erstarrte. »Es gibt mehrere Gründe, warum du bei mir bleiben wirst. Erstens soll kein anderer Mann besitzen, was mir gehört. Und zweitens liebe ich es einfach viel zu sehr, in dir zu sein.« Er lachte höhnisch. »Außerdem bin ich der Meinung, dass sich alles immer irgendwie regeln lässt, auch das. Also trink aus, wir fliegen nach Sizilien zurück.«

»Du fliegst. Ich bleibe hier«, sagte ich mit fester Stimme und stand auf. »Wenn du die Scheidungspapiere nicht unterschreibst ...«

»Dann was, Laura?« Massimo hatte sich ebenfalls erhoben und blickte auf mich herab. »Ich bin das Oberhaupt der Familie Torricelli, und du willst mir drohen?« Er streckte die Hand aus, um mich im Nacken zu packen, und im selben Moment zerbarst seine Espressotasse in tausend kleine Splitter, die über den Tisch und den Fußboden spritzten.

»Laura droht dir nicht«, erklang nun Marcelos ruhige Stimme aus dem Telefon. »Aber ich schon. Setz dich wieder hin, Massimo, denn die nächste Kugel würde dich treffen.«

Wutentbrannt blieb Massimo in derselben Position stehen, und im nächsten Moment zerbrach die Zuckerdose in tausend Stücke. Ich duckte mich instinktiv und kauerte mich auf meinen Stuhl.

»Hinsetzen!«, wiederholte Marcelo eisig, und Massimo gehorchte schließlich.

»Du bist entweder sehr mutig oder sehr dumm, auf mich zu schießen«, sagte er unbewegt.

»Ich schieße nicht auf dich, nur auf das Geschirr auf dem Tisch«, antwortete Marcelo, und ich hörte ihn leise lachen.

»Wenn ich dich hätte treffen wollen, wärst du längst tot. Und jetzt kommen wir zur Sache. Laura wird gleich aufstehen, das Restaurant verlassen und in das Auto steigen, das vor dem Eingang steht. Und du, Massimo, wirst dich damit abfinden, dass sie nicht mit dir zusammen sein will, und sie gehen lassen. Oder ich beweise dir, wie viele Orte auf deiner Insel es gibt, an denen ich dich erschießen kann.«

»Schatz, du hast einen Auftragskiller angeheuert!« Grinsend schaute Massimo mich an. »Meine eigene Frau«, er küsste seine Fingerspitzen und schüttelte den Kopf. »Denk dran, Laura, wenn du jetzt aufstehst und gehst, dann gibt es kein Zurück.«

»Süße, steh auf und geh zu dem grauen Mercedes vor der Tür. Ivan wartet schon auf dich.«

»Stellst du dich wenigstens noch vor?«, fragte Massimo, als ich nach dem Telefon griff und mich erhob. »Damit ich weiß, wem ich es zu verdanken habe, dass ich nun wieder Junggeselle bin.«

»Marcelo Nacho Matos.«

Bei diesen drei Worten spannte sich Massimos Körper an wie die Sehne eines Bogens, unmittelbar bevor der Pfeil abgeschossen wird.

»Na, jetzt ist ja alles klar«, stellte er höhnisch fest und wandte sich dann an mich: »Du kleine Hure, wie konntest du mir das antun?«

»Beherrsch dich, Torricelli, sonst jag ich dir eine Kugel in den Kopf«, drohte Marcelo. »Laura, geh jetzt zum Auto.«

Als ich an Massimo vorbeiging, zitterten mir die Knie. Massimo sprang auf, packte mich, hielt mich mit beiden Händen an den Armen fest und benutzte mich als Schutzschild. *War ja klar, dass das nicht gut gehen konnte*, schoss es mir durch den Kopf.

»Massimo, schau auf deine rechte Schulter«, sagte Marcelo ganz ruhig. »Ich bin nicht der einzige Schütze hier.«

Massimo wandte den Kopf. Auf seinem schwarzen Anzug tanzte ein kleiner, roter Lichtpunkt. »Ich zähle bis drei, und wenn du sie dann nicht gehen lässt, jag ich dich in die Luft. Eins …«

Massimos Blick bohrte sich in die dunklen Gläser meiner Sonnenbrille, und als er meine Augen nicht erkennen konnte, nahm er sie mir ab.

»Zwei!«, zählte Marcelo, und Massimo starrte mich wie hypnotisiert an. Er beugte sich über mich und küsste mich, doch ich rührte mich kein bisschen. Ich konnte mich kaum noch auf den Beinen halten. Wie gut er roch! Unsere gemeinsame Zeit, all die Monate, die wir zusammen verbracht hatten, all die wunderbaren Momente, flogen vor meinem inneren Auge vorbei.

»Drei!« Massimos Hände ließen mich los, und ich rannte mit letzter Kraft aus dem Lokal.

»Auf Wiedersehen, Kleines«, sagte Massimo, zog sein Jackett zurecht und setzte sich wieder auf den Stuhl.

Ich rannte nach draußen, wo tatsächlich der graue Mercedes parkte. Daneben stand Ivan und wartete. Ich schaute in die andere Richtung, wo Domenico an einen schwarzen SUV gelehnt stand. Er schüttelte kläglich den Kopf, und ich hätte heulen können.

»Steig ein«, sagte Ivan und hielt mir die Tür auf. Als ich im Wagen saß, rannte er zur Fahrerseite und setzte sich hinters Steuer.

»Wo ist er?«, fragte ich mit erstickter Stimme. »Bring mich sofort zu Marcelo!« Mein Tonfall war schrill, ich wurde von Sekunde zu Sekunde hysterischer.

»Er muss noch ein bisschen bleiben, wo er ist, und den Elitesoldaten geben.«

Der Mercedes bog um die nächste Ecke und jagte weiter durch die Stadt.

»Aber ihm wird nichts passieren, und er wird niemanden erschießen«, fuhr Ivan fort.

»Das hoffe ich«, erwiderte ich.

Mein Herz schlug wie verrückt, obwohl es draußen heiß war, überliefen Schauer meinen Körper, und in meinem Inneren breitete sich eisige Kälte aus. Ich rollte mich auf dem Rücksitz zusammen und zog die Knie an die Brust.

»Alles in Ordnung, Laura?«, fragte Ivan besorgt. »Wenn du unbedingt willst, bringe ich dich zu Marcelo, aber erst muss ich ihn fragen, ob das möglich ist.«

»Gib mir das Telefon, ich rufe ihn an.« Bemüht, die Tränen zurückzuhalten, nahm ich Ivan das Telefon aus der Hand. Angespannt lauschte ich dem wiederkehrenden Klingelton. *Bitte, Gott, mach, dass er rangeht*, betete ich in Gedanken.

»Ivan?«, beendete Marcelos Stimme das gleichmäßige Tuten.

»Ich brauche dich«, stammelte ich.

»Gib mir den Fahrer«, sagte Marcelo nach kurzem Schweigen, und ich reichte Ivan das Telefon nach vorne zurück.

Zehn Minuten später hielten wir in einer der schmalen

Gassen mit den farbenfrohen Häusern. Ich hob den Kopf, richtete mich auf und rieb mir die verweinten Augen. Der Ausblick war malerisch. Ich starrte aus dem Fenster und wartete, schließlich sah ich Marcelo, der in seinen Flipflops und seiner ausgeblichenen Jeans die Treppe neben einem der Häuser herunterkam. Er trug eine Sonnenbrille und eine längliche, kantige Tasche über der Schulter. Er öffnete den Kofferraum, warf die Tasche hinein und setzte sich dann neben mich.

»Jetzt weiß ich, warum ich nicht ›Kleines‹ zu dir sagen darf.« Er schenkte mir ein strahlendes Lächeln.

Steif saß ich auf meinem Sitz und starrte ihn an, ich hatte keine Ahnung, wovon er sprach.

»Ich hoffe, dass dich nie wieder irgendjemand ›Kleines‹ nennen wird. Komm zu mir.« Er breitete die Arme aus, und ich sank gegen seine Brust. »Wir haben's geschafft, Süße«, flüsterte er und küsste mich auf die Stirn. »Jetzt bleibt nur noch zu hoffen, dass Massimo die richtige Entscheidung trifft und sich nicht verrennt. Ich habe ihm ein Angebot gemacht, das er eigentlich nicht ablehnen kann.« Marcelo lächelte hämisch. »Das heißt, die Sizilianer machen ihm das Angebot.«

»War ich sehr teuer?«, fragte ich, hob den Blick und schaute ihn an.

»Im Gegenteil«, entgegnete Marcelo und nahm die Sonnenbrille ab. »Du bist unbezahlbar, Süße. Was wolltest du mir vorhin noch sagen?« Wieder zog er mich an sich und schloss seine starken Arme um mich.

»Ach, nichts. Schon gut«, flüsterte ich. »Wohin fahren wir?«

»Ich muss mit den Jungs sprechen, und es gibt einen Ort, den du sehen musst, bevor wir abreisen.« Ein befreites Lachen brachte Marcelos Brustkorb zum Beben.

»Was hast du eben in den Kofferraum gepackt?« Bei meiner Frage wurde sein Blick ernst.

»Ein Gewehr«, antwortete er, ohne zu zögern.

»Hast du die Espressotasse zerschossen?« Er nickte. »Woher wusstest du, dass du treffen würdest?« Wieder lachte er laut, rutschte näher an mich heran und nahm mich in die Arme.

»Liebling, wenn du in deinem Leben so viele Schüsse abgegeben hättest wie ich, würdest du selbst ein Zucker*korn* treffen. Außerdem war ich gar nicht weit weg, es war also ziemlich einfach. Bevor Massimo ins Lokal kam, habe ich gesehen, wie deine Halsschlagader pulsierte, deshalb wusste ich, wie aufgeregt du warst.«

»Ich will auch so schießen können«, seufzte ich, und Marcelo drückte mich noch fester an sich.

»Es reicht, wenn ich das kann.«

Der Mercedes hielt vor einem eleganten, teuren Friseursalon, und ich schaute Marcelo verwundert an.

»Ist das das Versteck für euer konspiratives Treffen?«, fragte ich halblaut und schaute mich um.

»Nein«, Marcelo grinste. »Das ist einfach nur ein Friseur, und du hast einen Termin.«

»Wie das?« Verblüfft schaute ich ihn an, aber er hatte schon meine Hand gegriffen und zog mich hinter sich her aus dem Wagen.

Im Salon kam sofort eine junge Frau mit braunen Haaren

auf uns zu. Ihre Arme und ihr Dekolleté waren mit bunten Tattoos bedeckt, und sie sah einfach umwerfend aus. Sie begrüßte Marcelo mit zwei Küsschen, dann stand sie ein wenig zu nah vor ihm und schaute ihn ein wenig zu begehrlich an. Eifersucht stieg in mir auf. Ich räusperte mich, griff fester nach Marcelos Hand und trat einen Schritt vor.

»Laura«, sagte ich und streckte der Frau meine Hand entgegen.

»Ja, ich weiß. Hi!« Strahlend lächelte sie mich an. »Ich bin Nina, und das sind deine Extensions.« Sie griff mir in die Haare und schüttelte den Kopf. »Gib mir eine Stunde, Marcelo.«

Ich starrte abwechselnd Nina und Marcelo an und kam aus dem Staunen nicht heraus. Mir war vollkommen schleierhaft, was hier vor sich ging. Dann drehte ich mich zu Marcelo um, der schon wieder auf dem Weg zum Ausgang war.

»Süße, ich werde mich nie einmischen und irgendwas dazu sagen, wie du aussiehst. Versprochen. Aber ich kann den Gedanken nicht ertragen, dass diese Haare gar nicht deine Haare sind.«

Als ich verstand, worum es ging, musste ich lachen.

»Ich wollte sie sowieso abnehmen, sie gehen mir auf die Nerven.« Ich trat zu ihm und küsste ihn sanft. »Sie waren meine Therapie, aber jetzt brauche ich sie nicht mehr. Wir sehen uns in einer Stunde.« Ich drehte mich um und ging zu Nina zurück, die schon neben dem Friseursessel wartete.

Nachdem sie mir in mühevoller Kleinarbeit die Extensions abgenommen hatte, stellte ich verwundert fest, wie lang meine

Haare geworden waren. Ich sagte Nina, sie solle meine Haarfarbe aufhellen, dann rief Marcelo an, weil sein Treffen länger dauerte als geplant. So hatte ich etwas mehr Zeit für meine Metamorphose, denn wie immer gingen einschneidende Veränderungen in meinem Leben auch mit einer komplett neuen Frisur einher.

»Wie hell sollen sie denn werden?«, fragte Nina, die Farbmischschale in der Hand, und schaute mich im Spiegel an.

»Nussbraun«, gab ich zurück.

»Du hast gesagt, dass du schon ziemlich oft ziemlich radikal deine Haarfarbe geändert hast. Ich kann dir nichts versprechen – im schlimmsten Fall gehst du komplett ohne Haare hier raus.«

»Wo ist sie?«, rief Marcelo, als er den Salon betrat, und alle Kundinnen verloren beim Anblick seines tätowierten Körpers fast das Bewusstsein. »Wo ist die Frau meines Herzens?«

Ich blätterte in einem Magazin und musste kichern, weil er mich komplett übersehen hatte. Dann legte ich die Zeitschrift zur Seite und fragte mit einer hochgezogenen Augenbraue: »Wollen Sie nicht lieber eine neue?« Mit offenem Mund starrte Marcelo mich ungläubig an. »Wie lange sind Sie denn überhaupt schon zusammen?« Ich ging zu ihm, griff an seinen Hemdkragen und zog ihn zu mir. »Vielleicht kann ich Sie ihr ja ausspannen?« Ich lächelte verführerisch.

»Verehrteste«, erwiderte Marcelo, umarmte mich und schaute mich hingerissen an. »Die Frau meines Herzens ist durch nichts zu ersetzen, und außerdem habe ich viel zu lange auf sie gewartet.« Er lächelte strahlend. »Aber ich kann ja trotzdem mal ausprobieren, wie es ist, eine Surferin zu küssen.« Ohne sich um die neidischen Kundinnen zu kümmern, schob er mir zärtlich seine Zunge zwischen die Lippen. Nach mehreren langen Sekunden hielt er inne, hielt mich an seinen ausgestreckten Armen von sich weg und schaute mich an.

»Danke, Nina!«, rief er meiner tätowierten Friseurin zu, dann zog er mich hinter sich her aus dem Salon.

Wir stiegen in den stahlgrauen Mercedes G-Klasse, Marcelo startete den Motor und fuhr mit quietschenden Reifen los.

»Hast du es eilig?«, fragte ich belustigt und kämpfte mit dem Sicherheitsgurt.

»Allerdings«, antwortete Marcelo knapp, ohne den Blick von der Straße zu nehmen.

Wir fuhren direkt aufs Flugfeld, und beim Anblick des Flugzeugs verlor ich fast das Bewusstsein. Es war noch kleiner als das, mit dem Massimo und ich immer geflogen waren. Es erinnerte an eine Schubkarre mit Flügeln. Fest rammte ich beide Fersen in den Boden und starrte den weiß-gelb lackierten Tod auf Rädern an, der nur wenige Meter vor mir stand. Marcelo musste verrückt geworden sein, wenn er dachte, dass ich da einsteigen würde, oder hatte er in diesem Miniatur-Flugzeug etwa eine Klappliege, um mich abzulenken? In meinem Kopf lief ein Katastrophenfilm nach dem anderen ab. Nervös begann ich, in meiner Handtasche zu kramen, und entdeckte zu meinem Erschrecken, dass ich meine Beruhigungstabletten nicht eingepackt hatte.

»Ich weiß, du hast Flugangst«, sagte Marcelo und ging ungerührt weiter. »Aber diesmal wirst du gar keine Zeit haben, dich zu fürchten.« Er blieb stehen und drehte sich zu mir um, die schwarze Tasche über die Schulter gehängt. »Du wirst nämlich im Cockpit sitzen.« Er grinste. »Und wenn du unbedingt willst, lasse ich dich auch mal das Steuer übernehmen.« Er drehte sich wieder um und stieg die kleine Gangway hinauf.

Ich starrte weiter die Blechdose an. *Er lässt mich das Steuer übernehmen*, wiederholte ich in Gedanken Marcelos Worte. Heilige Scheiße, hatte er etwa vor, diesen fliegenden Sarg selbst zu steuern? Ich war hin- und hergerissen. Auf der einen Seite waren da Neugier und das von der neuen Frisur noch ins Unermessliche gesteigerte Wissen um meine eigene Großartigkeit, auf der anderen Seite die altbekannte Angst, die sich allmählich zu einer ausgewachsenen Panikattacke steigerte. Ich wusste nicht, ob ich fröhlich kreischend ins Flugzeug hüpfen oder sofort umdrehen und wegrennen wollte.

»Himmel!«, seufzte ich, bekreuzigte mich, hielt mich an meiner Handtasche fest und stieg die Gangway hinauf.

Im Innern angekommen, schaute ich mich lieber gar nicht erst um, denn ich fürchtete, sofort vor Angst zu sterben, wenn ich mir bewusst machte, wie winzig das Flugzeug war. Ich wandte mich nach links und gelangte nach wenigen Schritten ins Cockpit.

»Ich sterbe«, teilte ich Marcelo mit, als ich neben ihm Platz nahm. Marcelo hatte sich bereits Kopfhörer aufgesetzt, drückte Millionen Knöpfe und legte Tausende Schalter um.

»Ich habe einen Infarkt, eine Panikattacke, einen hysterischen Schub …«

Mit einem Kuss brachte er mich zum Schweigen, und

unter der Berührung seiner weichen Lippen vergaß ich vollkommen, wo ich mich befand. Ich vergaß, wie ich hieß, wo ich wohnte und wer in der Grundschule meine beste Freundin gewesen war.

»Es wird dir gefallen«, sagte Marcelo und ließ wieder von mir ab. »Setz die Kopfhörer auf und mach dich auf was gefasst. Was jetzt kommt, ist besser als ...« Er brach ab und schaute mich belustigt an. »Ich wollte sagen, besser als Sex, aber Sex mit mir ist das Allerbeste, insofern ...« Entschuldigend zuckte er die Achseln, und aus meinen Kopfhörern erklang plötzlich eine sonore männliche Stimme. Ich verstand kein Wort, nicht mal Bahnhof, aber Marcelo antwortete sofort. Dabei drückte er weitere Knöpfe, legte Schalter um, drehte Drehknöpfe, schaute auf Anzeigen und Messskalen, und ich saß neben ihm und kam aus dem Staunen nicht heraus. Gab es eigentlich irgendetwas auf dieser Welt, was dieser Mann nicht draufhatte?

»Was ist das?«, fragte ich und zeigte auf einen grünen Punkt.

»Das ist das Katapult«, erwiderte Marcelo. »Wenn du da während des Fluges drückst, schießt du mich aus der Maschine.«

Zuerst nickte ich noch, aber nach ein paar Sekunden drang durch mein angstvernebeltes Gehirn, dass Marcelo mich gerade gehörig verarschte.

»Du hättest dein Gesicht sehen sollen!« Er lachte schallend. »Das ist die Tankanzeige, Schatz. Und jetzt überprüfen wir, ob das Ruder und die Klappen funktionieren.«

Nachdem ich mich einmal zur Idiotin gemacht hatte, hielt

ich nun lieber den Mund und schaute einfach nur zu, wie perfekt mein Mann hier zurechtkam. *Mein Mann*, wiederholte ich in Gedanken und schaute ihn an. Da hatte ich den einen noch gar nicht richtig verlassen, und schon hatte ich den nächsten. Meine Mutter hätte sicherlich einiges zu dem Thema zu sagen gehabt. Angefangen bei »So habe ich dich nicht erzogen« über »Überleg dir gut, was du da tust!« bis hin zu »Aber es ist schließlich dein Leben«. Beim Gedanken, dass ich um dieses Gespräch nicht herumkommen würde, seufzte ich.

Der Motor begann zu vibrieren, und mir wurde flau im Magen. Ob ich nun die Frontscheibe oder den Innenraum des Flugzeugs vor mir hatte, machte keinen Unterschied, ich dachte so oder so ans Sterben.

»Marcelo, ich kann das nicht«, murmelte ich, als wir langsam Richtung Startbahn rollten und ich immer kurzatmiger wurde. »Bitte, halt an, und lass mich aussteigen.«

»Kannst du mir bitte die Werte auf dieser Anzeige ansagen?«, erwiderte Marcelo und zeigte auf einen kleinen Monitor. »Die Zahlen, die gleich hier aufleuchten, die musst du mir sagen. Schaffst du das?« Fürsorglich schaute er mich an, und ich begann vorzulesen.

Über den Monitor flimmerten irgendwelche sinnlosen Zahlen, aber ich sagte sie Marcelo in höchster Konzentration eine nach der anderen an. Dann fühlte ich plötzlich, wie die Maschine abhob und durch die Luft flog.

»Marcelo … Himmel …«, jammerte ich atemlos.

»Die Zahlen!«, wies mich Marcelo zurecht, und ich begann wieder zu lesen.

Nach etwa zehn Minuten fühlte ich Marcelos Blick auf

mir. Ich drehte mich zu ihm und sah, dass er mich mit einem breiten Lächeln anschaute. Seine Sonnenbrille rutschte ein winziges Stück höher, wenn er die Mundwinkel nach oben zog.

»Du kannst aufhören zu zählen, zum Aussteigen ist es jetzt sowieso zu spät.«

Ich schaute aus dem Fenster und sah nur die Wolken unter uns und die Sonne über uns. Wir waren ganz allein mitten im Nichts. Immer noch war mir etwas flau im Magen, aber die Glückseligkeit, die ich fühlte, wenn ich das leuchtende Blau ringsum anschaute, wog alles auf. Ich vergaß meine Angst.

»Weißt du, was ich gerade gedacht habe?«, fragte ich.

Immer noch lächelnd schüttelte Marcelo den Kopf.

»Ich hatte noch gar keine Gelegenheit herauszufinden, wie du schmeckst.« Ich ließ den Kopf an die Kopfstütze sinken. »Ich möchte sehen, wie du kommst, wenn ich dich verwöhne ...«

»Daran hast du gedacht, als du die Wolken angeschaut hast?«, fragte Marcelo verblüfft. »Ehrlich, Süße, ich mache mir Sorgen um dich. Weißt du eigentlich, dass Wolken nur eine Ansammlung von Wassertropfen oder Eiskristallen sind ...«

»Lenk nicht ab«, unterbrach ich ihn. »Ich biete dir hier gerade einen Blowjob an, Marcelo.«

»Himmel!«, stöhnte Marcelo. »Und das sagst du mir, während wir Tausende Meter über der Erde schweben?!«

Er fuhr sich mit der Zunge über die Lippen, und ich schaute auf seinen Schritt.

»Aber wie ich sehe, scheint dir der Gedanke an sich durchaus zu gefallen ... also deiner Reaktion nach zu urteilen, oder liege ich da falsch?«, beendete ich meinen Satz und genoss weiter die Reise.

KAPITEL 14

Wir landeten auf dem Flughafen Teneriffa Süd. Als wir das Terminal verließen und zum Parkplatz gingen, erwartete uns das extravaganteste Auto der Welt. Marcelo öffnete mir die Tür, und als ich einsteigen wollte, hielt er mich auf.

»Ich habe einen Steifen, seitdem du davon geredet hast, dass du wissen willst, wie ich schmecke«, sagte er grinsend und rieb seine beeindruckende Erektion an mir. Dann küsste er mich sanft auf die Nase und ließ mich los.

Er war ein Meister der Provokation. Mit einem Bein im Auto stand ich da und fragte mich, ob ich die Sache nicht gleich hier und jetzt zu Ende bringen wollte. »Ich will dir einen blasen«, flüsterte ich ihm ins Ohr und ließ mich auf den Beifahrersitz sinken.

»Da werden den Worten wohl keine Taten folgen.« Marcelo warf meine Tür zu, ging um den schwarzen Wagen herum und stieg auf der Fahrerseite ein. »Ich habe dir doch gesagt, Amelia veranstaltet einen Willkommensempfang.« Er startete den Motor. »Und danach wirst du ganz bestimmt keine Kraft mehr für erotische Spielchen haben.« Er grinste mich an und setzte seine Sonnenbrille auf.

»Wetten, dass doch?«, sagte ich, als wir mit quietschenden Reifen losfuhren.

Sein ansteckendes Lachen erfüllte die Luft. Er musste nichts sagen, ich wusste auch so, dass er die Herausforderung angenommen hatte.

Aber als wir in der Tiefgarage von Marcelos Apartment hielten, war ich nicht in der Lage auszusteigen. Ich fühlte mich eigenartig, sonderbar, als wäre ich in der Zeit zurückgereist – freilich mit einem entscheidenden Unterschied: Als ich vor einem halben Jahr zum ersten Mal an diesen Ort gekommen war, war ich glücklich verheiratet und schwanger gewesen. Aber stimmte das denn? War das, was ich im Dezember des vergangenen Jahres gefühlt hatte, wirklich Glück gewesen? Mein Kopf gab mir widersprüchliche Signale. Einerseits bedauerte ich über die Maßen, dass meine Beziehung mit Massimo so ein schreckliches Ende gefunden hatte, andererseits waren mit dem tätowierten Mann an meiner Seite alle meine Träume in Erfüllung gegangen. Doch was war, wenn ich mir meine Gefühle für ihn nur einredete? Womöglich trieben mich Neugier und Abenteuerlust in seine Arme, und dafür zerstörte ich das wunderbare Band zwischen mir und meinem Ehemann ...

»Ich kann dich auch ins Hotel bringen, wenn du dich hier nicht wohlfühlst«, Marcelo sah mein Zögern. »Laura, ich weiß, was damals passiert ist, ist sehr schmerzhaft für dich, aber ...«

»Das ist es nicht«, sagte ich mit fester Stimme und stieg aus. »Gehen wir?«

Ich wollte jetzt nicht meinen Erinnerungen nachhängen,

ich wollte mich betrinken, Spaß haben und nicht nachdenken. Zugleich war mir sonnenklar, dass ich auf dieser Insel noch mehr als einmal mit meinen Erinnerungen würde zu kämpfen haben.

Als ich Marcelos Apartment betrat, hatte ich eigenartigerweise das Gefühl, nach Hause zu kommen. Alles war noch genau so, wie ich es in Erinnerung hatte – mit dem Unterschied, dass ich dieses Mal nicht hier sein musste, sondern hier sein wollte.

Marcelo machte den Eindruck, als wären wir schon tausend Mal zusammen nach Hause gekommen. Er ließ seine Tasche neben der Tür auf den Boden fallen, nahm sich ein Bier aus dem Kühlschrank, holte sein Telefon aus der Hosentasche, wählte eine Nummer und hielt sich das Telefon ans Ohr. Ich war nicht sicher, ob er mir Zeit lassen wollte oder ob er sich einfach so normal und ungezwungen wie immer verhielt. Ich beschloss, ihn nicht weiter zu stören, und ging die Treppe hinauf in mein Zimmer.

Ich öffnete den Kleiderschrank, der aber zu meiner Überraschung vollkommen leer war. *Na wunderbar*, dachte ich und überlegte fieberhaft, wo der Koffer geblieben sein könnte, den ich auf Ibiza dabeigehabt hatte. Nach unserer Landung hatte Marcelo ihn nicht ins Auto geholt, aber im Flugzeug war er ganz sicher noch dagewesen. Ich starrte auf die leeren Schrankfächer und verzweifelte schier bei der Vorstellung, die kommende Nacht ohne ein frisches Höschen überstehen zu müssen, von den kommenden Tagen ganz zu schweigen.

»Du hast die Zimmer verwechselt.« Marcelo stand plötzlich hinter mir und schlang die Arme um mich. »Wenn du die Treppe hochkommst, die erste Tür rechts.«

Ich drehte mich um und folgte ihm zögernd. Als ich die Tür zu seinem ehemaligen Zimmer öffnete, stellte ich fest, dass es komplett renoviert worden war. Die Wände waren nicht mehr weiß, sondern grau, auch die Möbel waren neu, und das Bett war nicht mehr einfach und rahmenlos, sondern hatte ein Metallgestell. Immer noch war alles stylish und modern, und ein Metallrohr an jeder der Ecken des Bettes lud zu verruchten Gedanken ein.

»Deine Sachen sind in der Garderobe.« Marcelo öffnete eine Tür, und dahinter erblickte ich ein Ankleidezimmer. »Amelia hat noch ein paar Sachen für dich gekauft. Sie meinte, wenn ich das tue, hast du nichts anderes anzuziehen als Shorts und Flipflops.« Er zuckte die Schultern. »Wenn du sonst noch was brauchst …«

»Willst du mich fesseln?«, fragte ich. Marcelo drehte sich zu mir um, seine grünen Augen durchbohrten mich. »Warum hat das Bett diese vier Rohre? Und warum hast du das Zimmer renoviert?« Langsam ging ich auf ihn zu.

»Ich habe dich hier mit einer Waffe bedroht«, antwortete Marcelo, ließ den Kopf hängen und seufzte. »Ich wollte nicht, dass das Zimmer bei dir schlechte Erinnerungen weckt. Wenn du willst, können wir umziehen. Ich habe nie in Immobilien investiert, aber ich habe mich mal umgeschaut, und es gibt einige gute Angebote in der Nähe von …«

Wieder unterbrach ich ihn, diesmal, indem ich meine Lippen auf seine presste. Dann ließ ich meine Zunge in seinen Mund gleiten und fuhr sanft über seine Zähne und seinen

Gaumen. Marcelo ging leicht in die Knie und legte seine Hände um mein Gesicht.

»Ja, ich will dich fesseln«, flüsterte er, und ich erstarrte. »Damit du für immer bei mir bleibst.« Er schenkte mir ein bezauberndes Lächeln. »Und in diesen Rohren sind ausfahrbare Lautsprecherboxen. Ich will ein ordentliches Soundsystem im Schlafzimmer haben. Das brauche ich, wenn ich mit dir einen Filmmarathon machen will.« Er küsste mich auf die Nase. »Und wo wir schon von Musik reden ...« Er drehte sich um und ging zu dem Tablet, das auf einem stylishen Hängeschrank lag. »Ich schaue so gerne zu, wie du mit dem Hintern wackelst ...« Er drückte einen Knopf, aus den vier Säulen kamen lange, schwarze Lautsprecher, und im nächsten Augenblick war das ganze Zimmer von Musik erfüllt. Justin Timberlake sang *Cry Me a River*.

Marcelo stand grinsend an die Wand gelehnt, und als die ersten Bässe erklangen, begann er zu tanzen. Sprachlos und mit offenem Mund schaute ich zu, wie er durch das Zimmer glitt und sich komplett zum Affen machte. Er griff sich eine Basecap und sang den Text mit. Dabei warf er die Cap gekonnt immer wieder von einer Hand in die andere. Ich war verzückt, überrascht und belustigt gleichermaßen von seiner Show-Einlage. Schließlich kam er zu mir, legte von hinten seine Hände auf meine Hüften und begann mit mir zu tanzen. Harmonisch glitten wir zu den sinnlichen Klängen durch den Raum. Schon auf Ibiza war ich sicher gewesen, dass er tanzen konnte, aber dass er so genial gut tanzte, davon war ich dann doch überrascht.

»Lügner«, kicherte ich, als der Song endete und die ersten

Klänge des nächsten Stücks zu hören waren. »Du hast gesagt, du kannst nicht tanzen.«

»Ich habe gesagt, ich kann nicht zu schnellen Stücken tanzen.« Er zog sein Hemd aus. »Denk dran, Surfer haben einen sehr geschulten Gleichgewichtssinn.« Er zwinkerte mir zu und tänzelte, immer noch hüftschwenkend, über den Flur ins Badezimmer.

Ich wollte ihm schon folgen, aber dann machte ich mir klar, dass das erst ein halbstündiges Vorspiel und dann vermutlich einstündiges Kopulieren unter der Dusche zur Folge haben würde, und ließ es gut sein.

An diesem Abend würde ich an Marcelos Seite zum ersten Mal als Freundin des Chefs auftreten. Nach dem Tod seines Vaters, machte ich mir klar, war er ja jetzt das Familienoberhaupt. Niedergeschlagen ging ich zu meinem Teil der Garderobe und wühlte mich durch Dutzende Kleiderbügel. Doch schon kurz darauf stellte ich erleichtert fest, dass ich sehr wohl etwas anzuziehen hatte: Statt bunter Hemden und Jeans fand ich jede Menge Kleider, Blusen, Tuniken und atemberaubende Schuhe.

»Danke, Amelia«, flüsterte ich vor mich hin, während ich eine Kreation nach der anderen bewunderte. Dann hielt ich plötzlich inne: Aber wenn Marcelo heute Abend wieder seine Shorts anzog, würde ich neben ihm wie eine Idiotin aussehen. Ich setzte mich auf den Teppich und starrte stumpfsinnig Löcher in die Luft.

»Hat sie alles richtig gemacht?«, fragte Marcelo, der hereinkam und sich mit einem Handtuch den Kopf abtrocknete.

»Herr, steh mir bei«, stöhnte ich, als Marcelos nackter,

tätowierter Hintern wenige Zentimeter vor meinen Augen vorbeikam. Meine Selbstkontrolle flößte mir selbst Respekt ein, als ich regungslos zuschaute, wie er eine graue Leinenhose von einem Bügel zog.

»Süße, hat Amelia alles richtig gemacht, als sie für dich Klamotten geshoppt hat?«, wiederholte Marcelo seine Frage, als ich nicht reagierte.

Ich nickte mechanisch.

»Sehr gut. Das ist jetzt nicht wirklich ein offizieller Empfang, aber du weißt ja … Seitdem ich der Boss bin, kann ich nicht mehr ständig so aussehen, als wäre ich erst achtzehn.«

Als er die hellgraue Hose über seinen Hintern zog, atmete ich erleichtert auf – was ich nicht sah, konnte mich auch nicht heißmachen. Nun nahm Marcelo ein blaues Hemd vom Bügel, zog es an und krempelte die Ärmel hoch. Der Stoff an der Innenseite der Ärmel war von derselben Farbe wie die Hose, die er trug. Himmel, er sah so gut aus – sonnengebräunt, glatzköpfig und tätowiert. Er schlüpfte in blaue Mokassins, legte eine Uhr um sein Handgelenk und musterte mich. »Liebling, du siehst aus, als hättest du einen Schlaganfall gehabt – und warte mal …« Er kam näher und fuhr mir mit dem Daumen über den Mundwinkel. »… dir läuft ja die Spucke aus dem Mund!« Lachend griff er mir unter die Achseln und zog mich auf die Füße. »Ab ins Bad!« Er gab mir einen aufmunternden Klaps auf den Hintern, und ich tapste kopfschüttelnd ins Bad und stellte mich unter die Dusche. Für alle Fälle drehte ich erst mal das kalte Wasser auf, passte aber auf, dass mir der Strahl der Brause meine neue Frisur nicht ruinierte. Nina hatte meine Haare nur leicht aufgehellt und mir Strähnchen gemacht, dann hatte sie meine Haarpracht sehr sexy zu einer nur scheinbar zufälligen Unordnung auftoupiert. Vor dem Spiegel stehend entdeckte ich, dass der Badezimmerschrank voller Kosmetikartikel war. Amelia war wirklich ein Schatz. Ich tuschte mir ausgiebig die Wimpern und puderte mein Gesicht mit einem Goldhauch. Nun war ich sauber und sah frisch und natürlich aus.

Als ich zurück ins Schlafzimmer kam, war Marcelo verschwunden. Ein wenig freute mich das sogar, denn so konnte ich in Ruhe ein Outfit aussuchen. Ich wählte ein kurzes, sandfarbenes, rückenfreies Kleid mit schmalen Trägern, dazu fand ich passende hochhackige Sandalen mit Knöchelschnalle. Eine kleine dunkelblaue Clutch und ein breites goldenes Armband waren geeignete Accessoires. Ich war fertig.

Als ich die Treppe runterkam, stand Marcelo über einen Laptop gebeugt am Küchentisch. Als er meine Absätze hörte, klappte er den Bildschirm zu, drehte sich zu mir um und erstarrte. Das locker geschnittene Kleid umfloss meinen Körper auf verführerische Weise.

»Du bist mein für immer.« Mit einem strahlenden Lächeln kam er zu mir, legte seinen Arm um mich und hob mich über die letzte Stufe nach unten. Dann ließ er seine Lippen leicht über meinen halbgeöffneten Mund fahren.

»Wollen wir los?« Er griff nach dem Autoschlüssel, verschränkte seine Finger mit meinen und ging zur Tür.

»Du hast getrunken«, stellte ich in anklagendem Tonfall fest. »Und jetzt willst du fahren?«

»Süße, das war ein kleines Bier, aber wenn du willst, kannst du fahren.«

»Und wenn die Polizei uns erwischt?« Mein Tonfall war sicher eine Spur zu aggressiv, doch nach der Erfahrung mit Massimo war ich auf der Hut.

»Weißt du was?«, fragte Marcelo und fuhr mit der Nase über mein Gesicht. »Ich kann dir auch eine Polizeikolonne besorgen, mit Blaulicht und Sirene, soll ich?« Belustigt zog er die Augenbrauen hoch. »Ich sage es gerne noch einmal: Ich bin Marcelo Nacho Matos, und das ist meine Insel.« Lachend breitete er die Arme aus. »Und wenn jetzt alle Zweifel beseitigt sind, lass uns bitte losfahren, denn wenn Amelia mich ständig weiter anruft, ist mein Akku bald leer. Und da wir schon von Telefonen reden ...« Er zog ein weißes iPhone aus der Tasche und reichte es mir. »Dein neues Telefon, mit der Kontaktliste aus deinem alten und unterdrückter Rufnummer.« Er zuckte die Schultern. »An den Rest komme ich leider nicht ran: deine Kleider, dein Notebook und alles, was du auf Sizilien gelassen hast.«

»Das sind nur Dinge«, sagte ich und steckte das Telefon in die Tasche. »Und ich habe wirklich andere Sorgen«, fügte ich hinzu, und Marcelo erstarrte.

»Sorgen?«, fragte er mit gerunzelter Stirn. »Was hast du für Sorgen?«

Ich seufzte. »Olgas Hochzeit, meine Scheidung, das Modelabel ...« Ich schüttelte den Kopf. »Reicht das, oder soll ich die Aufzählung fortführen?«

»Für die meisten davon habe ich schon eine Lösung.« Marcelo legte seine Lippen auf meine Stirn. »Das Einzige, was ich nicht planen kann, ist deine Anwesenheit bei Olgas Hochzeit, aber darüber reden wir später. Jetzt komm.«

Als wir vor dem Schloss der Familie Matos vorfuhren, kam mir der Mageninhalt hoch. Ich hatte nicht erwartet, dass ich dermaßen emotional reagieren würde. Ich hatte geahnt, wo wir hinfuhren, aber als wir das Ziel erreichten, hatte ich den Drang zu kotzen. Wie in Zeitraffer sah ich immer wieder einzelne Bilder von jenem Tag vor meinem inneren Auge. *Es ist doch nur ein Ort, nur ein Gebäude*, versuchte ich mir vergeblich einzureden.

»Liebling.« Marcelos Stimme riss mich aus meinen Gedanken. »Du siehst schon wieder so aus, als hättest du gerade einen Schlaganfall gehabt«, stellte er besorgt fest und griff nach meiner Hand.

»Alles in Ordnung, es ist nur ... dieses Haus«, ich brach ab und schaute auf das Schloss. »Ich weiß noch, wie er mich geschlagen hat und ich dachte ...«

»Verdammt!«, rief Marcelo so heftig aus, dass ich vor Schreck fast aus meinem Sitz sprang. »Jeden Tag denke ich daran, und jedes Mal möchte ich mich am liebsten selbst in Stücke reißen für das, was du meinetwegen durchmachen musstest. Süße, ich beschütze dich vor der ganzen Welt, das verspreche ich dir, nur bitte, vergib mir.« Er senkte den Kopf. »Das ist nicht der richtige Moment für dieses Gespräch, aber wir holen es bald nach, das wollte ich dir sagen.«

»Laura!« Amelias Stimme durchschnitt die angespannte Stille.

»Du musst mir nichts versprechen«, erwiderte ich nur und stieg aus. Fast im selben Moment fiel mir Amelia schon um den Hals.

»Hallo!« Ich küsste sie auf beide Wangen, und sie umarmte

mich fest. »Du siehst göttlich aus.« Ich hielt sie an meinen ausgestreckten Armen von mir weg und musterte sie anerkennend.

»Du aber auch«, rief sie freudestrahlend und griff nach der Hand ihres Bruders, der eben zu uns trat. »Ich gehe davon aus, dass ihr jetzt ein Paar seid und ich endlich eine Freundin habe und Pablo eine Tante, ist das richtig?« Marcelo und ich schwiegen beide und warfen uns nur verstohlene Blicke zu. »Was Marcelo sagen wird, weiß ich, deshalb will ich vor allem deine Meinung hören, Laura. Lügt ihr mich schon wieder an?«

Mehrere Sekunden lang schaute ich Amelia nur schweigend an, dann griff ich nach Marcelos Hand, legte mir seinen Arm um die Schulter und schmiegte mich an seine Seite. Dann gab ich ihm einen zärtlichen Kuss auf den Mund.

»Wir werden es versuchen«, sagte ich. »Aber wir können nicht garantieren, dass es funktioniert.« Ich hoffte, Marcelo verstand, dass meine Antwort in erster Linie an ihn gerichtet war und weniger an seine Schwester.

»Himmel, ihr seid ja total verknallt, wie süß!«, quietschte Amelia und faltete die Hände wie zum Gebet. »Aber genug jetzt. Wir müssen anstoßen, und Marcelo – Ivan möchte dich sprechen, wenn du einen Moment Zeit hast.« Sie nahm mich an der Hand und zog mich hinter sich her durch die Tür.

Sobald ich die Schwelle überschritten hatte, blieb ich überrascht und verblüfft stehen. Das Innere des Schlosses sah ganz anders aus als in meiner Erinnerung. Zwar war ich nur wenige Stunden hier gewesen, aber der Ort, an dem man gequält und gefoltert wird, bleibt einem in Erinnerung. Wir gingen den langen Korridor entlang, Marcelo folgte uns, die Hände in den Taschen seiner Hose vergraben und ein fröhliches Lächeln auf den Lippen. Ich ließ Amelias Hand los, legte einen Arm um Marcelos Taille und schmiegte mich an ihn.

»Habt ihr hier umgeräumt? Ich habe alles irgendwie — weniger modern in Erinnerung…«

»Umgeräumt? Umgebaut!«, korrigierte Marcelo grinsend. »Wir haben das ganze Schloss renoviert, gleich nach dem *Unfall.* Auch wenn du damals nur einen kleinen Teil gesehen hast…« Er nickte in Richtung Amelia, die schließlich nichts davon wusste, dass ihr Verlobter mich fast erschossen hatte — und dass es kein Unfall, sondern ein Mordversuch gewesen war. »Ich habe das ganze Gebäude neu herrichten lassen. Es war schon ziemlich heruntergekommen, und ehrlich gesagt hatte ich auch nicht nur gute Erinnerungen daran.«

»Marcelo ist der Chef«, warf Amelia ein. »Jetzt beginnt eine neue Ära für unsere Familie — endlich!«

»Amelia, du musst dich nicht in allen Einzelheiten damit befassen, was die Familie macht und wozu, okay?«, mahnte Marcelo ernst, und Amelia verdrehte die Augen. »Du hast doch einen Sohn«, sagte er, »um den du dich kümmern musst. Apropos, wo ist denn mein Patenkind?«

»In seinem Zimmer mit seinen Nannys, seinen Hunden und Katzen.« Sie wandte sich mir zu. »Marcelo meint, wenn Kinder mit Haustieren aufwachsen, fördert das ihre Entwicklung.« Sie tippte sich an die Stirn. »Aber er ist ja jetzt der Chef«, fügte sie hinzu und grinste.

»Genau!«, rief Marcelo und drückte mich an sich. »Und

das solltet ihr immer im Kopf behalten.« Er schaute mich an. »Alle beide!«

Wir hatten das Ende des Korridors erreicht, von wo eine Tür in den Garten führte. Ein riesiger Swimmingpool aus miteinander verbundenen Becken auf drei Ebenen erstreckte sich über dem felsigen Untergrund. Zu beiden Seiten des Schwimmbeckens standen Baldachine, Sonnenliegen und Gartenstühle. Mehrere Sofas waren in einem Viereck aufgestellt, in der Mitte brannte ein Feuer. Dahinter war eine lange, indirekt beleuchtete Bar aufgebaut, und wenige Meter entfernt war auf dem Rasen ein festliches Buffet. Im Garten befanden sich vielleicht fünfzig Menschen – hauptsächlich Männer, aber auch ein paar Frauen, die sich im Pool vergnügten oder genüsslich an ihren Cocktails schlürften. Alle waren jung, entspannt und sahen nicht im Entferntesten wie Gangster aus.

»Hola!«, rief Marcelo und hob die Hand. Alle wandten sich uns zu, dann brandeten Bravo-Rufe, Pfiffe und Applaus auf. Marcelo drückte mich fest an sich, begrüßte die Anwesenden und bat um Ruhe. Der DJ drehte die Musik leise, und Amelia reichte ihrem Bruder ein Mikrofon.

»Ich werde auf Englisch reden, denn die Auserwählte meines Herzens fängt gerade erst an, Spanisch zu lernen«, erklärte er. Nun waren die Augen aller Anwesenden auf mich gerichtet, und ich senkte den Kopf.

»Ich danke euch von Herzen, dass ihr hierher an den Arsch der Welt gekommen seid, aber ich hoffe, das Alkoholangebot entschädigt euch für eure Anstrengungen.« Wieder begannen die Gäste zu johlen und zu pfeifen. »Wer trotzdem am Ende des Abends noch nicht genug hat, der kriegt Cocktails to go. Und jetzt möchte ich euch Laura vorstellen, die – und hier bitte ich alle anwesenden Damen um Entschuldigung – mich und mein Herz erobert hat. Vielen Dank für die Aufmerksamkeit und viel Spaß!« Sobald er geendet hatte, warf er das Mikrofon einem in der Nähe stehenden Mann zu und legte seine warmen Lippen auf meine. Die Menge hob die Gläser in die Höhe, und wieder brandeten Applaus und Geschrei auf.

Mir war das alles peinlich. Die Show, die Marcelo abzog, fand ich wahnsinnig übertrieben, aber für ihn war sie vollkommen natürlich. So war er einfach, und das konnte ich ihm ja wohl kaum vorwerfen. Der Kuss dauerte gefühlt Minuten, Marcelo liebkoste unermüdlich meine Lippen. Allmählich wandten die Gäste ihre Blicke von uns ab, und endlich setzte die Musik wieder ein, und die Party ging weiter.

»Musste das sein?«, fragte ich, als Marcelo endlich von mir abließ.

»Du siehst heute einfach viel zu gut aus«, erklärte Marcelo. »Außerdem musste ich allen zeigen, wer der Boss ist, sonst würde sich irgendeiner von den Typen an dich hängen, und dann müsste ich ihn leider umbringen.« Er grinste mich an, und ich verdrehte die Augen.

»Die sehen aber gar nicht gefährlich aus.« Ich ließ meinen Blick über die Menge schweifen und zuckte die Schultern.

»Nicht alle sind gefährlich. Einige sind Surfer, andere sind Bekannte von Amelia, nur eine kleine Gruppe arbeitet für mich.«

»Aber alle wissen, wer du bist?«, fragte ich und biss mir auf die Unterlippe.

Marcelo nickte.

»Und das heißt, keiner von den Typen hier wird auch nur ein Wort mit mir reden?«

Er zuckte die Schultern und verzog den Mund zu einem schelmischen Grinsen. »Wenn, dann nur aus Höflichkeit oder weil er hundert Prozent schwul ist.« Er zog mich zu Amelia hinüber, die nervös von einem Fuß auf den anderen trat. »Lass uns anstoßen!«

Zum ersten Mal sah ich Marcelo in einer größeren Gruppe und stellte erleichtert fest, dass er sich mit anderen Leuten genauso verhielt wie mit mir allein. Er verstellte sich nicht im Geringsten, er lachte, scherzte und blödelte herum. Allmählich konnte ich seine Leute von den Freunden und Bekannten unterscheiden, obwohl das gar nicht so einfach war. Marcelo umgab sich mit Menschen, die ihm ähnlich waren. Die Surfer hatten lange Haare, Tattoos und fast schon unnatürlich braune Haut. Seine Leute dagegen waren entweder wahre Stiere oder aber Hungerhaken mit argwöhnischem Blick. Aber ausnahmslos alle hier machten einen ganz normalen, entspannten Eindruck, sie schienen sich alle schon lange zu kennen und Spaß zu haben.

Wie immer nippte Marcelo an einem Bier, und ich trank ein Glas Champagner. Ich hatte nicht vor, mich abzuschießen, zumal Olga nicht dabei war. Als ich an Olga dachte, wurde ich traurig. Amelia war zwar wunderbar, aber niemand konnte Olga ersetzen. *Ich sollte sie anrufen*, dachte ich, drehte mich um und ging ein paar Schritte zur Seite.

»Was ist los?«, fragte Marcelo, fasste mich um die Taille und drückte mir einen Kuss aufs Ohr.

»Ich muss mit Olga reden«, sagte ich.

»Lad sie doch ein.« Dieser kurze Satz sorgte dafür, dass ein ganzer Schwarm Schmetterlinge in meinem Bauch zu tanzen begann. »Wenn Domenico nichts dagegen hat, kann sie schon morgen hier sein. Ich kümmere mich um alles.« Er drückte mir einen Kuss auf die Stirn und ließ mich los. Sprachlos starrte ich ihn an.

Bumm! In diesem Moment hatte ich mich in ihn verliebt. Wenn ich noch irgendwelche Zweifel gehabt hatte, ob ich wirklich Gefühle für diesen Mann hegte, dann waren sie von einer Sekunde zur anderen verstummt. Er stand mit ein paar Kumpels zusammen und unterhielt sich, aber ich war nicht in der Lage, auch nur einen Schritt zu tun. Es war, als hätte sich etwas in mir gelöst. Mit beiden Händen griff ich nach dem Revers seines Hemdes und zog ihn an mich. Seine Lippen fanden meine, und es war mir egal, dass ich ihn mitten aus einer Unterhaltung riss und dass die umstehenden Männer erst aufstöhnten und dann anfingen zu lachen, als ich Marcelo gierig und eigentlich zu vulgär küsste. Seine eine Hand umfasste meinen Hintern, die andere meinen Nacken. Er war ideal, perfekt, wunderbar – und er gehörte mir.

»Danke«, flüsterte ich, als ich schließlich von ihm abließ, und ein Lächeln umspielte seine Lippen.

»Was hatte ich gerade gesagt?«, wandte er sich grinsend wieder an seine Freunde, aber als ich mich umdrehte und wegging, gab er mir noch einen Klaps auf den Po. Ich ging ins Haus und ließ mich in der Eingangshalle auf ein Sofa fallen, dann holte ich mein neues Telefon hervor und wählte Olgas Nummer.

»Hallo!«, sagte ich, als sie ranging. Das anschließende Schweigen dauerte mehrere Sekunden.

»Geht es dir gut? Ist was passiert?«, fragte Olga schließlich flüsternd.

»Nichts ist passiert, warum sollte was passiert sein?«

»Scheiße, Laura.« Olga seufzte schwer. »Du weißt nicht, was hier los war, als Massimo ins Castello zurückkam. Es hat nicht viel gefehlt, und er hätte uns alle umgebracht. Domenico hat mir alles von euerm Treffen erzählt. Dein Marcelo ist echt Hardcore. Ich verstehe euch ja, aber auf Don Torricelli zu schießen?!« Ich hörte, wie sie durch das Haus ging.

»Aber, Olga, Marcelo hat gar nicht auf Massimo geschossen, nur auf die Zuckerdose.« Ich hielt inne und musste dann über meine eigenen Worte lachen. »Er wollte ihn halt erschrecken, und offenbar hat er das geschafft.«

»Ihn zur Weißglut zu bringen, das hat er geschafft«, konstatierte Olga mit fester Stimme und lauter als vorher. »So, ich bin in den Garten gegangen, denn weiß der Teufel, ob ich im Castello nicht abgehört werde. Also, schieß los.«

»Kannst du herkommen? Ich bin auf Teneriffa.« Olga holte tief Luft, um etwas zu sagen, aber ich kam ihr zuvor. »Ich verspreche dir auch, dass du diesmal nicht die nächste Liebe deines Lebens treffen wirst. Bitte.« Obwohl es mir bestens ging, bemühte ich mich, jämmerlich zu klingen, weil ich wusste, dass nur Mitleid Olga dazu bewegen konnte, Domenico zu sagen, dass sie herkommen wollte.

»Dir ist aber schon klar, dass ich in zwei Wochen heirate?«, fragte Olga. Es war unüberhörbar, dass sie mit sich rang.

»Eben! Und solltest du da nicht etwas Zeit mit deiner Trauzeugin und besten Freundin verbringen, um alles zu planen? Okay, dein Hochzeitskleid hast du schon, aber wir müssen über meine Firma sprechen. Obwohl ich ehrlich gesagt gar nicht weiß, ob es noch meine Firma ist… Jedenfalls müssen wir ein paar Dinge klären, und am Telefon geht das nicht. Domenico versteht das bestimmt.«

»Himmelherrgott, du weißt aber auch genau, welche Knöpfe du bei mir drücken musst.« Ich wusste, dass Olga jetzt den Kopf schüttelte. »Also gut, ich rede morgen mit ihm.«

Ich zögerte, ob ich die eine Frage stellen sollte, die mir schon die ganze Zeit durch den Kopf ging, aber am Ende gewann meine Neugier die Oberhand.

»Und wie geht es ihm?«, murmelte ich und fühlte grundlos Schuldgefühle in mir aufsteigen.

»Massimo? Keine Ahnung. Er hat so lange auf einen Jetski geschossen, bis der in die Luft geflogen ist. Seitdem ist er verschwunden. Selbst Domenico hat gesagt, dass Massimo ausgetickt ist und er ihn nicht suchen wird. Wir sind dann nach Sizilien zurückgekehrt, und Massimo ist, glaube ich, auf Ibiza geblieben. Ich erzähle dir das alles, wenn ich auf Teneriffa bin, denn Domenico wirft mir schon die ganze Zeit glühende Blick zu, und ich glaube, ich muss ihm jetzt schnell einen blasen.«

»Ich liebe dich«, sagte ich lachend.

»Und ich dich auch, du Luder, ruf mich morgen Abend an oder schick mir deine Nummer, dann melde ich mich, sobald ich mit ihm gesprochen habe.«

Als ich in den Garten zurückkehrte, hörte ich erneut Bravorufe und Applaus. Von der Terrassentür aus sah ich Marcelo auf der Bühne stehen. Mit beschwichtigenden Handbewegungen versuchte er, die vor dem DJ-Pult versammelte Menge zu beruhigen.

»Das macht ihr immer«, klagte er gespielt leidend. »Also gut, ihr habt alle einen weiten Weg hinter euch, dann will ich mal spielen. Aber nur ein Stück.«

Spielen? Spielte er etwa ein Instrument? Ich blieb stehen, wo ich war, und schaute zur Bühne. Aber Marcelo hatte mich bereits entdeckt, zumal ich alleine abseits der Menge stand, und durchbohrte mich mit seinen grünen Augen.

»Aber erwartet nicht zu viel, das wird jetzt eher kitschig.« Mit gespielter Betretenheit schaute er auf seine Fußspitzen. »Vor ein paar Jahren hat eine britische Schriftstellerin den Roman *Fifty Shades of Grey* geschrieben, und der wurde ein paar Jahre später verfilmt. Es ist eine wirklich dumme Story über ein tyrannisches, sex- und kontrollsüchtiges Arschloch. Aber schließlich kennt jeder von uns so jemanden, insofern ist das also eine Geschichte, die das Leben schrieb.« Wieder durchbohrte mich sein Blick. »Ich persönlich kenne mindestens einen solchen Typ.« Mitleidig lächelnd schüttelte er den Kopf. »Aber was soll's, leben und leben lassen gilt schließlich auch für die Italiener.« Die Menge brach in schallendes Gelächter aus und applaudierte frenetisch. »Sorry, Marco, du bist echt in Ordnung.«

Marcelo zeigte auf einen seiner Kumpel, aber der winkte nur ab, »fick dich ins Knie«.

»Aber zurück zur Musik.« In diesem Moment betrat Amelia die Bühne und reichte ihrem Bruder eine Violine. »Es gibt da so einen Typen, der heißt Robert Mendoza, und der hat den Titelsong von dem Film für Violine arrangiert.« Marcelo griff nach der Geige und legte sie sich auf die Schulter. »Also: *Love Me Like You Do*. Jetzt könnt ihr mich von meiner sentimentalen Seite kennenlernen«, beendete er seine Rede, und die Menge brach in Jubel aus.

Eine ruhige Hintergrundmusik erklang, und Marcelo begann zu spielen. Dabei schaute er mir unverwandt in die Augen. Mein Mund stand weit offen, viel weiter als bei einem Blowjob. Dieser Mann konnte einfach alles! Er wiegte seinen Körper, der Bogen tanzte in seiner rechten Hand. Marcelos starke Arme hielten das Holzinstrument mit einer unglaublichen Zärtlichkeit, und aus seinem Gesicht sprach reine Freude.

Nicht eine Sekunde länger konnte ich ohne Marcelos Berührung sein. Wie von selbst begannen meine Füße zu gehen. Marcelo spielte weiter und schaute dabei zu, wie ich einen Fuß vor den anderen setzte und ihm langsam immer näher kam. Weil die Violine mit einem Kabel an den Verstärker angeschlossen war, konnte er mir nicht entgegenkommen. Aber das war mir vollkommen egal, genauso wie die hundert fremden Menschen vor der Bühne. Betört und geführt von Marcelos Blick ging ich weiter, und alle Gesichter wandten sich mir zu. Schließlich stand ich auf der Bühne, einen Meter von Marcelo entfernt. Er wandte sich mir zu und spielte weiter. Ich war verzaubert, wie von Sinnen und total verwirrt. Die Musik schwoll an, der Refrain ertönte, und ich konnte nicht anders, als breit zu lächeln. Ich war glücklich. Mein Mann spielte für mich, und selbst wenn vielleicht alle anderen Frauen auf der Party über sich dasselbe dachten – ich wusste es mit hundertprozentiger Sicherheit. Marcelo spielte die letzten Töne, dann legte er die Violine und den Bogen zur Seite und wartete, genauso wie das Publikum. Ich rannte zu ihm, sprang in seine Arme und schlang meine Beine um seine Hüften. Marcelo drückte mich an sich, und wieder begannen die Gäste zu jubeln und zu klatschen. Vermutlich war mir das kurze Kleid bei meinem gewagten Sprung bis über den Hintern hochgerutscht, aber Marcelo küsste mich so leidenschaftlich, dass es mir vollkommen egal war, ob ich nackt vor der Menge stand oder nicht.

»Du spielst Violine«, flüsterte ich. Er hielt mich immer noch in den Armen. »Was kannst du noch alles? Oder sollte ich besser fragen, was du nicht kannst?«

»Ich kann dich nicht nicht lieben.« Seine fröhlichen grünen Augen grinsten mich an. »Und ich kann nichts dagegen tun, dass ich einen Steifen kriege, sobald ich dir an den Hintern fasse.« Er grinste breit, und ich genauso. »Ich muss dich jetzt runterlassen, weil alle uns anstarren, und ich glaube, die Beule in meinem Schritt ist nicht zu übersehen.« Sanft setzte er mich wieder auf dem Boden ab, stellte sich hinter mich und winkte dem Publikum zu. Sein Auftritt war zu Ende, der DJ legte die nächste Platte auf, und die Gäste strömten wieder auf die Tanzfläche.

»Komm!« An der Hand zog ich Marcelo hinter mir her ins Schloss und durch die Korridore. Er folgte mir lachend.

»Kennst du den Weg?«, fragte er, als wir um die nächste Ecke bogen.

»Ich habe keine Ahnung, wo ich hingehe, aber ich weiß, was ich dort vorhabe«, antwortete ich und schaute mich um.

Marcelo griff mich um die Taille und warf mich über seine Schulter, dann ging er in die entgegengesetzte Richtung zurück. Ich wehrte mich nicht, er kannte sich schließlich aus und wollte mir nur helfen. Er stieg eine imposante Marmortreppe hinauf in den ersten Stock und öffnete eine der zahllosen Türen. Sobald wir in dem dunklen Zimmer standen, trat er die Tür ins Schloss, stellte mich auf den Boden und lehnte mich gegen das Türblatt.

»Ich will Liebe mit dir machen«, sagte er, hob meine Arme über meinen Kopf und legte seinen Mund auf meinen. Er streichelte meine Lippen mit seiner Zunge und hielt meine Handgelenke fest umklammert. Was er tat, machte mich an, aber der Alkohol, der durch meine Adern strömte, trieb mich in eine ganz andere Richtung als Unterwürfigkeit.

Ich wusste, er würde zärtlich und sehr subtil sein, aber meine dunkle Seite verlangte nach Befriedigung. Ich biss ihm in die Unterlippe und hörte ein unterdrücktes Stöhnen, dann erstarrte Marcelo und zog sich ein Stück zurück.

»Wir haben was anderes vor«, stellte ich klar und zog meine Handgelenke aus seiner Umklammerung.

»Ja?«, fragte Marcelo belustigt und ließ zu, dass ich mich befreite und ihn gegen die geschlossene Tür lehnte.

»Ja«, bestätigte ich und begann, sein Hemd aufzuknöpfen.

Der Raum, in dem wir uns befanden, war dunkel, aber ich wusste auch so ganz genau, wo wir waren. Marcelos tätowierte Brust hob und senkte sich immer schneller, je tiefer meine Hände nach unten wanderten. Ich hörte seinen Atem und roch seinen Pfefferminzkaugummi. Manche Frauen reagieren auf Pheromone, andere lieben den Duft eines Aftershave, mich dagegen machte der Pfefferminzatem des Mannes, der vor mir stand, so richtig heiß. Ich streifte ihm das Hemd von den Schultern, ließ meine Lippen langsam über seinen Körper wandern und streichelte jeden einzelnen Zentimeter seiner Haut. Er roch nach Ozean, Sonne und Marcelo. Ich schloss meine Lippen um seine Brustwarze, und er gab einen unterdrückten Laut von sich, den ich noch nie von ihm gehört hatte – es war eine Mischung aus Brummen und Seufzen und zeigte, dass ihm ganz eindeutig gefiel, was ich tat. Ich verstärkte den Druck meiner Lippen und saugte fester, und seine Hände wanderten zu meinem Nacken.

»Süße, treib mich nicht in den Wahnsinn«, warnte Marcelo. Aber ich ignorierte seine Worte, ließ meinen Mund stattdessen langsam zu seiner anderen Brustwarze wandern und grub meine Zähne etwas tiefer in seine Haut. Wieder gab er diesen eigenartigen Laut von sich, und der Druck seiner Hände in meinem Nacken verstärkte sich. Nun ließ ich meine Zähne nach unten wandern, tiefer und tiefer, bis ich vor ihm kniete. Seine Hände lagen locker um meinen Hals, während ich mit der Zunge über seinen harten Waschbrettbauch fuhr und langsam seine Hose aufknöpfte.

»Ich will dir einen blasen«, stieß ich hervor und zog seine hellgraue Hose an den Hosenbeinen nach unten.

»Du bist vulgär«, flüsterte er.

»Noch nicht«, gab ich zurück und nahm seinen Schwanz in ganzer Länge in den Mund.

Marcelos tiefes Seufzen ließ mich seine Lust und Erregung geradezu körperlich spüren. Der Druck seiner Hände an meinem Hals verstärkte sich, als ich kräftig an seinem Schwanz saugte. Ich konnte es kaum erwarten, ihn endlich zum ersten Mal zu schmecken. Marcelo half mir dabei keineswegs, eher versuchte er, das Tempo meiner Lippen an seinem Schwanz zu verlangsamen. Sein Widerstand und der Alkohol in meinem Blut weckten eine ungeahnte Dominanz in mir. Ich zog seine Hände von meinem Hals und presste sie an die Tür. Dann nahm ich seinen Schaft fest in die rechte Hand und ließ meine Zunge gierig um die Eichel kreisen.

»Beweg dich ja nicht, Marcelo«, knurrte ich und nahm ihn erneut in ganzer Länge in den Mund.

Mit meinem Mund fickte ich seinen Schwanz, während er sich wand und die ersten Schweißtropfen seinen Bauch hinabliefen. Er murmelte irgendwelche unverständlichen Worte auf Spanisch, auf Polnisch und vermutlich sogar auf Deutsch, und ich genoss jede Sekunde der süßen Folter, die ich ihm bereitete. Mit der freien Hand griff ich ihm an den Hintern und grub meine Nägel tief in seine Muskeln. Marcelo schrie auf und schlug mit den Fäusten gegen die Tür. Ich beschleunigte mein Tempo noch einmal, und er schnappte mit offenem Mund gierig nach Luft.

Plötzlich war das Zimmer hell erleuchtet. Mit seinem Schwanz im Mund erstarrte ich und schaute irritiert nach oben.

Marcelos smaragdgrüne Augen waren fest auf mich gerichtet, und seine Hand lag auf dem Lichtschalter. »Ich muss dich sehen«, murmelte er. »Ich muss …«

Aber was Marcelo zu sagen hatte, war mir egal. Fest schaute ich ihm in die Augen und blies ihn dabei erneut mit halsbrecherischem Tempo. Ich leckte und biss ihn und schenkte ihm den anzüglichsten, nuttigsten Blick, den ich im Repertoire hatte. Er wollte die Hände von der Tür nehmen, aber sobald er das tat, machte ich eine Pause, und er schlug gegen das Holz. Als ich schon sicher war, dass ich jede Sekunde die ersten Tropfen seines Spermas schmecken würde, griff er nach mir und zog mich hoch, sodass ich vor ihm stand.

»Ich muss in dir sein«, stöhnte er und durchbohrte mich mit einem wilden Blick.

»Bleib stehen und beweg dich nicht«, knurrte ich, griff ihm an den Hals und drückte seinen Hinterkopf gegen die Tür.

»Nein«, presste er durch die Zähne hervor, und nun schloss sich seine Hand fest um meinen Hals.

Keuchend hielten wir uns gegenseitig am Hals umklammert und maßen einander mit Blicken. Schließlich machte Marcelo einen Schritt auf mich zu, und obwohl ich ihm Widerstand leisten wollte, schob er mich tiefer in das Zimmer hinein. Ich hatte keine Ahnung, was sich hinter mir befand, so ließ ich mich Schritt für Schritt rückwärts führen, bis ich schließlich mit dem Bein an etwas Weiches stieß. Marcelo ließ meinen Hals los, griff meine Schultern und drückte mich auf ein riesiges Bett. Noch bevor mein Rücken die Matratze berührte, zog er mich an den Beinen zur Bettkante vor, bis meine Füße auf dem Boden standen. Er riss sich das Hemd vom Leib, das ich ihm vorher nur von den Schultern geschoben hatte. Nun war er vollkommen nackt, sank vor mir auf die Knie und presste seinen Mund an meine nasse Muschi. Ich schrie auf und umfasste seinen Kopf mit beiden Händen, als seine Lippen die empfindlichste Stelle meines Körpers von allen Seiten liebkosten und umspielten. Er hatte mir mein Höschen nicht ausgezogen, sondern es nur zur Seite geschoben und ließ seine Zunge in mich gleiten. Ich krümmte und wand mich und stöhnte hemmungslos, während er meine Klitoris immer heftiger bearbeitete.

»Ich will dich schmecken«, stöhnte ich.

»Das wirst du, versprochen.« Für diese Antwort löste er seinen Mund kurz von meiner Scham, dann setzte er sein Zungenspiel fort.

Seine geschickte Zunge fand so empfindliche Stellen zwischen meinen Beinen, dass ich schon nach wenigen Sekunden kurz vor dem Höhepunkt stand. Da drehte mich Marcelo vollkommen unerwartet auf den Bauch und zog mir mit einer einzigen Bewegung den Stringtanga aus, sodass ich mit nacktem Hintern vor ihm kniete, den Oberkörper auf das Bett gestreckt. Das Temperament und die Entschlossenheit dieses Mannes, der mir gegenüber nie zuvor – vielleicht mit Ausnahme jenes einen Abends am Strand von Teneriffa – seine körperliche Überlegenheit ausgespielt hatte, verblüfften mich. Er zog mir das Kleid aus, streifte mir die Schuhe von den Füßen und presste seinen nackten Körper gegen meinen Rücken, dann verschränkte er seine Finger mit meinen und schob meine Hände weit über meinen Kopf auf das Laken. Mit seinen Knien schob Marcelo meine Beine auseinander, und seine Zähne fuhren über die Haut in meinem Nacken.

»Laura, weißt du, wer ich bin?«, fragte er mit tiefer, eisiger Stimme.

»Das weiß ich«, flüsterte ich, das Gesicht in die Bettdecke gedrückt.

»Soll ich brutal sein? Soll ich dir beweisen, dass ich dich einfach so nehmen kann?«

»Ich will…« Meine Stimme war kaum hörbar und wurde von Marcelos schwerem Atem nahezu vollständig übertönt.

Marcelo erhob sich leicht, griff mir mit einer Hand in die Haare und zog dann meinen Kopf nach oben. Als er mit einer einzigen gekonnten Bewegung in mich eindrang, schrie ich auf. Das war nicht mehr Marcelo, oder jedenfalls kannte ich ihn so überhaupt nicht. Er hatte sich in einem solchen Maße verändert, dass mir Massimo vor Augen stand. Ich wollte ihm sagen, dass er aufhören sollte, aber ich brachte keinen Ton hervor. Er fickte mich, und im nächsten Moment fühlte ich, wie er mir mit seiner freien Hand auf den Hintern schlug, ohne die Bewegung seiner Hüften zu unterbrechen oder seinen Griff in meinen Haaren zu lockern. Keine halbe Minute später schlug er mich erneut und dann noch einmal. Schmerz und Lust zugleich durchströmten meinen Körper, und ich fragte mich, was ich eigentlich gerade fühlte. Marcelo machte alles genau so, wie ich es mochte, und zugleich kamen mir die Tränen bei der Erinnerung an das, was ich erst vor Kurzem durchgemacht hatte.

Plötzlich ließ Marcelo meinen Kopf los, als fühlte er, dass etwas nicht stimmte. Er zog mich ganz auf das Bett und drehte mich auf den Rücken. Mit beiden Händen umfasste er mein Gesicht und küsste mich zärtlich und leidenschaftlich. Ich fühlte, wie sein steifer Penis wieder in mich glitt, aber nun waren seine Bewegungen ganz ruhig und über die Maßen zärtlich.

»Willst du das wirklich, Süße?«, fragte er, ohne die Bewegung seiner Hüften zu unterbrechen. »Ich kann sein, wie du willst, aber ich muss wissen, dass du mir vertraust und dass du mir sagst, wenn du genug hast. Ich will dir nicht wehtun.« Seine Lippen glitten über meine Nase, meine Wangen und meine Augen. »Ich verehre jeden einzelnen Teil deines Körpers, und wenn du Schmerz fühlen willst, kann ich dir Schmerz zufügen, aber du musst wissen, dass ich das einzig und allein aus Liebe tue.« Wieder fanden seine Lippen meinen Mund, und ich schmeckte seinen wunderbaren Pfefferminzatem. »Ich liebe dich … Und jetzt kommst du für mich.«

Wildes Feuer flammte in seinen smaragdgrünen Augen auf, und ich fühlte, wie sein Schwanz in mir noch größer wurde.

Wieder verschränkte er seine Finger mit meinen und zog unsere Hände weit über meinen Kopf. Die Bewegungen seiner Hüften wurden schneller und stärker. Er wusste, dass ich nicht mehr lange brauchen würde, bis ich kam. Ich hatte keine Ahnung, woher er das wusste, aber er fühlte jedes Mal, wann ich kurz vor dem Orgasmus stand. Seine grünen Augen, seine Tattoos, seine Zärtlichkeit, und auch, dass er wider Erwarten brutal sein konnte … jede Facette dieses absolut außergewöhnlichen Mannes machte mich wahnsinnig an. Er senkte den Kopf und grub seine Zähne in meine Lippe, und ich stöhnte unwillkürlich auf. Er biss mich noch einmal, diesmal fester, dann wanderte sein Mund mein Kinn hinab, und er biss mich in den Hals und die Schulter. Ich wand mich unter ihm, und sein Schwanz fickte mich schnell und präzise.

»Na los, Süße, komm für mich«, flüsterte er. Ich stieg höher und immer höher und fühlte, dass ich die Kontrolle über meinen Körper verlor.

»Himmel, Marcelo«, flüsterte ich, als ein nie gekannter Orgasmus durch meinen Körper rauschte und mir den Atem nahm.

Marcelo nahm mein Gesicht in seine Hände und küsste mich tief, wild und heftig, und die nächste Welle der Lust brach über mich herein. Mein Rücken bog sich durch, alle Muskeln in meinem Körper spannten sich an, und ich schrie in Marcelos Mund, während ich den höchsten aller möglichen Höhepunkte erreichte.

»Das ist erst mal genug«, stellte Marcelo zufrieden fest und ließ die Ekstase mit sanften Bewegungen ausklingen. Schwer fiel mein Kopf auf das Kissen, und ich dankte Gott, dass er mich heute nicht zu einer raffinierten Steckfrisur verführt hatte, denn dann sähe ich jetzt aus wie eine Hecke, durch die ein Traktor gefahren war.

»Ich bin noch nicht fertig«, sagte Marcelo und küsste mich auf die Nase. »Aber ich wollte dich kurz Luft holen lassen. Komm zu mir.«

Er streckte sich neben mir aus, aber mit den Füßen an meinem Kopf, und winkte mich mit dem Zeigefinger zu seinem Schwanz. »Nun bring zu Ende, was du angefangen hast.«

Neunundsechzig … jetzt, wo ich schon halb ohnmächtig war? Verwundert und erschrocken zugleich schaute ich ihn an, und als ich mich nicht rührte, hob er mich an den Hüften hoch und setzte mich auf sein Gesicht. Seine Zunge strich über meine Pussy und fand sofort meine Klitoris. Marcelo stöhnte auf, und ich sank mit dem Gesicht direkt auf seine pulsierende Erektion. Der Anblick seines steifen Schwanzes und Marcelos Lippenspiel zwischen meinen Beinen sorgten dafür, dass der Tornado in mir erneut an Kraft gewann. Auf einen Ellenbogen gestützt, nahm ich seinen Schwanz in eine Hand und fickte ihn kräftig mit dem Mund und mit der Hand. Meine Bewegungen waren schnell, und Marcelo stöhnte und wand sich unter mir. In Gedanken gratulierte ich ihm zu seiner Fähigkeit zum Multitasking, denn obwohl sein Schwanz tief in meinem Mund steckte, unterbrach er die süße Folter mit seiner Zunge nicht für eine Sekunde.

Nach wenigen Augenblicken trat endlich das ein, worauf ich seit so vielen Monaten gewartet hatte: Sein Sperma floss meine Kehle hinab. Es war süß und wunderbar, und er kam mit einem lauten Schrei. Seine Lippen gaben meine Pussy frei, und seine Zähne gruben sich in die Innenseite meines Oberschenkels. Ich schluckte jeden einzelnen Tropfen und fühlte mich in den Rhythmus seines Körpers ein. Das Einzige, was ich bedauerte, war, dass ich in diesem Moment seine grünen Augen nicht sehen konnte. Ich liebkoste und leckte ihn, bis ich fühlte, dass er sich von mir lösen wollte.

»Zufrieden?«, fragte Marcelo, immer noch leicht keuchend. »Hat die Frau meines Herzens endlich das, was sie wollte?«

»Jetzt schon.« Ich verabschiedete mich von seinem Schwanz, drehte mich um und fuhr mit den Händen über seine Tattoos. »Du hast mich lange warten lassen.«

»Du mich noch länger«, erwiderte er, umarmte mich und legte mich neben sich. »Ich will dich unbedingt glücklich machen, Süße.« Er streichelte meinen Rücken. »Aber manchmal habe ich Angst, dass ich dir wehtue und dass du mir dann wegläufst.«

Ich hob den Kopf und schaute ihn an, verstand nicht genau, was er meinte. In seinen grünen Augen standen Fürsorge und Angst.

»Sprichst du von Massimo?« Marcelo senkte den Blick und spielte mit meinen Haaren. »Marcelo, mit ihm, das war etwas vollkommen anderes.«

»Du hast mir nie erzählt, was eigentlich genau passiert ist.«

Ich seufzte schwer. »Ehrlich gesagt habe ich keine große Lust, davon zu reden.« Ich wollte mich aufrichten, aber er hielt mich fest und drückte mich an sich.

»Hey, wohin willst du?«, fragte er. »Ich lasse dich nirgendwohin, solange du traurig oder unzufrieden bist. Und das wird bei diesem Thema jedes Mal so sein, also renn nicht weg, sondern sprich mit mir.« Als ich beharrlich schwieg, schlossen sich Marcelos Arme fester um mich.

Resigniert ließ ich den Kopf auf seine Brust sinken. »Du zwingst mich, über etwas zu reden, woran ich eigentlich lieber nicht denken will, zumal, wenn ich gerade eben Liebe mit dir gemacht habe. Und jetzt lass mich verdammt noch mal los!«, sagte ich und versuchte, mich loszureißen, aber noch immer hielten seine Arme mich fest umfangen.

»Loslassen, Marcelo!«, schimpfte ich und stieß ihn von mir.

Überrascht von meinem Ausbruch ließ Marcelo mich los, und ich sprang auf und griff wütend nach meinem Kleid. Marcelo drehte sich auf die Seite und stützte den Kopf auf eine Hand. Ehrlich gesagt wusste ich selbst nicht genau, warum ich so wütend geworden war. Er machte sich Sorgen, und ich machte ihm eine Szene. Aber ich wollte nicht über das nachdenken, was passiert war, und noch weniger wollte ich darüber reden.

Ich schlüpfte in mein Kleid und zog meinen Stringtanga über meinen Hintern.

»Gehen wir?«, fragte ich, trat vor den Spiegel und ordnete mir die Haare.

»Nein«, antwortete Marcelo, erhob sich ebenfalls und ging an mir vorbei, um seine Hose zu holen. »Lass uns reden.« Er drehte sich um und schaute mich an. »Jetzt.«

Sein Ton überraschte mich, und noch mehr seine Entschlossenheit. Offenbar hatte ich vergessen, dass ich es mit einem erbarmungslosen Mörder zu tun hatte und nicht mit einem Pantoffelhelden, der anstandslos nach meiner Pfeife tanzte.

»Du kannst mich nicht zum Reden zwingen. Außerdem habe ich getrunken, und ich will nicht mit dir reden, wenn ich betrunken bin.«

»Du bist nicht mehr betrunken«, widersprach Marcelo und knöpfte seine Hose zu. »Du bist ausgenüchtert, oder vielmehr hast du den Alkohol ausgeschwitzt.« Er zog sein Hemd an und setzte sich auf einen Stuhl. »Also. Ich höre.«

In meinen filigranen High Heels stand ich wie angewurzelt da. Von einer Sekunde zur anderen hatte sich mein zärtlicher, sanfter Geliebter in einen dominanten, unnachgiebigen Mafioso verwandelt. In gewisser Weise hatte Marcelo durchaus das Recht, Erklärungen von mir zu fordern, er hatte sich schließlich Sorgen um mich gemacht. Aber ich wollte nun mal nicht darüber reden. Warum ließ er mich nicht in Ruhe?

»Marcelo …«, begann ich mit mühsam unterdrückter Wut in der Stimme.

»Nicht in diesem Ton«, knurrte er. »Du hast gerade überhaupt keinen Grund, böse auf mich zu sein.«

Ich seufzte, biss die Zähne zusammen und ging zur Tür, aber sie war abgeschlossen. Ich drehte mich um, verschränkte die Arme vor der Brust und starrte Marcelo an, der aber überhaupt keine Notiz von mir nahm. Mehrmals stampfte ich mit dem Fuß auf, und das Klacken meines Absatzes auf dem Holzboden hallte durchs Zimmer. Aber nicht einmal das entlockte Marcelo auch nur die geringste Reaktion. Ich ging zu ihm zurück.

»Also?«, fragte er und zog die Augenbrauen hoch.

»Er hat mich vergewaltigt«, presste ich zwischen zusammengebissenen Zähnen hervor. »Bist du jetzt zufrieden?« Meine Stimme war vermutlich im ganzen Haus zu hören. »Er hat mich in alle denkbaren Körperöffnungen gefickt, zur Strafe. Ist es das, was du hören wolltest?« Ich konnte die Tränen nicht länger zurückhalten, die mir in Strömen über die Wangen liefen.

Marcelo erhob sich, kam zu mir und breitete die Arme aus, aber ich hob die Hände als Zeichen, dass er mich ja nicht anrühren sollte. Ein wildes Schluchzen schüttelte mich, und der einzige Mensch, dessen Berührung ich in diesem Moment hätte ertragen können, war meine Mutter. Schweigend, mit zu Fäusten geballten Händen und hervortretenden Kiefermuskeln, stand Marcelo vor mir. Sein Brustkorb hob und senkte sich, als wäre er gerade einen Marathon gelaufen. Ihn schüttelte die Wut, mich schüttelten immer neue Weinkrämpfe. Von widerstreitenden Emotionen überwältigt, standen wir voreinander, und ich fragte mich, wie es dazu hatte kommen können, wo wir doch gerade noch richtig tollen Sex gehabt hatten.

»Komm!« Marcelo griff mein Handgelenk und zog mich zur Tür. »In jedem Zimmer gibt es eine Sicherheitsblockade«, erklärte er mir und zeigte auf einen kleinen Hebel am oberen Türrahmen. »Da musst du draufdrücken, wenn du die Tür aufmachen willst.«

Er zog mich so schnell den Flur entlang, dass ich kaum hinterherkam. Ich entzog ihm meine Hand, blieb stehen und beugte mich vor, um mir die Stilettos auszuziehen. Marcelo hob sie auf, griff wieder nach meiner Hand und zog mich in Richtung Treppe.

Wir kamen an Gruppen von Menschen vorbei, die versuchten, mit uns ins Gespräch zu kommen, aber Marcelo ignorierte sie und blieb nicht eine Sekunde stehen. Wir liefen die Treppe zwei Stockwerke hinunter, und ich fühlte, wie die Platzangst mir die Brust zusammenschnürte, als wir einen engen Gang tief unter dem Schloss betraten. In meinem Kopf drehte sich alles, und mein Atem stockte. Ich blieb stehen, lehnte mich an die Wand und versuchte, mich zu beruhigen. Marcelo schaute mich an, und als ihm klar wurde, dass er es nicht mit einem weiteren meiner Wutanfälle zu tun hatte, griff er mich um die Taille, warf mich über seine Schulter und trug mich den Gang entlang. Er öffnete eine Tür, trat hindurch und stellte mich wieder ab. Ich hob den Blick und erstarrte. Ein Schießstand.

Marcelo gab mir große Lärmschutzkopfhörer, dann öffnete er einen breiten, flachen Hängeschrank, und ich erstarrte. Auf mehreren Quadratmetern hingen darin unterschiedlichste Waffen – eine solche Menge hatte ich nie zuvor gesehen. Pistolen, Colts, Gewehre, selbst eine Art Bazooka – es gab einfach alles.

»Ich will auch«, sagte ich und streckte die Hand aus. Einen Moment schaute Marcelo mich nachdenklich an, aber als ich seinem Blick standhielt, nahm er eine Pistole aus dem Schrank.

»Das ist eine Hämmerli x-esse, Kaliber zweiundzwanzig. Eine hübsche Waffe.« Er streckte die Hand aus und zeigte mir einen Revolver mit himbeerrotem Griff. »Ein Selbstlader. Das Visier ist horizontal und vertikal verstellbar.« Er lud die Pistole. »Das Magazin fasst zehn Kugeln, die Waffe ist geladen.« Er reichte mir die Pistole, und ich griff entschlossen danach, entsicherte sie und ging zum Schießstand hinüber. Breitbeinig und mit ausgestreckten Armen stand ich da und zielte auf die Scheibe, aber dann drehte ich mich noch einmal zu Marcelo um und nahm die Lärmschützer ab. *Wenn schon, dann richtig,* dachte ich. Kurz glitt ein Lächeln über Marcelos Gesicht. Er nahm einen Revolver aus dem Schrank und stellte sich neben mich.

»Bereit, wenn du es bist«, sagte er und ließ unsere Zielscheiben auf die passende Entfernung fahren.

Ich holte zweimal tief Luft, und vor meinem inneren Auge sah ich die Szene, von der ich Marcelo kurz zuvor berichtet hatte. *Eine warme Nacht in Portugal, ich kehre ins Apartment zurück, nachdem ich kurz zuvor Marcelo zum ersten Mal geküsst habe. Ich sehe Massimo, vollkommen betrunken, und er sieht mich ...* Ich fühlte ein Stechen in der Brust, Tränen stiegen mir in die

Augen, dann ließ ich meiner Wut und meinem Zorn freien Lauf, und die Kugeln pfiffen nur so durch die Luft. Ich jagte einen Schuss nach dem anderen in die Zielscheibe, als könnte ich dadurch alles, was in jener Nacht passiert war, aus meinem Gedächtnis tilgen.

»Magazin.« Ich streckte die Hand zu Marcelo aus. »Gib mir neue Munition.«

Das Erstaunen stand Marcelo ins Gesicht geschrieben, aber er ging zum Schrank und stellte kurz darauf eine Schachtel mit Patronen neben mir auf den Tisch. Mit zitternden Händen lud ich die Pistole, und sobald ich fertig war, ließ ich mich zum zweiten Mal an der Zielscheibe aus. Ich legte die Waffe ab, lud nach und begann erneut zu schießen.

»Süße.« Sein Flüstern und die Berührung seiner Hand vertrieben den roten Nebel vor meinen Augen und ließen mich aus meiner Wut auftauchen. »Es reicht, Liebling.« Marcelo legte seine Hände auf meine und nahm mir dann die Pistole aus der Hand. »Ich sehe, du hast das noch mehr gebraucht als ich. Komm, ich bringe dich ins Bett.« Mit hängendem Kopf stand ich da und ließ zu, dass er mich auf die Arme nahm und ins Schlafzimmer trug.

Zusammengerollt lag ich im Bett und wartete darauf, dass Marcelo aus dem Badezimmer kam. Seit einer Stunde hatte ich kein einziges Wort gesprochen. Er hatte mich gewaschen, ausgezogen und ins Bett gebracht, und ich hatte die ganze Zeit wie weggetreten vor mich hingestarrt – fast genauso wie damals auf Teneriffa, als er mir das Leben gerettet und mich ins Strandhaus gebracht hatte.

»Laura«, sagte Marcelo nun und setzte sich auf den Bettrand. »Ich weiß, dieses Thema ist furchtbar für dich, aber ich will es ein für alle Mal beenden. Ich will Massimo töten.« Marcelo sagte das so ernst, dass mir das Herz stehen blieb. »Aber ich werde das nur dann tun, wenn du es mir erlaubst. Ich habe Menschen immer für Geld getötet, nie aus persönlichen Beweggründen, aber ihn will ich einfach nur umbringen. Du brauchst bloß Ja zu sagen, und der Mensch, der dir so fürchterlich wehgetan hat, verschwindet aus dieser Welt.«

»Nein«, flüsterte ich. »Wenn ihn einer tötet, dann ich.« Ich vergrub das Gesicht im Kissen und schloss die Augen. »Ich hatte mehr als einmal die Gelegenheit und Grund genug sowieso, aber ich will nicht so sein wie er. Und ich will nicht mit einem Mann zusammen sein, der ihm ähnlich ist«, flüsterte ich.

Schweigend dachte Marcelo über meine Worte nach, bis er schließlich aufstand, das Zimmer verließ und die Tür hinter sich schloss. Ich schlief ein.

KAPITEL 15

Ich wachte mit heftigen Kopfschmerzen auf, aber diesmal war der Grund nicht zu viel Alkohol, sondern eher das Übermaß an Emotionen in der Nacht zuvor. Ich schaute mich um – offenbar hatte ich die letzte Nacht allein geschlafen. Seufzend griff ich nach der Wasserflasche auf dem Nachttisch und schaute mich im Zimmer um. Dazu war ich in der letzten Nacht überhaupt nicht gekommen. Das Mobiliar war kantig und stylish, zahlreiche Spiegel und Fotos hingen an den Wänden. Es gab viel Glas, helles Holz und Metall, Leder und Stein. Das riesige Fenster ging direkt auf den Ozean und die wunderbare Steilküste mit den atemberaubenden Klippen hinaus. Davor standen graue, eckige Sofas – als sollte die Aussicht den Fernseher ersetzen, den ich nirgendwo im Zimmer entdecken konnte.

Ich stand auf und trat ans Fenster – der Ausblick war atemberaubend. Im Garten unter mir schloss Marcelo ein kleines Kind in seine Arme, hob es hoch und warf es in die Luft. Lediglich mit einer abgewetzten Jeans bekleidet, lag Marcelo in einem Liegestuhl, und Pablo kletterte wie ein Äffchen auf ihm herum, zog ihn an den Ohren und griff ihm in den Mund. Seufzend lehnte ich mich an den Fensterrahmen. Marcelo war so wunderschön, so ideal und perfekt, und der Anblick, wie er mit seinem kleinen Neffen umging, machte ihn noch begehrenswerter für mich.

Die Ereignisse der letzten Nacht gingen mir durch den Kopf, und ich ließ die Stirn an die kalte Fensterscheibe sinken. *Himmelherrgott, immer wenn ich trinke, benehme ich mich wie der letzte Trampel*, dachte ich. Heute, ohne Alkohol, der mir das Hirn vernebelte, schämte ich mich für das, was letzte Nacht geschehen war. Marcelo wollte mich nur beschützen, und ich machte einen Aufstand und verglich ihn mit dem Mann, den er am meisten auf der Welt hasste.

In Windeseile duschte ich, dann warf ich mir eins von Marcelos Hemden über und rannte nach unten in den Garten. Unterwegs setzte ich mir eine Sonnenbrille auf, die auf einer Kommode im Wohnzimmer gelegen hatte. Marcelo saß mit dem Rücken zu mir und konnte mich nicht gesehen haben, aber sobald ich nach draußen getreten war, drehte er den Kopf und schaute mir direkt in die Augen. Langsam und mit reumütig gesenktem Blick ging ich zu ihm.

»Ich fühle dich«, sagte Marcelo, stand auf und küsste mich auf die Stirn. »Und das ist Pablo, das Kind, das mein Leben vom Kopf auf die Füße gestellt hat.«

Der kleine, blonde Junge streckte die Händchen nach mir aus, und ich nahm ihn, ohne weiter nachzudenken, auf den Arm. Er kuschelte sich an mich und griff mir in die nassen Haare. Ich drückte ihm einen Kuss auf den Scheitel.

»Himmel«, stöhnte Marcelo, »ich will Kinder mit dir haben.« Sein Lächeln war strahlender als die Junisonne.

»Hör auf.« Ich drehte mich um und ging zu dem reich gedeckten Tisch im Schatten unter Bäumen. »Ich habe eine Scheidung vor mir, ein schwieriges Wiedersehen mit meiner besten Freundin, mein neuer Freund will meinen Ex-Mann umbringen, und du kommst mir hier mit Kindermachen an«, fuhr ich belustigt fort und setzte Pablo in seinen Kinderstuhl. »Und nur damit das klar ist ...« Ich hob den Zeigefinger.

»Du hast ›mein Freund‹ gesagt«, unterbrach mich Marcelo und nahm mich in die Arme. »Heißt das, wir sind jetzt offiziell ein Paar?« Er nahm mir die Sonnenbrille ab, um mir in die Augen schauen zu können.

»Offiziell bist du der Liebhaber einer verheirateten Frau.« Schmunzelnd zog ich die Augenbrauen hoch.

»Was sagst du da, er war nie dein Mann.« Er biss mir ganz leicht in die Nase und grinste dann. »*Ich* werde dein Mann sein.« Er setzte die Brille auf, die er mir abgenommen hatte. »Es tut mir leid.« Er legte seine Lippen an meine Stirn und seufzte schwer. »Ich hätte dich gestern nicht so unter Druck setzen sollen.«

»Das war das letzte Mal«, begann ich ernsthaft und schob ihn ein Stück zurück, dann hob ich wieder den Zeigefinger, und kurz stieg Panik in seinen Augen auf. »Das war das letzte Mal, Marcelo Nacho Matos, dass du in einem anderen Bett geschlafen hast als ich.« Nun trat wieder ein breites Lächeln auf sein Gesicht. »Oder ich lasse mich von dir scheiden, noch bevor du mir überhaupt einen Antrag gemacht hast«, fügte ich scherzhaft hinzu.

»Du bist also einverstanden?«, fragte er.

»Womit?«

»Damit, meine Frau zu werden.«

»Marcelo, bitte!« Ich breitete die Arme aus. »Erst mal muss ich mich scheiden lassen, dann muss ich dich kennenlernen, und dann kannst du mich noch mal fragen. Und jetzt sterbe ich vor Hunger«, beendete ich das Gespräch. »Wo ist Amelia?«

»Du willst also nicht mit mir zusammen sein?«, fragte er alarmiert.

»Hör mal zu, Mann mit den Tattoos, ich will dich kennenlernen, mich in dich verlieben und sehen, was daraus wird. Geht das?«, fragte ich.

»Ich weiß auch so, dass du verliebt in mich bist«, erwiderte Marcelo mit einem breiten Grinsen und schob mir einen Stuhl zurück. »Und weil du in meinen Hemden so wahnsinnig sexy aussiehst, wirst du ab jetzt einfach die ganze Zeit meine Hemden tragen.« Er küsste mich auf den Scheitel, dann schob er seine Hände die Hemdsärmel hinauf und griff mir an die Brüste.

»Müsst ihr euch vor dem Kind so betatschen?« Amelias Stimme durchschnitt die Luft. Marcelo zog seine Hände aus dem Hemd und legte sie brav auf die Stuhllehne. »Armer Pablo«, fuhr Amelia scherzhaft fort und hob ihren Sohn aus seinem Hochstuhl. »Und arme Mama von Pablo, die niemand betatscht, weder an den Brüsten noch sonst wo.«

»Schwesterchen, bring mich nicht auf die Palme!«, warnte Marcelo sie und setzte sich neben mich. »Kümmer dich um dein Kind, deine Shoppingtouren oder womit auch immer du deine Zeit verbringst, aber wag es ja nicht, dir von irgendeinem Macker den Kopf verdrehen zu lassen, sonst muss ich ihn umbringen.«

Amelia rollte mit den Augen, dann griff sie nach der Babyflasche.

»Du kannst doch nicht mal einer Fliege was zuleide tun, Marcelo.« Sie streckte ihm die Zunge heraus und gab Pablo das Fläschchen. »Ich glaube, dieses ganze Mafiagetue ist dir ein wenig zu Kopf gestiegen.« Sie lachte, und Marcelo holte Luft, um etwas zu erwidern, aber meine Hand auf seinem Bein hielt ihn davon ab. Er löffelte sich Rührei auf den Teller und begann zu essen.

»Du kontrollierst sie zu sehr«, sagte ich auf Polnisch und trank einen Schluck Schwarztee mit Milch.

»Ich kontrolliere sie überhaupt nicht, ich will nur verhindern, dass sie sich noch mal Hals über Kopf in irgendeinen Idioten verliebt«, antwortete Marcelo ebenfalls auf Polnisch und ließ die Gabel sinken. »Außerdem soll sie sich um das Kind kümmern, um sich selbst und darum, das Schloss einzurichten, und nicht irgendwelchen dämlichen Gefühlswallungen hinterherrennen. Sie hat viel durchgemacht und muss erst mal zur Ruhe kommen.« Ernst schaute er mich an und wischte sich dann den Mund mit einer Leinenserviette ab.

»Du bist so sexy, wenn du den Diktator gibst«, ich biss mir auf die Lippe und lehnte mich zu ihm. »Ich würde dir jetzt gerne unter dem Tisch einen blasen.« Ich presste meine Finger in die Muskeln an seinem Oberschenkel, und sofort regte sich sein Schwanz. Im Schritt seiner Jeans bildete sich eine Beule.

»Du wirst vulgär, Laura«, stellte er fest und versuchte, nicht zu grinsen. »Wir haben heute einen ziemlich vollgestopften Terminkalender, also mach keinen Blödsinn, sondern iss.«

»Vollgestopft ist hier jedenfalls was anderes.« Ich grinste und streichelte seinen Schwanz in seiner Hose, der inzwischen vollkommen steif war.

»Jetzt fangt ihr schon wieder an, und dann sprecht ihr auch noch auf Polnisch, damit ich nichts verstehe«, beschwerte sich Amelia. »Ihr Perverslinge! Außerdem wollte ich noch sagen, dass ich einen Megakater habe und dass meine Libido verrücktspielt und deshalb ...«

»Es reicht!«, unterbrach Marcelo sie. »Ich habe genau gesehen, wie dieser schmierige Typ sich gestern an dich rangeschmissen hat, und ich schwöre dir, wenn ich nicht Geschäfte mit seinem Vater machen würde, läge er bereits tot hinter dem Haus!«

»Jetzt hack doch nicht so auf ihm herum.« Ungerührt gab Amelia weiter ihrem Sohn die Flasche. »Ich habe ihn ein oder zwei Mal geküsst, aber das ist Jahre her, und trotzdem machst du jetzt so eine Riesensache daraus. – Komm, Pablo, wir gehen woanders hin, dein Onkel ist offenbar zum Choleriker geworden und kotzt hier gleich vor lauter Wut sein Rührei wieder aus.«

Als sie an Marcelo vorbeiging, beugte sie sich kurz vor, sodass Marcelo Pablo einen Kuss auf den Kopf geben konnte, dann zwinkerte sie mir zu und verschwand im Haus.

»Ich mag es nicht, wenn du so bist.« Ich wandte mich Marcelo zu, der gerade wieder zu essen begann.

»Unsinn.« Ohne mich anzuschauen, griff er nach einem Stück Brot. »Es gefällt dir wahnsinnig, wenn ich so bin. Außerdem ist Amelia jetzt weg, also ab mit dir unter den Tisch.« Wieder verzog er den Mund zu einem breiten Grinsen, aber als ich meinen Stuhl zurückschob und auf die Knie ging, entglitten ihm die Gesichtszüge. »Du willst mir einen blasen, während ich esse?«, fragte er verblüfft, als ich seine Jeans aufknöpfte.

»Ich beeile mich, versprochen«, sagte ich noch und nahm seinen Schwanz in ganzer Länge in den Mund.

Ich beeilte mich wirklich, aber trotzdem wurden wir zweimal vom Personal gestört. Zum Glück konnte Marcelo, wenn es darauf ankam, ganz still sitzen, und außerdem konnte er sich auf mehrere Dinge gleichzeitig konzentrieren. Der Butler hatte noch nicht einmal die Schwelle nach draußen überschritten, da hatte Marcelo ihn schon mit einem einzigen Wort wieder weggeschickt. Mit einiger Mühe aß er sein Rührei auf, und als er fertig war, wies ich ihn an, auch noch seinen Saft auszutrinken. Er verschluckte sich mehrmals, aber schließlich kamen wir erfolgreich zum Abschluss der Unternehmung. Danach setzte ich mich sittsam auf meinen Stuhl und aß mein Frühstück zu Ende.

»Du bist unmöglich!«, stöhnte Marcelo mit geschlossenen Augen und legte den Kopf in den Nacken.

»Was haben wir heute vor?«, fragte ich, als wäre nichts gewesen.

»Poppen«, antwortete Marcelo.

»Wie bitte?« Verwundert schaute ich ihn an.

»Wir fahren auf den Teide«, sagte Marcelo lachend, nahm die Sonnenbrille von der Tischplatte und setzte sie auf. »Und dort werden wir poppen. Vorher muss ich noch was erledigen, und du ruf Olga an und frag sie, ob Domenico sie weglässt.« Marcelo legte die Hände auf den Tisch und schob den

Stuhl zurück, um aufzustehen. In diesem Moment erschien wieder der Butler in der Tür. Er trug ein großes Paket, und da wir diesmal nicht protestierten, kam er näher. Marcelo schaute ihn an und wechselte auf Spanisch ein paar Worte mit ihm, dann nahm er das Paket entgegen. Marcelo schaute mehrmals zwischen mir und dem Karton hin und her, und als der Butler wieder im Haus verschwunden war, setzte er sich.

»Es ist für dich.« Sein Ton war ernst und sein Blick unruhig. »Aber ich weiß nicht, von wem es ist. Süße, ich glaube, es ist besser, wenn ich es aufmache.«

Ich schüttelte den Kopf. »Er will mich schließlich nicht umbringen, Marcelo.« Ich nahm ihm das Paket aus der Hand, legte es auf den Tisch und begann, es aufzureißen. »Er ist nicht der Psychopath, für den du ihn hältst«, fuhr ich fort und warf das Packpapier auf den Boden. Nun hielt ich einen Karton mit dem Logo von Givenchy in den Händen. »Schuhe?«, fragte ich verwundert und nahm den Deckel ab.

Als ich den Inhalt des Kartons sah, kam mir umgehend das Frühstück wieder hoch. Ich schaffte es gerade noch rechtzeitig, aufzuspringen und vom Tisch wegzurennen, dann fiel ich auf die Knie und übergab mich auf den Rasen. Mir war schlecht, ich bekam kaum Luft, und immer noch schüttelte der Würgereiz meinen Körper. Marcelo kniete neben mir, hielt mir die Stirn und die Haare, und als ich endlich fertig war, reichte er mir eine Leinenserviette und ein Glas Wasser.

»Er ist kein Psychopath?«, fragte er, dann zog er mich hoch und setzte mich auf einen Stuhl am anderen Ende des Tisches. »Verdammt, Laura, ich habe dir noch gesagt, es ist besser, wenn ich das Paket aufmache.«

Ich zitterte immer noch und konnte es nicht glauben. Mein kleiner Hund, mein süßes, kleines weißes Fellknäuel. Wie konnte ein Mensch nur so grausam sein, ein wehrloses Tier derart zu massakrieren?! Tränen traten mir in die Augen, und ich schluchzte auf.

Als ich Papier reißen hörte, blickte ich bebend auf und schaute Marcelo an. Er hielt eine Karte in der Hand und las.

»Das ist kranker Scheiß!«, presste er durch die Zähne und zerknüllte das Papier.

Ich streckte die Hand aus. Zögernd schaute mich Marcelo an, aber schließlich legte er mir die zerknüllte Karte in die Hand. Langsam faltete ich sie auseinander.

»Dasselbe hast du mit mir gemacht…«, las ich. Dieser kurze Satz und das Massaker, das ich in dem Schuhkarton gesehen hatte, führten dazu, dass ich aufsprang und mich noch einmal übergab.

»Laura.« Marcelos starke Arme hoben mich auf und setzten mich in einen Sessel. »Süße … ich bringe dich ins Schlafzimmer und rufe den Arzt.« Ich war so erschöpft, dass ich nicht widersprach, als Marcelo mich hochhob und ins Haus trug.

Er brachte mich ins Schlafzimmer, legte mich ins Bett und zog die Decke über mich, dann ließ er die Jalousien vor dem Fenster herabfahren. Nun war es dunkel im Zimmer, dann gingen die kleinen Lampen neben dem Bett an.

»Ich brauche keinen Arzt«, stöhnte ich, drehte mich auf die Seite und wischte mir die Tränen von den Wangen. »Ich glaube, es geht mir gut.« Ich schaute zu Marcelo auf, der neben mir auf dem Bettrand saß und mir sanft über die

Haare strich. »Warum macht er das«, fragte ich leise. »In eurer Welt verschickt ihr doch immer einen Pferdekopf, aber keinen gevierteilten Hund, oder was?«

Marcelo schüttelte den Kopf. »In meiner Welt gibt es nur den Ozean, die Sonne und ein Surfbrett«, seufzte er. »Liebling, ich habe es gestern schon gesagt und sag es jetzt noch mal: Wenn du willst, kann ich ihn ...«

»Nein!« Mein Ton war so eindeutig und entschlossen, dass Marcelo enttäuscht den Kopf hängen ließ. »Ich kann einfach nicht glauben, dass Massimo so grausam sein kann. Dieses Tier trifft keinerlei Schuld.«

»Ich hätte gedacht, inzwischen weißt du, mit wem du es zu tun hast, immerhin hat er dich vergewaltigt«, sagte Marcelo. »Himmel ... entschuldige«, stöhnte er dann. Ich schaute ihn ungläubig an, dann sprang ich auf und lief, ohne ein Wort zu sagen, zum Ankleidezimmer. Marcelo folgte mir.

»Liebling«, begann er, aber ich hob die Hand, um ihn zum Schweigen zu bringen. »Laura, ich ...«, stotterte er, als ich mir eilig Shorts und ein T-Shirt anzog. »Himmel, Süße, warte doch.«

»Lass ... mich ... in ... Ruhe!«, stieß ich hervor. »Und fass mich ja nicht an, sonst vergesse ich mich!«, schrie ich. »Warum zur Hölle hab ich dir das nur erzählt?!« Ich schlug mir mit der flachen Hand an die Stirn – ich konnte einfach nicht glauben, was Marcelo da eben gesagt hatte. »Jetzt wirst du mich bei jeder Gelegenheit daran erinnern ... Danke, Marcelo.« Ich schlüpfte in meine Sneakers und griff nach meiner Tasche. »Gib mir ein Auto«, sagte ich und streckte die Hand aus.

»Aber du kennst die Insel doch überhaupt nicht, du bist aufgebracht, du solltest dich jetzt nicht ans Steuer setzen.«

»Gib mir irgendwelche Scheiß-Schlüssel, verdammt noch mal!«, schrie ich zitternd vor Wut.

Marcelo atmete tief ein und presste die Zähne zusammen, dann ging er zur Tür. Ich setzte meine Sonnenbrille auf und folgte ihm.

Kurz darauf betraten wir die Garage, und Marcelo tippte einen Code in das Schlüsselschränkchen an der Tür.

»Groß oder klein?«, fragte er mit einem Kopfnicken in Richtung der Wagen.

»Scheißegal«, knurrte ich und trat ungeduldig von einem Fuß auf den anderen.

»Also gut, komm mit. Ich stelle dir das Navi ein, damit du nachher wieder nach Hause findest.« Er nahm einen Schlüssel, ging durch die Garage und öffnete die Tür eines riesigen schwarzen Cadillac Escalade. »*Zu Hause eins* ist das Apartment, *zu Hause zwei* ist das Schloss. Soll ich dir noch irgendeine Adresse eingeben?« Er schaute mich gleichgültig an, und meine Wut wurde zur Verzweiflung.

Ich hatte keine Ahnung, was ich erwartet hatte. Vielleicht, dass er mir verbot wegzufahren oder dass er mich ordentlich durchvögelte, damit ich die letzte halbe Stunde einfach vergaß? Aber wenn ich selbst nicht wusste, was ich wollte, woher sollte Marcelo es dann wissen?

»Wenn du Hilfe brauchst, ruf Ivan an.« Er stieg aus, ging zum Tor und verschwand.

»Verdammte Scheiße!«, murmelte ich, setzte mich in das Auto und startete den Motor. Beim Rausfahren hätte ich um ein Haar die anderen Fahrzeuge in der Garage gerammt, dann raste ich die Einfahrt runter. Es fühlte sich komisch an, dass niemand mir folgte, niemand mich bewachte und beschützte. Nicht, dass ich mich in irgendeiner Weise bedroht gefühlt hätte, aber im Hinterkopf hatte ich immer noch das Bild des zerstückelten Tiers. Ich folgte den Schildern mit der Aufschrift »Teide«, die Straße schraubte sich langsam höher und höher. Nach einer halben Stunde befand ich mich ziemlich weit oben am Berghang, fast schon über den Wolken. Ich parkte und schaute auf den schneebedeckten Gipfel des Vulkans. Der Anblick war fast kosmisch: mitten auf einer heißen Insel eine öde, verschneite Steinwüste und ein Vulkankrater.

Ich lehnte mich in den Fahrersitz, zog mein Telefon heraus und wählte Olgas Nummer.

»Weißt du, was Massimo gemacht hat?«, platzte ich heraus, als sie abnahm.

»Du bist auf Lautsprecher, Domenico hört mit.«

»Sehr gut! Vielleicht kann dein Bruder, dieser Psychopath, sich endlich mal wieder einkriegen?« Nach diesen Worten herrschte Stille, ich schloss die Augen und spürte, wie mir die Tränen über die Wange rannen. »Er hat mir meinen Hund geschickt, geviertelt, im Karton meiner Lieblingsstiefel...«

»Scheiße«, knurrte Domenico, im Hintergrund hörte ich Olgas Aufschrei. »Laura, ich habe keine Kontrolle über ihn«, sagte Domenico. »Ich weiß nicht mal, wo er ist, niemand weiß das, er ist einfach verschwunden.«

»Domenico, ich brauche Olga jetzt, und zwar sehr«, seufzte ich, und wieder herrschte Schweigen. »Das, was heute passiert ist... Das, was die letzten Tage passiert ist... Ich muss

Olga bei mir haben, sonst stehe ich das nicht durch.« Nach diesen Worten begann ich, unkontrolliert zu schluchzen.

»Ist dir klar, in welche Lage du mich damit bringst?«, sagte Domenico sanft. »Wenn Massimo das rauskriegt, trifft ihn der Schlag.«

»Das ist mir scheißegal!«, mischte sich Olga ein. »Domenico, meine beste Freundin braucht mich, also fliege ich zu ihr. Du solltest es zu schätzen wissen, dass ich vorher nach deiner Meinung frage, und du solltest wissen, dass mir dein Bruder komplett am Arsch vorbeigeht.« Ich sah förmlich vor mir, wie Olga in diesem Moment mit den Armen durch die Luft ruderte.

»Himmel, habe ich hier eigentlich noch irgendwas zu sagen?«, seufzte Domenico. »Also gut, Olga steigt morgen in den Flieger, also sag deinem ...«, er brach ab und räusperte sich, »... deinem Marcelo Bescheid, dass unser Flugzeug morgen auf Teneriffa landet. Aber denk daran, Laura: Olga ist bereits verlobt und hat keinen Bedarf an Abenteuern.«

Ich hörte, wie sie Domenico küsste.

»Perfekt, du Miststück«, kicherte sie ins Telefon, »dann widme ich mich jetzt mal meinem Zukünftigen, der muss mich noch mal so richtig durchvögeln, damit ich nicht auf dumme Gedanken komme.«

Beide riefen eilig »Tschüss!«, dann legte Olga auf, und ich war wieder allein.

Nach dem Telefonat mit Olga war meine Wut verflogen, und beim Gedanken daran, dass ich mich zum ersten Mal mit Marcelo gestritten hatte, wurde ich traurig. Und was hieß, gestritten – ich hatte ihm die Szene des Jahres gemacht. Ich wählte seine Nummer, hielt das Telefon ans Ohr und hörte ein Klingeln nach dem anderen, aber er hob nicht ab. War er wirklich so dermaßen beleidigt, fragte ich mich und legte das Telefon auf den Beifahrersitz. Dann tippte ich »zu Hause zwei« ins Navi, startete den Motor und fuhr los.

Ich parkte vor dem Schloss, stieg aus und ging ins Haus, um Marcelo zu suchen. Aber ich kannte mich in dem riesigen Gebäude noch nicht gut genug aus und hatte mich schon nach wenigen Minuten komplett verlaufen. Schließlich rief ich Amelia an. Wie sich herausstellte, war sie ganz in der Nähe und befreite mich kurz darauf aus meiner misslichen Lage.

»Weißt du vielleicht, wo dein Bruder ist?«, fragte ich, als wir einen der langen Korridore entlanggingen.

»Ihr habt euch gestritten«, seufzte sie und verdrehte die Augen. »Das hab ich mir schon gedacht, als er durchs Haus gerannt ist und du nirgendwo zu sehen warst. Ich vermute mal, er ist ins Strandhaus gefahren.« Beinahe hätten meine Beine nachgegeben, als die wunderschönen Erinnerungen an meinem inneren Auge vorbeizogen – die Zeit, die wir gemeinsam in der Einsamkeit des Strandhauses verbracht hatten, die magischen Momente zu zweit waren der Grund, warum ich mich jetzt auf Teneriffa befand.

»Kannst du mir die Adresse ins Navi tippen?«, fragte ich und biss mir nervös auf die Lippe.

»Klar, kein Ding.«

Zehn Minuten später fuhr ich zum zweiten Mal an diesem Tag vom Areal des Schlosses, aber diesmal fuhr ich den Berg hinab. Das Navi zeigte mir etwas mehr als eine Stunde Fahrzeit an, also hatte ich Zeit, nachzudenken und mir zu überlegen, was ich Marcelo sagen wollte, wenn ich ihm gegenüberstand. Aber mir fiel einfach überhaupt nichts ein. Ich war mir nicht sicher, ob ich mich entschuldigen sollte – denn eigentlich wusste ich gar nicht, wofür. Auch wenn meine Reaktion nicht unbedingt die beste gewesen war, hatte ich durchaus Grund gehabt, wütend auf ihn zu sein. Wieder einmal hatte ich in einer schwierigen Situation das gemacht, was ich am besten konnte: nämlich weglaufen. Jetzt, am Steuer des Cadillac, versprach ich mir, das nie wieder zu tun. Und es ging mir dabei nicht nur um Marcelo, sondern um alle anderen Menschen in meinem Leben. Ich nahm mir ganz fest vor, dass ich von nun an allen meinen Dämonen und Furien gegenübertreten würde.

Als ich nach über einer Stunde Fahrt schließlich vor dem Strandhaus parkte und ausstieg, schlug mir das Herz bis zum Hals. Als ich zum ersten Mal hier gewesen war, hatte ich grenzenloses Entsetzen gefühlt, und später dann, als ich dieses Paradies auf Erden wieder verlassen musste, unendliche Traurigkeit. Hier hatte Marcelo mich zum ersten Mal geküsst, und hier hatte ich mich schließlich in ihn verliebt. Alles war noch genau so, wie ich es in Erinnerung hatte: der Strand und der Ozean mit seinen Wellen, das kleine Holzhaus, die Veranda, auf der wir zu Abend gegessen hatten. Unter einer Palme stand sein Motorrad, also musste mein Mann irgendwo hier in der Nähe sein. Ich stieg die Treppe zur Veranda hinauf, und bevor ich die Hand auf die Klinke legte, holte ich mehrmals tief Luft. *Geh jetzt einfach rein und fertig – ohne dich zu entschuldigen, ohne zu erwarten, dass er sich ent-*

schuldigt, geh einfach rein und schau, was passiert, sagte ich mir. Ich atmete aus, öffnete die Tür und trat ein.

Nacheinander durchquerte ich die Zimmer, aber zu meiner großen Enttäuschung war Marcelo nicht im Haus. Auf dem Küchentisch lag sein Telefon, daneben stand eine offene Flasche Bier – ich trank einen Schluck, das Bier war warm. Also stand die Flasche schon einige Zeit herum. Ich seufzte und ging zurück auf die Terrasse, setzte mich auf die Treppenstufen und dachte darüber nach, was ich tun würde, wenn Marcelo zurückkam. Und dann fiel es mir plötzlich ein: Wenn ich hier schon mitten in der Einöde war und mich mit meinem Freund versöhnen wollte, dann sollte ich ihn am besten ein wenig überraschen.

Ich ging ins Haus, duschte eilig und setzte mich dann, nur in eine Decke gewickelt, wieder auf die Stufen zur Veranda. Ich lehnte meinen Kopf an das Geländer und blickte auf den Ozean. Die Wellen waren an diesem Tag ziemlich hoch, und wider Willen gingen mir dämliche Gedanken durch den Kopf, dass Marcelo etwas passiert sein könnte. *Na klar, ganz sicher, er surft schon sein ganzes Leben lang, aber ausgerechnet heute hat er beschlossen, sich zu ertränken, nur um dir eins auszuwischen.* Ich schüttelte den Kopf, um die dunklen Vorstellungen zu vertreiben, und wartete. Die Zeit verging quälend langsam, aus den Minuten wurden Stunden, und irgendwann fielen mir die Augen zu.

Ich fühlte, wie zwei feuchte Hände die Decke zur Seite schoben, in die ich mich gewickelt hatte. Ein wenig erschrocken und immer noch verschlafen, versuchte ich aufzustehen. Aber die Hände, die ich auf meinem Körper fühlte, hielten mich fest und legten mich auf den Holzboden der Veranda. Aus halb offenen Augen sah ich, dass es inzwischen dunkel war. Als ich den bekannten Geruch von Pfefferminzkaugummi wahrnahm, atmete ich erleichtert auf – das konnte nur heißen, dass der Mann, dessen Lippen mich zärtlich liebkosten, Marcelo war.

»Ich habe gewartet«, flüsterte ich, als seine Zunge über meinen Hals glitt.

»Das gefällt mir«, erwiderte Marcelo und ließ seine Zunge langsam in meinen Mund gleiten.

Ich stöhnte auf, legte meine Hände an seine Pobacken und entdeckte zu meiner Freude, dass er nackt war. Ich zog ihn an mich, sodass ich endlich seinen ganzen Körper spüren konnte. Seine Haut war nass und salzig, alle seine Muskeln waren hart und angespannt, er musste sehr lange gesurft sein.

»Süße, es tut mir leid.« Für einen Moment unterbrach Marcelo seine Küsse. »Manchmal sag ich dumme Sachen, aber ich lerne.«

»Und ich werde nicht mehr weglaufen. Aber manchmal muss ich nachdenken, und das kann ich besser, wenn ich allein bin.« Entschuldigend zuckte ich die Schultern.

»Was du nicht sagst!« Als Marcelo lächelte, leuchteten seine weißen Zähne in der Dunkelheit auf. »Wir haben noch mehr gemeinsam, als ich dachte.« Wieder küsste er mich heftig und leidenschaftlich.

»Wenn wir hier auf dem Holzboden miteinander schlafen, scheuerst du dir den Rücken und den Popo auf«, sagte er dann belustigt. Er drehte mich auf den Bauch und zog meine Hüften hoch, sodass ich vor ihm kniete und ihm meinen

Hintern entgegenstreckte. »Oder die Knie…« Er streichelte meine Schenkel. »Oder aber ich nehme dich im Stehen und rette so deine zarte Haut.« Er zog mich auf die Füße, und ich kreischte vor Überraschung kurz auf. Er stellte mich an einen der Balken, die das Verandadach trugen, und schob mir mit dem Knie die Beine auseinander. »Du bist aber klein.« Ich hörte sein Lachen, als er meinen Nacken küsste. »Wir finden schon eine Lösung, warte hier.« Er gab mir einen Klaps auf den Po, verschwand kurz und kam gleich darauf zurück, hob mich hoch und stellte mich auf eine Holzkiste.

»Ein Bierkasten?« Grinsend schaute ich auf meine Füße. »Sehr kreativ.«

»Eine Weinkiste.« Wieder küsste er mich in den Nacken. »Der ganze Keller ist voll mit Wein für dich…« Seine Hände umschlossen meine Brüste. »Der Kühlschrank…« Nun fühlte ich seinen stahlharten Schwanz an meinem Oberschenkel. »Das Badezimmer…«

»Wozu brauchen wir Wein im Badezimmer?«, keuchte ich, als seine Finger langsam in Richtung meiner Klitoris wanderten.

»Das Badezimmer ist voll mit Kosmetika, der Schlafzimmerschrank voll mit Kleidern, und das Haus ist voll mit schnellem Internet, sodass wir nie wieder von hier fortmüssen.« Seine Zähne gruben sich in meine Schulter, und ich zog scharf die Luft ein. »Außerdem habe ich ein Geschenk für dich, aber das bekommst du nur, wenn du brav bist, dich umdrehst und schön den Hintern rausstreckst.« Ich beugte mich ein wenig zu dem Balken vor. »Und jetzt halt dich gut fest, Liebling.« Marcelos Hände griffen meine, legten sie an den

Balken und hielten sie da fest. Seine andere Hand wanderte über meinen Arm, die Schultern und den Rücken und griff mich dann an der Hüfte.

»Du hast so einen hübschen Hintern«, flüsterte er, als er meine Pobacken leicht auseinanderschob. »Jedes Mal, wenn ich in dich eindringe, könnte ich im selben Moment kommen«, beendete er seinen Satz, dann drang sein Penis langsam, Zentimeter für Zentimeter, in mich ein.

Marcelo stöhnte. Die langsamen Bewegungen seines Beckens sorgten dafür, dass ich mich kaum noch auf den Beinen halten konnte. Ich grub meine Fingernägel ins Holz des Balkens und wand mich und schrie bei jedem seiner Stöße auf. Der Griff seiner starken Hände wurde von Sekunde zu Sekunde unnachgiebiger. Schon bald hatten seine Bewegungen ein Tempo erreicht, das man nur noch als energisches Ficken bezeichnen konnte. Unsere leidenschaftlichen Schreie übertönten das Meeresrauschen, und das rhythmische Klatschen von Marcelos Hüften an meinem Po jagte Schauer über meinen Körper. Er war so dominant, und er machte das mit solcher Hingabe, Zärtlichkeit und Liebe, dass ich nicht länger gegen den Orgasmus ankämpfen konnte.

»Ich muss dich sehen«, brachte Marcelo hervor, als mich nur noch Sekunden vom Höhepunkt trennten.

Er hob mich hoch, trug mich ins dämmrig erleuchtete Wohnzimmer und setzte mich auf dem Sofa neben dem Kamin ab. Nackt kniete er sich zwischen meine Beine und zog mich dann zu sich vor, sodass er wieder in mich eindringen konnte. Mit der rechten Hand hielt er mich im Nacken fest, mit der Linken an der Hüfte, dann fing er erneut an, mich zu ficken, und schaute mir dabei die ganze Zeit in die Augen.

»Himmel!«, stöhnte ich und ließ den Kopf in die Polster sinken. »Fester!« Ich hob die Hüften, schob ihm mein Becken entgegen und kam innerhalb von Sekunden zum Höhepunkt. Überwältigt von Lust und Leidenschaft schrie ich so laut, dass ich nichts anderes hörte außer meiner eigenen Stimme.

Marcelo beugte sich über mich, schob mir seine Zunge in den offenen Mund und erstickte so meinen Schrei. Im nächsten Moment kam auch er, und unsere Zungen begannen einen leidenschaftlichen Tanz. Ich weiß nicht, wie lange wir uns küssten, aber irgendwann war ich vollkommen außer Atem. Als Marcelo seine Lippen von meinen löste, war sein Schwanz immer noch in mir, und ich versuchte, halb weggetreten, die Augen zu öffnen.

»Ruh dich aus, Süße«, flüsterte er zärtlich, hob mich hoch und ging mit mir in seinen Armen ins Schlafzimmer.

»Ich mag es sehr, mich mit dir zu vertragen«, sagte ich, wie ein Äffchen an ihm hängend. »Aber ich will mich nicht schon wieder mit dir streiten, also müssen wir andere Gründe finden, um uns zu vertragen.«

Obwohl ich ihn im Dunkeln nicht sehen konnte, wusste ich genau, dass er lächelte.

»Ich liebe dich.« Als wir lagen, zog er die Decke über uns und schmiegte sich an mich.

»Das weiß ich ...« Ich griff nach seiner Hand und küsste seine Fingerspitzen. »Ich kann es fühlen ...«

Dann schlief ich ein.

KAPITEL 16

Vor dem VIP-Terminal am Flughafen von Teneriffa stand ich neben dem Wagen und trat nervös von einem Fuß auf den anderen. Es war heiß, und obwohl ich lediglich ultrakurze Shorts, Flipflops und ein mikroskopisches Top trug, zerfloss ich förmlich in der Junisonne. Marcelos bunt tätowierte Arme umfingen mich von hinten. Seufzend ließ ich den Kopf an seine Schulter sinken. Erst hatte er mich letzte Nacht nicht schlafen lassen, dann hatte er mich in aller Herrgottsfrühe aus dem Bett geholt, an den Strand geschleift und auf ein Surfbrett gestellt, und jetzt war ich vollkommen erledigt. Marcelo ließ seine Lippen über meine Wange gleiten, bis er meinen Mund fand, gleich darauf hatte ich seine Zunge zwischen den Zähnen. Wie eine Teenagerin stand ich mit zur Seite geneigtem Kopf da und leckte an dem kahlköpfigen Mann hinter mir herum.

»Hast du mich hergeholt, damit ich zuschauen kann, wie ihr euch einspeichelt?«, hörte ich plötzlich auf Polnisch.

Ich riss mich von dem Traumtyp an meiner Seite los, drehte den Kopf und schaute in die Richtung, aus der die Stimme kam. Als ich meine allerbeste Freundin erblickte, verschlug es mir die Sprache. In einer weiten Leinenhose, mit dazu passendem kurzem Oberteil sah Olga unglaublich elegant aus. Dazu trug sie Pumps mit abgeflachter Spitze und eine kleine Handtasche von Chanel in der Armbeuge. Ihr Haar hatte sie zu einem hohen, eleganten Dutt aufgetürmt.

Ich machte die zwei Schritte bis zu Olga und umarmte sie fest. »Es ist so gut, dass du hier bist«, flüsterte ich, als sie mich auf die Wange küsste.

»Inzwischen bin ich es ja schon gewohnt, dass du mich durch die Weltgeschichte schleifst.« Olga ließ mich los und reichte Marcelo die Hand. »Hi!«

Er zog sie an sich und gab ihr einen Kuss auf die Wange. »Freut mich, dich auf meiner Insel zu sehen. Danke, dass du hergekommen bist.«

»Na ja, weißt du, im Grunde hatte ich keine Wahl.« Mit einem Kopfnicken wies Olga auf mich. »Laura ist Meisterin in emotionaler Erpressung. Außerdem heirate ich in vierzehn Tagen, und wir müssen noch einiges besprechen.«

Den Nachmittag verbrachten wir zu dritt. Ich wollte, dass Olga Marcelo kennenlernte, damit sie meine Entscheidung besser nachvollziehen konnte. Mit einer Flasche Wein saßen wir am Strand und schauten Marcelo beim Surfen zu, dann aßen wir Lunch in einer wunderhübschen Kneipe, in der außer uns nur ein paar Einheimische saßen, und schließlich fuhren wir zum Schloss der Familie Matos. Marcelo zeigte Olga ihr Zimmer, dann küsste er mich auf die Stirn und sagte, er müsse nun ein wenig arbeiten, und ich wolle bestimmt auch mal alleine mit meiner Freundin reden. Ich war überwältigt davon, dass er mir Raum gab und meine Bedürfnisse berücksichtigte.

Den Abend würden Olga und ich also zu zweit verbringen. Marcelo hatte sich einen Spaß gemacht und für Olga und mich eine Pyjama-Party vorbereiten lassen. Das Zimmer war mit Luftballons mit den Logos der teuersten Modemarken der Welt geschmückt, auf unseren Betten lagen reizende Trainingsanzüge von Chanel – viel zu elegant für Marcelos Geschmack, die hatte er bestimmt nicht alleine ausgesucht. In riesigen Champagner-Kühlern lagerten mehrere Flaschen Moët Rosé, daneben war ein ausladendes Buffet angerichtet: Bunte Muffins, Zuckerwatte, Sandwiches, Meeresfrüchte – es wirkte alles ein wenig wie die Geburtstagsparty einer Dreizehnjährigen. Sogar eine Jukebox und eine Karaoke-Anlage hatten wir, und als wäre das noch nicht genug, befand sich auf der Terrasse vor dem Schlafzimmer ein Whirlpool, daneben standen zwei Massageliegen, und um das Personal für die Massage zu rufen, mussten wir nur auf einen Knopf drücken. Mit offenem Mund kratzte sich Olga am Kopf und schaute sich ungläubig um.

»Als ich ihm heute beim Surfen zugeschaut habe, dachte ich, es geht um Sex«, begann sie schließlich. »Als er danach von seinen Abenteuern in der Karibik erzählt hat, sodass mir vor Lachen der Bauch wehgetan hat und ich keine Luft mehr gekriegt habe, dachte ich, du magst ihn, weil er ein Kind im Körper eines Mannes ist.« Sie drehte sich im Kreis und wies mit der Hand auf die Party-Dekoration, den Whirlpool und die Massageliegen. »Aber jetzt weiß ich gar nicht mehr, was ich denken soll, außer vielleicht, dass er einfach perfekt ist.«

Sie schaute mich an. »Vorsicht, Laura, irgendwas stimmt mit dem nicht, das ist alles viel zu schön, um wahr zu sein.«

»Nun«, ich zog die Silbe in die Länge. »Zum Beispiel ist er das Oberhaupt einer Mafiafamilie. Und ein Auftragskiller.« Ich hob den Zeigefinger. »Und am Hintern hat er auch Tattoos.« Olga riss die Augen auf. »Nicht dein Ernst!«, kreischte sie. »Warum zur Hölle hast du mir das erzählt?«

»Aber es stimmt schon, bisher weiß ich überhaupt nichts von seinen dunklen Seiten. Marcelo behandelt mich wie teures Porzellan, und trotzdem lässt er mir meine Freiheit. Ich habe keine Bodyguards, oder zumindest habe ich noch keine bemerkt. Ich kann Motorrad fahren und surfen. Wenn ich Fallschirm springen wollte, hätte er bestimmt auch nichts dagegen. Er verbietet mir nichts, er zwingt mich zu nichts, und aufbrausend wird er nur gegenüber seiner kleinen Schwester.« Ich zuckte die Schultern. »Aber die lässt das komplett kalt, es ist also nichts Gefährliches.«

»Aber früher war Massimo auch mal so.« Prüfend schaute Olga mich an.

»Das stimmt nicht ... Massimo war wunderbar, doch er war schon immer ein Kontrollfreak und konnte mit Widerspruch überhaupt nicht umgehen. Ich sage ja gar nicht, dass ich nicht gern mit ihm zusammen war. Bis Silvester war es nahezu paradiesisch. Aber wie man es auch dreht und wendet, zu den meisten Dingen hat er mich gezwungen. Die Hochzeit zum Beispiel oder das Kind, im Grunde jede Reise ... Egal, was wir gemacht haben, ich wurde nicht gefragt, er hat einfach entschieden.« Ich setzte mich in einen Sessel und nahm mir ein Glas Champagner. »Aber jetzt bin ich frei, und der Mann an meiner Seite gibt mir das Gefühl, ich wäre wieder sechzehn.«

»Genauso geht es mir mit Domenico.« Olga hatte sich umgezogen und setzte sich mir gegenüber. »Ihn nimmt das alles ziemlich mit: dass du seinen Bruder verlassen hast und dass Massimo verschwunden ist. Mario und er sind jetzt für alles verantwortlich. Das Castello kommt mir vor wie ein Geisterhaus.« Sie schüttelte den Kopf. »Ich denke immer wieder darüber nach umzuziehen. Domenico hat auch nichts dagegen, insofern ...« Sie brach ab, zuckte die Schultern und trank einen Schluck.

»Und wie läuft unser Business?«, fragte ich resigniert.

»Super! Emi kümmert sich um alles, jetzt gerade wird die neue Kollektion nach deinen Vorgaben genäht. Also alles perfekt, doch wir müssen uns langsam überlegen, wie es weitergeht.«

Gedankenversunken nickte ich.

»Und sag mir endlich mal, was mit der Hochzeit ist!«, warf Olga plötzlich ein. Beim Gedanken, nach Sizilien fliegen zu müssen, wurde mir übel. »Du weißt ja, ihr seid die Trauzeugen, Massimo und du ...«

»Ja, ich weiß.« Ich ließ die Stirn auf die Tischplatte sinken.

»Tu mir das nicht an, Laura!«, rief Olga und zog meinen Kopf an den Haaren wieder hoch. »Es ist mir komplett egal, wie, soll sich dein Kanarienvogel halt was einfallen lassen, aber du musst dabei sein!« Sie verschränkte die Arme vor der Brust. »Außerdem bin ich gar nicht sicher, ob Massimo bis zur Hochzeit wirklich zurück ist. Domenico sagt, er treibt sich in irgendwelchen Bordellen in Mexiko herum, also kokst er sich vielleicht das Hirn aus dem Kopf und stirbt vorher an irgendwelchen Geschlechtskrankheiten.«

Bei diesen Worten fühlte ich ein eigenartiges Stechen in der Brust. Bisher hatte ich nie darüber nachgedacht, ob Massimo was mit anderen Frauen hatte. So unlogisch und inkonsequent das war, aber ich konnte nichts dagegen tun, dass ich bei der Vorstellung eine nagende Eifersucht spürte …

»Jetzt trinken wir was!«, sagte ich und erhob mein Glas.

»Nein, Schätzchen«, erwiderte Olga und beugte sich zu mir, »wir geben uns so richtig die Kante!«

Zwei Stunden und vier Flaschen Moët Rosé später waren wir so dermaßen betrunken, dass wir nicht mehr aufstehen konnten, um einen anderen Song in der Jukebox auszuwählen. Kichernd und glucksend rollten wir auf dem weichen Teppich herum und erzählten uns die besten Geschichten aus unserer langjährigen Freundschaft. Es war kein sehr konstruktives Gespräch, denn keine von uns hörte der anderen wirklich zu, dafür hatten wir beide wahnsinnig viel zu erzählen. Schließlich versuchte Olga aufzustehen, aber als sie sich an der Tischplatte hochzog, kippte der Tisch um, zusammen mit der Lampe und allem anderen, was darauf stand. Der Knall und das Splittern von Glas und Geschirr ernüchterte uns ein wenig, aber es reichte nicht aus, um uns wirklich auf die Beine zu bringen, also blieben wir einfach liegen.

Allerdings stürmte keine zehn Sekunden später Marcelo ins Zimmer. Er trug nur eine weite Jogginghose und hielt in jeder Hand eine Pistole. Bei diesem Anblick erstarrten Olga und ich, Marcelo dagegen grinste von einem Ohr zum anderen, als er erkannte, in welchem Zustand wir uns befanden.

»Ihr lasst es ja richtig krachen.«

Wir versuchten, uns würdevoll zu geben, aber zwischen leeren Flaschen und Essensresten auf dem Fußboden liegend, war das mehr oder weniger ein Ding der Unmöglichkeit. Grinsend und kichernd schauten wir zu, wie er sich Zuckerwatte um den Finger wickelte.

»Soll ich euch helfen aufzustehen?«, fragte er, und wir nickten im Gleichtakt.

Zuerst hob Marcelo Olga hoch und trug sie in ihr Bett. Dann kam er zu mir zurück, hob mich hoch, drückte mich fest an sich und setzte sich dann mit mir in den Armen auf das andere Bett.

»Na, meine kleinen Schluckspechte?« Er küsste mich auf die Stirn und schaute belustigt zwischen Olga und mir hin und her. »Ihr wisst aber schon, dass ihr euch morgen wünschen werdet, ihr wärt tot?«

»Ich glaub, ich kotz gleich«, presste Olga durch die Zähne und griff sich an den Kopf.

»Soll ich dich ins Bad tragen, oder soll ich dir einen Eimer holen?« Grinsend legte mich Marcelo ab und zog mir die Decke bis zum Kinn.

»Eimer«, lallte Olga und drehte sich auf die Seite. Marcelo holte alles, was Olga eventuell gebrauchen könnte: einen Eimer, Waschlappen, Wasser, Handtuch. Als er feststellte, dass sie in der Zwischenzeit eingeschlafen war, setzte er sich neben mich auf den Bettrand und strich mir die Haare aus dem Gesicht.

»Aber dir geht es gut?«, fragte er fürsorglich. Ich nickte nur, denn ich hatte Angst, wenn ich den Mund aufmachte, um etwas zu sagen, würde ich mich auch übergeben müssen.

»Ich sehe schon, wenn ihr feiert, dann feiert ihr hart.« Er küsste mich auf die Nasenspitze. »Beim nächsten Mal bekommt ihr Smoothies und Gemüsesticks.«

Ich weiß nicht, wie lange Marcelo noch an meinem Bett saß und mich anschaute, aber als ich einschlief, fühlte ich immer noch, wie seine Hände sanft mein Haar streichelten.

»Ich will sterben.« Olgas heisere Stimme weckte mich, und im selben Moment fühlte ich, wie ein Vorschlaghammer auf meine Stirn niedersauste.

»Verdammt«, stöhnte ich und griff nach einer Wasserflasche. »Was für eine dämliche Idee, sich dermaßen abzuschießen.«

»Oh! Ein Eimer!«, stellte Olga fest, und ich erinnerte mich wie durch einen dichten Nebel, wie wir am Vorabend ins Bett gekommen waren und warum der Eimer neben Olgas Bett stand. »Oh! Ich hab reingekotzt.« Olgas hochintelligente Feststellung brachte mich zum Lachen, und sofort sauste der Vorschlaghammer ein weiteres Mal auf meinen Schädel nieder.

»Marcelo hat dich ins Bett getragen«, sagte ich, bemüht, mich keinen einzigen Millimeter zu bewegen. »Weißt du noch?«

Olga stöhnte und schüttelte ganz vorsichtig den Kopf. »Aber ich glaube, wir haben irgendwas kaputt gemacht«, flüsterte sie dann, als hätte sie Angst, jemand könnte uns hören.

Ich betrachtete den umgestürzten Tisch, die Glasscherben und die Reste des Büffets.

»Und ob wir was kaputt gemacht haben! Marcelo ist mit gezogener Waffe ins Zimmer gestürmt, um uns zu retten. Und er hat uns auch tatsächlich gerettet, aber nur, indem er uns vom Boden hochgehoben und ins Bett getragen hat.«

»Ein echter Samariter«, keuchte Olga und setzte sich eine Wasserflasche an die Lippen. »Hey, schau mal, neben meinem Bett steht ein Babyfon.« Aus dem Augenwinkel schielte ich in Richtung von Olgas Nachttisch und entdeckte verblüfft, dass sie die Wahrheit sagte. »Dein Freund hört uns ab!«, fauchte sie anklagend und verschüttete dabei das Wasser auf der Bettdecke, dem Kissen und sich selbst.

»Weißt du was? Ich glaube, wenn er uns wirklich abhören wollte, dann würden wir davon überhaupt nichts mitkriegen.«

Wir brauchten über eine Stunde, um aus dem Bett zu kommen. Sogar zu duschen versuchten wir, aber es blieb bei dem guten Vorsatz, die Umsetzung ging einfach über unsere Kräfte. Wir setzten unsere Sonnenbrillen auf und gingen, immer noch in unsere reizenden rosa Trainingsanzüge von Chanel gekleidet, in den Garten. Wieder wurden mir die Knie weich, als ich sah, wie Marcelo seinen Neffen Pablo in den Armen hielt. In kurzen Hosen stand er unter einem Baum, mit einem Arm drückte er das schlafende Baby an seine nackte Brust, mit der anderen Hand hielt er sich das Telefon ans Ohr. Olga und ich seufzten zeitgleich auf, und er drehte sich um und grinste uns an.

»Laura, ich glaube, ich habe mich verliebt«, stöhnte Olga leise und sabberte ein bisschen.

»Ich weiß, wovon du sprichst«, seufzte ich. »Er und dieses Kind, das macht mich auch fertig.«

Schwankend und stolpernd, mit einigen Promille Restalkohol im Blut, gingen wir zum Tisch hinüber. Marcelo hatte sein Telefongespräch beendet und bettete Pablo vorsichtig in einen Liegestuhl, der ein paar Meter weiter im Schatten stand.

»Endlich ist er eingeschlafen«, sagte er und küsste mich auf die Stirn, dann wies er mit einer einladenden Geste auf den Tisch. Auf zwei Tellern lagen verschiedene Tabletten, daneben standen zwei große Gläser mit einer undefinierbaren grünen Masse darin.

»Auf ex, die Damen!« Er zog zwei Stühle zurück. »Oder wollt ihr lieber den ganzen Tag am Tropf hängen? Das sind Elektrolyte, Glukose und noch irgendwelches ekliges Zeug.« Er grinste breit. »Der Arzt hat gesagt, das wird euch am Leben erhalten.«

»Was ist das?«, fragte Olga anklagend und stellte das Babyfon neben ihr Glas.

Marcelo ging um den Tisch herum und setzte sich uns gegenüber. »Das ist Pablos Babyfon.« Er versuchte, ernst zu bleiben, aber es gelang ihm nicht. »Olga, du bist letzte Nacht dreimal aus dem Bett gefallen.« Er goss sich ein Glas Saft ein und trank einen Schluck. »Und jedes Mal, wenn ich einen Knall oder so was gehört habe, war ich überzeugt, es passiert etwas ganz Schlimmes, und bin wie Rambo in euer Zimmer gestürmt.« Jetzt lachte er schallend. »Irgendwann hatte ich die Nase voll und habe beschlossen, mir die Sache etwas einfacher zu machen. Ich wollte ja nur wissen, ob ihr auch brav schlaft.«

»Ist das peinlich«, stöhnte Olga und stopfte sich die Tabletten von ihrem Teller in den Mund.

»Du übertreibst. Peinlich war es, wie ihr in Lagos versucht habt, aus dem Restaurant zu kommen.« Er lehnte sich auf seinem Stuhl zurück und verschränkte die Arme vor der Brust. »Da habe ich fürchterlich gelitten, aber ich konnte euch nicht helfen, denn ich war ja nur… ein Traum.« Er zwinkerte mir zu, und ich schenkte ihm ein seliges restalkoholisiertes Lächeln.

»Scheiße, das hast du auch gesehen?« Obwohl Olga eine dunkle Sonnenbrille trug, konnte ich sehen, wie sie die Augen verdrehte. »Du musst ja wirklich eine hohe Meinung von uns haben.«

»Wie deine Freundin ist, sagt eine Menge über dich aus«, sagte Marcelo zu Olga, ohne den Blick von mir zu wenden. »Ihr seid schließlich keine siebzehn mehr und habt halt gerne Spaß, das ist doch nichts Schlimmes.« Er trank noch einen Schluck. »Und der Anblick einer polnischen Rubensfrau im rosa Jogginganzug, die in einen Eimer neben ihrem Himmelbett kotzt, hat sogar einen gewissen Unterhaltungswert.«

Olga nahm einen Mini-Pancake von einem Teller und warf ihn Marcelo an die Stirn. Dann drehte sie sich zu mir um und sagte auf Polnisch: »Ich mag ihn. Ich mag ihn wirklich.« Sie lächelte.

»Danke«, erwiderte Marcelo ebenfalls auf Polnisch, und Olga schlug sich mit der flachen Hand an die Stirn. Sie konnte nicht fassen, dass Marcelo jedes Wort verstand, das wir sagten.

»Ich mag dich auch«, fuhr Marcelo fort. »Und jetzt, meine

Damen, auf ex. Dieser grüne Brei hier ist der Cocktail des Tages, aber die Happy Hour ist gleich vorbei.« Er machte eine kurze Pause und zeigte dann mit der Hand Richtung Haus. »Für alle Fälle steht dort drüben ein Eimer.«

Olga blieb mehrere Tage auf Teneriffa. Sie lernte Amelia kennen und verstand sich auf Anhieb mit Marcelos Schwester. Heimlich tranken wir mit ihr am Strand Wein, und als er es mitkriegte, lenkte ich ihn mit einem schnellen Blowjob im Schießstand ab. Zwar war Amelia erwachsen und volljährig und konnte tun und lassen, was sie wollte, aber Marcelo behandelte sie wie ein Kind und verbot ihr alles, was Spaß machte. Ich übte weiter Wellenreiten, doch Olga maulte ununterbrochen, dass ihr der Neoprenanzug zu eng, die Wellen zu hoch und das Surfbrett zu groß war und dass ihr die Hände wehtaten, und gab bald auf. Dafür leistete sie Amelia und Pablo Gesellschaft, wenn ich mit Marcelo im Wasser war. So hatte ich nun alles, was ich brauchte: meine allerbeste Freundin, Sonne und Strand und einen Mann, der mit jedem Tag mehr Raum in meinem Herzen einnahm. Aber natürlich hütete ich mich, ihm das zu sagen. Ich hatte Angst, dass Marcelo, sobald er wusste, dass er mein Herz erobert hatte, aufhören würde, sich solche Mühe zu geben. Und dann wäre mein schöner Traum ganz schnell vorbei.

Am letzten Tag von Olgas Aufenthalt aßen wir zu dritt in einem Strandrestaurant zu Abend. Amelia war mit Pablo zu Hause geblieben, weil Marcelo mit uns reden wollte. Nach dem letzten Gang schob er seinen Teller von sich und seufzte.

»Also gut, reden wir über nächste Woche«, begann er und legte seine Serviette auf den Tisch. »Wenn ich ganz ehrlich bin, wäre es mir lieber, wenn Laura gar nicht nach Sizilien fliegen würde. Aber ich kann es ihr ja schlecht verbieten.« Ich legte eine Hand auf seinen Oberschenkel und schaute ihn dankbar an. »Die Einzelheiten von Lauras Security würde ich gern mit Domenico besprechen. Es kommt nicht infrage, dass Laura ohne meine Leute nach Sizilien fliegt.« Er holte noch einmal tief Luft. »Mindestens acht Männer. Und kein Alkohol.« Er schaute mich warnend an. »Ich weiß, Olga, es ist deine Hochzeit, aber Lauras Sicherheit geht vor. Ihr könnt danach Party machen, so viel ihr wollt, hier auf Teneriffa oder wo auch immer, aber nicht auf Sizilien.« Marcelos Ton war sanft, aber entschieden.

»Und warum kannst du nicht mitkommen, als einer von meinen Gästen, und selbst auf Laura aufpassen?«, fragte Olga und stellte ihr Glas ab.

»Das ist leider nicht so einfach«, seufzte Marcelo. »Wir sind zwar Gangster, aber wir haben unseren Ehrenkodex, an den wir uns halten. Adel verpflichtet.« Er verdrehte die Augen und schüttelte den Kopf. »Viele meiner Kunden machen Geschäfte mit den Torricelli. Wenn ich jetzt plötzlich auf Sizilien auftauche, ist das in ihren Augen ein klarer Regelverstoß und wird als elementarer Mangel an Ehrerbietung aufgefasst. Man würde das nicht als Ausdruck meiner Sorge um Laura verstehen, sondern als Kriegserklärung.« Er zuckte die Schultern. »Dass ich Massimo die Frau ausgespannt habe, hat inzwischen jeder mitgekriegt, und das an sich reicht ja schon.« Er lächelte traurig, dann schaute er Olga an. »Ruf bitte deinen Verlobten an und frag ihn, ob ich jetzt die Fragen zur Security mit ihm besprechen kann.«

Olga kam seiner Bitte sofort nach. Wenige Sekunden später reichte sie Marcelo ihr Telefon, und Marcelo stand auf, entschuldigte sich und ging Richtung Strand.

»Hast du ihm gesagt, dass Massimo wahrscheinlich gar nicht zur Hochzeit kommen wird?«, fragte Olga mich und trank einen Schluck Wein.

»Ja, aber das hat ihn nicht wirklich beruhigt.« Ich zuckte die Schultern. »Außerdem wissen das weder du noch ich mit hundertprozentiger Sicherheit. Nicht einmal Domenico kann das wissen. Da will Marcelo lieber auf Nummer sicher gehen.«

Nach etwa zwanzig Minuten trat Marcelo wieder an den Tisch und gab Olga ihr Telefon zurück. »Dein Akku ist gleich leer«, sagte er, dann winkte er dem Kellner und bestellte sich ein neues Bier. »Also, die Sache läuft folgendermaßen: Laura fliegt mit meinem Flugzeug nach Sizilien, aber ich darf nicht der Pilot sein. Laura wohnt in dem Haus, das ich gekauft habe, und wird von zwölf Bodyguards begleitet. Aber im Vergleich zu der Armee, die die Torricelli aufgefahren haben, ist das gar nichts.« Er drehte sich zu mir und griff nach meiner Hand. »Liebling, ich weiß, wie furchtbar das klingt, aber du darfst auf der Hochzeitsfeier nichts essen oder trinken. Du darfst nur das in den Mund nehmen, was deine Bodyguards dir geben.« Er warf Olga einen kurzen Blick zu. »Ich vertraue Domenico, und ich weiß, dass er nichts plant, aber seine Leute könnten komplett andere Befehle haben. Und wir wollen ja nicht, dass alles in einer

Katastrophe endet.« Er ließ den Kopf sinken. »Bitte versucht, mich zu verstehen.«

Ich streichelte seinen Rücken und drückte einen Kuss auf seine Schläfe. Ich wusste, wie viel ihm diese Sache abverlangte.

»Ich möchte, dass du am Sonntagmorgen schon wieder zurück in Teneriffa bist. Wir müssen also nur den Samstag irgendwie überstehen, und dann haben wir alles hinter uns ...«

»Also gut ...«, sagte Olga frustriert. »Aber kann Laura mir auch bei den Hochzeitsvorbereitungen helfen?«

»Ja, aber ich habe mit Domenico vereinbart, dass das nur an einem neutralen Ort möglich ist und nicht im Castello der Torricelli, wie du es ursprünglich geplant hattest. Das ist ein Kompromiss, Olga«, fügte er hinzu, als sie das Gesicht verzog. »Wir alle müssen an der einen oder anderen Stelle Abstriche machen.«

»Und das alles nur meinetwegen.« Ich breitete die Arme aus. »Weil ich unbedingt mein Leben verändern wollte, und bei der Gelegenheit hat es alle Menschen um mich herum gleich mit erwischt.« Ich brach ab und griff nach meinem Glas.

»Olga, vielleicht ...«, wollte ich fortfahren, aber Olga hob warnend die Hand.

»Fang gar nicht erst an. Dir wird nichts passieren, dafür sorge ich persönlich. Andernfalls werde ich noch am Tag meiner Hochzeit zur Witwe, weil ich Domenico umbringe, wenn irgendwas schiefgeht.« Sie nickte. »Und jetzt ruf den Kellner und bestell noch eine Flasche.«

Ich war traurig, oder vielmehr hatte ich Schuldgefühle, und

dagegen half auch Alkohol nichts. Bei mir am Tisch saßen die beiden Menschen, die mir am meisten auf der Welt bedeuteten, und unterhielten sich in aller Seelenruhe, aber ich hätte am liebsten geweint. Marcelo spürte, dass ich mit den Gedanken ganz woanders war, und versuchte von Zeit und Zeit, mich ins Gespräch einzubeziehen. Aber nichts half. Schließlich stand er ohne ein Wort auf und ging zum Kellner. Erstaunt schauten wir ihm hinterher.

Als er die kleine Bühne betrat und der Kellner ihm eine Violine reichte, erschien ein breites Grinsen auf meinem Gesicht. Marcelo zwinkerte mir zu und legte sich das Instrument auf die Schulter.

»Alter Schwede, sag nicht, er wird jetzt spielen«, flüsterte Olga.

Als die ersten Klänge von John Legends *All of Me* erklangen, verstummten die Gespräche an den Tischen. Einmal mehr übermittelte mir Marcelo mit dem Song, den er spielte, eine Botschaft – diesmal gestand er mir seine Liebe. Wie hypnotisiert saß Olga neben mir, aber Marcelo hatte nur Augen für mich. Bei den hohen Tönen am Ende des Refrains wurden mir die Augen feucht. Erfolglos versuchte ich, die Tränen zurückzuhalten, und schließlich ließ ich ihnen freien Lauf. Das konnte Marcelo nicht entgehen, aber er wusste auch, dass es keine Tränen der Traurigkeit waren. Ohne den Blick nur eine Sekunde von mir zu nehmen, umhüllte und liebkoste er mich mit den Klängen, die er seinem Instrument entlockte, bis der Song schließlich zu Ende ging – definitiv viel zu schnell. Die Töne wurden leiser und leiser, bis sie schließlich verklangen. Die Gäste im Restaurant begannen zu klatschen, Marcelo verbeugte sich, reichte dem Kellner die Violine und klopfte ihm auf den Rücken.

»Denn jeder Teil von mir liebt jeden Teil von dir«, sagte Marcelo und legte sanft seine Lippen auf meine. Er küsste mich lange und innig, ohne sich um Olga zu kümmern, die aussah, als hätte sie soeben einen Hirnschlag erlitten. Schließlich zog er sich zurück und setzte sich neben mich.

»Noch Wein, Olga?«, fragte er und hob die Flasche. Olga stöhnte auf.

Am nächsten Tag verabschiedete ich mich von Olga, als wäre es für immer. Auf dem Flugfeld stehend, heulten wir beide wie die Schlosshunde, während Marcelo versuchte, mich zurück ins Terminal zu befördern. Als ihm das endlich gelungen war, umarmte er mich und führte mich zurück zum Wagen.

»Ich muss nach Kairo. Und ich möchte, dass du mich begleitest.«

»Warum musst du da hin?«

»Für einen Auftrag«, antwortete er so unbeteiligt, als ginge es darum, Pizza auszuliefern.

»Aha«, erwiderte ich und ließ mich in den Sitz fallen.

»Es dauert nicht lange, maximal zwei Tage.« Er zog die Tür zu und ließ den Motor an.

»Zwei Tage, um einen Menschen zu töten?!«, fragte ich höchst konsterniert, aber Marcelo lachte nur.

»Liebling, die Vorbereitungen dauern natürlich länger, aber ich fahre nur noch hin, um zu überprüfen, ob alles seine Ordnung hat, und den Abzug zu ziehen.« Er dachte einen

Moment nach. »Obwohl ich in dem Fall vermutlich eher einige Knöpfe drücke«, sagte er dann grinsend.

»Es geht mir einfach nicht in den Kopf, wie du grinsend davon reden kannst, einen Menschen zu töten.« Ich schüttelte den Kopf.

Marcelo fuhr an den Straßenrand und hielt, und ich schaute ihn missbilligend an.

»Süße, wenn du die Antwort nicht hören willst, dann frag nicht nach.« Sein Blick war sanft, und er lächelte leicht. »Und versuch nicht, es zu verstehen, das bringt nichts. Es ist ganz einfach meine Arbeit. Und nur zu deiner Beruhigung, das sind böse Menschen.« Er nickte. »Also, gehen wir schwimmen?«

Ich holte tief Luft und versuchte, mich wieder zu beruhigen. Was konnte ich schon tun? Schließlich hatte ich von Anfang an gewusst, dass Marcelo weder Buchhalter noch Architekt war …

Wir fuhren weiter, und bald bemerkte ich, dass wir auf dem Weg zum Strandhaus waren. Der Ozean war an diesem Tag aufgewühlt, aber Marcelo war überzeugt, ich würde das schaffen. Immer noch war das Surfbrett, das er mir gab, doppelt so groß wie sein eigenes, aber ich vertraute ihm, wenn er sagte, es wäre noch zu früh für ein kleineres. Ich genoss es, wenn er mir Unterricht gab, doch noch mehr genoss ich es, wenn er vor mir brillieren wollte.

Nach dem Gespräch im Auto war ich in eigenartiger Stimmung. Aber nachdem ich mich ein wenig ausgeruht und den wunderbaren Ausblick genossen hatte, ging ich den Strand hinunter zum Wasser, schwang mich auf mein Board und wartete. Aufmerksam schaute ich aufs Meer hinaus, und als ich eine majestätische, große Welle entdeckte, paddelte ich los. Ich stützte mich hoch, hockte mich auf und stand auf dem Brett. Marcelo schrie etwas, aber ich konnte seine Worte nicht verstehen. Ich war stolz, dass es mir gelang, das Gleichgewicht zu halten, da schloss sich die Welle plötzlich über mir und drückte mich unter Wasser. Ich strampelte mit den Beinen, um an die Wasseroberfläche zu schwimmen, doch das Band, mit dem das Brett an meinem Knöchel befestigt war, hatte sich verheddert, sodass ich mich nicht mehr bewegen konnte. Die nachfolgenden Wellen drückten mich immer wieder unter Wasser, schließlich verlor ich die Orientierung, wo oben und wo unten war. Ich bekam Panik, versuchte immer verzweifelter, mich zu befreien, doch plötzlich schlug mir das Surfbrett auf den Kopf. Die Luft blieb mir weg, und in meinen Ohren dröhnte es. Da schlossen sich plötzlich zwei starke Arme um meinen Körper, zogen mich an die Wasseroberfläche und warfen mich auf das Board. Marcelo beugte sich über mich und löste das Band, in dem ich mich verfangen hatte, von meinem Knöchel. Währenddessen trieb mein gelbes Surfbrett, das mich fast ertränkt hatte, langsam Richtung Ufer.

»Ist dir was passiert?«, fragte Marcelo keuchend, und sein sorgenvoller Blick scannte Zentimeter für Zentimeter meinen Körper. »Liebling, du musst auf das Knöchelband achtgeben, es ist ziemlich lang und kann sich irgendwo verfangen.«

»Was du nicht sagst!«, erwiderte ich und spuckte einen großen Schwall Salzwasser aus.

»Das reicht für heute. Komm, ich mach dir was zu essen.«
Er legte mich auf sein Surfbrett und paddelte Richtung Strand.

»Ich hab keinen Hunger, ich habe gerade ordentlich getrunken.«

Marcelo gab mir einen zärtlichen Klaps auf den Po, und ich bemühte mich, meinen Atem zu beruhigen.

Marcelo machte Feuer im Grill und legte Leckereien auf den Rost. Er war genauso gekleidet wie vor mehreren Monaten, als er zum ersten Mal für uns ein Dinner unterm Sternenhimmel angerichtet hatte. Ich betrachtete seinen nackten Brustkorb und seinen muskulösen Hintern, der sich unter der Jeans abzeichnete.

»Damals hast du gesagt, du wolltest mich nur flachlegen.« Er drehte sich zu mir um. »Warum?«

»Was hätte ich denn sagen sollen?«, fragte er schulterzuckend. »Ich war schwer verliebt und dachte, wenn ich so was sage, ziehst du dich vielleicht von mir zurück, und ich muss nicht dein und mein Leben ruinieren.« Er kam zu mir und stützte seine Hände rechts und links auf die Armlehnen des Stuhls, in dem ich saß. »Außerdem habe ich gehört, dass du mich einen Flachwichser genannt hast.« Er küsste mich sanft auf die Nase. »Das war damals das erste Mal, dass mich eine Frau abgewiesen hat. Ich wusste einfach nicht, wie ich damit umgehen sollte.« Er richtete sich wieder auf und trank einen Schluck Bier.

»Stimmt, wir haben noch nie über deine Vergangenheit gesprochen.« Neugierig und fragend zog ich die Augenbrauen hoch. »Also, Herr Matos, wie sah denn Ihr Liebesleben so aus, bevor ich in Ihr Leben getreten bin?«

»Ich muss nach dem Fleisch sehen, da brennt was an«, sagte Marcelo und rannte fast zum Grill hinüber.

»Quatsch.« Ich stand auf und folgte ihm. »Da brennt gar nichts an. Höchstens wird dir der Boden unter den Füßen zu heiß. Also los, erzähl.«

Ich gab ihm einen Klaps auf den Hintern, dann stand ich mit vor der Brust verschränkten Armen vor ihm und schaute ihn herausfordernd an.

»Ich war nie in einer Beziehung, wenn du das wissen willst.« Ich umarmte ihn von hinten und legte meinen Kopf an seinen Rücken, während er die Fleischstücke auf dem Grill völlig grundlos von links nach rechts schob und wieder zurück. »Ich habe dir doch schon im Dezember gesagt, ich wollte immer eine Frau, die anders ist als alle anderen.« Er drehte sich zu mir um und umarmte mich fest. »Und endlich habe ich sie gefunden.« Er legte seine Lippen auf meine Stirn. »Aber wir sollten über das reden, was danach passiert ist.«

»Da gibt es nichts zu reden, Marcelo.« Ich legte meine Wange an seine Brust. »Alles, was danach passiert ist, war eine Verkettung unglücklicher Umstände. Und wenn du wissen willst, ob ich dir die Schuld dafür gebe, dann lautet die Antwort: Nein. Ich glaube, alles musste genau so kommen, wie es gekommen ist.« Ich schwieg einen Moment und lauschte seinem Herzschlag. »Ob ich traurig bin, weil ich mein Kind verloren habe?«, fuhr ich dann fort. »Ich weiß zwar nicht, wie es ist, ein Kind zu haben, aber ich bin sicher, nichts im Leben geschieht ohne Grund.« Ich hob den Kopf und schaute in Marcelos grüne Augen. »Es ist vollkommen sinnlos, sich den Kopf zu zerbrechen, was alles hätte anders laufen können …« Ich stellte mich auf die Zehenspitzen und küsste sein Kinn. »Aber ich kann dir sagen, was *jetzt* ist, was ich *jetzt* fühle.«

Marcelos Augen wurden groß und rund und funkelten.

»Ich bin glücklich und möchte nichts ändern oder ungeschehen machen. Ich bin gerne mit dir zusammen, fühle mich sicher bei dir und …« Ich brach ab, wollte nichts sagen, was ich hinterher vielleicht bereute.

»Und?«, fragte Marcelo.

»Und jetzt brennt dir wirklich das Fleisch an.« Ich küsste ihn auf die tätowierte Brust und ging in die Küche, um mir Wein nachzuschenken.

Wir aßen schweigend, nur hin und wieder warfen wir uns einen Blick zu und lächelten uns an. Wir wussten beide, es brauchte keine Worte. Jedes Mal, wenn Marcelo mir einen Bissen in den Mund schob und leicht mit den Fingern über meine Lippen strich, jagte ein Stromstoß durch unsere Körper. Alles war magisch, romantisch und vollkommen neu.

Ich legte die Gabel nieder und stellte überrascht fest, dass ich eine ganze Flasche Wein ausgetrunken hatte. Ich war angeheitert, aber nicht betrunken, also stand ich auf, um eine neue Flasche zu holen, da erhob sich Marcelo, griff nach meiner Hand und zog mich zum Wasser, in die Dunkelheit, wo nur das Rauschen der Wellen zu hören war, die auf den Strand trafen.

Bis hierher reichten die Lichter des Strandhauses nicht, und uns umgab absolute Dunkelheit. Marcelo ließ meine Hand los, knöpfte seine Jeans auf und ließ sie auf den Boden fallen. Dann zog er mir sein Hemd über den Kopf, ging vor mir in die Knie und streifte mir den Slip ab. Als ich nackt vor ihm stand, griff er wieder nach meiner Hand und führte mich zum Wasser. Das Wasser war warm, weich und absolut schwarz. Eine leise Furcht ergriff mich, aber ich wusste, dass Marcelo genau wusste, was er tat. Er hob mich hoch und ging mit mir in seinen Armen tiefer hinein. Als das Wasser ihm bis zur Taille reichte, blieb er stehen. Schweigend und bewegungslos stand er da und lauschte den Wellen.

»Ich will den Rest meines Lebens mit dir verbringen, Süße«, flüsterte er. »Und ich möchte, dass du das weißt.« Marcelo legte eine Hand in meinen Nacken und brachte seinen Mund ganz dicht an meinen. »Du musst mir nicht sagen, was du fühlst«, sagte er leise. »Ich fühle dich, Laura.« Seine Zunge glitt in meinen Mund, und ich presste mich an ihn und schlang meine Beine um seine Hüften. »Das sind die zwei Welten, die ich liebe: der Ozean und du.« Seine Hand legte sich auf meinen Po, dann drang er mit einer einzigen Bewegung in mich ein.

»Mein«, flüsterte ich, als er mich erneut küsste.

Tief und leidenschaftlich drang er in den Fluten in mich ein und füllte jede Zelle meines Körpers aus. Ich legte den Kopf zurück und schaute in den Himmel, der vor Sternen nur so funkelte. Nichts reichte an das heran, was ich in diesem Moment fühlte. Himmel, es war alles so perfekt und wunderbar: Marcelo in mir, die Wärme, das weiche Wasser – es war fast, als wären sogar die Sternbilder für uns persönlich an den Himmel gemalt worden.

Marcelo schob mich ganz leicht zurück und legte mich auf der nahezu bewegungslosen Wasseroberfläche ab. Mit der freien Hand liebkoste er abwechselnd meine Brüste und meine Klitoris. Seine Finger schlossen sich um meine Nippel und drehten sie leicht, und der eindringliche Blick aus seinen funkelnden Augen trieb mich fast in den Wahnsinn.

Als ich schon meinte, im nächsten Moment zu kommen, drehte Marcelo mich mit einer einzigen Bewegung um und drang von hinten in mich ein. Seine eine Hand umfasste meine Brust, die andere zog langsame Kreise um meine Klitoris, und er wiegte mich im Rhythmus des Ozeans. Ich fühlte, wie sich in meinem Schoß die Lust ausbreitete und wie sich alles in mir zusammenzog. Mit einem lauten Stöhnen bäumte ich mich auf und lehnte den Kopf an Marcelos Schulter. Er spürte genau, was im nächsten Moment passieren würde, und stieß noch fester in mich.

»Entspann dich«, flüsterte er. »Lass mich dir Lust bereiten.«

Diese Worte allein brachten alles in mir zur Explosion. Ich grub meine Fingernägel in Marcelos Unterarm vor meiner Brust und kam mit einem lauten Schrei.

»Ich muss dich sehen«, flüsterte er, als mein Orgasmus schon fast wieder abebbte, und drehte mich zu sich um.

»Süße«, stöhnte er und küsste mich gierig. Von Gefühlen überrollt und bis an die Grenzen des Erträglichen erregt, kam ich erneut, und Marcelo ergoss im selben Moment seinen warmen Saft in mich.

Bewegungslos verharrten wir dann, versunken im Blick des anderen, und ich wünschte mir, die Zeit würde stehen bleiben. Ich wünschte, ich müsste nicht zu Olgas Hochzeit, ich wünschte, es gäbe keinen Massimo und keine Mafia und all das, was in einem einzigen Moment alles zerstören könnte, was zwischen Marcelo und mir war.

Langsam watete Marcelo in Richtung Strand, immer noch hielten seine Arme mich fest umschlungen.

»Nein«, stöhnte ich und klammerte mich an ihn. Marcelo blieb stehen. »Ich will das alles nicht, lass uns hierbleiben. Ich habe keine Lust auf das, was kommt, und wenn wir einfach hierbleiben, wird nichts Schlimmes passieren.«

Marcelo neigte mich ein kleines Stück von sich weg, und seine Augen schienen bis auf den Grund meiner Seele zu blicken.

»Ich bin bei dir, Süße, hab keine Angst.« Er umarmte mich noch fester.

Auf der Veranda setzte er mich ab und rieb meinen zitternden Körper mit einem großen Handtuch trocken, dann hob er mich wieder hoch und trug mich ins Haus. Er stellte mich unter die Dusche und wusch mir das Salzwasser von der Haut, dann zog er mir eines seiner Hemden über den Kopf, brachte mich ins Bett und zog die Decke über uns. Er schmiegte sich an mich und schlief, das Gesicht in meinen nassen Haaren vergraben, an meiner Seite ein.

Ich streckte mich und fuhr mit der Hand über die andere Bettseite, um meinen Mann zu umarmen, aber seine Hälfte des Bettes war leer. Erschrocken riss ich die Augen auf. Auf dem Kissen lagen ein Telefon und daneben ein Zettel mit den Worten: »Ruf mich an.« Ich nahm das Telefon, drehte mich auf den Rücken und wählte Marcelos Nummer. Er nahm nach dem ersten Klingeln ab.

»Zieh dir was an und komm an den Strand.«

Ich hatte nicht wirklich Lust aufzustehen, aber dieser herrische Tonfall ... ich rekelte mich noch einmal, dann stand ich auf, putzte mir die Zähne, schlüpfte in winzige Shorts und ein weißes Tanktop und zog meine Converse-Sneakers an. Hier draußen am Strand konnte ich tragen, was ich wollte, ich hätte sogar nackt gehen können. Mein Haar steckte ich zu einem nachlässigen Dutt, dann setzte ich mir eine Sonnenbrille auf und trat vor die Tür.

Beim Anblick Marcelos, der zwei schwarze Pferde an den Zügeln hielt, grinste ich breit.

»Hast du die jemandem geklaut?«, fragte ich belustigt und ging zu ihm, und er küsste mich auf den Mund. »Ein Mann zum Pferdestehlen, ich wusste es!«

»Das sind Blitz und Donner, sie gehören uns.«

»Die gehören uns?«, wiederholte ich verdattert, und Marcelo grinste breit. »Haben wir noch mehr Pferde?«

»Ja, und zwar noch ...« Er dachte einen Moment nach. »... noch dreiundzwanzig, also insgesamt fünfundzwanzig.« Er klopfte dem riesigen Tier auf den Hals, und es rieb die Stirn an seiner Brust. »Das sind Friesen, also holländische Kaltblüter. Sie sind sehr stark und wurden früher als Armeepferde eingesetzt. Außerdem sind sie gute Kutschpferde ...« Er schob seine Brille auf die Nasenspitze und schaute mich an. »Aber heute werden wir sie reiten. Komm.«

Beide Rappen hatten lange Mähnen und unglaublich dichte Schweife. Sie sahen aus wie große, liebe Ponys.

»Woher weißt du, dass ich reiten kann?«, fragte ich und griff nach den Zügeln.

»Deine Bewegungen sagen mir, dass du schon mal geritten bist.« Grinsend zog Marcelo die Augenbrauen hoch.

Ich setzte einen Fuß in den Steigbügel, stieß mich kräftig vom Boden ab und ließ mich sanft in den Sattel gleiten. Marcelo nickte anerkennend, und ich war selbst überrascht, dass ich beim Aufsteigen keine Hilfe gebraucht hatte. Ich war schon ewig nicht mehr geritten. Aber angeblich war Reiten wie Fahrradfahren: Wenn man es einmal gelernt hatte, konnte man es.

Ich schnalzte mit der Zunge, das Pferd drehte sich und blieb dann genau vor Marcelo stehen.

»Und, willst du erst prüfen, ob ich auch schon leichttraben kann?« Ich zog an den Zügeln und presste meine Hacken in die Flanken des Pferdes. Dann stieß ich einen wilden Schrei aus und raste im Galopp den Strand hinunter, der leer und weit vor mir lag und mir ganz allein gehörte. Ich drehte mich um und sah, wie Marcelo grinsend in den Sattel stieg und mir hinterherjagte.

Ich ließ das Pferd traben, damit Marcelo mich einholen konnte, dabei genoss ich die ganze Zeit den Anblick des Strandes in der Morgensonne.

»Da schau an«, sagte Marcelo anerkennend, als er mich eingeholt hatte. »Das habe ich gar nicht von dir gewusst.«

»Ach ... hast du etwa gedacht, Reiten ist die nächste Sache, die du mir beibringen kannst?«

»Ehrlich gesagt – ja«, Marcelo nickte lachend. »Aber wie ich sehe, kannst da eher du mir was beibringen.«

Gemächlich ritten wir über den taufeuchten Strand. Ich hatte nicht auf die Uhr geschaut, als ich so eilig aufgestanden war. Aber es war wohl noch ziemlich früh, denn die Sonne stand noch tief am Horizont, und die Hitze war noch nicht drückend.

»Ich war vielleicht zehn, da hat mich mein Vater mit auf ein Gestüt genommen.« Bei der Erinnerung musste ich lächeln. »Meine übervorsichtige Mutter war davon nicht sonderlich begeistert, sie war überzeugt, dass ein kleines Mädchen und ein großes Pferd eine dauerhafte Behinderung ergeben. Aber mein Vater hat sich keinen Deut um ihre Schwarzseherei geschert und mich jede Woche zu meinen Reitstunden gebracht. Und so weiß ich seit fast zwanzig Jahren, dass das Glück dieser Erde zuweilen wirklich auf dem Rücken der Pferde liegt.« Ich klopfte meiner Stute den Hals.

»Mich hat meine Mutter zum ersten Mal in den Sattel gesetzt, nicht mein Vater. Sie hat Pferde geliebt. Nach ihrem Tod konnte ich mich lange nicht überwinden, zum Stall zu fahren, bis mein Vater plötzlich verkündet hat, er würde das Gestüt verkaufen. Zu dem Zeitpunkt habe ich angefangen, mich darum zu kümmern, und als sich herausgestellt hat, dass das ein ziemlich einträgliches Geschäft ist, war sogar der große Fernando Matos einverstanden, dass wir das Gestüt weiter betreiben.« Er seufzte und schüttelte den Kopf, wie um unliebsame Erinnerungen zu verscheuchen. »Du siehst also, meine Süße, wir haben immer ein paar Pferde für dich.« Erneut schenkte er mir sein wunderbares jungenhaftes Lächeln, dann jagte er davon.

Marcelo war kein introvertierter, geheimnisvoller Mensch, es reichte, ihm eine Frage zu stellen, und man bekam eine Antwort. Aber manche Bereiche seines Innern verbarg er vor

Fremden und schützte sie. Es lebten zwei Seelen in seiner Brust, und beide gleichermaßen machten Marcelo zu dem außergewöhnlichsten Menschen, den ich in meinem Leben getroffen hatte. Ich lächelte bei dem Gedanken, dass er zu mir gehörte, und jagte ihm nach.

KAPITEL 17

Wir waren drei Tage in Kairo, und ich dankte Gott, dass es nicht mehr waren. Noch nie in meinem Leben hatte ich so eine Hitze erlebt wie in Ägypten. Marcelo musste »arbeiten«, also hatte ich viel Zeit für mich. In Ägypten durfte ich mich nicht ohne Security bewegen, deshalb fuhr ich fast immer mit Ivan. Er war kein gesprächiger Mann, aber er beantwortete geduldig meine Fragen. Ich besichtigte die Pyramiden, das heißt, ich sah sie von außen, denn meine Klaustrophobie hinderte mich daran, sie zu betreten. Aber auch so war es nicht schlecht. Wir fuhren zur Moschee, zum Ägyptischen Museum, und natürlich waren wir shoppen. Gerade bei Letzterem musste der arme Ivan sehr geduldig sein, und deshalb belohnte ich ihn mit einem Nachmittag im Pool.

Die Sonne brannte vom wolkenlosen Himmel, und mein Körper war schnell herrlich gebräunt. Das Wasser im Pool des Four Seasons war angenehm kühl, und das Personal ließ sich vom Anblick meiner nackten, kleinen Brüste nicht stören. Leider erforderte das Kleid, das für Olgas Hochzeit auf mich wartete, dass ich mich ohne BH sonnte, also war ich eben topless.

Natürlich interessierte dieses Argument Ivan nicht, und er führte meinetwegen Telefonkonferenzen mit Marcelo, der irgendwo in der Wüste herumlief und tat, was er tun musste.

Als wir nach Teneriffa zurückkehrten, wurde mir ganz elend bei dem Gedanken, dass ich in zwei Tagen schon wieder fliegen musste und all dem begegnen würde, was ich zurückgelassen hatte. Andererseits freute ich mich, weil sich vielleicht die Chance ergeben würde, ein paar Kleinigkeiten mitzunehmen. Olga hatte mir versprochen, zumindest meine Sachen aus Polen zu packen und zu versuchen, den Laptop zu finden.

Am Freitagmorgen tigerte Marcelo nervös in der Wohnung herum. So hatte ich ihn noch nie erlebt. Er knallte den Kühlschrank zu und schrie irgendwelche Leute am Telefon an, stürmte aus dem Haus und kam gleich wieder zurück. Ich wollte ihm nicht in die Quere kommen, also packte ich einen kleinen Koffer, trug ihn nach unten und stellte ihn in den Flur.

»Mist!«, schimpfte er, »ich kann dich nicht gehen lassen«, und stellte sich vor mich hin. Ich schaute ihn fragend an. »Das ist doch verrückt. Ich habe gerade auf diesen Mann geschossen, und jetzt soll ich dich auf seine Insel gehen lassen?!«

Ich schüttelte den Kopf und sah die grünäugige Furie an.

»Olga versteht das bestimmt, sie wird dir verzeihen, wenn du nicht kommst. Ich kann diesen Bastard nicht finden«, stöhnte er resigniert.

»Liebling«, unterbrach ich ihn und nahm sein Gesicht zwischen die Hände. »Sie hat keine anderen Freundinnen, und ich bin ihre Trauzeugin. Es passiert schon nichts, werd mir jetzt nicht wahnsinnig. Wir haben alles arrangiert, ich übernachte in deinem Haus, deine Leute sind mit beim Junggesellinnenabend, und wir trinken Champagner in einem doppelt und dreifach verriegelten Schlafzimmer.« Ich nickte, um mich selbst zu beschwichtigen. »Und am nächsten Tag machen wir uns schön, bringen diese Hochzeit hinter uns, und ich komme wieder, okay?«

Er ließ den Kopf hängen und seufzte. Dieser jämmerliche Anblick ging mir zu Herzen, und Tränen traten mir in die Augen. Aber ich wusste, dass ich meine Freundin nicht enttäuschen durfte.

»Marcelo, nichts wird passieren, verstehst du?« Ich hob sein Kinn an, sodass er mich ansehen musste. »Ich telefoniere jeden Tag mit Olga und Domenico – Massimo ist verschwunden. Domenico hat vertrauenswürdige Männer, die bei der Hochzeit dabei sind, und du gibst mir auch jede Menge Sicherheitsleute mit. Mach dir keine Sorgen mehr.« Ich beugte mich zu ihm und drückte meine Zunge gegen seinen geschlossenen Mund.

Ich spürte, dass er keine Lust hatte – seit zwei Tagen hatte er mich kaum berührt –, aber das war mir egal, ich wollte nicht gehen, ohne dass wir noch mal guten Sex gehabt hatten. Verwundert sah er zu, wie ich ihn gegen die Wand drückte und an seinem Körper hinunterglitt, bis zum Reißverschluss der Jeans.

»Ich will nicht«, stöhnte er.

»Ich weiß«, sagte ich belustigt. »Aber er will.« Ich stupste meine Nase gegen die Beule in seiner Hose.

Da hob er mich mit seinen starken Armen hoch und trug mich zur Kücheninsel, wo er mich gefühllos ablegte wie einen Sack Kartoffeln. Mit einer raschen Bewegung öffnete er den Knopf an meinen Shorts, zog sie mir aus und warf sie auf den Boden. Dann packte er mich am Schenkel und zog mich nach vorne, während er mit der anderen Hand seinen Schwanz befreite.

»Du hast es geschafft«, sagte er und lächelte durch zusammengebissene Zähne.

»Na hoffentlich«, erwiderte ich und biss mir auf die Unterlippe, wartete darauf, dass er mich nahm.

Diesmal war er nicht sanft, aber das hatte ich erwartet. Ich spürte all seine Wut und Frustration, alles, was seit Tagen in ihm kochte. Er nahm mich auf der Arbeitsplatte, wie er es wollte – so hart er wollte –, und zeigte mir doch seine große Liebe und Zuneigung. In jeder möglichen Position fickte er mich, und jede seiner Bewegungen war mit mir und für mich, er spürte genau, wie es mir ging und was ich brauchte. Er fügte mir keine Schmerzen zu, da war keine unkontrollierte Aggression, nur Gefühle, die ich kennenlernen musste. Ich fragte mich, ob es notwendig gewesen war, ihn zum Sex zu provozieren, wenn es ihm so ging. Aber was ich hier sah, war ja auch ein Teil von ihm. Und ich wollte ihn ganz.

Dann standen wir auf dem Flughafen: Er wollte mich nicht gehen lassen, und ich wollte nicht weg – beides machte mir die Abreise schwer. Marcelo hielt mein Gesicht und küsste mich immer wieder. Er sagte nichts, das musste er auch nicht, ich wusste genau, was in ihm vorging.

»Ich bin in zwei Tagen zurück«, flüsterte ich und hörte fast das ungeduldige Seufzen des Piloten.

»Süße …«, begann er, und sein Ton ließ mich erschauern. »Wenn etwas schiefläuft …«

Ich legte meinen Finger auf seine Lippen und sah selbstbewusst in seine besorgten Augen. »Es wird nichts schieflaufen.« Ich schob meine Zunge noch einmal in seinen Mund, und er hob mich hoch, ohne seine Lippen von meinen zu lösen. »Denk dran, ich gehöre nur dir«, sagte ich, als er mich endlich losließ, sich abwandte und zur Gangway ging. Ich wusste, wenn ich mich jetzt umdrehte, würde ich zu ihm rennen und dableiben. Und dann würde Olga mich umbringen.

Noch auf den Stufen der Gangway nahm ich eine Beruhigungstablette und holte tief Luft, dann stieg ich in den fliegenden Tod. Ich versuchte, nicht darüber nachzudenken, wo ich war, und überraschenderweise klappte das, denn meine Gedanken kreisten um den Mann, den ich immer noch durch das kleine Fenster sehen konnte. Traurig oder vielleicht wütend stand er mit den Händen in den Taschen seiner Jeans da, und sein weißes Hemd spannte sich über seiner Brust und platzte fast, so heftig atmete er. Gott, ich wollte aussteigen. Wahrscheinlich hatte ich in meinem Leben nichts mehr gewollt. Hinauslaufen, mich in seine Arme werfen und alles vergessen. Ich war versucht, mich wie eine totale Egoistin zu verhalten. Und wenn es nicht um Olga gegangen wäre, hätte ich das wohl auch getan. Aber leider stand sie immer zur Verfügung, wenn ich anrief, und nun hatte ich die Pflicht, mich zu revanchieren.

Die Flugbegleiterin kam mit einem Glas Champagner zu

mir. Ich nahm es vom Tablett und trank es aus. Ich wusste, dass es keine gute Idee war, Medikamente mit Alkohol zu mischen, andererseits wirkte die Tablette durch den Alkohol schneller.

Über Sizilien wurde es Abend, als ich das Terminal verließ. Ich stieg in ein gepanzertes Auto. Davor stand noch ein Fahrzeug, zwei weitere dahinter. Wahrscheinlich waren die Sicherheitsmaßnahmen weniger auffällig, wenn der Präsident der Vereinigten Staaten anreiste. Mein Telefon klingelte, sobald ich es einschaltete, und Marcelos sanfte Stimme versüßte mir die Fahrt. Wir hatten nichts Wichtiges zu bereden, plauderten nur, um mich abzulenken. Doch leider führte der Anblick des rauchenden Ätna immer wieder dazu, dass ich keine Luft bekam, zumal wir Richtung Taormina fuhren. Zum Glück verließen wir die Autobahn bei einer mir unbekannten Ausfahrt und fuhren den Hang des Vulkans hinauf. Nach vielleicht einer halben Stunde parkten wir vor einer hohen Mauer, und meine Augen weiteten sich vor Überraschung. Vor mir ragte eine Festung auf, die so überhaupt nicht zum Stil meines bunten Kanariers passte.

»Liebling, was ist das für eine Festung?«, platzte ich dazwischen, während er mir gerade von seinen heutigen Surfleistungen erzählte.

»Ah, du bist also angekommen«, lachte er. »Ich weiß, sie sieht ein bisschen aus wie eine Militärbasis, aber sie ist einfach zu schützen und der sicherste Ort der Welt. Fährt Ivan?«

Ich bestätigte ihm das und betrachtete das massive Gebäude. »Ich bitte dich sehr, Süße, hör immer auf ihn. Er weiß, wie man mit dem Wertvollsten im Leben umgeht.«

»Sei nicht paranoid, Glatzkopf!«, scherzte ich.

»Glatzkopf?« Er brach in Gelächter aus. »Eines Tages werde ich mir aus Trotz die Haare wachsen lassen, und dann siehst du, wie furchtbar die Alternative wäre. Und jetzt iss zu Abend, du hattest ja nur Frühstück. Und meinen Penis.«

Ich war kurz davor, ein Freudentänzchen aufzuführen, vor Begeisterung darüber, dass sein jugendlicher Humor zurückgekehrt war.

»Ich habe mit Domenico gesprochen«, fuhr er fort. »Olga ist in einer Stunde bei dir. Ihr habt die ganze Residenz zur Verfügung, viel Spaß.«

Fast hätte ich das Telefon geküsst, bevor ich es in die Tasche steckte. *Wie perfekt kann man denn sein*, dachte ich. Das Haus war riesig, zweistöckig und umgeben von einem paradiesischen Garten. Gepflegte Wege verliefen zwischen farbenprächtigen Pflanzen und unter ausladenden Bäumen. Ich wusste nicht, ob das hier der sicherste Ort der Welt war, aber wenn mein Auftragskiller das sagte, musste es wohl stimmen. Dieses seltsame Gebäude passte überhaupt nicht in die Umgebung – die moderne Form, die scharfen Kanten und Dutzenden Terrassen, die offenen Schubladen ähnelten. Ein blütenweißer kosmischer Klotz.

Die Männer stiegen alle aus den Wagen, und ich fühlte mich plötzlich bedrängt. Es waren nicht nur ein Dutzend, sondern eher ein paar Dutzend. An jeder Ecke bezogen sie Stellung, einige postierten sich im Haus, andere am Hang bei der Mauer. Eine richtige Armee hatte Marcelo aufgeboten. Ich fragte mich, wozu das gut sein sollte, erinnerte mich dann aber doch schnell daran, wo ich war und wer hier herkommen könnte und warum.

»Hab keine Angst«, versuchte Ivan, mich zu beruhigen, und legte eine Hand auf meinen Rücken. »Marcelo übertreibt einfach gern.« Er lachte kehlig und führte mich hinein.

Auch die Einrichtung des Hauses war äußerst modern. Glas, Metall und kantige Formen dominierten. Unten gab es ein großes Wohnzimmer, die mit weißen Platten verkleidete Decke so hoch wie der erste Stock. Es gab einen Esstisch für zwölf Personen und in einer Ecke eine Ansammlung kugelförmiger Poufs. Aus dem deckenhohen Fenster bot sich über die Terrasse ein wunderbarer Blick auf den Hang des Vulkans, und rechts ging es in eine unglaublich moderne Küche. Klar, mein Typ kochte gerne und musste unbedingt die hochwertigste Ausstattung haben. Der Kamin war ein rechteckiges Loch in der Wand, das sich mithilfe eines Zauberknopfes in eine Feuersäule verwandeln ließ. Ich ging die Treppe hinauf und hatte einen riesigen offenen Raum mit Glaswänden vor mir. *Und wie sieht es mit Privatsphäre aus?*, fragte ich mich gerade, als Ivan auch schon einen Knopf an der Wand drückte, und das Glas wurde milchig. Ich schaute mir die Schlafzimmer an und fand dort jeweils ein modernes Bett und einen Fernseher vor. Jedes hatte ein eigenes Bad und ein Ankleidezimmer.

Ivan führte mich bis zum Ende des Flurs, und als er dort die Tür öffnete, betrat ich einen gemütlichen Raum im skandinavischen Stil. In der Mitte stand ein großes weißes Holzbett, außerdem gab es weiche cremefarbene Sessel und flauschige Teppiche. Das war definitiv das Schlafzimmer des Besitzers dieses Hauses.

Auf der Kommode standen Fotos von Amelia, Pablo und

Marcelo. Und daneben ein paar von mir. Neugierig nahm ich ein Foto in die Hand, das ich gar nicht kannte. Ich war blond und … ich war schwanger. Das musste ein Bild aus einer Videoaufnahme sein. Ich saß an der Theke in Marcelos Küche.

»Also haben wir Kameras zu Hause«, sagte ich leise. Eigentlich überraschte mich das nicht. Ich stellte das Foto zurück, nahm eins von Marcelo von der Kommode und stellte es auf den Nachtschrank. Seine grünen, lachenden Augen würden mir zumindest die Illusion seiner Anwesenheit vermitteln.

Wie seltsam das war, physisch auf Sizilien und mit dem Herzen auf Teneriffa zu sein. Wenn mir vor ein paar Monaten jemand gesagt hätte, dass das passieren würde, hätte ich ihn ausgelacht.

»Mega!«, schrie Olga und stürzte aus dem Auto. »Hallo, du Schlampe.« Sie umarmte mich. »Ich will ja nicht, dass wir uns heute zu sehr betrinken, aber ein bisschen müssen wir schon. Nur ein bisschen. Du weißt, ich muss morgen toll aussehen und nicht wie Scheiße im Pool.«

»Ich weiß«, sagte ich lächelnd und führte sie ins Haus. »Marcelo hat dafür gesorgt, dass wir ein bisschen Alkohol haben. Wie geht's dir?« Ich legte meinen Arm um sie und zeigte ihr den Weg zur hinteren Terrasse.

»Alles läuft wie am Schnürchen, und ich muss ja gar nichts tun, weil ich für alles Leute habe.« Sie blieb stehen und bestaunte die Aussicht. »Ganz schön viel Security hier, oder?«, sagte sie dann. »Als ich angekommen bin, haben sie alles überprüft, ich habe schon damit gerechnet, dass sie mir ins Höschen gucken.«

Ich zuckte entschuldigend die Achseln und zog sie mit mir.

Tatsächlich betranken wir uns an diesem Abend nicht, sondern befeuchteten uns nur den Mund mit Champagner. Wir sprachen über alles Mögliche, aber vor allem über das, was im letzten Jahr passiert war, und wie sehr sich unser Leben verändert hatte. Als sie über Domenico sprach, war ihre Stimme zuversichtlich. Was die beiden verband, erschloss sich mir nicht ganz, aber sie liebten sich unzweifelhaft sehr. Sie verstanden sich gut und alberten herum wie Freunde, stritten sich wie ein Ehepaar und fickten wie Geliebte. Sie waren einfach füreinander geschaffen.

Am Samstagmorgen fuhren wir beide, geschützt von meiner Armee, zum Hotel, um uns auf die Zeremonie vorzubereiten.

Ich saß auf dem Friseurstuhl und nippte an einer Flasche Wasser, die Ivan mir gegeben hatte. Marcelo hatte mich nicht mehr angerufen, seit mich sein süßes Lachen in aller Frühe aufgeweckt hatte. Mein Freund hatte mich daran erinnert, dass ich am nächsten Tag schon wieder bei ihm sein würde. Er konnte die Trennung kaum ertragen, wollte mir aber trotz der besonderen Situation zumindest ein Minimum an Raum geben, also musste Ivan herhalten. Der arme Mann ging etwa alle fünfzehn Minuten ans Telefon und biss die Zähne zusammen, bevor er das erste Wort sagte. Wahrscheinlich hatte er seinen Chef noch nie so paranoid erlebt, aber Marcelo war es eben nicht gewohnt, die Situation nicht unter Kontrolle zu haben. Er war ein Perfektionist, der am liebsten persönlich dafür sorgte, dass nichts schiefging.

»Laura, ich frage dich das jetzt zum dritten Mal!« Olgas

Stimme riss mich aus meinen Gedanken, und der Visagist stach mir fast mit dem Pinsel das Auge aus, als ich erschrocken den Kopf hob.

»Schrei nicht so«, knurrte ich. »Was willst du denn?«

»Ist dieser Knoten nicht ein bisschen zu hoch? Und zu glatt?« Sie strich sich über die Haare. »Das sieht doch scheiße aus, da muss man noch was machen …« Sie drehte sich zwischen zwei Spiegeln hin und her. »Ich sehe sowieso total kacke aus, das Zeug muss runter, und dann fangen wir von vorne an. Das hat doch alles keinen Sinn, ich will nicht heiraten.« Sie kam zu mir und packte, einem hysterischen Anfall nahe, meine Schultern. »Warum soll ich überhaupt meine Freiheit aufgeben? Das ist doch Verschwendung. Es gibt so viele Typen auf der Welt, mit denen ich noch nichts hatte … Und dann macht er mir vielleicht ein Kind …« Sie sprach abgehackt und schnell, und ihr Gesicht war inzwischen blassblau.

Ich hob eine Hand und gab ihr eine leichte Ohrfeige, woraufhin sie verstummte und mich anstarrte. Die Leute um uns herum beobachteten gebannt, was als Nächstes geschehen würde.

»Noch mal?«, fragte ich ruhig.

»Nein, danke, einmal ist genug«, flüsterte sie, kehrte zu ihrem Stuhl zurück und holte tief Luft. »Okay, wir machen diese Konstruktion ein bisschen niedriger, und dann passt es.«

Eine Stunde später schloss Emi höchstpersönlich Olgas Kleid. Das war ein wenig merkwürdig, hatte ihr die Braut doch den Liebhaber weggenommen. Ich war jedoch erleichtert zu sehen, dass sie inzwischen gut miteinander auskamen, schließlich hatten sie in meiner Abwesenheit ja auch zusammenarbeiten müssen. Olga war fertig, und ich konnte meine Freundin in ihrer ganzen Pracht bewundern. Sie sah so entzückend aus, dass ich fast geweint hätte. Das lange hellgraue Kleid war mit einer drei Meter langen Schleppe versehen. Der Schnitt war gar nicht besonders originell – eigentlich war es ein ganz gewöhnliches Kleid, schulterfrei und ab der Taille lose fallend, aber die Kristalle daran ... Die hellen Steine bildeten funkelnde Linien und Wirbel und erzeugten auf dem Stoff so etwas wie Sternbilder. Die meisten saßen auf den Brüsten, nach unten wurden es weniger, was einen schönen Ombré-Effekt erzeugte. Das Kleid musste etliche Kilo wiegen, aber das kümmerte Olga nicht, sie wollte eine Prinzessin sein, und sie war eine. Und zwar so sehr, dass sie darauf bestand, ein Diadem zu tragen, woraufhin ich in Gelächter ausbrach. Als mir klar wurde, dass sie es ernst meinte, schluckte ich kurz, aber schließlich war es ihre Hochzeit. Immerhin schaffte ich es, ihr eine Krone im Stile der russischen Zarin auszureden. Das hätte doch zu sehr nach Kostümfest ausgesehen.

Ohne dieses verdammte Diadem wäre das ganze Styling erstklassig gewesen, was mich wirklich gefreut hätte. Ich fand es toll, wenn ein Brautkleid nicht weiß war, und dieses hier war trotz seiner Einfachheit spektakulär, interessant und sehr ungewöhnlich.

»Ich glaub, ich muss kotzen«, sagte Olga und umklammerte meine Handgelenke.

Ich griff nach dem Cooler, in dem vorher der Champagner gestanden hatte, und hielt ihn ihr vors Gesicht.

»Mach ruhig«, sagte ich.

»Fick mich, du bist schon echt…« Sie schnaubte, raffte ihre Schleppe und ging zur Tür. »Noch nie was von Empathie gehört«, murmelte sie.

»Wir wissen beide, dass du komplett ausflippst, wenn du den Eindruck hast, ich mache mir Sorgen.« Ich verdrehte die Augen und folgte ihr.

Vor dem Eingang standen Wagen aufgereiht, zwei von meiner Security und drei von den Torricelli. Einer sollte uns in die Kirche bringen, und die anderen waren für die Mafiatypen bestimmt. Domenico hatte sich widerstrebend einverstanden erklärt, dass unser Fahrer ein Kanarier sein würde, hatte jedoch zur Bedingung gemacht, dass die Security im Auto aus Sizilien kommen musste. Und nun stand die gemischte Gesellschaft da und maß sich mit Blicken.

Das Kirchlein Madonna Della Rocca. Mir wurde schwindelig, als wir den Hügel hinauffuhren, an den Ort meiner Trauung. Ich hatte gewusst, dass auch Olgas Hochzeit dort stattfinden würde, aber Wissen und Sehen waren eben zwei unterschiedliche Dinge.

Mario, Massimos Consigliere, begrüßte mich mit einem schwachen Lächeln und küsste mich auf die Wange.

»Schön, dich zu sehen, Laura«, sagte er und zog sein Sakko zurecht. »So viel hat sich verändert.«

Ich wusste nicht, was ich sagen sollte, also betrachtete ich das atemberaubende Panorama, das sich vor meinen Augen ausbreitete. *Nicht mehr lange*, wiederholte ich wie ein Mantra in Gedanken, während ich vor der Kirche darauf wartete, dass Olgas Vater neben sie trat, um sie hineinzugeleiten. Als alle bereit waren, wandte ich mich der Braut zu und umarmte sie fest.

»Ich hab dich lieb«, flüsterte ich, und Tränen glitzerten in ihren Augen. »Es wird schön, ganz bestimmt.« Sie nickte, und ich nahm den Arm, den mir Mario bot, um mich in die Kirche zu führen.

Wir traten über die Schwelle und schritten auf den Altar zu, wo Domenico schon selig grinsend wartete und mich auf die Wange küsste. Ich sah mich in dem kargen Kirchenraum um und wurde von einem Déjà-vu übermannt. Dieselben Gangstergesichter, dieselbe Atmosphäre, der einzige Unterschied war Olgas Mutter, die sich, obwohl sie es wirklich versuchte, nicht zusammenreißen konnte und haltlos schluchzte.

Plötzlich ertönte *This I Love* von Guns N' Roses aus den Lautsprechern. Ich wandte den Blick zum Eingang. Als Olga durch das Portal trat, schlotterte Domenico vor Aufregung, und sie stürzte, ohne darauf zu warten, dass ihr Vater sie zu ihrem zukünftigen Ehemann führte, los, warf sich in seine Arme und begann, ihn abzuküssen. Ihr Vater winkte Domenico zu, gesellte sich dann zu seiner weinenden Frau und legte einen Arm um sie. Braut und Bräutigam hingegen speichelten sich ein, ohne die Versammelten zu beachten.

Als der Song aufhörte, standen sie leicht außer Atem am Altar, und der Priester holte Luft, um die Zeremonie zu beginnen ... Da erschien Massimo an der Kirchentür.

Meine Beine gaben nach. Ich zitterte wie Wackelpudding und sank auf meinen Stuhl. Mario hob mich am Ellbogen wieder hoch, und Olga sah erschrocken und verwirrt zu, wie Massimo sich mir näherte. Er sah faszinierend aus. Der schwarze Smoking und das weiße Hemd passten hervorragend zu seiner gebräunten Haut. Er wirkte ausgeruht, ruhig und ernst.

»Das ist wahrscheinlich mein Platz«, sagte er, und Mario trat zurück. »Hallo, Kleines«, sagte er.

Ich wollte weglaufen, mich übergeben und gleichzeitig sterben. Ich bekam keine Luft, mein Herz pochte, und das Blut wich vollständig aus meinem Kopf. Er war hier, er stand neben mir. Ich schloss die Augen und versuchte, mich zu beruhigen. Schließlich wandten sich Braut und Bräutigam dem Altar zu, und der Priester begann die Zeremonie.

»Du siehst wunderschön aus«, flüsterte Massimo, beugte sich ein wenig vor, nahm meine Hand und legte sie auf seinen Unterarm. Als er mich berührte, schoss ein Stromstoß durch unsere Körper, und ich riss meine Hand zurück und verbarg sie hinter meinem Rücken.

Meine Brust in dem schmalen, tief ausgeschnittenen Kleid hob und senkte sich schnell. Ich wollte weglaufen, doch ich durfte mir nicht erlauben, schwach zu wirken, weil er das gespürt und ausgenutzt hätte.

Die halbe Stunde, die wir in diesem kleinen Raum verbrachten, schien ewig zu dauern. Ich betete, die Zeit möge schneller vergehen. Mir war klar, dass Marcelo bereits wusste, dass Massimo angekommen war, und wahrscheinlich vor Angst und Wut fast verrückt wurde.

Ich warf Massimo einen Blick zu. Mit locker in den Gürtel eingehakten Daumen stand er da und hörte konzentriert zu. Allerdings wusste ich, dass er nur so entspannt tat, denn von

Zeit zu Zeit spürte ich seine brennenden Blicke auf mir. Wie war es möglich, dass er so schön war? Er nahm Drogen und verwüstete seinen Körper, aber in diesem Moment sah er aus, als hätte er eine Metamorphose durchgemacht – von einem Krieger zu einem Gott. Der ordentlich geschnittene Bart erinnerte mich an die Zeiten, in denen ich ihn gerne gekrault hatte, und das etwas längere, gepflegte Haar zeigte, dass er am Morgen lange im Bad gestanden hatte.

»Gefällt dir, was du siehst?«, fragte er und sah mich an. Ich erstarrte. »Von ihm wirst du dich nie so angezogen fühlen«, flüsterte er und wandte sein Gesicht wieder dem Altar zu.

Ich bekam nicht genug Luft und fühlte ein schweres Gewicht auf der Brust.

Endlich war die Zeremonie vorbei. Die Gäste fuhren, so wie bei meiner Hochzeit, schon vor, zur Feier, während wir noch blieben, um die Dokumente zu unterschreiben. Massimo küsste die beiden auf die Wangen und gratulierte ihnen, während ich versuchte, mich so weit wie möglich von ihm entfernt zu halten.

»Was soll das denn«, knurrte ich, nahm Domenico beim Ellbogen und zog ihn ein wenig beiseite. »Du hast gesagt, er kommt nicht.«

»Ich habe gesagt, er ist verschwunden. Aber ich kann ihm schließlich nicht verbieten, zu meiner Hochzeit zu kommen. Alles wird so laufen, wie ich es mit den Spaniern vereinbart habe«, versuchte er, mich zu beschwichtigen, »nichts ändert sich, also entspann dich …«

»Ich möchte euch Ewa vorstellen«, hörte ich da. Ich drehte den Kopf und sah, wie Massimo eine schöne, dunkeläugige Frau am Arm hielt. Eifersucht durchfuhr mich wie ein Schwert.

Die Frau schüttelte mir freundlich die Hand. Wahrscheinlich sah ich in diesem Moment aus wie die letzte Idiotin. Ewa war nicht besonders groß, aber sie ähnelte mir täuschend. Klein, elegant und dezent. Okay – sie sah überhaupt nicht wie ich aus.

»Wir haben uns in Brasilien kennengelernt und …«

»Und ich war sofort verrückt nach diesem wundervollen Kerl«, beendete sie den Satz für ihn, und Olga und ich verdrehten die Augen.

Ich wandte ihnen den Rücken zu und ging, um die Dokumente zu unterschreiben.

»Na, das ist doch perfekt gelaufen«, sagte Olga amüsiert und kam zu mir. »Er hat jemanden, du hast jemanden, ihr lasst euch scheiden, und das Leben geht weiter.« Sie nickte nachdrücklich.

»Olga, verdammt!«, zischte ich. »Er hat innerhalb von drei Wochen einen neuen Arsch gefunden. Scheiße, wir sind doch verheiratet.«

»Das nennt man Heuchelei«, sagte sie ernst. »Vergiss nicht, für dich sind das großartige Neuigkeiten, weil nämlich nun die Möglichkeit besteht, dass alles gut wird. Also unterschreib endlich diesen Papierfetzen, damit wir gehen können.«

»Aber wie …« Ich brach ab, weil mir aufging, was für einen Blödsinn ich da sagen wollte.

»Lari, hör zu.« Olgas ernster Ton verhieß nichts Gutes. »Entscheide dich, verdammt noch mal. Entweder dein Surfer oder dein Ehemann, aber beide kannst du nicht haben.« Sie verdrehte die Augen. »Ich kann dir keinen Rat geben, weil ich nicht unparteiisch bin und dich gerne bei mir hätte. Aber es ist dein Leben, und du musst es dir so einrichten, dass es für dich passt.«

Draußen stand ich bei Ivan auf der Treppe und wartete darauf, dass Olga und Domenico mit dem Fotografieren fertig wurden. Schließlich gab Ivan mir das Telefon. Ich holte ein paar Mal tief Luft und hielt es mir ans Ohr.

»Wie geht es dir, Süße?«, fragte Marcelo besorgt.

»Alles in Ordnung, Liebster«, flüsterte ich und trat ein wenig zur Seite. »Er ist hier.«

»Ich weiß, verdammt«, knurrte mein Kanarier. »Laura, bitte, denk an das, was wir vereinbart haben.«

»Er ist mit einer Frau zusammen, ich glaube, er hat mich losgelassen«, sagte ich so gleichgültig, wie ich konnte.

In diesem Moment drehte ich mich um und sah, wie Massimo lächelnd seine Partnerin zum Auto führte. Er öffnete die Tür für sie, und als sie einstieg, küsste er sie auf den Kopf. Dann ging er um das Auto herum, doch bevor auch er einstieg, blickte er mich kurz aus seinen eisigen Augen an. Mir fiel beinahe das Telefon aus der Hand. Unbewusst öffnete ich die Lippen, um Luft zu bekommen. Das wissende Lächeln auf seinen Lippen ließ mich fast ohnmächtig werden.

»Laura!« Die Stimme im Handy brachte mich wieder zur Besinnung. Ich drehte mich zum Meer und schüttelte den Kopf. »Was ist denn, Süße, rede mit mir.«

»Nichts, ich habe nur … nichts.« Ich starrte auf den Boden und wartete darauf, dass mir das Dröhnen des Ferrari anzeigen würde, dass ich in Sicherheit war. »Ich wäre jetzt gerne bei dir«, sagte ich und atmete erleichtert auf, als es einen Knall gab und das anschließende Dröhnen nach und nach leiser wurde. »Olga kommt, ich muss los, ich rufe dich auf dem Weg zum Flughafen an.« Ich drehte mich um, ging auf Ivan zu und gab ihm das Handy zurück.

»Er tut nur so«, sagte Ivan ernst und nahm mir das Handy ab. »Torricelli tut nur so, Laura. Nimm dich in Acht.«

Ich hatte keine Ahnung, was er meinte, nickte bloß und ging nachdenklich zurück in die Kirche. Der Kopf tat mir weh, und mein schmales, langes Kleid wurde immer enger. Jede Nadel in meinem hochgesteckten Haar pikste mich, und die wilde Wut, die sich in mir ausbreitete, versengte mir das Herz.

»Ich brauche was zu trinken«, sagte ich. »Haben wir Alkohol?«

»Marcelo hat dir verboten zu trinken«, antwortete Ivan ruhig.

»Ich scheiße auf seine Verbote! Haben wir Alkohol oder nicht?«

»Nein.« Die Antwort war kurz und unbefriedigend. Ich lehnte meinen Kopf gegen die kühle Mauer.

Vor der Auffahrt zum Castello standen Dutzende Sicherheitsleute, gepanzerte Autos und sogar Polizei. Auf der Wiese am Meer hatte man ein riesiges Zelt aufgebaut und märchenhaft dekoriert. Ich stand am Zelteingang und wartete auf das Brautpaar, und plötzlich fühlte ich mich beobachtet. Ich wusste, wer das war. Also hob ich den Saum meines Kleides ein wenig an, drehte mich nach rechts und erschrak. Massimo stand, die Hände in den Taschen, nur etwa einen halben Meter von mir entfernt. Seine eisigen schwarzen Augen starrten mich an, er kaute auf seiner Unterlippe. Ich kannte diesen Blick, diese Lippen. Ich wusste, wie diese Lippen schmeckten und was sie alles konnten. Er machte einen Schritt auf mich zu und berührte mich nun fast.

Ivan räusperte sich und kam zusammen mit fünf Männern auf uns zu.

»Pfeif deine Hunde zurück«, sagte Massimo und nickte in Richtung der sechs Männer hinter mir. »Ich habe über hundert meiner Leute hier, das ist doch lächerlich.« Ein spöttisches Lächeln umspielte seine Lippen. »Domenico und Olga haben einen kleinen Umweg gemacht und einen Wald oder ein paar Büsche gefunden, und wir haben jetzt einen Moment Zeit, also lass uns reden.« Er bot mir seinen Arm, und ich hakte mich bei ihm ein – warum, wusste ich selbst nicht.

Ivan trat einen Schritt zurück und sah mich warnend an. Ich ließ mich von Massimo zum Garten führen. Schweigend gingen wir die Wege entlang, und mir war, als hätte jemand die Zeit zurückgedreht.

»Das Modelabel gehört dir«, sagte er nach einem Moment. »Es hat mir nie gehört, also kannst du es mit auf die Kanaren nehmen und dort ein Atelier aufmachen.« Ich war überrascht, dass er über das Unternehmen sprach, und noch mehr, dass er so ruhig war. »Ich möchte heute nicht über die Scheidung sprechen, aber wir werden nach der Hochzeit auf dieses Thema zurückkommen. Ich nehme an, dass du ein paar Tage bleibst?« Er wandte sich mir zu, und sein sanfter Blick brachte mich komplett durcheinander.

»Ich fliege nach Mitternacht zurück nach Teneriffa«, keuchte ich, in Bann gezogen von der Kraft seiner schwarzen Augen.

»Schade, ich wollte alles umgehend arrangieren, aber wenn du es so eilig hast, müssen wir ein andermal darüber verhandeln.«

Im Schatten einiger Palmen stand ein Pavillon mit einer Bank. Dort führte er mich hin. Ich setzte mich, und er nahm neben mir Platz. Lange blickten wir schweigend aufs Meer. Ich wunderte mich über den plötzlichen Sinneswandel.

»Du hast mir das Leben gerettet, Kleines, und dann hast du mich umgebracht«, sagte er plötzlich stöhnend. »Aber genau dadurch bin ich aufgewacht, ich habe Ewa gefunden, mich von den Drogen abgewandt und ein paar lukrative Geschäfte getätigt.« Er sah mich amüsiert an. »Du hast mich tatsächlich vor mir selbst gerettet, Laura.«

»Das freut mich, aber was du mit dem Hund gemacht hast ...« Ich hielt inne und spürte, wie mir die Galle hochstieg. »Ich hätte nicht gedacht, dass du so ein Monster sein kannst«, flüsterte ich.

»Bitte?!«, fragte er überrascht und wandte sich mir zu. »An dem Tag, an dem du gegangen bist, habe ich ihn pflichtschuldig in die Matos-Villa geschickt.«

»Ich weiß, verdammt noch mal, ich habe die Schachtel mit dem zerstückelten Tier bekommen«, erwiderte ich wütend.

»Was?« Er sprang auf. »Ich persönlich habe einen Mann abgestellt, damit er ihn dir bringt. Und zwar lebend. Ja, ich wollte, dass er dich an mich erinnert. Aber doch nicht so ...«

»Du hast Prada nicht getötet?« Ratlos suchte ich in seinen Augen nach einer Antwort. »Ich habe in einer Schuhschachtel den verstümmelten Hund und eine Nachricht bekommen.«

»Kleines.« Er kniete vor mir nieder und ergriff meine Hände. »Ich bin ein Monster, das ist wahr, aber warum sollte ich so einem kleinen Hund wehtun?« Er suchte meinen Blick. »Gott, glaubst du wirklich, ich habe das getan?« Er legte die Hand vor den Mund und dachte einen Moment nach. »Matos, du Hurensohn.« Er stand auf und lachte. »Na ja, das war zu erwarten ... *Um jeden Preis*.« Er schüttelte den Kopf. »Weißt du, was er mir noch gesagt hat, als du das Restaurant auf Ibiza schon verlassen hattest?«

Mir war elend, aber ich wollte unbedingt verstehen, was hier passierte.

»Er hat gesagt«, fuhr Massimo fort, »dass er dir *um jeden Preis* klarmachen will, wie unwürdig deine Gefühle für mich waren.« Wieder lachte er traurig auf. »Er ist schlau, ich habe ihn unterschätzt.«

Ich bekam keine Luft mehr. Marcelo? Mein tätowierter, zärtlicher Mann zerstückelte eine wehrlose, winzige Kreatur? Es war nicht zu glauben.

Massimo zog das Telefon aus der Tasche und wählte eine Nummer, sagte dann ein paar Worte und unterbrach die Verbindung. Nach ein paar Minuten, in denen wir still und gedankenverloren aufs Meer blickten, erschien ein großer Mann.

»Sergio, was hast du mit dem Hund gemacht, den du nach Teneriffa bringen solltest?«, fragte er ernst und wechselte ins Englische.

»Ich habe ihn wie angewiesen in der Matos-Villa abgegeben.« Verwirrt sah der Mann erst ihn und dann mich an.

»Marcelo Matos sagte, Laura ist unterwegs, und er nimmt ihn entgegen.«

»Danke, Sergio, das ist alles«, knurrte Massimo. Der Mann ging weg.

»Lari!« Olgas Schrei riss mich aus meiner Erstarrung. »Kommt.«

Schwankend stand ich auf, mir war übel und schwindelig. Massimo sprang zu mir und hielt mich fest.

»Alles in Ordnung?«, fragte er besorgt.

»Nichts ist in Ordnung!« Ich entriss ihm meinen Arm, hob mein Kleid etwas an und ging von ihm weg, auf meine Freundin zu.

Wir stellten uns vor dem Eingang des magischen Zelts auf, und Massimo bot mir wieder seinen Arm. Ich umfasste ihn leicht, und wir vier schritten auf die wartenden Gäste zu. Die Leute jubelten und klatschten, und dann hielt Domenico eine Rede. Wir sahen aus wie eine große, glückliche Familie. Rechts und links standen die Männer, Olga und ich in der Mitte, und alle lächelten wir. Es kostete mich schrecklich viel Kraft, so zu tun, als wäre ich glücklich. Der Applaus verebbte, und die zwei Brüder führten uns zu einem Tisch auf einem Podest im hinteren Teil des Zeltes.

Bevor ich mich setzte, kam ich an einem Kellner vorbei, nahm ein Glas Champagner vom Tablett und leerte es in einem Zug. Olga sah mich verblüfft an, und Ivan trat einen Schritt vor. Ich stoppte ihn mit einer Handbewegung, und er gehorchte. Das Personal gab mir ein weiteres volles Glas, und ich goss es in mich hinein. Meine Nerven beruhigten sich langsam. *Ja zum Alkoholismus*, dachte ich berauscht.

Nach ein paar Minuten ergriff Domenico Olgas Hand und zog sie zur Tanzfläche für den ersten Tanz.

Ich nickte dem Kellner noch einmal zu.

»Du betrinkst dich«, sagte Massimo und beugte sich zu mir.

»Genau«, sagte ich und wedelte mit der Hand. »Mach dir keine Sorgen um mich, geh zu deiner Ewa.«

Massimo lachte, ergriff mein Handgelenk und zog mich zur Tanzfläche.

»Ich muss dich unterhalten, weil du sonst wie ein Taschenmesser zusammenklappst.«

Ich kam an meinen sechs Securitys vorbei, und Ivan schüttelte den Kopf, als er sah, wie Massimo mich an sich drückte. Ich kümmerte mich nicht darum, denn ich war so wütend auf diese ganze kanarische Bande, dass ich sie am liebsten alle zum Teufel geschickt hätte.

»Tango«, flüsterte Massimo und küsste mein Schlüsselbein. »Dein Kleid hat genau den richtigen Schlitz dafür.«

»Ich trage einen Slip«, sagte ich und leckte mir aufreizend die Lippen. »Diesmal kann ich mich frei bewegen.«

Der Alkohol in meinem Blut und meine Wut bewirkten, dass es der Tango meines Lebens wurde. Wie immer führte Massimo perfekt und hielt mich fest in seinen Armen. Nachdem der Tanz vorbei war, applaudierten uns alle, einschließlich des jungen Paares, und wir verneigten uns würdevoll und kehrten zum Tisch zurück.

»Laura, Telefon«, sagte Ivan, kam auf mich zu und gab mir das Handy.

»Ich habe keine Lust zu reden«, lallte ich und kniff die

Augen zusammen. »Sag ihm das.« Ich dachte einen Moment nach, ein Durcheinander an Gedanken schwirrte durch mein betrunkenes Hirn. »Oder gib ihn mir, ich sage es ihm selbst.«

Ich griff nach dem Handy, stand von meinem Platz auf und ging zum Ausgang.

»Süße?«, drang seine sanfte Stimme an mein Ohr.

»*Um jeden Preis?*«, schrie ich ins Telefon. »Wie konntest du das nur tun, du hirnloser Idiot?! Du hattest mich doch längst, ich war schon in dich verliebt, aber du hast gedacht, du musst meinen Mann schlechtmachen.« Ich hockte mich hin, als mich eine Welle der Übelkeit überkam. »Du hast meinen Hund umgebracht, und du hast das nur getan, damit ich noch schlechter von Massimo denke. Wie konntest du nur?« Tränen liefen mir über die Wangen, und als ich Hände auf meiner Schulter spürte, sprang ich auf.

Ein erschrockener Ivan stand neben mir und starrte zu mir herab.

»Das war zu viel, Marcelo!«, schrie ich und schmiss das Handy auf das Pflaster. »Du wirst nicht mehr gebraucht«, schnauzte ich Ivan an, der versuchte, mir etwas zu sagen.

Als mir der Champagner wieder hochkam, drehte ich mich zu einem kleinen Zaun um und übergab mich auf dem perfekt geschnittenen Rasen.

Aus dem Nichts erschienen Massimo und seine Leute. Der Sizilianer nahm mich in den Arm und hielt mich fest.

»Meine Herren, Sie können das Gelände verlassen«, knurrte er Ivan an, während Krämpfe meinen Körper schüttelten und ich mich unablässig übergab.

Die Männer standen einen Moment lang da, sahen dann

jedoch ein, dass sie in der Unterzahl waren, und zogen sich zurück. Ich hörte zuschlagende Autotüren, und dann fuhren zwei dunkle Autos quietschend durch das Tor.

»Gott, Kleines«, flüsterte Massimo und gab mir ein Taschentuch. »Ich bringe dich nach Hause.«

»Nimm Ewa«, knurrte ich zurück.

»Meine Frau ist wichtiger«, lachte er.

Ich war nicht in der Lage, mich gegen ihn zu wehren, zumal ich dabei wahrscheinlich in der Gegend herumgekotzt hätte.

KAPITEL 18

Das Klingeln eines Handys weckte mich auf. Ich lächelte, in starke Arme geschmiegt. *Es ist überstanden*, dachte ich und öffnete die Augen. Die Hand, die mich gegen eine breite Brust drückte, war aber nicht tätowiert. Augenblicklich war ich nüchtern, schüttelte den Schlaf ab und erinnerte mich, wo ich war. Ich sprang auf, aber sofort warf mich eine riesige Hand zurück auf die Matratze.

»Ich denke, das ist für dich«, sagte er und gab mir das Handy. Auf dem Display stand »Olga«.

»Alles Gute«, murmelte ich verwirrt.

»Gott sei Dank, du lebst.« Ich hörte die Erleichterung in ihrer Stimme. »Du bist so plötzlich verschwunden. Ich nehme an, du hast deine Wahl getroffen? Immerhin wart ihr beide ziemlich schnell weg. Und ich freue mich sehr, dass du zurückkommst…«, sagte Olga aufgeregt und ließ mich gar nicht zu Wort kommen.

»Du störst uns, kümmere dich um deinen Mann«, sagte Massimo amüsiert, nahm mir das Telefon aus der Hand und unterbrach das Gespräch. »Ich habe dich vermisst«, sagte er und legte sich auf mich, sein riesiger Schwanz drückte gegen meinen Oberschenkel. »Ich finde es schön, dich zu ficken, wenn du betrunken bist, weil du dann absolut keine Hemmungen hast.« Er küsste mich, und ich versuchte, mich zu erinnern, was letzte Nacht passiert war – aber vergeblich.

Als ich bemerkte, dass wir nackt waren und mir alles wehtat, barg ich mein Gesicht in den Händen.

»Hey, Kleines.« Er zog meine Hände weg und hielt sie mit eisernem Griff fest. »Ich bin dein Ehemann, und es ist nichts Ungewöhnliches passiert. Ich schlage vor, wir löschen die letzten Wochen aus unserem Gedächtnis.« Erwartungsvoll sah er mich an. »Ich habe mich wie ein Idiot benommen, also hattest du recht damit, wegzulaufen und … dir ein bisschen Freiheit zu nehmen. Aber das klären wir jetzt alles, keine Sorge.«

»Bitte, Massimo«, stöhnte ich und versuchte, mich loszumachen. »Ich muss auf die Toilette.«

Massimo rollte sich auf die Seite und ließ mich aufstehen. Ich wickelte mich in eine Decke und verließ schwankend und mit schmerzenden Gliedern den Raum.

Was sollte denn jetzt werden? Ich besah mich im Spiegel – mein verschmiertes Make-up und meine unordentlichen Haare – und war angewidert von mir selbst. Ich erinnerte mich noch daran, mit Marcelo gesprochen zu haben, und dann … war da nur ein schwarzes Loch. Ich wusste also nicht, was ich getan hatte, aber wahrscheinlich nichts Kluges. Seufzend drehte ich das Wasser in der Dusche auf.

Während ich mit schrecklichen Kopfschmerzen unter dem Wasserstrahl stand, fragte ich mich, was ich jetzt tun sollte. Zu meinem Mann zurückkehren, mit Marcelo sprechen, oder auf beide scheißen und mich um mich selbst kümmern? Immerhin hatten die Typen im letzten Jahr mein ganzes Leben ruiniert.

Ich betrat das Ankleidezimmer, warf aber vorher noch einen Blick auf den nackten Massimo, der am Fensterrahmen lehnte und telefonierte. *Was für ein Hintern*, dachte ich. *Der schönste Hintern der Welt.* Ich stöberte in den Schubladen nach einem Slip und einem T-Shirt.

Dann sah ich plötzlich das Schuhregal. Es war ordentlich wie immer, alle Schuhe nach Farben sortiert. Nur die Stiefel lagerten in eleganten Schachteln.

Mir stockte der Atem, als ich die Stiefel von Givenchy auf dem Boden liegen sah. Sie waren nicht in ihrer Schachtel, und Olga hatte mir versichert, sie sei nicht hier oben gewesen, weil Massimo den Schlüssel hatte. Ich starrte auf die hellen Stiefel auf dem Boden, bis ich bemerkte, dass ich beobachtet wurde.

»Oh«, hörte ich. »Ich hätte nicht gedacht, dass du das so bald siehst.«

Ich drehte mich zu ihm um und sah, wie er auf mich zukam, den Gürtel des Morgenmantels in der Hand.

»Macht nichts.« Er zuckte mit den Schultern. »Du solltest nur diese Idioten wegschicken und mit mir hierherkommen. Ich habe dir doch gesagt, dass du mich nicht verlassen kannst und dass ich dich nach Hause bringe und nie wieder gehen lasse.«

Ich schlug nach ihm und wollte flüchten, doch er fing mich wieder ein, warf mich auf den Teppich und fesselte meine Handgelenke. Dann setzte er sich auf mich und sah zufrieden auf mich herab. Mit einer Hand hielt er meine gefesselten Handgelenke hoch, mit der anderen streichelte er fast zärtlich mein Gesicht.

»Mein kleiner Schatz ist so naiv.« Er grinste. »Hast du wirklich geglaubt, dass Ewa mir wichtig ist und dass ich in die Scheidung einwillige?« Er küsste meine Lippen, und ich spuckte ihm ins Gesicht. »Aha, das sind ja ganz neue Töne.« Er wischte sich die Spucke ab und zog mich hoch. »So, wenn ich von der Besprechung zurückkomme, stellen wir die neuen Regeln auf. Und bis dahin, darfst du ... liegen.« Er warf mich aufs Bett und setzte sich auf mich. »Ich habe lange darüber nachgedacht, wie ich diesen tätowierten Idioten fertigmachen kann.« Er griff hinter den Bettpfosten und zog die Kette hervor. »Schau mal, was ich hier habe.« Mit einer Augenbinde wedelte er mir vor den Augen herum. »Ich weiß doch, dass dir dieses Spiel gefällt.« Ich warf mich auf dem Bett hin und her und versuchte, ihn daran zu hindern, mich anzuketten, aber natürlich war ich nicht stark genug.

Schließlich hatte er mich an allen vier Pfosten festgebunden, nahm zufrieden seine Hose und betrachtete meinen nackten, gestreckten Körper.

»Ach, bist du schön.« Verzückt blickte er auf sein Werk. »Ich würde dich ja gleich nehmen, aber erst muss ich Domenico und Olga erklären, dass wir wieder zusammen sind und uns intensiv und lange versöhnen wollen. Und dass ich dir das Frühstück und so weiter ans Bett bringe, wie das ein guter Ehemann eben macht.« Er zog sich ein schwarzes T-Shirt über den Kopf. »Sonst kommt nämlich einer von ihnen hier hoch, und das wollen wir doch nicht.« Er kniff die Augen zusammen und sah noch einmal zwischen meine Beine. »Entspann dich schön, ich bin gleich wieder da.«

Ich hörte, wie sich die Tür schloss, und Tränen schossen mir in die Augen. Oh Gott, was hatte ich getan? Ich war auf sein Theater reingefallen, und der Alkohol hatte alles noch viel schlimmer gemacht. Wie hatte ich glauben können, dass der weltbeste Kerl meinen Hund zerstückeln könnte? Ausgestreckt, mit schmerzenden Gliedern, lag ich da und schrie vor Wut. Je länger ich über das, was passiert war, nachdachte, desto größer wurde meine Panik. Ich hatte Marcelo betrogen, ihn angeschrien und seine Männer rausgeworfen. Natürlich dachte Marcelo jetzt, dass ich zu Massimo zurückgekehrt war, also bestand keine Chance, dass er mich rettete. Olga und Domenico würden alles glauben, was dieser Tyrann ihnen sagte, besonders nach diesem verdammten Anruf gerade und nachdem Olga in der Kirche gesehen hatte, wie eifersüchtig ich war. Und dann hatte ich auch noch mit meinem Mann auf der Tanzfläche eine erotische Performance geliefert und war mit ihm rausgegangen. Ich schlug den Kopf aufs Kissen, weil mein Kopf das Einzige war, was ich bewegen konnte. Diese Arschgeige hatte mich nicht einmal zugedeckt, bevor er ging, und ich lag nackt und mit Handschellen gefesselt da, wie eine Sexsklavin, die auf ihren Meister wartet.

»Na siehst du, Schatz«, sagte Massimo, als er zurückkam und mir wieder zwischen die Beine starrte. »Wir sind wieder zusammen, deine Freundin ist überglücklich, mein Bruder hat erleichtert aufgeatmet, du hast uns allen wirklich eine große Freude gemacht.« Er zog die Decke unter mir hervor und deckte mich zu. »Gleich kommt der Arzt mit einer Infusion. Wir müssen dich nach der letzten Nacht ein bisschen aufpäppeln.«

»Fick dich«, schnauzte ich ihn an. »Mach mich los!«

»Sei nicht so vulgär«, ermahnte er mich und strich mir eine Haarsträhne aus dem Gesicht. »Eine zukünftige Mutter sollte nicht so reden.« Er drohte mir mit dem Finger und ging raus. »Ich habe dir gestern Drogen gegeben«, rief er aus dem Badezimmer. »Und jetzt muss ich auf deinen Körper aufpassen, damit er stark und bereit ist für ein Kind.«

Von Panik überwältigt, starrte ich zur Decke. Wenn ich mich jemals zuvor versklavt und eingesperrt gefühlt hatte, so war das nichts gewesen im Vergleich zu dem, was ich jetzt gerade durchlitt. Bei dem Gedanken, dass Massimo mir ein Kind machen würde, dass ich niemals mehr mit meinem tätowierten Surfer zusammen sein würde und dass ich nicht mehr nach Teneriffa zurückkehren könnte, liefen mir Tränen über die Wangen.

Massimo setzte sich neben mich. »Warum weinst du, Kleines?«

Himmel, der meint das ernst, dachte ich und starrte ihn verständnislos an. Für einen Moment konnte ich nicht sprechen, mich nicht bewegen und auch nicht atmen.

Dann klopfte es, und einen Moment später saß der Arzt neben mir. Das Interessanteste war, dass er gar nicht überrascht war, in welcher Position er mich vorfand. Mir wurde klar, dass er so etwas schon öfter hier gesehen haben musste.

»Der Arzt gibt dir ein Beruhigungsmittel, dann schläfst du ein, und wenn du aufwachst, ist alles in Ordnung«, sagte Massimo, streichelte meine Wange und verließ den Raum.

Ich sah den Arzt flehend an, doch der ignorierte mich, steckte mir eine Kanüle in die Vene, und alles wurde schwarz.

Die folgenden Tage sahen genauso aus, nur dass ich ohne Fesseln aufwachte. Das war jedoch egal, denn wegen der Medikamente, die Massimo mir immer wieder gab, konnte ich nicht aufstehen. Mein Mann fütterte mich, wusch mich und fickte mich wie eine Puppe. Wirklich beängstigend war, dass es ihm überhaupt nichts auszumachen schien, dass ich völlig unbeteiligt dalag. Oft weinte ich dabei, und bald starrte ich nur noch an die Wand.

Manchmal schloss ich die Augen und dachte an Marcelo. Dann fühlte ich mich gut. Aber ich wollte Massimo nicht das Gefühl geben, dass ich wegen ihm lächelte, deshalb schaltete ich einfach ab.

Jeden Tag betete ich dafür, sterben zu dürfen.

Eines Tages wachte ich außergewöhnlich munter und ausgeruht auf, mein Kopf war nicht so schwer und wattig wie sonst. Ich stieg aus dem Bett, was irgendwie ein Schock war, denn vorher konnte ich mich nicht einmal aufrichten. Ich setzte mich auf den Bettrand und wartete darauf, dass die Welt aufhörte, sich zu drehen.

»Schön, dich in so guter Verfassung zu sehen«, sagte Massimo und kam aus dem Ankleidezimmer. »Domenico und Olga sind für zwei Wochen in die Flitterwochen gefahren.«

»Die beiden waren die ganze Zeit hier?«, fragte ich verwirrt,

»Natürlich, aber sie dachten, du bist in Messina in unserer Villa.«

»Massimo, wie stellst du dir das vor?«, fragte ich. Zum ersten

Mal seit der Hochzeit konnte ich logisch denken. »Und womit willst du mir jetzt drohen?«

»Gar nicht«, antwortete er mit einem Schulterzucken und knöpfte sein Jackett zu. »Schau, ich habe damals gedroht, deine Eltern umzubringen, und trotzdem hast du dich in weniger als drei Wochen in mich verliebt. Glaubst du nicht, du könntest mich wieder lieben? Ich habe mich nicht verändert, Kleines ...«

»Aber ich schon«, sagte ich ruhig. »Ich liebe Marcelo, nicht dich. Ich denke an ihn, wenn du deinen Schwanz in mich reinsteckst.« Auf wackeligen Beinen ging ich zu ihm hinüber und sah ihn hasserfüllt an. »Ich träume von ihm, wenn ich einschlafe, und sage ihm guten Morgen, wenn ich aufwache. Du hast meinen Körper, Massimo, aber mein Herz ist auf Teneriffa geblieben.« Ich wandte mich ab, um endlich wieder alleine auf die Toilette zu gehen. »Und lieber bringe ich mich um, als dass ich dein Kind auf die Welt bringe.«

Das war zu viel für ihn. Er packte mich am Hals, zog mich zur nächsten Wand und stieß mich dagegen. Die Wut ließ seine schwarzen Augen Funken sprühen, ein Schweißtropfen lief ihm über die Stirn. Nach einer Woche Liegen war ich sehr schwach, also hing ich einfach in der Luft.

»Laura!«, begann er und stellte mich auf dem Boden ab.

»Du kannst mir nicht verbieten, Selbstmord zu begehen«, sagte ich und lachte unter Tränen. »Mach dich also darauf gefasst, dass es bald vorbei ist.«

Massimos Gesicht nahm einen verzweifelten Ausdruck an, und er trat ein paar Schritte zurück.

»Massimo, ich habe dich geliebt, und du hast mir viel Glück

geschenkt«, fuhr ich fort. »Aber das ist vorbei.« Ich rutschte die Wand hinunter, auf den Teppich. »Du kannst mich hierbehalten und mir all diese schrecklichen Dinge antun, nur irgendwann vergeht dir die Lust an der Puppe, dann willst du mehr Feuer, und das kann ich dir nicht geben.« Hilflos breitete ich die Arme aus. »Willst du tatsächlich so lange eine Leiche ficken?« Er schwieg, sah mich nur an. »Eigentlich geht es ja gar nicht um Sex, also wofür behältst du mich hier? Du kannst jede Frau haben. Auch Ewa.«

»Sie ist eine Hure«, knurrte er. »Sie hatte den Auftrag, eine Rolle zu spielen, und das hat sie gemacht.«

»Du hast den Hund selbst getötet?«, fragte ich.

»Ja.« Er starrte mich teilnahmslos an. »Kleines, ich bringe Menschen um und sehe ihnen dabei in die Augen. Glaubst du, ich hab ein Problem damit, ein Tier zu töten?«

Kopfschüttelnd saß ich auf dem Boden. Dass ich so wenig von ihm wusste! Der Typ vor mir war ein Monster und ein Tyrann. Wie hatte er es geschafft, mir so lange Liebe und Zuneigung vorzutäuschen? Oder hatte ich die Wahrheit einfach nicht sehen wollen?

»Lass mich dir jetzt sagen, was in den nächsten zwei Wochen passiert.« Er kam zu mir und zerrte mich vom Boden hoch. »Du kannst machen, was du willst, aber einer meiner Männer folgt dir. Du darfst nicht zur Anlegestelle hinuntergehen oder das Grundstück verlassen.« Er zog seine Manschetten zurecht und richtete den Blick wieder auf mich. »Da du vorhast, dir das Leben zu nehmen – was ich natürlich nicht zulassen kann –, wird der Mann, der auf dich aufpasst, eine medizinische Ausbildung haben und dich retten, wenn es sein muss.« Er seufzte. »An Silvester ist etwas in mir gestorben, vergib mir.« Er küsste mich sanft auf die Lippen und ging.

Verblüfft stand ich da und wusste nicht, wie ich seine wechselnden Stimmungen deuten sollte. Einmal wollte er mich töten, einmal terrorisierte und bedrohte er mich, und dann wieder konnte ich den Mann in ihm sehen, den ich geliebt hatte.

Ich duschte und machte mich ein wenig zurecht, zog Shorts und ein T-Shirt an und legte mich aufs Bett. Dann schaltete ich den Fernseher ein und überlegte, was ich tun konnte. Ich kannte das Castello mittlerweile wie meine Westentasche und auch den Garten und die Umgebung. Wenn Marcelo mich trotz der Security hatte entführen können, sollte es mir doch gelingen zu flüchten.

Ich bestellte Frühstück ins Zimmer. Nachdem ich mich gestärkt hatte, machte ich mich auf die Suche nach einer Fluchtmöglichkeit. Der einzige Weg in die Freiheit schien mir die Terrasse zu sein, doch die war zwei Stockwerke über dem Boden. Ich sah nach unten und entschied, dass ein Sturz aus dieser Höhe wahrscheinlich nicht zum Tod, aber sicher zu einer Querschnittslähmung führen würde. Darum gab ich die Idee, mich an zusammengebundenen Bettlaken abzuseilen, schnell auf.

Ich wanderte durch die Räume und hatte schließlich einen Geistesblitz. Wenn er mir etwas vormachen konnte, musste ich das ebenfalls versuchen. Wahrscheinlich dauerte es ein bisschen, doch immerhin bestand die Möglichkeit, dass er sich nach ein oder zwei Monaten in Sicherheit wiegte. Aber würde Marcelo so lange auf mich warten? Würde er mich überhaupt noch haben wollen? Oder hatte ich niemanden mehr, zu dem ich fliehen konnte? Tränen schossen mir in die Augen. Ich wickelte mich in die Bettdecke und schlief ein.

Erst am Abend wachte ich wieder auf, und wenn ich nicht so müde gewesen wäre, hätte ich mich wohl in den Arsch gebissen, dass ich den ganzen Tag verschlafen hatte. Ich drehte den Kopf und sah Massimo im Sessel sitzen und mich betrachten. Früher war das ein alltäglicher Anblick gewesen, besonders wenn er nachts von irgendwelchen Geschäftsterminen zurückkam.

»Hey«, flüsterte ich heiser und täuschte Zärtlichkeit vor. »Wie spät ist es?«

»Ich wollte dich gerade wecken. Bald gibt es Abendessen, und ich möchte, dass du mit mir isst.«

»Okay, ich mache mich nur ein bisschen zurecht.«

»Ich will reden«, informierte er mich und stand auf. »Wir sehen uns in einer Stunde im Garten.« Er drehte sich um und ging.

Dieses Abendessen war der perfekte Zeitpunkt, um meinen Plan in die Tat umzusetzen. Und selbst wenn Marcelo mich zurückwies, konnte ich zu meinen Eltern oder woandershin flüchten. Zumindest würde ich frei sein.

Ich kramte im Kleiderschrank nach dem schwarzen, fast durchsichtigen Kleid, das ich damals bei dem ersten Abendessen mit Massimo getragen hatte. Außerdem musste ich natürlich Dessous in Lederoptik anziehen und meine Augen dunkel schminken. Ich band mein Haar zu einem glatten Knoten und zog High Heels an. Ich sah wunderbar aus und genau so, wie mein Mann mich gerne hatte. Na ja, vielleicht sah ich eher aus wie eine Drogenabhängige, weil ich tagelang unter Medikamenten gestanden hatte.

Ich holte tief Luft und öffnete die Tür, und sofort verneigte sich ein Riese vor mir. Staunend riss ich den Mund auf, weil ich nicht glauben konnte, dass es so große Menschen gab. Dann ging ich den Flur entlang, und der Riese folgte mir.

»Hat dir mein Mann gesagt, dass du mir folgen sollst?«, fragte ich, ohne mich umzudrehen.

»Ja«, grunzte er.

»Wo ist er?«

»Er wartet im Garten auf Sie.«

Du willst Spaß haben, Torricelli, dann kriegst du Spaß, wart's ab, dachte ich, während ich selbstbewusst auf meinen Heels den Flur entlangschritt.

Ich trat über die Schwelle, und heiße Luft schlug mir entgegen. Es war lange her, dass ich das klimatisierte Castello verlassen hatte, und ich hatte vergessen, wie heiß es draußen war.

Ich schritt langsam über den Kies und wusste, dass er mich hören und wahrscheinlich auch spüren konnte, obwohl er mit dem Rücken zu mir dasaß. Auf dem großen Tisch standen Kerzen und warfen ihren Schein auf das Blumenarrangement in der Mitte. Als ich den Tisch fast erreicht hatte, stand mein Mann auf, drehte sich zu mir um und erstarrte.

»Guten Abend«, flüsterte ich, als ich an ihm vorbeiging.

Er folgte mir und zog mir einen Stuhl zurück, und ein Bediensteter tauchte auf und schenkte mir Champagner ein. Massimo blinzelte und setzte sich mir gegenüber. Obwohl ich ihn gerade hasste wie niemanden sonst auf der Welt, konnte ich nicht umhin zu bemerken, wie gut er aussah. Er trug eine helle Leinenhose, ein aufgeknöpftes Hemd mit hochgekrempelten Ärmeln in der gleichen Farbe und einen silbernen Rosenkranz. Was für eine Heuchelei für einen Mann, der so grausam wie Satan war, ein christliches Symbol zu tragen.

»Du provozierst mich, Kleines.« Der Klang seiner leisen Stimme verursachte mir eine Gänsehaut. »Genau wie damals ... Willst du mich diesmal auch ärgern?«

»Ich will Erinnerungen wecken«, sagte ich und hob die Augenbrauen, während ich ein Stück Fleisch auf die Gabel spießte.

Ich hatte überhaupt keinen Hunger, musste aber leider für meine Rolle normal erscheinen, und so schob ich mir den Bissen in den Mund.

»Kleines, ich habe einen Vorschlag«, sagte er und lehnte sich zurück. »Schenk mir eine Nacht, aber mit der Frau, die du früher warst. Und hinterher bist du frei.«

Ich riss die Augen auf, und meine Gabel klirrte gegen den Teller. »Ich glaube, das verstehe ich nicht«, murmelte ich.

»Ich möchte noch einmal spüren, dass du mir gehörst. Wenn du willst, kannst du dann gehen.« Er griff nach seinem Glas und nahm einen Schluck. »Ich kann dich nicht einsperren, eigentlich will ich das auch nicht. Weißt du, warum? Weil du gar nicht meine Rettung bist und auch nie warst. Du bist nicht in meinen Visionen aufgetaucht, als ich angeschossen wurde und fast gestorben wäre. Ich hatte dich an diesem Tag einfach bloß gesehen.« Verständnislos sah ich ihn an.

»Kroatien vor mehr als vier Jahren, sagt dir das was?« Er

beugte sich über den Tisch, und ich versteifte mich. Tatsächlich war ich mit Martin und Olga einmal in Kroatien gewesen. Mein Herz begann wie verrückt zu pochen.

»Du hast mich die ganze Zeit belogen, so bist du einfach ...«

»Nicht die ganze Zeit, ich habe das zufällig herausgefunden, und wirklich erst viel später. Als wir unser Baby verloren haben.« Er räusperte sich. »Ich habe nicht mehr normal funktioniert. Mario hat alles versucht, um mich wieder in die Spur zu stellen. Ich wurde gebraucht. Besonders nachdem Fernando erschossen worden war und alle Familien anfingen, mir auf die Hände zu sehen. Da hat Mario mir Hypnose vorgeschlagen.«

Wieder sah ich ihn ungläubig an.

»Ich weiß, wie lächerlich das klingt, aber mir war zu dem Zeitpunkt alles egal. Er hätte mich sogar umbringen können. In einer der Sitzungen wurde mir plötzlich klar, dass du keine Vision gewesen warst. Ich hatte dich wirklich gesehen.«

»Wie kannst du dir da sicher sein?«, fragte ich.

»Findest du es schade?«, entgegnete er.

Ich schnaubte spöttisch.

»Kleines, auch mir hat es das Herz gebrochen, als ich bemerkt habe, dass nicht das Schicksal, sondern simpler Zufall dich in meinem Kopf festgesetzt hat.« Theatralisch breitete er die Arme aus. »Verzeih mir. Du warst damals auf einer Party in einem Hotel, du hast mit deiner Freundin getanzt, und Martin war auch dabei. Wir kamen von einem Meeting und standen eine Etage höher auf der Terrasse. Ihr hattet Spaß.« Er nahm einen Schluck und sah mir ins verängstigte

Gesicht. »Es war Wochenende, und du hattest ein weißes Kleid an.«

Krampfhaft versuchte ich, meine Atmung zu beruhigen. Natürlich erinnerte ich mich an diesen Tag, es war kurz vor meinem Geburtstag gewesen, aber wie zum Teufel konnte er das nach all den Jahren noch wissen oder sich gar daran erinnern?

»Es gibt in der Hypnose die Möglichkeit, zu einem beliebigen Punkt des eigenen Lebens zurückzukehren. Ich musste zu meinem Tod zurückkehren. Kurz nachdem ich dich gesehen hatte, war ich tot und musste reanimiert werden.«

»Warum sagst du mir das?«, fragte ich reserviert.

»Um dir zu erklären, warum mir nichts an dir liegt. Du warst nur ein Wunschtraum, das letzte gespeicherte Bild, eine Erinnerung – nicht einmal eine besonders deutliche.« Er zuckte die Achseln. »Ich gebe dich frei, du bist mir egal. Doch vorher möchte ich dich zum letzten Mal als meine Frau haben. Aber nicht mit Gewalt, sondern weil du es willst.«

Ich konnte nicht glauben, was ich gerade gehört hatte.

»Welche Garantie habe ich, dass du mir nicht schon wieder etwas vormachst?«

»Ich unterschreibe vorher die Scheidungspapiere und schicke alle meine Leute weg.« Er schob mir einen Umschlag zu, der die ganze Zeit neben ihm gelegen hatte. »Die Dokumente«, sagte er und zog sein Telefon aus der Tasche. »Mari, bring alle Leute nach Messina«, sagte er auf Englisch, damit ich es verstand. »Lass uns ein bisschen spazieren gehen.« Er stand auf.

Schaudernd legte ich die Serviette ab und ergriff die Hand,

die er mir entgegenhielt. Er führte mich durch den Garten, bis wir die Auffahrt erreichten, wo einige Busse standen. Verblüfft sah ich zu, wie Dutzende Angestellte einstiegen und wegfuhren. Als Letzter kam Mario heraus, nickte mir zu und stieg in einen schwarzen Mercedes. Wir waren alleine.

»Ich weiß immer noch nicht, ob das ein Trick ist.« Ich schüttelte den Kopf.

»Dann lass uns nachsehen«, sagte Massimo und führte mich durch alle Ecken und Winkel, und ich folgte ihm, meine Stilettos in der Hand.

Wir brauchten fast eine Stunde, um das ganze Castello zu inspizieren, und tatsächlich war kein Mensch mehr da.

Wir gingen zurück zum Tisch, und er schenkte uns wieder Champagner ein und sah mich erwartungsvoll an.

»Alles klar.« Ich riss den Umschlag auf und spähte hinein. »Angenommen, ich stimme zu, was erwartest du?«

Ich sah die auf Polnisch abgefassten Papiere durch und stellte erleichtert fest, dass er nicht gelogen hatte. Zwar verstand ich nicht alle Abschnitte, aber es schien mir, dass mein Mann beschlossen hatte, Wort zu halten.

»Ich möchte für eine Nacht die Frau zurückbekommen, die mich mal geliebt hat.« Er blickte auf den Stiel des Glases, das er in den Händen drehte. »Ich will das Gefühl haben, dass du mich aus Liebe küsst und mich fickst, weil du es brauchst, nicht, weil du musst.« Er seufzte. »Kannst du dich erinnern, wie es ist, wenn ich dir Lust bereite?«

Ich schluckte meinen zähen Speichel und dachte über seinen Vorschlag nach. Dann legte ich die Dokumente auf den Tisch und sah ihn an. Er meinte es ernst. Die Vorstellung,

Sex mit ihm zu haben, erschreckte und lähmte mich. Aber andererseits … Ich hatte das so oft getan, dass eine Nacht vielleicht keinen Unterschied machte. Ein paar Stunden, und ich würde für immer weg sein, und ich wäre frei. Ich fragte mich, ob ich stark genug war und ob meine schauspielerischen Fähigkeiten ausreichten, um diese letzte Rolle an seiner Seite zu spielen. Obwohl er so ein schöner Mann war, widerte er mich an. Der Hass, der meinen Körper verbrannte, drängte mich eher dazu, ihn umzubringen, als ihn mit Zärtlichkeit zu verwöhnen. Doch die Vernunft siegte über mein Herz und kalte Berechnung über meine Emotionen.

»Einverstanden«, sagte ich ruhig. »Aber keine Fesseln, kein Festbinden, keine Drogen, keine Ketten.« Ich nickte zum Champagner hin. »Kein Alkohol.«

»Okay«, sagte er und streckte mir seine Hand entgegen. »Aber ich darf mir aussuchen, wo wir das machen.«

Ich stand auf und zog meine High Heels an, und er führte mich ins Haus. Mein Herz pochte heftig, als wir zusammen durch die Flure gingen. Ich wusste genau, welches Zimmer das erste sein würde. Ich wollte kotzen beim Gedanken an das, was passieren würde.

In der Bibliothek schloss er die Tür hinter uns und ging zum Kamin. Mir wurde immer elender, ich zitterte und fühlte mich wie eine Hure, die sich einem verhassten Freier hingeben muss.

Sanft nahm er mein Gesicht zwischen seine Hände und trat ein wenig näher an mich heran, als würde er auf meine Erlaubnis warten. Luft strömte durch meine geöffneten Lippen und trocknete sie aus. Ich fuhr unwillkürlich mit der

Zunge darüber, und diese Geste ließ Massimo aufstöhnen. Als er seine Zunge in meinen Mund schob, durchfuhr ein Stromstoß meinen Körper, doch diesmal war es Hass, nicht Lust, was in mir loderte. Tapfer kämpfte ich gegen die Übelkeit an und erwiderte den Kuss. Er küsste mich tiefer, küsste meinen Hals und das Schlüsselbein und ließ seine Hand über meinen Oberschenkel und bis zu meinem Spitzenhöschen gleiten.

»Ist das schön«, flüsterte er, als er den zarten Stoff berührte, und alle Härchen an meinem Körper richteten sich auf.

Während er mich wieder küsste, glitten seine Finger zu meiner Pussy, teilten die Schamlippen und drückten gegen meine Klitoris. Ich stöhnte zum Schein und sah, wie er lächelte. Ich spielte ihm die Lust vor, die ich früher empfunden hatte. Er rieb meine empfindlichste Stelle, und ich küsste ihn.

»Ich will dich«, flüsterte er und drückte mich in die weiche Couch.

Dann sank er vor mir auf den Teppich, zog seinen Reißverschluss auf und drang umstandslos in mich ein. Ich schrie und bedeckte mein Gesicht mit einem Sofakissen, und er nahm mich bei den Hüften und fickte mich wie ein Wahnsinniger. Ich wand mich und zerkratzte seine Arme. Tränen standen mir in den Augen, sein eisiger Blick, der in meine verschwommenen Augen starrte, wurde immer undeutlicher. Ich schloss die Augen und konnte plötzlich nicht mehr ertragen, was er mir antat. Ich sah Marcelos Gesicht. Ein lächelnder, fröhlicher, tätowierter Mann, der meinen Körper fast ehrfürchtig berührte. Dann spürte ich einen stechenden

Schmerz in meinem Unterbauch. Ich versuchte weiter, die ekstatische Frau zu spielen. Aber ich konnte meine Augen nicht öffnen, und ich wollte auch nicht, denn sonst hätte sich der Tränenstrom, der sich unter meinen Lidern sammelte, Bahn gebrochen. Und dann wäre mein ganzer Plan futsch. Sein harter Schwanz zerriss mich unerbittlich. Was für eine Qual.

»Ich kann nicht«, flüsterte ich irgendwann und brach in Tränen aus.

Massimo erstarrte, für einen Moment bewegte er sich keinen Zentimeter, dann zog er sich zurück, stand auf und schloss seinen Reißverschluss.

»Geh schlafen«, zischte er zwischen zusammengepressten Zähnen hervor, und ich schloss meine Beine und rollte mich zu einer Kugel zusammen. »Unser Vertrag wurde gerade annulliert.« Er drehte mir den Rücken zu und ging zum Schreibtisch.

Mit einiger Mühe erhob ich mich von der weichen Couch und verließ auf wackligen Beinen den Raum. Ich ging durch das Labyrinth der Flure und betrat unsere Räume. Im Ankleidezimmer zerrte ich mir das Kleid vom Leib und zog ein T-Shirt und Baumwollshorts über. Dann schlüpfte ich unter die Decke und vergrub, immer noch schluchzend, den Kopf in den Kissen. Wie naiv und dumm konnte ich eigentlich sein. Schluchzend lag ich da und wünschte mir den Tod.

Ich erwachte, weil mir eine große Hand den Mund zuhielt. Obwohl ich unwillkürlich aufschrie, kam kein Ton heraus.

»Süße«, dieses eine Wort ließ einen Tränenstrom über meine

Wangen laufen. Doch diesmal waren es keine Tränen der Verzweiflung, sondern der Hoffnung.

Die Hand wurde von meinem Mund genommen, und ich konnte frei atmen. Ich klammerte mich an meinen Retter. Er war hier, ich konnte ihn fühlen, sein Minzatem strich über mein Gesicht, und ich kuschelte mich an ihn.

»Entschuldigung, Entschuldigung, Entschuldigung…«, sagte ich immer wieder durch meine Tränen.

»Später«, flüsterte er. »Laura, wir müssen hier raus.«

Ich konnte ihn nicht loslassen. Nicht jetzt, wo er endlich bei mir war. Er versuchte, mich von sich zu lösen, aber ich klammerte mich nur umso fester.

»Laura, er kann jederzeit reinkommen.«

»Alle Leute aus dem Castello sind in Messina«, stammelte ich unter Tränen. »Wir sind allein.«

»Leider nicht.« Mir stockte der Atem. »Die Securityleute warten einen Kilometer von hier entfernt, wir haben nur ein paar Minuten. Er hat dich wieder angelogen.«

Ich hob den Blick. »Hast du alles gehört?«, fragte ich, und mein Herz wollte in Millionen Teile zerspringen.

»Das ist jetzt egal. Komm, zieh dich an.« Er zog mich hoch und schob mich sanft zum Ankleidezimmer.

Ohne das Licht anzumachen, schlüpfte ich in Sneakers und rannte zurück ins Schlafzimmer, als könnte er verschwinden, wenn ich mich nicht beeilte.

Marcelos Hand griff nach mir, zog mich ins Badezimmer und schloss die Tür. Das blasse Licht in dem Raum erlaubte mir, ihn endlich zu sehen. Er sah wie ein Söldner aus, ganz in Schwarz und mit dunkel gefärbtem Gesicht. Ein Karabiner hing über seinem Rücken, an beiden Seiten hatte er ein Holster mit Pistole. Eine zog er heraus und gab sie mir.

»Du musst zum Haupteingang raus, die anderen Türen sind blockiert.« Er entsicherte die Waffe. »Wenn du jemanden siehst, schieß, zögere nicht, sondern schieß einfach sofort. Verstanden?« Er drückte mir die Waffe in die Hand. »Nur so kommen wir hier raus und nach Hause.«

»Nach Hause«, wiederholte ich und brach erneut in Tränen aus.

»Laura, wir haben jetzt keine Zeit für Tränen, ich bin doch bei dir.« Er küsste mich, und die Tränen versiegten.

Ich nickte und öffnete die Tür, sah auf dem Korridor nach rechts und links. Keiner da. Ich drückte mich an die Wand, schlich den Korridor entlang und lauschte auf Schritte hinter mir. Ich hörte keine und wollte eben umkehren, da erinnerte ich mich, dass Marcelo gesagt hatte, er würde bei mir sein, also ging ich weiter. Die Pistole hielt ich in beiden Händen – dass ich sie vielleicht gleich benutzen musste, machte mir Angst.

Nachdem ich eine Etage hinter mich gebracht hatte, ging ich erleichtert die Treppe hinunter und rannte fast durch den nächsten Flur. Die Freiheit war nur noch ein paar Schritte entfernt.

Da öffnete sich die Tür der Bibliothek, und ein breiter Streifen Licht fiel in den Flur. Massimo stand ein paar Meter vor mir wie ein Geist, und ich streckte die Arme aus und richtete die Pistole auf ihn. Er sagte nichts, blieb einfach stehen und starrte mich wütend an.

»Ich glaub's nicht«, presste er hervor. »Wir wissen beide,

dass du das nicht draufhast.« Er machte einen Schritt auf mich zu, dann noch einen, und als ich den Abzug drückte, kam ein dumpfer Pfiff aus dem Schalldämpfer.

Die Vase auf dem Tischchen neben der Tür zerbrach in tausend Scherben, und der Don blieb abrupt stehen.

»Keinen Schritt weiter«, sagte ich. »Ich habe so viele Gründe, dich umzubringen, das kannst du dir gar nicht vorstellen.« Ich wollte stark klingen, aber meine Hände zitterten so, dass die Waffe auf und ab ruckelte. »Du bist krank und gemein, ich hasse dich. Ich verlasse dich so oder so, also wenn du am Leben bleiben willst, gehst du jetzt in diese verdammte Bibliothek und machst die Tür hinter dir zu«, knurrte ich, und er kicherte und steckte die Hände in die Taschen.

»Ich habe dir das Schießen beigebracht«, sagte er fast stolz. »Du kannst mich nicht umbringen, du bist zu schwach.« Er trat einen Schritt vor, und ich schloss die Augen und bereitete mich darauf vor zu schießen.

»*Sie* kann vielleicht nicht«, erklang Marcelos Stimme direkt an meinem Ohr, und dann roch ich seinen Minzatem, »aber ich kann, und ich mache es gerne.«

Ein Lauf schob sich an meinem Kopf vorbei, während mich ein starker Arm zur Seite nahm.

»Auf Ibiza habe ich dich gewarnt«, sagte Marcelo und ging an mir vorbei. »Jetzt bist du fällig.«

Massimo stand da wie festgewachsen, und seine Wut war mit Händen zu greifen. Marcelo streckte den Arm aus und schob mich von sich weg.

»Geh in die Bibliothek«, sagte er zu Massimo und ruckte mit der Waffe. Massimo gehorchte. »Laura, lauf zur Auffahrt,

Ivan wartet dort auf dich. Schau nicht zurück, halte nicht an, renn zu ihm.«

Mein Herz raste, und meine Beine weigerten sich zu gehorchen. Ich stand neben Marcelo, und das Letzte, was ich wollte, war, die beiden allein zu lassen.

»Marcelo…«, flüsterte ich.

»Wir reden zu Hause über alles«, sagte er.

Ich machte einen Schritt, aber weiter kam ich nicht.

»Die letzte Woche war perfekt«, sagte Massimo plötzlich und sah mich an. »Es ist lange her, dass ich so viel gefickt habe, ich liebe ihren Arsch.« Er lehnte sich gegen den Türrahmen.

»Laura, lauf«, knurrte Marcelo.

»Ich habe sie genommen wie ein Tier, sie war bewusstlos und wehrlos, und sie hat gewimmert und um mehr gebettelt«, lachte er dröhnend. »Matos, komm schon, wir wissen beide, dass du nicht lebend hier rauskommst.«

Das war zu viel: Ich sprang auf ihn zu und schlug Massimo mit dem Pistolengriff ins Gesicht. Und als er, von dem Schlag betäubt und mit blutüberströmtem Gesicht in die Bibliothek wankte, schloss ich die Tür hinter ihm.

»Entweder mit dir oder gar nicht«, sagte ich und nahm Marcelo bei der Hand.

Augenblicklich lief Marcelo los und zog mich mit sich. Sekunden später hörte ich, wie sich die Tür der Bibliothek mit einem Knall hinter uns öffnete. Wir waren schon auf der Treppe, da fiel der erste Schuss. Marcelo rannte, und ich versuchte, mit ihm Schritt zu halten. Fast hatten wir die Eingangstür erreicht, da stand plötzlich Mario vor uns.

Wir stoppten, und bevor Marcelo seine Waffe heben konnte, verdunkelte die auf ihn gerichtete Pistole meine Welt.

»Bitte«, flehte ich kläglich, und der alte Mann sah mich an. »Ich will nicht hier sein, ich will nicht, dass er das mit mir macht...« Meine Stimme brach, und Tränen liefen mir über die Wangen, als ich Massimos Schritte oben hörte. »Er ist ein Monster, ich habe Angst vor ihm.« Ich hörte nur Marcelos Atem und sich nähernde Schritte.

Und dann senkte Mario die Waffe und trat aus dem Weg.

»Wenn sein Vater noch am Leben wäre, wäre das nie passiert«, sagte er leise und verschwand im dunklen Flur.

Marcelo packte mich wieder am Handgelenk. Als wir ins Freie rannten, kam Ivan auf mich zu, warf mich sich über die Schulter und rannte zur Anlegestelle.

KAPITEL 19

Zögernd öffnete ich die Augen. Ich hatte Angst vor dem, was ich erblicken würde. An die letzte Nacht erinnerte ich mich gut, aber nur bis zu dem Moment, als ich ins Boot gestiegen war. Was dann passiert war, wusste ich nicht. Vielleicht war etwas schiefgegangen, und ich würde gleich Massimo und den Ort meiner Folter erblicken. Ich holte tief Luft und sah mich im Zimmer um. Tränen schossen mir in die Augen.

Es war unser Refugium, das Haus am Strand. Die Sonne schien durch die Holzjalousien, und der wundervolle Geruch des Ozeans strömte durch das offene Fenster herein.

Ich drehte den Kopf und erblickte Marcelo in einem Sessel. Gebeugt saß er da und sah mich aus seinen grünen Augen unverwandt an.

»Entschuldigung«, brachte ich erstickt hervor, ein Wort, das ich wohl bis zum Ende meines Lebens wiederholen würde.

»Ich habe einen Vorschlag«, sagte er so ernst, dass ich Angst bekam. »Lass uns niemals darüber reden.« Er schluckte laut und runzelte die Stirn. »Ich kann nur vermuten, was du durchgemacht hast. Wenn du also immer noch nicht willst, dass ich ihn erschieße, sag mir nichts darüber.« Er richtete sich auf. »Es sei denn, du hast deine Meinung geändert?«

»Dann hätte ich ihm letzte Nacht in den Kopf geschossen«, seufzte ich, setzte mich auf und lehnte mich gegen das Kopfteil. »Marcelo, alles, was auf Sizilien passiert ist, ist meine Schuld. Weil ich so dumm war.«

Fragend schaute er mich an.

»Ich habe Massimo seine Lügen geglaubt und dich in Gefahr gebracht. Aber er hatte alles so gut geplant...« Ich stöhnte. »Ich könnte verstehen, wenn du nicht mehr mit mir zusammen sein willst.«

»Du hast gesagt, du bist in mich verliebt.«

»Was?«, fragte ich verständnislos, denn ich hatte keine Ahnung, wovon er sprach.

»Auf Olgas Hochzeit, als du mich am Telefon angeschrien hast, hast du gesagt, du bist schon in mich verliebt gewesen.« Er sah jetzt beinahe fröhlich aus.

Ich starrte die Bettdecke an und knabberte an meinen Fingernägeln. Was sollte ich ihm sagen? Ich wollte nicht in ihn verliebt sein, dabei war ich es längst.

»Süße«, sagte Marcelo, setzte sich aufs Bett und hob mit dem Zeigefinger mein Kinn an.

»Ich war betrunken und stand unter Drogen«, platzte ich sinnlos heraus, weil ich nicht wusste, was ich sonst sagen sollte.

»Also stimmt es nicht?« Seine Mundwinkel hoben sich leicht.

»Himmel«, flüsterte ich und versuchte, den Kopf zu senken, aber er hielt mein Kinn fest und zwang mich so, ihm in die Augen zu sehen.

»Also?«

»Ich will mich bei dir entschuldigen, weil ich mich wie eine Idiotin verhalten habe, und du fragst mich, ob ich in dich verliebt bin?« Er nickte mit einem breiten Lächeln. »Dann bist echt du der Idiot, ich meine, wenn du nicht bemerkt hast, was ich für dich empfinde.« Seine gute Laune übertrug sich auf mich.

»Natürlich habe ich es bemerkt, aber ich möchte, dass du es endlich sagst.« Er legte seine Hand auf meine Wange und streichelte sie sanft.

»Marcelo Nacho Matos«, begann ich mit gespieltem Ernst, »schon ziemlich lange, mindestens schon ein paar Wochen«, ich legte eine Kunstpause ein, und er wartete gespannt, »bin ich total verliebt in dich.«

Das Lächeln, das sich auf seinem Gesicht ausbreitete, stellte jedes vorherige in den Schatten.

»Und das Schlimmste ist, dass es jeden Tag noch stärker wird.« Ich zuckte die Schultern. »Ich kann nicht anders, und das ist deine Schuld.«

Seine tätowierten Hände zogen mich nach unten, bis mein Kopf wieder auf dem Kissen lag.

Sein Körper war nur ein paar Zentimeter über mir, während die grünen Augen mein Gesicht erforschten.

»Ich will dich so sehr«, sagte er und stupste mit der Unterlippe gegen meinen Mund. »Aber jetzt kommt erst einmal ein Arzt, um dich zu untersuchen. Ich fürchte, du bist ziemlich geschwächt.«

Die Erinnerungen an die letzten Tage rasten wie ein Taifun durch meinen Kopf, als er das sagte. Ich wollte nicht weinen, aber die Tränen brachen sich Bahn und liefen mir über die Wangen. Je mehr von dem Geschehenen mir einfiel, desto schuldiger fühlte ich mich. Und schließlich kam das Schlimmste. Massimo hatte mit alldem nur ein Ziel verfolgt, und ich hatte die Pille nicht genommen. Als Marcelo mein Entsetzen sah, setzte er sich wieder neben mich.

»Was ist los?«, fragte er und berührte meine Wange.

»Oh Gott«, flüsterte ich und schlug die Hände vors Gesicht.

»Nein, nein, Süße, sag's mir.«

»Vielleicht bin ich schwanger.«

Er biss die Zähne zusammen und starrte zu Boden, dann stand er auf und verließ das Schlafzimmer. Ich blieb liegen, betäubt von meinen eigenen Worten, und als sich die Tür wieder öffnete, stand er in bunten Shorts da.

»Ich gehe schwimmen«, sagte er nur und schlug die Tür so fest zu, dass sie fast aus den Angeln fiel.

Wird das jemals enden, fragte ich mich kopfschüttelnd und zog mir die Bettdecke über den Kopf. *Was wäre, wenn…* Es gab nur eine Antwort: *Ich werde nicht zulassen, dass mich irgendetwas mit diesem Monster verbindet.*

Ich griff nach dem Telefon, das Marcelo zurückgelassen hatte, und suchte im Internet nach Lösungen. Nach einer halben Stunde sah ich, dass es Hoffnung für mich gab, und sogar ohne eine schreckliche Operation. Es ging auch mit Medikamenten. Ich atmete erleichtert auf und legte Marcelos Handy auf den Nachttisch. Jetzt musste ich nur noch Marcelo beruhigen. Ich ging zum Schrank und zog mir einen Stringtanga und ein buntes Surfshirt an. Dann putzte ich mir die Zähne, band meine Haare zu einem hohen Knoten zusammen, nahm mein Board und ging zum Wasser.

Das Meer war unruhig, als hätte sich Marcelos Stimmung auf die Wellen übertragen. Er war draußen auf dem Wasser und surfte – konzentriert und unglaublich sexy. Ich befestigte die Leine an meinem Knöchel, warf mich mit dem Board ins Wasser und paddelte los.

Als ich die Stelle erreichte, an der die Wellen brachen, setzte ich mich auf und wartete. Ich wusste, dass mich Marcelo schon gesehen hatte, aber er sollte selbst entscheiden, wann er zu mir kommen wollte. Zum Glück ließ er mich nicht lange warten, und ein paar Minuten später war er neben mir und sah mich ruhig an.

»Entschuldigung.« Schon wieder sagte ich dieses Wort, und er verdrehte die Augen.

»Kannst du bitte damit aufhören?«, fragte er. »Laura, kannst du verstehen, dass ich nicht mehr darüber nachdenken möchte? Aber jedes Mal, wenn ich *Entschuldigung* höre, muss ich das.«

»Lass uns darüber reden, Marcelo.«

»Lass mich in Ruhe!«, schrie er, und ich zuckte zusammen und fiel fast ins Wasser.

Seine heftige Reaktion verletzte mich, aber ich wollte nicht mit ihm streiten, und so legte ich mich auf das Board und paddelte zurück Richtung Ufer.

»Tut mir leid, Laura«, rief Marcelo mir hinterher, aber ich wandte mich nicht um.

Ich paddelte zum Strand und warf das Surfboard in den

Sand, dann löste ich die Leine und rannte zum Haus. In der Küche stützte ich mich auf die Arbeitsplatte, holte wütend Luft und murmelte ein paar Flüche. Plötzlich drehten mich starke Hände um, und ich hatte die kalte Tür des Kühlschranks im Rücken.

»Als du auf der Hochzeit das Telefon weggeschmissen hast«, begann er und lehnte seine Stirn gegen meine, »da dachte ich, meine Welt bricht zusammen. Ich konnte nicht atmen und nicht mehr denken.« Er schloss die Augen. »Als Ivan später angerufen und mir erzählt hat, was passiert ist, hatte ich noch mehr Angst. Er sagte, du wärst betrunken und voller Drogen und dass du nicht zuhören wolltest und Torricelli dich ins Castello gebracht hätte. Da dachte ich wirklich für einen Moment, du würdest zu ihm zurückkehren.«

Ungläubig sah ich zu ihm auf.

»Schau mich nicht so an«, sagte er. »Du hast immerhin auch gedacht, ich hätte deinen Hund geviertelt. Und dann bin ich nach Sizilien gekommen, aber sein Haus ist eine verdammte Festung, und seine Armee stand bereit, was die Sache noch komplizierter gemacht hat.« Er setzte sich auf die Arbeitsplatte und sah mich an. »Ich habe ein bisschen länger gebraucht, um alles in die Wege zu leiten. Außerdem hat mich verwirrt, was Olga und Domenico gesagt haben. Sie hatten keinen Verdacht, dass da was nicht stimmen könnte. Deshalb habe ich gezögert.« Er senkte den Kopf. »Aber dann sind sie abgereist, und ich konnte euer Gespräch mithören, den ungeheuerlichen Deal, den er dir vorgeschlagen hat. Da wurde mir alles klar, und ich habe innerhalb von zwei Stunden alles organisiert, um dich zu befreien.«

»Du hast unser Gespräch im Garten mitgehört?«, fragte ich, aber er schwieg. »Hast du?!«, schrie ich.

»Ja.« Er flüsterte fast.

»Marcelo.« Ich ging zu ihm, legte meine Hände auf seine Wangen und küsste ihn zart. »Er hätte mich doch nicht gehen lassen, wenn ich mich anders verhalten hätte. Ich musste es tun.« Ich sah ihn an, doch seine Augen waren leer. »Ich habe Angst«, flüsterte ich. »Ich habe Angst, dass du dich von mir zurückziehst, und das mit Recht.« Ich drehte mich um und rieb mir die Schläfen. »Ich könnte das wirklich verstehen.«

Ich machte einen Schritt Richtung Schlafzimmer, aber da griffen Marcelos Hände nach mir. Er nahm mich hoch, setzte mich auf seine Hüften und trug mich zur Tür.

»Bist du jetzt verliebt in mich oder nicht?«, fragte er ernst.

»Wie oft soll ich es dir denn noch sagen?«

»So oft, dass ein ›Ich liebe dich‹ daraus wird«, sagte er und legte mich auf eine breite, weiche Sonnenliege hinter dem Haus. »Ich möchte hier mit dir Liebe machen – wenn du auch willst.« Er lächelte und küsste mich sanft.

»Davon habe ich jeden Tag und jede Nacht geträumt.« Mit einer raschen Bewegung zog ich mir das nasse T-Shirt über den Kopf. »Es gab keine Sekunde, in der du nicht bei mir warst.« Ich zog seinen Kopf zu mir und küsste ihn.

Seine warme, nach Pfefferminz schmeckende Zunge strich über meine, und ohne den Kuss zu unterbrechen, zog er sich die nassen Shorts aus, die an seinem muskulösen Hintern klebten. Aus dem Augenwinkel sah ich, wie erregt er war.

»Du scheinst froh zu sein, dass ich da bin.« Ich hob amüsiert die Augenbrauen, während er sich aufrichtete.

»Mach den Mund auf … bitte«, sagte er lächelnd und nahm seinen dicken Schwanz in die rechte Hand.

Ich machte es mir bequem und tat dann, worum er gebeten hatte. Marcelo kniete sich vor mein Gesicht und bedeutete mir, noch ein wenig nach unten zu rutschen. Als ich fast flach dalag, führte er seinen Penis zu meinem Mund, sodass ich die Eichel küssen konnte. Gierig und sehnsuchtsvoll wollte ich ihn ganz mit meinen Lippen umfassen, aber er bewegte die Hüften ein Stück zurück.

»Langsam«, flüsterte er und probierte es erneut. Sein harter Schwanz berührte meine Zunge. »Darf ich ein bisschen weiter?«, fragte er mit einem Lächeln, und ich nickte. Er schob ihn tiefer, und instinktiv begann ich zu saugen. »Noch mehr?« Schwer atmend wartete er auf meine Erlaubnis.

Ich griff seine Pobacken und zog ihn so weit zu mir heran, dass sein Penis in meine Kehle vordrang.

»Lass deine Hände dort«, sagte er und stützte sich am Kopfteil des Liegestuhls ab. Gleichzeitig drückte er noch tiefer.

Sein Geruch, sein Geschmack und sein Anblick, wie er neben mir war, ließen mich vor Leidenschaft fast zerspringen. Ich bohrte meine Nägel in seinen Hintern und wollte ihn noch tiefer spüren. Marcelo seufzte, sah mich unter halb geschlossenen Lidern hervor an und schob sich ganz in meinen Mund. Dann hielt er inne. Ich versuchte zu schlucken, konnte aber nicht, weil er so groß war, dass ich keine Luft bekam.

»Durch die Nase atmen, Süße«, sagte er, als ich würgte. »Nicht bewegen.«

Ohne seinen Schwanz aus meinem Mund zu nehmen, kam

er zu mir auf die Liege, glitt mit seiner Zunge über meinen Bauch und zu meinen Schenkeln. Ich musste wieder fast würgen, während er mich in die Neunundsechzig schob, wie damals, als ich ihm zum ersten Mal einen geblasen hatte, nur dass ich diesmal unten war.

Unerträglich langsam streifte er mir den Tanga ab. Ungeduldig wartete ich darauf, dass seine Zunge in mich eindrang, und da ich mich nicht bewegen konnte, saugte und leckte ich an ihm, um ihm zu zeigen, was ich wollte. Doch das beeindruckte ihn gar nicht. Kein bisschen schneller zog er mir den Slip über die Knie, die Waden und die Knöchel.

Als er endlich das nasse Stück Stoff entfernt hatte, öffnete er meine Schenkel so weit wie möglich und drückte seine Lippen gegen meine Klitoris. Mein Schrei wurde durch seinen Penis in meinem Mund gedämpft, und Marcelo labte sich gierig an meinem Saft. Seine Zunge erforschte jeden Winkel meiner feuchten Pussy, und seine Zähne nagten ab und zu an meiner Klitoris. Mein Gott, dieser Mund war wie dafür gemacht, einer Frau Vergnügen zu bereiten. Er leckte zwei Finger ab und schob sie in mich hinein, und wie in Trance bog ich den Rücken durch. Während er mich gnadenlos fingerte, hielt er mit der freien Hand meinen sich windenden Körper fest. Wie sehr liebte ich den Strudel, der in mir zu kreisen begann und alles um mich herum unscharf werden ließ. Nichts interessierte mich mehr, nichts war mehr wichtig, dieser Mann brachte mich zum Höhepunkt, auf nichts anderes wollte ich mich konzentrieren. Mein Orgasmus kündigte sich an, da stoppte die Bewegung zwischen meinen Beinen plötzlich, und Marcelo drehte sich zu mir um.

»Du bist abgelenkt«, sagte er mit einem entwaffnenden Lächeln und leckte sich die Lippen.

»Wenn du nicht sofort weitermachst, werde ich aggressiv.« Er lachte und glitt von mir herunter.

»Marcelo!«, knurrte ich, als er sich über mich kniete.

»Ich komme gleich«, flüsterte er und drang in mich ein. Ich warf den Kopf zurück und stieß einen erstickten Schrei aus. »Du doch auch.« Er bewegte sich in mir und steuerte mich auf den Orgasmus zu. »Du weißt doch, ich muss dich dabei sehen.« Er küsste mich und steigerte sein Tempo.

Mit einem Bein stand er im Sand, mit dem anderen kniete er auf dem Liegestuhl und nahm mich. Er hob eins meiner Beine hoch und legte es sich auf die Schulter. Dadurch gelangte er noch tiefer in mich hinein. Er küsste meine Wade und sah mir dabei in die Augen, seine Lust und seine Liebe standen ihm ins Gesicht geschrieben.

Dann war sein Penis dort, wo ich ihn brauchte, und es war, als hätte er einen Knopf gedrückt: Ich erreichte den Höhepunkt, riss seinen Kopf zu mir herunter, schob meine Zunge so tief wie möglich in seinen Mund und hielt inne, um mit jeder Faser zu spüren, was mit mir geschah. Marcelo stieß weiter zu, dann ergoss sich sein heißer Strom in mir. Beide bogen wir uns unseren Orgasmen entgegen, unsere Körper verschmolzen miteinander und atmeten in einem gemeinsamen Rhythmus.

Schließlich kamen wir wieder zu uns und bewegten uns noch ein wenig, immer langsamer, bis wir schließlich still dalagen.

Marcelo küsste mein Schlüsselbein. »Du hast mir gefehlt«, flüsterte er.

»Du mir auch.« Ich streichelte seinen Rücken und holte tief Luft.

»Ich habe ein Geschenk für dich, im Schloss.« Er richtete sich auf, ohne jedoch aus mir herauszurutschen, und sah mich fröhlich an. »Natürlich können wir auch hierbleiben, wenn du willst.«

»Hierbleiben.« Ich drückte ihn an mich, schloss die Augen und lauschte dem Rauschen der Wellen, die auf den Strand rollten.

Wir verbrachten ein paar Tage an unserem Zufluchtsort, Marcelo musste nicht arbeiten, sondern tat eigentlich nichts anderes, als sich mit mir zu beschäftigen. Er kochte, liebte mich, brachte mir weiter das Surfen bei und spielte Geige. Wir lagen zusammen in der Sonne, redeten und alberten herum wie Kinder. Ein paar Mal brachte er die Pferde zum Haus, und nachdem ich lange genug gequengelt hatte, nahm er mich sogar mit zum Stall. Ich sah zu, wie er sich um die Pferde kümmerte, sie striegelte und mit ihnen sprach. Sie schmiegten sich an ihn und zeigten damit ihre Dankbarkeit für seine Fürsorge.

Schließlich kam der Tag, da ich alleine aufwachte und ihn an der Arbeitsplatte in der Küche vorfand. Als mich die grünen Augen ansahen, wusste ich, dass unsere schöne Zeit vorbei war. Aber böse war ich deshalb nicht, denn ich wusste ja, dass er wegen mir seine Pflichten vernachlässigt hatte.

Zum letzten Mal gingen wir schwimmen, und dann zog ich mich an und setzte mich in sein Auto.

Als wir im Schloss angekommen waren und ich aussteigen

wollte, griff er nach meiner Hand. Sein jungenhaftes Lächeln verhieß, dass er etwas vorhatte.

»Das Geschenk«, sagte er grinsend, »wartet in unserem Schlafzimmer auf dich. Und weil du nicht weißt, wo das ist, bringe ich dich hin.« Er verdrehte die Augen. »Bevor meine Schwester herausfindet, dass du hier bist, und dich in Beschlag nimmt.«

Aufgeregt zog er mich hinter sich her durchs Haus. Ich versuchte, mir zu merken, wohin wir gingen, damit ich mich zumindest auf dem Weg ins Schlafzimmer nicht verlief. Die anderen Räume interessierten mich fürs Erste nicht.

Wir gingen eine Treppe hinauf in den ersten Stock, und dann weiter und noch weiter hinauf. Das Schloss der Familie Matos war beeindruckend, aber was ich im obersten Geschoss vorfand, war jenseits meiner wildesten Vorstellungen.

Eine Außenwand war komplett verglast, und vor uns breiteten sich die Steilküste und der Ozean aus. Der Raum war riesig, mindestens zweihundert Quadratmeter groß. Die Wände waren mit hellem Holz verkleidet, ebenso die Decke. Cremefarbene Ecksofas aus Leder waren zu einem Quadrat zusammengestellt, in dessen Mitte ein weißer, futuristischer Couchtisch stand. Schwarze, moderne Lampen ragten hinter der Couch auf. Dann gab es noch einen Esstisch mit einem wundervollen Strauß weißer Lilien darauf. Hinten im Raum befand sich ein Zwischengeschoss mit einem riesigen Bett, von dem man den ganzen Raum überblicken konnte. Als ich mich umdrehte, sah ich eine lange Wand aus Milchglas, hinter der sich ein Badezimmer verbarg. Ich ging hinein. Immerhin, die Toilette lag hinter einer richtigen Tür.

Ich brauchte einen Moment, um das alles in mich aufzunehmen, und da hörte ich plötzlich ein Schniefen. Ich trat hinter dem Milchglas hervor... und blieb wie angewurzelt stehen. Marcelo hatte gerade einen kleinen weißen Bullterrier an einer schwarzen Leine hereingeführt.

»Das Geschenk«, sagte er und grinste breit. »Eigentlich ist er mein Stellvertreter, also dein Beschützer und Freund in einem.« Er hob die Augenbrauen, während ich verdattert dastand. »Ich weiß, er ist kein kleiner, flauschiger Ball, aber Bullterrier haben ihre Vorteile.« Er setzte sich neben dem Hund auf den Boden, und der kletterte auf seinen Schoß und leckte ihm übers Gesicht. »Komm schon, sag was, sonst habe ich das Gefühl, er gefällt dir nicht.« Ich starrte auf diese entwaffnende Szene, unfähig, etwas zu sagen. »Liebling«, sagte Marcelo, »ich dachte mir, dass wir uns besser kennenlernen können, wenn wir uns zusammen um ein Tier kümmern.« Er verzog das Gesicht, als ich auch weiterhin nichts sagte.

Schließlich ging ich zu den beiden hin und setzte mich auf den Boden, und der weiße Tollpatsch rutschte von Marcelos Schoß und kam zögernd auf mich zu. Zuerst leckte er meine Hand, dann sprang er hoch und sabberte mir das Gesicht voll.

»Ist es ein Er oder eine Sie?«, fragte ich und schob das helle Schweinchen von mir weg.

»Natürlich ein Er«, sagte er fast empört. »Er ist stark, groß und gefährlich, ein echter Killer...« In diesem Moment stürzte sich der Hund wieder auf ihn, leckte ihn ab und wedelte ekstatisch mit dem Schwanz. »Okay, aber eines Tages wird er es sein.« Belustigt schubste er das Tier um und kraulte es am Bauch.

»Weißt du, dass Hunde ihren Besitzern ähneln?« Ich hob fröhlich die Augenbrauen. »Wofür ist dieses Geschenk?«

»Ha! Weil, meine Süße«, er sprang auf und zog mich hinter sich her, »dein Geburtstag in genau dreißig Tagen ist.« Er grinste. »Dein dreißigster.« Ich verdrehte die Augen. »Dieses Jahr war für dich ein Umbruch.« Ich senkte den Kopf und nickte. »Und ich will, dass es wie ein Märchen endet, nicht wie ein Albtraum.« Er küsste mich auf den Scheitel und umarmte mich kurz. »So, und jetzt müssen wir zu Amelia, sonst vibriert sich mein Handy noch zu Tode.«

Wir setzten uns zu einem späten Lunch. Alle waren wir ausgelassen und scherzten, doch ich musste die ganze Zeit über das nachdenken, was Marcelo gesagt hatte. Ein Jahr war vergangen, es war erstaunlich, wie schnell. Ich erinnerte mich an den Tag, an dem ich entführt worden war, oder vielmehr an die Nacht, in der ich aufwachte und mich Massimo, meinem Entführer, hingab, und lächelte traurig. Wer hätte gedacht, dass sich alles so entwickeln würde. Ich durchlebte noch einmal den Moment, als ich Massimo das erste Mal gesehen hatte, diesen schönen, herrischen und gefährlichen Mann. Als wir später zum Shoppen in Taormina waren, wie er sich angepirscht und versucht hatte, meinen Widerstand zu brechen und mich zu unterwerfen. Das ganze Spiel schien mir jetzt beinahe unschuldig. Unser Ausflug nach Rom und der Skandal in dem Club, der mich fast das Leben gekostet hätte. Unser Baby war gestorben. Bei dieser Erinnerung wurde mir übel, und ich legte mir instinktiv die Hand auf den Bauch. Und was, wenn ich wieder schwanger war? Der kalte Schweiß auf meinem Rücken ließ mich frösteln, obwohl es draußen über dreißig Grad heiß war.

Marcelos Hand legte sich auf meine.

»Was ist los, Süße? Geht es dir nicht gut?«, flüsterte er und küsste meine Schläfe.

»Ich fühle mich ein bisschen schwach«, antwortete ich, ohne ihn anzusehen. »Meine Rückkehr in die Realität war wohl ein bisschen überstürzt.« Ich stand auf, küsste ihn auf den Kopf und entschuldigte mich.

Ich ging in unser Apartment, nahm Marcelos Telefon aus dem Regal und wählte Olgas Nummer. Ich wollte ihr die Flitterwochen nicht verderben, aber ich musste dringend ihre Stimme hören. Zehn Mal wählte ich ihre Nummer und legte zehn Mal wieder auf, bevor es klingelte. Schließlich stellte ich mich eine halbe Stunde wie betäubt unter die Dusche.

Die folgenden Tage waren ein einziger Kampf. Einerseits wollte ich zum Arzt gehen und es hinter mich bringen, andererseits hatte ich solche Angst, dass ich mich nicht dazu durchringen konnte zu fahren. Marcelo hatte unser Gespräch entweder vergessen, oder er war ein guter Schauspieler. Jedenfalls schnitt er das Thema nicht mehr an.

Als ich mich schließlich aufraffen konnte – oder meine Angst groß genug war –, vereinbarte ich heimlich einen Termin. In Shorts und T-Shirt ging ich nach draußen, um in die Klinik zu fahren. In diesem Moment vibrierte das Handy in meiner Tasche.

»Was zum Teufel ist jetzt schon wieder passiert?«, fragte
Olga, als ich ranging. »Dein Tyrann hat Domenico fast aus
dem Flugzeug gerissen, und jetzt sind sie weg. Ich bin zu
Hause, aber euer Stockwerk ist abgeschlossen. Wo bist du?
Streitet ihr schon wieder?« Ich schwieg und konnte nicht
glauben, dass sie keine Ahnung hatte.

»Tja, Olga, das alles ist ziemlich beschissen gelaufen«,
stöhnte ich und stieg in das wartende Auto. »Massimo und
ich haben uns gar nicht versöhnt. Er hat das alles bis ins
Detail geplant und mich noch einmal entführt.«

»Was?!« Ihr Schrei durchlöcherte förmlich mein Trommel-
fell. »Verdammt, was ist das nur für ein Typ. Erzähl.«

Ich erzählte ihr die ganze Geschichte und sparte nur aus,
dass mein Mann mich tagelang vergewaltigt hatte. Sie sollte
sich nicht schuldig fühlen.

»So ein verdammter Manipulant«, seufzte sie. »Lari, ich
hatte wirklich gedacht, ihr hättet euch versöhnt. Klar, ich war
ein bisschen überrascht, wie schnell das ging, aber da war
deine Eifersucht auf seine Neue, und dann hast du Marcelo
am Telefon so eine Szene gemacht.« Ich hörte Mitleid in
ihrer Stimme. »Was hätte ich sonst denken sollen? Und dann
haben wir vor den Flitterwochen kurz telefoniert, und er ist
so strahlend runtergekommen, dass ich dachte, alles ist wieder im grünen Bereich. Erinnerst du dich, dass wir darüber
gesprochen haben, dass Marcelo vielleicht nur so eine Laune
von dir ist?« Ich bejahte. »Na ja, ich dachte, dass du dank
dieser Ewa und so wieder zu ihm zurückgefunden hast. Du
weißt schon, die Hochzeit, Taormina, diese Kirche, die Erinnerungen …«

»Okay«, unterbrach ich sie. »Sag mir nur eins, war Mario auch bei Massimo?«

»Ja.« Dieses eine Wort reichte, dass mir ein Stein vom Herzen fiel. »Warum fragst du nach ihm?«

»Weil ich dir das Wichtigste noch nicht erzählt habe. Mario hat uns entkommen lassen.« Ich lehnte die Stirn gegen das Lenkrad. »Ich hatte Angst, dass Massimo ihn töten würde.«

»Zumindest hat er das bis jetzt noch nicht, soweit ich weiß. Ich frage mal Domenico nach ihm und sage es dir dann. Und wie ist es mit Marcelo?«

»Eigentlich gut«, stöhnte ich. »Er ist sauer, weil er Massimo nicht töten darf. Das ändert aber nichts an der Tatsache, dass ich mir das alles selbst zuzuschreiben habe.«

»Bullshit!«, rief sie aus. »Laura, hör bloß auf mit dem Scheiß. Wehe, du verkriechst dich jetzt und machst dir Vorwürfe. Tu was, lenk dich ab. Ha, du kannst ja dein Modelabel weiterführen. Ruf Emi an, sie ist total überlastet.«

»Jetzt muss ich erst mal zum Arzt.« Olga schwieg. »Kann sein, dass ich wieder von ihm schwanger bin.«

»Ach, verdammt«, hörte ich sie flüstern. »Na ja, dann bekommt dein Kind ja einen Cousin oder so. Ich bin nämlich schwanger.«

»Himmel.« Meine Augen füllten sich mit Tränen »Und das erzählst du mir erst jetzt?«

»Oh, ich habe es erst rausgefunden, als wir auf den Seychellen waren.«

»Ach, ich freue mich so«, schluchzte ich in den Hörer.

»Ich auch. Aber ich dachte, ich kann es dir persönlich erzählen, du weißt schon.« Die Reue erdrückte mich fast.

»Olga, ich will abtreiben. Ich will einfach nicht, dass mich irgendwas mit diesem Psychopathen verbindet.«

»Denk in Ruhe darüber nach. Und finde erst mal heraus, ob es überhaupt etwas gibt, über das du nachdenken musst. Ab zum Arzt.«

Ein Klopfen an der Scheibe schreckte mich auf, und ich ließ das Telefon fallen. Marcelo stand neben dem Auto. Ich hob das Handy auf, verabschiedete mich von Olga und ließ das Fenster herunter.

»Hey, Süße, wo willst du denn hin?«, fragte er misstrauisch. Vielleicht kam es mir auch nur so vor, dass sein Ton nicht ganz normal war. Ich warf einen Blick nach unten und sah, dass unser immer noch namenloser Hund sich an seinen Beinen rieb.

»Ich will unserem Nachwuchskiller Spielzeug kaufen.« Ich zeigte auf den Bullterrier. »Und ich habe Lust auf einen kleinen Ausflug.«

»Ist alles okay?« Er legte seine Hände auf die Tür, stützte sein Kinn darauf und sah mich besorgt an.

»Ich habe mit Olga gesprochen.« Er horchte auf. »Sie sind von den Seychellen zurück und …«

»Und …?«, drängte er.

»Und es war ganz wunderbar, nur hat sie mit dem Alltag jetzt ein paar Probleme.« Ich zuckte mit den Schultern. »Aber sie ist braun gebrannt, erfrischt und verliebt, genau wie ich.« Ich rekelte mich aus dem Fenster und gab Marcelo einen Schmatz auf die Nase. »Und jetzt fahre ich los.« Ich lächelte ihn so glücklich an, wie ich konnte. »Oder willst du mitkommen?«

Ich hoffte, er würde ablehnen.

»Ich muss mich mit Ivan besprechen, wir fahren in einer Woche nach Russland.« Er lehnte sich durch das Fenster und schob mir seine Zunge in den Mund. »Denk dran, er ist ein großes Männchen, ein Killer und natürlich der Chef.« Er lächelte strahlend. »Keine rosa Schleifchen oder bunten Knochen.« Er spannte seinen Bizeps. »Kraft und Macht, Totenschädel, Pistolen.«

»Du bist schon ein bisschen blöd«, lachte ich und setzte meine Sonnenbrille auf.

»Erzähl mir später, wie es beim Arzt war«, rief er im Weggehen, und ich zuckte zusammen.

Verdammt, verdammt, verdammt... Ich schlug mit dem Kopf gegen das Lenkrad. Er hatte es gewusst, die ganze Zeit, und darauf gewartet, dass ich es ihm sagte, aber ich Idiotin war ihm mit einer Lüge gekommen. Ich kniff die Augen zusammen und atmete tief durch. Bevor unsere Beziehung richtig begonnen hatte, machte ich sie schon wieder kaputt. Gereizt und wütend auf mich selbst legte ich den Gang ein und raste die Zufahrt hinunter.

KAPITEL 20

Ich saß auf der weichen Couch im Wartezimmer einer Privatklinik und knabberte an meinen Fingernägeln. Am liebsten hätte ich mir vor Nervosität die Haare ausgerissen. Der Arzt hatte zuerst mit mir gesprochen und dann eine Blutuntersuchung angeordnet. Nun musste ich zwei Stunden warten, und weil ich nicht die Kraft hatte, Auto zu fahren, und überhaupt nicht mehr denken konnte, saß ich da und starrte gedankenverloren die hereinkommenden Patientinnen an.

»Laura Torricelli.«

»Igitt, gleich morgen früh beantrage ich, meinen alten Namen zurückzubekommen«, murmelte ich, als ich zum Sprechzimmer ging.

Der junge Arzt blickte auf den Computer, nahm schließlich seine Brille ab, legte die Fingerspitzen zusammen und drehte sich zu mir.

»Frau Torricelli, die Blutuntersuchung hat eindeutig ergeben, dass Sie schwanger sind.«

Ich hörte ein Pfeifen in meinem Kopf. Mein Herz pochte, als wollte es aus meiner Brust springen, und mein Magen saß mir plötzlich im Hals. Der Arzt sah, dass ich gleich ohnmächtig werden würde, und rief eine Krankenschwester. Die beiden legten mich auf die Liege und hoben meine Beine an. Am liebsten wollte ich sterben. Der Arzt sagte etwas zu mir, aber alles, was ich hörte, war das Rauschen des Blutes in meinem Kopf.

Nach vielleicht zehn Minuten war ich so weit, dass ich zu meinem Stuhl zurückkehren konnte.

»Ich will abtreiben«, sagte ich fest. »Und zwar so schnell wie möglich. Ich habe gelesen, dass es Pillen gibt, mit denen ich das Problem loswerden kann.«

»Problem?«, fragte er. »Frau Torricelli, vielleicht wollen Sie zuerst mit dem Vater des Kindes oder einem Psychologen sprechen? Ich muss Ihnen von diesem Schritt natürlich abraten.«

»Bitte!«, sagte ich schroff. »Ich werde dieses Kind mit oder ohne Ihre Hilfe los. Allerdings hatte ich Anfang des Jahres eine Herzoperation und würde es daher lieber unter ärztlicher Aufsicht machen.«

Er öffnete den Mund, um etwas zu sagen, aber ich kam ihm zuvor.

»Und nur, um Ihr Gewissen zu beruhigen«, sagte ich, »dieses Kind ist die Folge einer Vergewaltigung, und ich will nichts mit dem Vergewaltiger zu tun haben. Und bevor Sie meinen, dass wir das der Polizei melden müssen, kann ich Ihnen auch gleich sagen, dass das nicht geht. Also, helfen Sie mir jetzt oder nicht?«

Der junge Arzt saß da, und ich konnte spüren, wie er mit sich rang.

»In Ordnung, kommen Sie morgen wieder, Sie müssen ein

oder zwei Tage bei uns bleiben. Sie bekommen erst einmal Medikamente, aber vielleicht müssen wir auch operieren.« Ich dankte ihm höflich und ging.

Sobald ich im Wagen saß, fing ich an zu weinen und konnte gar nicht mehr aufhören. Ein Ozean an Tränen ergoss sich aus mir, bis ich schließlich keine Kraft mehr hatte. Ich ließ den Motor an und fuhr los, ohne genau zu wissen, wohin. Ich sehnte mich nach Einsamkeit, genau wie damals, als ich von meiner ersten Schwangerschaft erfahren hatte. Und wie damals wollte ich auf den Ozean hinaussehen.

Ich parkte in der Nähe des Surferstrandes, setzte die Sonnenbrille auf und ging über den Strand zum Wasser. Als ich im Sand saß, kamen mir wieder die Tränen. Ich wollte sterben, ich konnte mir nicht vorstellen, wie ich Marcelo davon erzählen sollte. Irgendwie hatte ich Angst, dass er mich nicht mehr so ansehen könnte wie zuvor.

»Hey.« Beim Klang seiner warmen Stimme spannte sich mein Körper an. »Lass uns reden.«

»Ich will nicht!«, knurrte ich und wollte aufstehen, aber seine Hände drückten mich wieder in den Sand. »Außerdem, was machst du überhaupt hier?« Unwillig versuchte ich, mich aus seinem Griff zu befreien.

»Meine Autos haben alle GPS, und nachdem du dich zu Hause komisch verhalten hast, wollte ich einfach wissen, was los ist. Was hat der Arzt gesagt?«

Seine Stimme war brüchig. Wahrscheinlich wusste er die Antwort schon.

»Ich gehe morgen in die Klinik«, murmelte ich mit gesenktem Kopf. »Da unten muss was raus.«

»Du bist schwanger?«, fragte er besorgt. »Laura, rede mit mir«, forderte er, als ich nichts sagte. »Herrgott noch mal!«, rief er schließlich. »Ich bin dein Mann, ich werde nicht zusehen, wie du dich allein damit herumquälst. Ob du dir nun helfen lassen willst oder nicht, ich werde mich um dich kümmern.« Ich sah mit meinen verweinten Augen zu ihm auf, und er nahm mir die Sonnenbrille ab. »Wenn du jetzt nicht sofort mit mir redest, dann rufe ich den Arzt an, damit er mir alles erzählt.« Er sah mich abwartend an.

»Ja, ich bin schwanger. Und ich schwöre bei Gott, dass ich das nicht wollte. Entschuldigung.«

Er zog mich auf seinen Schoß und hielt mich in seinen Armen. Nun wusste ich, dass ich keine Angst mehr haben musste, er würde mich nicht verlassen.

»Morgen kümmere ich mich darum, und in zwei Tagen ist es vorbei.«

»*Wir* kümmern uns darum«, korrigierte er mich und küsste mich auf die Stirn.

»Marcelo, ich muss das selber machen. Ich will dich nicht dabeihaben.« Ich sah ihn jämmerlich an. »Ich hab sowieso schon genug Schuldgefühle. Ich möchte das bloß hinter mich bringen.«

Er nickte und umarmte mich noch fester. »Wir machen es so, wie du willst, Liebling. Jetzt hör auf zu weinen.«

Als wir nach Hause kamen, versuchte ich, mich normal zu verhalten, aber leider gelang es mir nicht so richtig. Von Zeit zu Zeit verkroch ich mich in irgendeinem Raum und brach in Tränen aus, und am liebsten wäre ich Marcelo erst wieder gegenübergetreten, wenn ich das alles hinter mir hatte. Marcelo sah, wie schlecht es mir ging, und versuchte, nicht zu zeigen, wie sehr auch ihn das alles belastete. Gott sei Dank war der Tag schnell vorbei, und der lange Spaziergang allein mit meinem Hund tat mir sogar ein wenig gut.

Am nächsten Tag wachte ich sehr früh auf und stellte überrascht fest, dass Marcelo nicht mehr im Bett lag. Ich war mit ihm eingeschlafen, an seine breite Brust geschmiegt, aber wir hatten uns beide unwohl damit gefühlt. Es war, als würde Massimo zwischen uns sitzen und uns auseinanderschieben.

Ich duschte und zog die erstbeste Kleidung an. Wie ich heute aussah, war ziemlich egal. Ich wollte nicht denken und nicht fühlen, ich wollte nur in zwei Tagen erleichtert aufwachen. Nachdem ich eine kleine Tasche mit dem Nötigsten gepackt hatte, ging ich zum Frühstück in den Garten. Leider war Marcelo nicht dort, und auch von Amelia und dem Hund fehlte jede Spur. Na ja, ich hatte ja gesagt, ich wolle das allein durchziehen. Resigniert setzte ich mich an den großen Tisch, und der Anblick des Essens verursachte mir Übelkeit. Lieber sah ich auf die Wiese. Ich war tatsächlich bereit, dieses unschuldige kleine Wesen in mir umzubringen. Bei diesem Gedanken schauderte ich, der Schluck Tee, den ich gerade getrunken hatte, kam mir wieder hoch, und ich erbrach mich. Ich wischte mir den Mund und seufzte schwer.

»Sieht aus, als hätte ich die Lust aufs Trinken verloren«, stöhnte ich.

In meiner vorherigen Schwangerschaft hatte das Erbrechen deutlich später als jetzt begonnen. Ich schüttelte den Kopf und ging zum Haus.

Eine Stunde später saß ich im Auto und fuhr zur Klinik. Mein Handy blieb still, und auch ich wollte Marcelo jetzt nicht anrufen. Wahrscheinlich surfte er, trank Bier und war wütend. Mit irgendwem musste ich sprechen. Amelia wusste nichts von der Schwangerschaft, die konnte ich nicht anrufen. Aber Olga! Hastig wählte ich ihre Nummer. Vor lauter Aufruhr hatte ich am Vortag ganz vergessen, sie anzurufen.

»Na endlich, verdammt noch mal!«, knurrte sie, und ich lächelte beim Klang ihrer Stimme. »Und?«

»Ich bin auf dem Weg zur Abtreibung.« Ich hörte ein Seufzen. »Morgen ist alles vorbei.«

»Also bist du schwanger? Oh Gott, das tut mir so leid.«

»Hör auf, Olga«, flüsterte ich. »Es muss dir nicht leidtun. Außerdem will ich nicht darüber sprechen. Sag mir lieber, was du herausgefunden hast.«

»Also, Mario lebt, und es geht ihm gut. Massimo hatte glücklicherweise keine Ahnung, dass er auch im Haus war. Zumindest glaube ich das. Du musst dir also keine Sorgen um ihn machen. Und Massimo hat eine gebrochene Nase. Du sollst ihm mit der Pistole eins übergebraten haben?« Perlendes Lachen erklang im Telefon. »Ich finde, das hast du gut gemacht. Jetzt fehlt nur noch ein Tritt in die Eier. Aber immerhin, er scheint dich nicht mehr zu suchen. Domenico hat ihn überzeugt, dass dieses Benehmen eines Dons unwürdig ist.« Ich seufzte erleichtert. »Aber du weißt ja, wie das mit ihm ist. Sicher sein kannst du nie.«

»Immerhin eine gute Nachricht«, sagte ich, als ich auf den Parkplatz bei der Klinik fuhr. »Olga, ich bin da, drück mir die Daumen. Und ich hoffe, du kommst mal vorbei, damit ich deine Wampe umarmen kann. Apropos Wampe, wie geht es dir eigentlich?« Ich schämte mich, weil ich so selbstsüchtig gewesen war.

»Hervorragend. Der Sex ist noch besser geworden, Domenico trägt mich auf Händen, ich habe abgenommen, und meine Titten sind gewachsen. Alles super.« In ihrer Stimme schwang Freude mit. »Ich komme auf jeden Fall zu dir, aber erst zu deinem Geburtstag.«

»Scheiß-Geburtstag«, stöhnte ich, während ich parkte. »Ich habe einen Hund bekommen.«

»Schon wieder?«

»Ja, aber jetzt ist es ein Hund, keine Kreuzung aus Spatz und Maus. Ein Bullterrier.« Ich hörte sie nach Luft schnappen. »Aber das ist gar nichts. Ich bekomme jeden Tag Geschenke: ein Go-Kart mit Rennbahn, ein Surfbrett, einen Hubschrauberkurs.« Ich lachte. »Olga, ich hab dich lieb, wir reden in zwei Tagen.«

»Ich hab dich auch lieb.«

»Mach's gut«, stieß ich mit Blick auf die Klinik hervor, steckte das Handy weg, holte tief Luft und griff nach meiner Handtasche. *Dann mal los.*

Der Arzt machte einen Ultraschall, indem er so etwas wie einen Vibrator in meine arme Muschi steckte. Na ja, besonders angenehm war es nicht, aber wenn es sein musste … Ich sah nicht auf den Monitor, denn ich wollte nicht, dass Gefühle in mir aufkamen.

Er bewegte den Schallkopf in mir und sagte: »Also gut, Frau Torricelli, Sie bekommen eine Pille, und dann setzt die Blutung ein.« Er stocherte mit dem Plastikding in mir herum und starrte weiter auf den Monitor. »Dann warten wir ab, ob eine Operation notwendig ist oder nicht.« Ich starrte an die Decke. »Sie sind schon in der siebten Woche. Aber wir werden sehen, wie Ihr Körper reagiert ...«

Ich hörte ihm nicht richtig zu, weil mir egal war, was er sagte, aber plötzlich erwachte ich aus meiner Lethargie.

»Wie bitte?«, fragte ich überrascht. »Die wievielte Woche?«

»Sieben, ungefähr.«

»Aber ... das ist nicht möglich, ich wurde doch ...«

In diesem Moment dämmerte es mir. Das Kind war nicht von Massimo – Marcelo war der Vater.

Ich trat fast gegen die Hand mit dem Schallkopf und sprang so schnell auf die Füße, dass mir schwindelig wurde. Verwirrt setzte ich mich wieder hin, und der Arzt starrte mich überrascht an.

»Sind Sie sicher«, begann ich und hielt mich an der Lehne fest, »dass das Baby nicht eher nur drei Wochen alt ist?«

Er nickte. »Hundert Prozent. Der Fötus ist zu groß, und die Blutuntersuchungen haben ergeben, dass der Hormonspiegel für ...«

Ich hörte nicht mehr zu. Himmel, nicht dieser Tyrann war der Vater, sondern Marcelo. Ich lächelte breit, und der Arzt sah mich fragend an.

»Danke, aber ich brauche die Pille oder die Operation doch nicht mehr. Ist alles in Ordnung mit dem Baby?« Er nickte, immer noch verdutzt. »Kann ich ein Foto und einen Bericht bekommen?«

Ich rannte aus der Klinik und zu meinem Auto. Kaum saß ich drin, rief ich Marcelo an. Er nahm nicht ab. *Er ist wahrscheinlich schwimmen,* dachte ich, als ich den Motor startete und das Navi auf das Strandhaus einstellte.

Tränen liefen mir über die Wangen, aber diesmal vor Glück. Ich wusste nicht, ob es der richtige Zeitpunkt für ein Kind war, wir kannten uns erst so kurz ... Aber es war *sein* Baby. Ich hatte gesehen, wie sehr er Pablo liebte, und nun kam eine Cousine oder ein Cousin dazu. Sie würden zusammen erzogen. Und auch Olgas Kind ...

»Scheiße, richtig!«, schrie ich und rief schnell meine Freundin an. Sie nahm beim zweiten Klingeln ab. »Olga, ich bin schwanger!«, schrie ich glücklich, und sie sagte erst einmal gar nichts.

»Äh ... Laura, geht es dir gut?«, fragte sie dann. »Haben sie dir irgendwelche Mittel gegeben, oder was ist los?«

»Es ist Marcelos Baby!« Nach einem Moment der Stille hörte ich ein Quietschen. »Massimo konnte mich ficken, so viel er wollte, ich war schon schwanger.«

»Gott, Laura«, hörte ich sie weinen. »Wir werden beide Mutter.«

»Ja!«, schrie ich und grinste breit. »Und unsere Kinder werden gleich alt sein. Geil, oder?«

»Weiß Marcelo schon Bescheid?«, fragte sie, als wir uns beruhigt hatten.

»Ich bin auf dem Weg zu ihm. Ich rufe dich morgen an, wenn ich das verdaut habe.«

Ich fuhr weiter, wütend, dass es keinen Knopf gab, mit dem ich mich zu ihm beamen konnte.

Ich fuhr bis zum Strand hinunter und sah sein Motorrad, das unter einer Palme stand. Also war er hier. Nur wie sollte ich ihm die Neuigkeit beibringen – direkt oder auf sanfte Art? Vielleicht wollte er ja gar keine Kinder?

Doch dann erinnerte ich mich, wie er am Pool auf Tagomago gesagt hatte, ein Mann in seinem Alter habe keine Angst mehr davor, Vater zu werden. Angetrieben von diesem Gedanken, rannte ich los.

Ich stürmte ins Haus und fand ihn in der Küche, an die Küchenschränke gelehnt, auf dem Boden vor. Er sah überrascht zu mir auf und ließ die Wodkaflasche sinken. Erschrocken blieb ich stehen, und er stand auf, taumelte und hielt sich am Kühlschrank fest.

»Was machst du hier?«, fragte er mürrisch. »Was ist mit der Abtreibung?«

»Ich kann es nicht machen«, sagte ich und sah ihn, ein wenig ernüchtert von seinem Zustand, an. »Es ist dein Kind ...«, begann ich, und er kam auf mich zu.

»Verdammt!«, unterbrach er mich und schleuderte die Flasche gegen die Wand. »Das ertrage ich nicht, Laura.« Er lief aus dem Haus und zum Wasser.

Er war so betrunken, dass er sich kaum auf den Beinen halten konnte. Tränen stiegen mir in die Augen, und mein Herz setzte beinahe aus, als ich merkte, dass er in seinem Zustand ins Meer wollte.

»Es ist dein Kind!«, schrie ich noch einmal. »Dein Baby, Marcelo!«

Der heiße Wind wehte mir ins Gesicht und spielte in meinem Haar, als ich im Cabrio die Strandpromenade entlangfuhr. Aus den Boxen dröhnte *Break Free* von Ariana Grande – auf der ganzen Welt gab es keinen Song, der in diesem Moment besser gepasst hätte. *If you want it, take it*, sang Ariana, und ich nickte bei jedem Wort und drehte die Lautstärke noch höher.

Heute war mein Geburtstag, heute wurde ich wieder ein Jahr älter und hätte eigentlich in tiefste Depressionen versinken müssen, aber die Wahrheit war: Noch nie in meinem Leben hatte ich mich so lebendig gefühlt. Gerade als ich an einer roten Ampel hielt, begann der Refrain. Die Bässe explodierten um mich herum, und ich konnte gar nicht anders, als aus vollem Halse mitsingen.

»*This is … the part … when I say I don't want ya … I'm stronger than I've been before …*«, sang ich laut und schwenkte die Arme durch die Luft. Der junge Mann im Auto neben meinem grinste anzüglich und trommelte im Rhythmus des Songs auf sein Lenkrad. Vermutlich hatte nicht nur die Musik seine Aufmerksamkeit geweckt, sondern auch mein Outfit – denn sonderlich viel trug ich an diesem Tag nicht. Der schwarze Bikini passte ideal zu meinem violetten Plymouth Prowler, und dieses schöne, außergewöhnliche Auto hatte ich zum Geburtstag bekommen.

Vor genau einem Monat hatte es angefangen – seitdem bekam ich jeden Tag ein Geschenk. Ich wurde dreißig, also bekam ich dreißig Geschenke – so machte meine große Liebe das nämlich. Bei dem Gedanken daran verdrehte ich die Augen, dann schaltete die Ampel auf Grün, und ich gab Gas.

Ich parkte, schnappte mir meine Tasche und ging an den Strand. Es war ein heißer Sommertag, und ich war entschlossen, so viel Sonne zu tanken wie möglich. Ich trank einen Schluck Eistee und grub meine Füße in den warmen Sand.

»Alles Gute, du alte Schachtel!«, rief der Mann meines Lebens hinter mir, und als ich mich umdrehte, schoss mir eine Fontäne Moët Rosé ins Gesicht.

»Hilfe!«, kreischte ich lachend und versuchte, aus der Schusslinie zu gelangen – leider erfolglos. Präzise wie mit einem Feuerwehrschlauch wurde ich von allen Seiten komplett durchnässt. Als die Flasche leer war, warf sich mein Lieblingsmann auf mich, und wir fielen zusammen in den Sand.

»Alles, alles Gute!«, flüsterte er. »Ich liebe dich.«

Nach diesen Worten schob sich seine Zunge zwischen meine Lippen und begann dort einen gemächlichen Tanz. Dann drängte er sich mit kreisenden Hüften zwischen meine weit gespreizten Beine. Ich stöhnte und verschränkte die Hände in seinem Nacken. Seine Hände ergriffen meine, schoben sie über meinen Kopf und pressten sie in den weichen Sand. Er hob den Kopf und schaute mir tief in die Augen.

»Ich hab was für dich.« Mit diesen Worten stand er auf und zog mich hinter sich her.

»Was denn nun schon wieder ...«, murmelte ich.

Sein Gesicht war plötzlich ernst.

»Ich wollte ... ich möchte ... ich würde ...«, stotterte er, und ich schaute ihn belustigt an. Da holte er tief Luft, sank auf ein Knie und streckte mir ein kleines Schächtelchen entgegen. »Heirate mich!«, sagte Marcelo mit einem breiten Lächeln, das seine weißen Zähne zeigte. »Ich würde ja gern was Schlaues oder was Romantisches sagen, aber eigentlich will ich ganz einfach nur das Richtige sagen, damit du meinen Antrag annimmst.«

Ich holte Luft, doch er hob die Hand.

»Warte kurz, Laura. Ein Antrag ist noch keine Hochzeit, und eine Hochzeit heißt nicht unbedingt *für immer und ewig*.« Er stupste mir mit dem Schächtelchen an den Bauch. »Denk dran, ich werde dich zu nichts zwingen, ich werde dir nichts befehlen. Du sagst nur dann ja, wenn du es willst.«

Er schwieg einen Moment und wartete, doch als er keine Antwort bekam, schüttelte er den Kopf und fuhr fort: »Aber wenn du Nein sagst, dann hetze ich Amelia auf dich, und sie wird dich zu Tode plaudern.«

Ich schaute ihn an, ergriffen, erschrocken und glücklich zugleich.

»Okay, ich sehe, du bist noch nicht überzeugt.« Er dachte nach. »Dann mach es für das Kleine.« Er küsste meinen Bauch und lehnte seine Stirn gegen die unsichtbare Rundung. »Du weißt doch, eine Familie besteht aus mindestens drei Menschen.« Er sah zu mir auf. »Mindestens, was nicht heißt, dass es bei diesem einen Kind bleiben muss.« Er lächelte und ergriff meine Hand.

»Ich liebe dich«, flüsterte ich. »Und eigentlich wollte ich gleich Ja sagen, aber du hast mich nicht zu Wort kommen lassen. Ja, ich heirate dich.«

EPILOG

»Verdammt, Luca.« Olga sprang vom Liegestuhl auf, und ihr Sprint erregte die Aufmerksamkeit aller Sonnenanbeter. »Du kleiner Mistkäfer, komm her.« Sie fischte ihren Sohn aus dem Wasser, brachte ihn zum Liegestuhl, und der hübsche dunkeläugige kleine Junge warf sich mir in die Arme.

Ich legte ein Handtuch um ihn, setzte ihn auf meinen Schoß und begann, seine Haare zu trocknen.

»Er tut so, als würde er kein Polnisch verstehen«, knurrte sie, legte sich wieder hin und schnappte sich eine Flasche Wasser. »Aber sobald ich anfange, Italienisch zu sprechen, hört er sofort, nicht wahr, du Strolch?« Sie zog ihren dunkelhaarigen Engel, der auf mir herumzappelte, an der Nase.

»Entspann dich, du sollst dich doch während der Schwangerschaft nicht aufregen«, ermahnte ich sie. »Geh zur Mama«, flüsterte ich ihrem Sohn ins Ohr, und er kletterte von mir runter und stürmte zu ihr.

Sie umarmte ihn zärtlich und drückte ihn an sich, woraufhin der Junge sich ihr kichernd entzog. Sie ließ ihn los, und er rannte wieder vor zum Wasser, trotz ihres Verbots.

»Er ist genau wie Domenico. Der hört auch nicht auf das,

was ich sage.« Sie schüttelte den Kopf. »Kaum zu glauben, dass er schon so groß ist. Ich erinnere mich, wie er war, als er auf die Welt kam.«

»Na ja ... ich auch.«

Sie wollte uns an diesem Tag alle umbringen.

Leider konnte ich damals nicht bei ihr sein, obwohl ich es wirklich wollte. Aber Domenico hatte auf ihren Wunsch hin einen Videocall gestartet und den Laptop hinter ihren Kopf gestellt. Und so kam es, dass ich bei der Geburt assistierte und fast vor Angst starb. Olga schrie, schlug Domenico, beschimpfte mich, ihn und den Arzt, und dann weinte sie. Die Geburt dauerte nicht sehr lange, zu unser aller Glück wurde Luca schon nach etwas über zwei Stunden geboren. Er war das schönste Baby, das ich je gesehen hatte.

»Dieser Balg macht mich fertig«, seufzte Olga, und gleich darauf schrie sie wieder: »Luca!« Der Miniatur-Domenico watete schon wieder durchs Wasser. »Er ist so verwöhnt, dass ich kaum mit ihm fertigwerde.« Sie richtete sich auf und setzte sich die Sonnenbrille auf die Nase. »Das war natürlich sein Patenonkel, nicht mein Mann.«

»Macht dir Massimo das Leben schwer?«, fragte ich.

Sie schüttelte den Kopf. »Ach, du musst ihn verstehen, er sieht in ihm den Sohn, den er selbst nicht hat. Gut, dass er so selten im Castello ist.« Sie seufzte. »Aber wenn er das nächste Mal kommt, kriegt Luca einen Spielzeugferrari, die Rennbahn dafür hat er ihm gerade erst gekauft, kannst du das glauben? Der Junge ist vier Jahre alt! Er hat ihm ein Motorboot geschenkt, aber das ist noch gar nichts. Er hat Domenico befohlen, dass Luca Sprachen lernen soll ... Vier auf einmal. Außerdem muss der Kleine Klavier spielen und trainiert Karate und Tennis, weil man durch Sport angeblich Disziplin erlernt.«

Ich schüttelte den Kopf und konnte gar nicht glauben, dass ich schon seit fünf Jahren geschieden war. Es war nicht die einfachste Sache in meinem Leben gewesen, zumal Marcelo und Massimo sich hassten. Die Scheidung selbst war schnell gegangen, wir hatten die Papiere unterschrieben und gut, aber der Weg bis zu diesem Tag war die Hölle gewesen.

Genau an meinem Geburtstag war Massimo endlich klar geworden, dass ich ihn verlassen hatte. Genau dreihundertfünfundsechzig Tage, nachdem er mich entführt hatte. Und ich weiß nicht, ob es sein gesunder Menschenverstand war oder er einfach Wort gehalten hatte, aber genau an diesem Tag stimmte er der Scheidung zu.

Jede normale Person hätte die Papiere per Post, E-Mail oder Brieftaube geschickt. Aber mein Ex-Mann hatte vier grauhaarige Männer nach Teneriffa gesandt, die mir tonnenweise Dokumente vorgelegt und mir genau erklärt hatten, was darin stand.

Am Anfang hatte ich Massimo gesagt, dass ich nichts von ihm wollte und keinen Cent annehmen würde, aber wenn er etwas beschlossen hatte, gab es keine Widerrede. Nach allem, was ich durchgemacht hatte, verdiente ich, wie er es ausdrückte, eine Entschädigung. Aber es ging natürlich nur darum, dass ich finanziell nicht von Marcelo abhängig sein sollte.

Und das war ich auch nicht, denn als Erstes übergab mir mein großzügiger Ex-Mann das Unternehmen, das ich gegründet und in das er Geld investiert hatte.

»Mama!« Der süße Schrei schreckte mich aus meinen Gedanken auf, und ich sah zwei nach oben gereckte Händchen. »Papa hat mir einen Delfin gezeigt«, sagte sie, als ich sie hochnahm und mir auf den Schoß setzte.

»Ach ja?« Ich nickte mit unverhohlener Rührung, und Stella sprang schon wieder auf und rannte zum Meer. Sie war ein äußerst aktives Kind, ganz der Vater.

Wird mir dieser Anblick jemals langweilig?, fragte ich mich, während ich meinen Mann ansah, der mit unserer Tochter im Arm auf mich zukam. Das kleine, blonde Mädchen mit den braunen Augen hing wie ein Äffchen an ihm und gab ihm feuchte Küsse. In der einen Hand hatte er ein Surfbrett, mit der anderen hielt er Stella liebevoll an sich gedrückt. Sein nasser, tätowierter Körper sah gar nicht aus, als gehöre er zu einem fast vierzigjährigen Mann. Die ständige Bewegung war das beste Training.

»Ich bewundere dich, dass du sie mit ihm surfen lässt«, sagte Olga und steckte Luca ein Stück Banane in den Mund. »Ich würde vor Angst verrückt werden. Er setzt sie auf dieses Brett, und sie fällt ständig ins Wasser.« Sie wedelte mit den Händen. »Das wäre überhaupt nichts für mich.«

»Sie fällt nicht, sie springt. Und wer hätte gedacht, dass wir so unterschiedliche Mütter werden?« Ich lachte. »Soweit ich mich erinnere, sollte ich immer in Panik geraten, und du solltest diejenige sein, mit der meine Kinder eine Zigarette rauchen.«

»Das wär's ja noch!«, rief sie. »Am besten wäre, wenn wir sie im Keller einsperren könnten, bis sie volljährig sind.«

Plötzlich verschwand die Sonne, und weiche, salzige Lippen drückten sich auf meinen Mund. Marcelo hielt unsere Tochter im Arm, stützte sich mit der anderen Hand auf die Lehne meines Liegestuhls und küsste mich schamlos.

»Ihr verderbt sie, ihr Perversen«, sagte meine Freundin.

»Sei nicht neidisch«, ermahnte Marcelo sie und lächelte breit. »Wenn Domenico nicht so schlechte Laune hätte und mitgekommen wäre, könntest du vielleicht auch so etwas Schönes in deinem Mund haben.«

»Fick dich«, antwortete sie, ohne ihn auch nur anzusehen, und ich dankte Gott, dass unsere Kinder mehrere Sprachen sprachen, aber kein Englisch. »Mein Mann bleibt nach der Fastenzeit eben bei seiner Familie.« Sie zuckte die Achseln.

»Aha«, sagte Marcelo sarkastisch und setzte sich zu mir auf den Liegestuhl. Er griff nach einem Handtuch und begann, Stella abzutrocknen. »Also bist du eine schlechte Mafiafrau, weil du deine Familie wegen eines kanarischen Gangsters vernachlässigst?«

»Wenn überhaupt, dann wegen einer charmanten Polin.« Sie zog ihre Brille ein wenig herunter und sah ihn über den Rand hinweg an. »Und dass sie versehentlich einen spanischen Gangster geheiratet hat, ist eine ganz andere Sache.«

»Kanarisch«, korrigierten wir im Chor, und Marcelo küsste mich noch einmal zärtlich.

Nachdem Stella aus dem Wasser gekommen war, wich Luca nicht mehr von ihrer Seite. Er war zwar erst vier, aber er war ein ausgezeichneter Freund, zeigte ihr Muscheln und Kieselsteine und kümmerte sich um sie. Manchmal erinnerte er mich mehr an Massimo als an Domenico. Diese schwarzen Augen, mit denen er mich kühl und überlegen ansah ... Er war noch ein Kind, aber ich wusste, dass Massimo in ihm seinen Nachfolger sah. Olga wollte sich das natürlich nicht eingestehen, aber ich wusste, warum er sie im Castello behalten hatte.

Die Wahrheit war, dass Massimos Bruder Domenico zwar ein reicher Mann war und sich ein eigenes Haus, eine Burg oder sogar eine private Insel hätte leisten können. Doch leider konnte er sich nicht aus Massimos Fängen lösen und hatte Olga überredet, im Castello wohnen zu bleiben, zumal sie sich dort kennengelernt hatten.

»Alleinerziehende Mutter zu sein ist so schwer.« Amelias Stimme riss mich aus meinen Gedanken. Sie stellte ihre Markenhandtasche neben mich auf den Liegestuhl und warf Marcelos nasses Handtuch in den Sand.

Ich drehte mich um und sah amüsiert zu, wie zwei Bodyguards einen Berg Spielzeug, Körbe mit Essen und Champagner, einen weiteren Liegestuhl und einen Sonnenschirm, also alle notwendigen »Kleinigkeiten«, hinter ihr hertrugen.

»Ja, besonders mit den drei Kindermädchen, die vierundzwanzig Stunden am Tag da sind, einem Koch, den Dienstmädchen, einem Chauffeur und dem Lover, der es wagt, sich als dein Freund zu bezeichnen«, raunzte Marcelo und setzte seiner Tochter einen Sonnenhut auf.

»Können wir diesen Strand nicht kaufen?«, fragte Amelia, als hätte er nichts gesagt. »Dann müsste ich nicht jedes Mal alles hertragen.«

Marcelo verdrehte die Augen, schüttelte den Kopf und setzte sich zu mir in den Liegestuhl, legte sich dann auf mich und erdrückte mich fast. Er küsste mich, und ich konnte förmlich spüren, wie uns die beiden Frauen anstarrten.

»Heute Abend machen wir einen Sohn«, flüsterte er zwischen zwei Küssen. »Wir lieben uns so lange, bis wir es geschafft haben.« Seine grünen Augen lachten, als er seinen Schritt an meinem Bein rieb.

»Bitte nicht!«, riefen die beiden Mädels fast gleichzeitig, und Amelia begann, mit Sandspielzeug nach uns zu werfen.

»Ihr seid ekelhaft! Doch nicht vor den Kindern«, schimpfte Olga.

»Die sehen das doch gar nicht«, sagte Marcelo und stand auf. Er zeigte mit dem Finger auf die drei Kinder, die mit einem Regenwurm beschäftigt waren. »Außerdem habe ich es dir schon gesagt«, sagte er zu Olga. »Erzieh du mal deinen Sizilianer.« Dann wandte er sich an seine Schwester. »Und du …« Er dachte einen Moment nach. »Nimmst ab jetzt Brom. Wenn es bei Männern funktioniert, dann bei dir vielleicht auch.«

Er griff nach dem Board und ging zum Wasser.

»Akzeptiert er ihn immer noch nicht?«, fragte ich und sah Amelia an, die traurig den Kopf schüttelte.

»Wir sind schon zwei Jahre zusammen, und er gibt ihm immer noch nicht die Hand«, stöhnte sie. »Ich dachte, wenn er ihm schon einen Job gibt, redet er zumindest auch mit ihm, aber Pustekuchen. Diego ist einer der besten Anwälte in ganz Spanien, er ist anständig, ehrlich …«

»Er arbeitet für die Mafia«, fügte Olga sarkastisch hinzu.

»Er liebt mich.« Amelia überging den Einwurf. »Er hat mir einen Antrag gemacht!« Sie streckte ihre Hand aus, an der ein prächtiger Ring steckte.

»Oh, oh, Marcelo bringt ihn um«, sagte Olga dazu nur.

453

»Ich rede mit ihm«, versprach ich. »Ich denke, heute Abend ist nicht schlecht. Nimmst du Stella mit zu dir?« Amelia nickte.

»Ich verstehe nicht, warum du keinen Babysitter hast.« Olga riss missbilligend die Augen auf. »Ohne Maria fühle ich mich wie ein Kind im Nebel. Und wenn ich überlege, dass Luca in die Orgien mit meinem Mann platzen könnte, wird mir angst und bange.«

»Haha, ich arbeite zudem noch und brauche trotzdem keinen Babysitter. Apropos Arbeit, ich eröffne am Freitag eine Boutique, diesmal auf Gran Canaria. Kommst du mit? Es gibt eine Party, jede Menge Surfer.« Ich wackelte mit den Hüften. »Diese Modelinie verkauft sich noch besser als die italienische. Wer hätte das gedacht?«

»Und deine Mutter kommt auch?« Olga band sich einen Pareo um und griff nach einem Schokoriegel. »Wenn sie da ist, fühle ich mich immer noch wie im Lyzeum.«

Seit ich meinen Eltern als Ruhestandsgeschenk eine Immobilie gekauft hatte, konnte ich ihre Gesellschaft so oft genießen, wie ich wollte. Sie lebten nur zwei Fährstunden von uns entfernt auf Gran Canaria.

Mein Vater widmete sich jetzt leidenschaftlich dem Meeresangeln und verbrachte seine Tage auf See. Und meine Mutter, na ja … sie war nach wie vor daran interessiert, schön auszusehen. In ihren Sechzigern hatte sie auch ein bisher brachliegendes künstlerisches Talent entdeckt und angefangen, einzigartige Glasskulpturen zu schaffen, die sich zu meiner Überraschung recht gut verkauften.

Zuerst hatte ich überlegt, sie nach Teneriffa zu holen, aber eine solche Nähe zu meiner Mutter wäre nicht nur für meine Beziehung mit ihr schlecht gewesen, sondern auch für Marcelos Geschäfte. Zum Glück war Marcelo nicht so bekannt wie Massimo, sodass ich kaum mehr lügen musste, wenn ich auf meine Mutter traf.

»Es ist schön, mit dir zu reden, aber jetzt will ich ein bisschen aufs Wasser, und du passt auf die Kinder auf.« Ich schnappte mir mein Board und ging zum Wasser.

»Wie kann es sein, dass du in deinem Alter noch einen solchen Körper hast«, schrie mir Olga hinterher, die in ihrem gegenwärtigen Zustand tatsächlich ein wenig an einen Wal erinnerte.

»Bewegung, Schöne.« Mit dem Finger zeigte ich zuerst auf mein Board und dann auf meinen Mann, der weit draußen surfte. »Bewegung!« Ich küsste Stella, die mit den Jungs eine Sandburg baute, auf den Kopf und ging zum Wasser.

Ja, mein Leben war definitiv vollständig. Alles, was ich liebte, war hier. Ich sah auf den schneebedeckten Teide, dann auf meine beiden Freundinnen, die mir fröhlich zuwinkten, und schließlich richtete ich den Blick auf meinen Mann im Wasser. Er saß auf seinem Board, getragen von den ankommenden Wellen, und wartete … auf mich.

Anmerkung der Autorin

Für den Fall, dass du die Moral in meiner Geschichte nicht entdeckt hast, will ich sie schnell erklären. Die 365-Tage-Trilogie verharmlost weder Vergewaltigung noch das Stockholm-Syndrom. Wie du siehst, ist Massimo nicht perfekt und Laura allzu leichtgläubig. Es tut mir leid, wenn du dich in den Charme der Hauptfigur verliebt hast, wahrscheinlich ist einer jeden von uns so etwas schon im wirklichen Leben passiert.

Aber denk dran: Es ist nicht alles Gold, was glänzt, und Geld und ein gutes Aussehen machen nicht glücklich. Was zählt, sind Freiheit, Unabhängigkeit, Raum und Partnerschaft, nicht diktatorisches Gehabe und teure Schuhe.

Danksagung

Ohne Ausnahme und immer mehr danke ich meinen Eltern. Mama, Papa, ihr seid meine größte Unterstützung, und ich liebe euch sehr.

Ich möchte meinem Freund und Geschäftspartner Maciej Kawulski danken. Außerdem meinem Bruder, danke, dass du an mich geglaubt hast, danke für die Chance und danke, dass du meine Filme mit mir produziert hast. Es ist eine Ehre für mich, dich Bruder nennen zu dürfen.

Vielen Dank an meine Managerin Agata Słowińska. Ohne dich gäbe es mich, meinen Erfolg und meinen Urlaub alle zwei Monate nicht. Kocham cię!

Danke, liebe Fans auf der ganzen Welt. Es fühlt sich toll an zu wissen, dass ihr meine Geschichte liebt. Ich hoffe, die Bücher lesen sich in eurer Sprache genauso gut wie in meiner eigenen.